马振骋译文集

小酒店
爱情一叶

〔法〕埃米尔·左拉 著
马振骋 译

人民文学出版社

图书在版编目(CIP)数据

小酒店　爱情一叶/(法)埃米尔·左拉著；马振
骋译.—北京：人民文学出版社，2021
（马振骋译文集）
ISBN 978-7-02-014847-9

Ⅰ.①小… Ⅱ.①埃…②马… Ⅲ.①长篇小说-小说集-法国-近代　Ⅳ.①I565.44

中国版本图书馆 CIP 数据核字(2019)第 014669 号

责任编辑　朱卫净　张玉贞　汤　淼
封面设计　钱　珺

出版发行　人民文学出版社
社　　址　北京市朝内大街 166 号
邮政编码　100705
网　　址　http://www.rw-cn.com

印　　刷　杭州钱江彩色印务有限公司
经　　销　全国新华书店等

字　　数　253 千字
开　　本　890 毫米×1240 毫米　1/32
印　　张　15
版　　次　2021 年 1 月北京第 1 版
印　　次　2021 年 1 月第 1 次印刷

书　　号　978-7-02-014847-9
定　　价　79.00 元

如有印装质量问题，请与本社图书销售中心调换。电话：010－65233595

目录

小酒店
作者序言 3
《小酒店》简介 96

爱情一叶
译　序 125
左拉致编辑部的信 129
第一章 133
第二章 197
第三章 263
第四章 334
第五章 404

附录 471

小酒店[*]

---

[*] 本书是根据法国拉罗斯出版社的原版简本翻译,集中最精彩的情节,并保持故事的完整。

作者序言

《卢贡·马卡尔家族》将由二十来部小说组成。总计划自一八六九年已确定，我也遵循这个计划亦步亦趋。《小酒店》在原定的时间完成，我写这书也像写其他几本书，未尝一刻稍离我的准绳。这是我的力量所在。我有一个前进的目标。

《小酒店》在一家报刊问世时，遭到绝无仅有的粗暴攻击，受到指控，并被加上各种各样罪名。有没有必要在序言中说几句话表明我作为作家的意图？我要描写我们郊区恶浊环境中一个工人家庭的必然堕落。酗酒、游手好闲，到头来总引起家庭关系的松懈，群居杂处的丑事，真情诚意的逐渐泯灭，最后落得个耻辱与死亡的下场。这是行动中的伦理学，如此而已。

《小酒店》肯定是我最贞洁的一本书。我时常不得不触及一些恐怖可怕的创口。光是形式就把人吓坏了，字眼又叫人读了生气。我的罪过是怀着文学的好奇心，搜集了老百姓的语言，并把它注入一个非常精巧的模具。啊！形式，竟那么罪大恶极！这种语言的词典还是存在的，文人研究它，欣赏它的新鲜活泼、形象刻划巧妙有力。这对搜奇觅宝的语法学家是一桌宴席。若没有人看出我的意愿仅是在做一件纯粹的、而我还认为有重大历史与社会意义的语言工作，那也无关紧要。

然而，我不用为自己辩护。我的作品会辩护的。这是一部反映真实的作品,第一部描写平民的小说,它不说假话,有平民的气息。不应该下结论说平民都是坏的,因为我的人物不是坏的,他们只是无知,给他们的繁重劳动和贫困生活环境毁了。对我的人身和作品流传着一些人云亦云、荒谬可恶的评论;只是在评论前,应该阅读一下我的小说,理解它们,看清它们的整体。啊,要是大家知道,那个关于我的给人解闷、耸人听闻的传奇,叫我的朋友听了有多么好笑!要是大家知道,那个吸血鬼,那个恶毒的作家,只是个规矩的布尔乔亚,做学问、搞艺术的人,在自己的小角落里安分守己生活,他唯一的心愿是在人间尽其可能留下一部反映面广、生命力强的著作!我不否认任何谰言,我工作,我信赖时间和公众的善意最终会在层层叠叠的一大堆愚蠢下把我挖掘出来。

埃米尔·左拉

一八七七年一月一日巴黎

一

　　一八五一年初，巴黎，教堂路。绮尔维丝·马卡尔，二十二岁，走私商马卡尔和中央菜场女商贩的女儿，离开普拉桑——普罗旺斯的一个小城、她的出生地——上巴黎找一位鞣革工人奥古斯塔·朗蒂埃，她跟他生过两个孩子。她等了一夜也没等到朗蒂埃。天亮了，小孩的父亲还是没回来。可怜的女人靠在旅店房间的窗口，眼睛在这群去上工的工人中搜索。——她是一位漂亮的金发女人，高大，苗条，有点儿跛，艰苦的生活已使她容貌憔悴。

　　旅店开在教堂路上，鱼市街门左边。这是一幢三层楼的旧房子，赭红色油漆一直刷到第三层，挂着被雨水淋糟的百叶窗。在一盏星形玻璃灯上面，两扇窗户中间，勉强可以认出几个黄色大字："好心旅店，掌柜马苏里埃"，粉墙上的霉点已使字迹有几处剥落。绮尔维丝被灯碍着，抬起身，手帕盖在嘴上。她朝右望，罗什舒亚路那边，有几群屠夫，穿着血迹斑斑的围裙，站在屠宰场前；凉风不时地送来一阵臭气，一种遭屠杀的牲畜的腥味。她朝左望，视线穿过一条长巷子，停在几乎正对面的，那时还未竣工的拉里勃亚齐埃医院的白房子上。慢慢地，她沿着税卡墙，从地平线一头看到另一头。墙后面，夜里她有时听到被凶杀者的叫声；她搜寻冷僻的角落，黢黑阴湿污秽的旮旯，怕发现朗蒂埃的尸体，肚皮上给捅几个刀孔。一道看不到头的灰墙，把城围在一条荒漠地带中间。她抬起目光，越过这道墙，窥见一团火轮，一蓬阳光，已经充满巴黎早晨的喧嚣。但是她总朝鱼市街城门回头，伸长脖子，看得脑袋发昏，税卡的两排矮平房之间，川流不息的人、牲畜、车辆从蒙马特高坡和教堂方向源源而来。有踏步渐进的兽群，有突然受阻在马路中央攒三聚五的人群，有肩上扛工具、腋下挟面包、走不完的上班工人队伍；人潮涌进巴黎，又在巴黎被淹没，连续不断。绮尔维丝以为在人群中认出了朗蒂埃，身子俯得更低，跌下去也不顾了；然后，她把手帕在嘴上贴得更紧，像把痛苦往里塞……

城门边，队伍在清晨的寒气中依然踏步渐进。可以认出穿蓝短褂的是锁匠，白裤子的是泥瓦匠，短大衣下露出长工作服的是漆匠。这群人远远望去混同泥灰，中性色调，内中主要是褪了色的蓝和肮脏的灰。时而，一位工人停下，点烟斗，其他人在他四周继续前进；没有一声笑，不与同伴说一句话，两腮土色，脸朝巴黎，巴黎通过鱼市街市郊那条张口的大路，把他们一个个吞进去。可是在鱼市街的两个拐角上，有两家酒店，主人正在卸门板，有人到门口步子慢了；还没进店，先停在人行道旁，斜眼望着巴黎，胳臂发软，已经在想逍逍遥遥过上一天。在柜台前，有几群人在敬酒，站着出神，挤满了店堂，吐痰，咳嗽，频频举起小杯子往喉咙里灌……

绮尔维丝在窗前死不离开，苦盼了两个小时，直到八点钟。商店已开门。从高坡来的穿工作服的人流也停止了；只有几个迟到者在大步跨进城门。酒店里还是那几个人站着继续喝酒，咳嗽，吐痰。接着工人后面来的是女工，在工厂做的，擦洗金属器皿的，做帽子的，卖花的，身子裹在紧小的衣服内，沿着外马路疾走；她们三五成群，谈得很起劲，发出低低的笑声，明亮的目光向四周张望；隔一段路，便有一个孤独的女工，她瘦小、苍白、严肃，躲开垃圾堆，沿着税卡大墙走。然后经过的是职员，嘴对着手指呵气，一边走一边啃一苏一个的面包；瘦削的年轻人，穿太短的上衣，眼圈发青，还困思蒙眬；矮小的老头儿，走路蹒跚，脸孔灰白，终日在办公室内耗得形容枯槁，看表调整步子，争取上几秒钟。大马路又恢复了早晨的宁静。邻近街上领年金的人在阳光下散步；做母亲的，没戴帽子，穿肮脏的裙子，搂着个襁褓婴儿在怀里摇，就在长凳上给他们换尿布；一大群拖鼻涕、衣衫歪斜的小孩，在叽喳声、笑声、哭声中推推搡搡，满地打滚。绮尔维丝看不到希望，一阵焦虑晕眩，感到窒息；她觉得一切完了，时间完了，朗蒂埃再也不会回来了。她两眼无神，又从屠宰场扫视到医院；屠宰场年代久了，血腥腐臭，而医院是新盖的，灰白墙头，一排排窗口依然没有遮上，露出赤裸的房间，以后死神会在里面横冲直撞。她的对面，在税卡大墙后面，天亮了，初升的太阳在醒来的巴黎上空愈来愈大，照得她眼睛发花。

绮尔维丝连同孩子最后还是被朗蒂埃一起遗弃了。身材高大的维吉妮嘲笑她,两人在福科尼埃太太的洗衣场内打架。后来她回到自己的空房间,一无所有,灰心丧气。

二

不久以后,绮尔维丝接受一位白铁工的追求,他叫库博,也称果酒,二十六岁的小伙子,"很干净,下腭突出,鼻子微塌,漂亮的棕色眼睛,满脸高兴和稚气。"性格虽然懦弱,但是不嗜酒,他请绮尔维丝到科隆勃大爷的酒店去吃酒浸李子。

三星期后,一个大好天,十一时半光景,绮尔维丝和白铁工库博在科隆勃大爷的酒店里一起吃酒浸李子。库博在人行道上抽烟,当她提了衣服回来要穿马路时,强拉了她进去;她方形的大衣篮子放在身旁地上,锌台面小桌子的后面。

科隆勃大爷的酒店在鱼市街和罗什舒亚路的岔口上。整块招牌只写了两个蓝色长形字:烧酒。盖满灰尘的夹竹桃栽在两爿酒桶中。大柜台上放几排玻璃杯、水缸、锡制量具,进了门往左边延伸;大厅四周堆着浅黄色大桶,油得很亮,桶上的铜箍、铜龙头闪闪发光。高高的货架上,酒瓶、水果缸、各类细颈瓶放得整整齐齐,遮住了墙面,鲜艳的翠绿、鹅黄、酱红颜色映在柜台后面的镜子里。但是酒店的奇观在里面,橡木栏杆的另一边,装玻璃罩的院子里,顾客看见那个开动着的蒸馏装置，长颈子的蒸馏锅，插入地里的蛇管，真是一个魔鬼的厨房，酒鬼工人到它面前都会做美梦。

在这午饭时刻，店是空的。一位四十岁的胖子，科隆勃大爷穿件有袖的套褂，在招呼一位十来岁女孩，她用杯子向他买四苏烧酒。一片阳光照进门来，晒着一直被烟客唾沫沾湿的地板。从柜台，从酒桶，从整个店堂，升起一阵阵酒味糟气，仿佛把阳光中的飞尘也弄稠了，熏醉了。

在他们周围，喝醉酒的工人在骚动，在怪叫。

"哦！喝酒真害人！"她悄声说。

她讲起从前，在普拉桑跟母亲喝茴香酒。但是有一天差点送了命，这事使她厌恶；从此不愿再看见酒。

"好吧，"她又说，指着她的酒杯，"我的李子我吃了，只是把酒留下，喝了会难受。"

库博他也不懂。有人居然喝得下满满几杯白酒。偶尔吃个李子还不坏。至于腐肠烂肚的白酒、苦艾酒和其他劳什子，谢谢啦！那是喝不得的。同伴嘲笑他也没用，他留在门口，由这些酒鬼钻进胡椒矿①里去。老库博也是白铁工，有一天喝多了，从二十五号那家水落管跌到科格纳街的铺石路面上，脑袋开了花。一家人想起这事都不敢放肆了。他经过科格纳街，看到这块

---

① 俚语，指酒吧间。

地方，就是喝阴沟水，也不沾酒店白给的酒。他总结出这句话：

"在我们这个行当，两条腿要站得住。"

绮尔维丝又拎起篮子，可是没有起身，她把篮子放在膝盖上，目光茫茫的，出了神，仿佛年轻工人的话唤起她心中遥远的生活回忆。她缓慢地顺着话头又说：

"我的上帝！我这人不贪心，我不求多……我的理想就是安心工作，三餐有面包吃，有个干净的角落睡觉，您知道，一张床，一只桌子和两把椅子，这就够了……啊！我也愿意养几个孩子，要是可能培育他们成为好人……还有一个理想，就是不挨揍，要是我再结婚；不，我不爱有人揍我……就是这些，您看，就是这些。"

她在思索和询问自己的愿望，想不出心里还挂念什么正经事了。可是，犹豫一番后，又接着说：

"是的，活到最后人总希望死在自己床上……我，辛辛苦苦一辈子后，非常乐意死在家里自己的床上。"

她站起身。库博表示十分赞同她的愿望，也已站起，在担心时间。但是他们没有立即往外走；她有种好奇心，要到里面，橡木栏杆后面，看一看那只红铜大蒸馏锅，在小院里明亮的玻璃罩下酿酒；白铁工跟着进来，向她解释机器怎样运转，指着机器的不同零件，要她看大曲颈瓶里滴下一长条透明的酒精。蒸馏锅带着奇形怪状的容器、盘绕回旋的管子，保持一副阴沉的面目；一缕烟也不往外冒；隐约听到锅内一声喘息，地下一声吼叫；好像一位阴郁、强壮、不说话的工人大白天在做夜工。靴子①带了两个同伴，走来伏在栏杆上，等柜台上空出位子。他笑起来像缺油的滑轮，他摇着头，眼睛情意绵绵地盯着这架醉人机器。妈的！它有多可爱！肥胖的铜肚皮里装的东西可以让喉咙湿润一个星期。他多么愿意把蛇管焊接在牙缝里，感到热乎乎的白酒灌满全身，一直淌到脚后跟，日夜不停，像一条小溪。天哪！他也不必再劳神了，也免得这位向警察局打小报告的科隆勃大爷备什么小酒杯了！同伴笑话他，还讲靴子这畜生说得还真不赖。蒸馏锅暗淡的铜肚皮上不露一团火焰、一点欢乐，阴沉地连续工作，让酒精像汗水似的滴落，如同一道缓慢、执拗的泉水，长年累月，必然会灌满店堂，溢至外马路，淹没巴黎这个巨洞。

库博带她去看金珠街上那幢大房子，里面住着他的姐姐和姐夫罗利欧一家。

他们在金珠街上走了一百来步，这时他停下，抬头说："就是这幢房子……我出生的地方还要过去，二十二号……可是这幢房子呀，建筑结构还是挺漂亮！里面大得像座兵营！"

绮尔维丝仰首细看楼面。沿马路的房子有六层，每层一排十五扇窗，百叶窗是黑的，叶片是碎的，使这堵大墙看来像废墟。四家商店占据了楼的底层：大门右首，一个油腻的大食

---

① 库博的朋友的绰号。

堂；左首，一家煤炭店、一家小百货店、一家伞店。楼房因介于两座低矮、单薄、紧贴它的小屋子中间，显得格外高大；方的，像堆砂石大疙瘩，草草做成，雨水淋得发腐剥落，侧面是个浑厚巨大的立方体，竖在蓝天下、睥睨邻近的屋顶，两侧没有刮糙、土的颜色像监狱的大墙，又长又无修饰，留出几堵接待墙，像老朽的颌骨对着空地张开。但是绮尔维丝瞧的主要是正门，一扇大得出奇的圆门，高达三层楼，开出一个很深的门廊，廊的那一头可以看到一个大院子的暗淡阳光。门道铺上石块像条路，中间流过一条小沟，沟水微微发红。

"进来吧，"库博说，"他们不会把您吃了的。"

绮尔维丝愿意在路上等他，可是情不自禁钻进门廊，直到右边的门房。那里，门槛前，她又抬起眼睛。朝里的楼面有七层楼，四个整齐的楼面围着一个四方大院子。一些灰色大墙，长满黄色霉斑，屋顶的滴水又给它们涂上细长的条纹，从地面升到屋顶平得连线脚也没有一条；只有水落管接在各层楼，大口的铁箱给它们添上斑斑锈迹。不装百叶窗的窗子露出光光的玻璃，带一种浊水的青绿色。有几扇窗开着，蓝格子床褥挂在窗台透风；其他窗前，拉了几根绳在晾东西，一家人的衣衫、男子的衬衣、女人的小衣、小孩的短裤；四层楼的一扇窗前摊着一块尿布，结着脏块。这些狭小的住房从上到下往外绽裂，通过每条缝隙露出贫困的尖角。底层每个楼面都有一扇门，高而窄小，不设木框，直接凿在泥灰墙上，开出一个有裂缝的门厅，走到底是一条铁扶手楼梯，满是泥巴的梯级盘旋而上；墙上印着字母表开头四个字母，标志四道楼梯。这些底层改建成几个大工场，由盖满灰尘的玻璃门封路：一位锁匠的炉子烧得正旺；可听到远处一位木匠的刨子声，而在门房附近的染料间，倒出滚烫的红水在门廊下的水沟流过。院子被彩色水潭、刨花、煤灰渣弄得肮脏不堪，四周石板拼缝里长出野草，光差非常强烈，阳光照到那里，仿佛在那里把院子切成两块。阴影那边一口水井，龙头长年潮湿，周围三只小鸡在啄地面，伸着泥爪子找寻小虫。绮尔维丝慢慢移动目光，从七楼到地面上下张望，这幢楼的庞大使她惊讶，觉得自己在一个活器官里，一个城市的心脏中间，楼非常吸引她，仿佛她面对着的是个巨人。

"太太想找谁？"女门房好不奇怪，走到小屋前喊。

但是少妇解释说她在等人。她又回到路上；因为库博老不出来，她忍不住又进去了，依然东瞧西望。这幢楼在她眼中不丑。窗上挂的破布之间，还是有愉快的角落在微笑，花盆里开着一朵紫罗兰，鸟笼里落下一声鸣啭，剃胡子的小镜子在暗影里放出圆圆的星光。楼下一位木匠在唱歌，伴奏的是大刨子有规律的吱叫声；制锁车间里锤声敲得节奏分明，像口大银钟。还有，差不多所有开着让人看得见室内贫困的窗后，有孩子伸出他们的蓬头笑脸，有女人在做手工，恬静的侧影俯在她们的针线上。这是中饭后又干起了活，男人都外出工作不在房里，楼又陷入一片宁静，时而被织机声、歌声打断——总是同一句歌词来回唱，要唱上好几个钟点。只是天井太湿了一点。倘若绮尔维丝住到这里来，她愿意在底楼朝阳处要一间。她走了五六步，呼吸到贫穷公寓的淡味，一种陈年积灰、腐酸邋遢的气味。但是因为染料水很呛鼻，反觉得远远没有好心旅店那么难闻。她也选好她的窗子，右边墙角那一扇，窗前一只小箱内种了西班牙豆，细长的枝条开始在细绳架上盘绕。

尽管有种种不祥预兆，但绮尔维丝心地善良，又经不住哀求，还是同意嫁给库博。这对情人又去大房子，库博怯生生把未婚妻介绍给罗利欧夫妇，他们是揽活在家做的链条工。

绮尔维丝感到罗利欧夫妇对她含有敌意。离开时，她害怕未来，还不敢对自己的幸福微笑。

但是，绮尔维丝下楼时心情一直沉重，骚扰不安，她在楼梯的浓影里忧虑地摸索。这时候，楼梯在睡觉，没有人，只有三楼一盏煤气灯亮着，在这漆黑一团的井底，像盏长明灯发出幽幽的火苗。关闭的门背后悄无声息，工人在沉睡，他们下了饭桌就上床了。可是从熨衣女工的房里传来一声温和的笑声，而雷芒佐小姐的锁孔又漏出一丝灯光，她的剪子在嗖嗖地裁剪玩具娃娃的纱裙，一条要值十三苏。楼下戈德隆太太家，一个小孩哭个不停。在这片又黑又哑的寂静中，排水箱散发的臭气更为强烈了。

然后，到了院子里，库博拉开嗓子叫门时，绮尔维丝回转身，对这幢房子最后看上一眼。它在没有月亮的天空下显得更高大了。灰色的楼面像洗净了斑点，涂上了黑影，在扩张爬升；它更加赤裸裸了，完全平的，脱去了白天阳光下晒的破衣衫。关闭的窗户在睡觉。有几扇分散的，灯光很亮，像睁开了眼睛在刺探某些角落。每个入口处上面，六个楼梯口的玻璃窗，自下而上一长条透出淡淡的灯光，如同矗立着一座细高的光明塔。三楼纸箱车间挂下一道灯光，落在院子的石板地上，划破了笼罩一楼车间的黑暗。在黑暗深处，潮湿角落里，没有拧紧的龙头的水一滴滴往下落，在寂静中特别响亮。那时，绮尔维丝觉得整幢房子冷冰冰地重压在她肩上。她怕得厉害，这是一种儿童心理，过后自己也觉得好笑。

"注意！"库博喊。

她要出门必须跳过染料车间流出的大水潭，这一天，水潭是碧蓝的，蓝深得像夏天的天空，门房守夜的小灯在天空中点亮了星斗。

三

……市政厅的婚礼定在十时半举行。天气非常好，火辣辣的太阳把马路也烤热了。为了不引人注目，新婚夫妻、妈妈和四位证婚人分成两队。绮尔维丝挽着罗利欧，马第尼埃①领着库博妈妈走在前头；在另一条人行道，落后二十步，走着库博、博希②和烤肉③。这三位穿双排纽上衣，弓背晃臂；博希穿一条黄裤子；烤肉上衣扣到颈子，不穿背心，露出一小角卷

---

① 纸盒厂主人。
② 鱼市街的门房。
③ 库博的工人朋友的绰号。

绳似的领带。只有马第尼埃穿件礼服,一件后身下摆方的大礼服;路人都停下看这位先生带着肥胖的库博妈妈散步,她身上是绿披肩、黑帽子、红缎带。绮尔维丝非常温柔快活,穿深蓝长袍,肩上裹件窄小的短斗篷,讨好地听着罗利欧说笑;他不顾天热,身子罩在口袋式的短大衣里。到了路口,她时而微微侧转头,向库博妩媚一笑。他穿一身新衣裳,在太阳下发光,很不自在。

他们走得很慢,到市政厅还是早了三十分钟。区长迟到了,快十一点才轮到他们。他们坐在大厅角落的椅子上等,望着高高的天花板和严峻的墙头,低声说话,每次办公室的差役走过,他们都诚惶诚恐地把座椅往后退。他们悄悄议论区长是个懒虫;他肯定在他的金发女郎家里接受按摩,治疗风湿病;或许他把绶带吞进肚里去了。但是当官员出现时,他们恭恭敬敬站起。人家请他们坐下。那时他们参加了三场婚礼,混在三批布尔乔亚贺客中间。新娘都是一身白衣,女孩卷了头发,伴娘腰围玫瑰红饰带,看不到边的喜庆队伍,仕女们盛装艳服,举止端庄。后来叫到他们名字时,差点结婚不成,因为烤肉不见了。博希到楼下广场才找到他,在吸烟斗。他们就是这地方的势利鬼,对人冷嘲热讽,就因为没戴上乳白手套伸到他们鼻子底下!办手续,读民法,提问题,签证书,进行得那么利索,他们对瞅一眼,以为一大半仪式给人砍了。绮尔维丝头昏脑涨,心里难过,手帕紧紧压住嘴唇。库博妈妈热泪纵横。每个人都全神贯注在本子上签个粗歪的名字,除了新郎画了一个十字,因为不会写字。他们每人给穷人捐四苏。当那位差役把结婚证书交给库博,后者给绮尔维丝推了推肘节,决定再掏出五苏。

从市政厅走到教堂有一段路程。半道上,男客喝了点啤酒,库博妈妈和绮尔维丝喝了点羼水的黑茶藨子酒。还要穿过一条长长的马路,阳光直照下来,没有一点遮阴。管堂人在空荡荡的教堂中央等他们;把他们往一座小礼拜堂推,气呼呼地问,来得这么晚是不是蔑视宗教。神父大踏步走来,面色难看,饿得脸色发白,教士穿件肮脏的白法衣,小步跑在前面。神父草草念经文,拉掉几句拉丁句子,急忙忙转身,弯腰,张开双臂,斜眼看新郎新娘和证婚人。新郎新娘在祭台前十分为难,不知道什么时候该下跪、该起立、该坐下,他们在等候教士的姿势。证婚人怕失礼,全部时间站着;库博妈妈又哭了起来,眼泪落在向邻居借的一本经书上。可是中午钟已敲,最后一段祈祷文念完,教堂里全是神职人员的脚步声,摆椅子的移动声,大约在布置主祭坛搞庆祝,因为听到了扎彩工钉帷幔的锤击声。在偏僻的小礼拜堂的角落里,管堂人员扫帚扬起的灰尘中,面色难看的神父用一双枯瘦的手在绮尔维丝和库博低垂的头上迅速摸了一摸,仿佛在搬家声中,当上帝不在的时候,趁两场严肃的弥撒空隙,把他俩结合了。参加婚礼的人在更衣室一本本子上再次签名,在门廊里重新见到阳光,他们在那里待了一会儿,因被人家赶鸭子似的弄得目瞪口呆,气喘吁吁。

"这下好啦!"库博说,勉强笑一笑。

他扭动身子，也找不出什么有趣的话。可是他接着说：

"啊哈！事情倒不拖。他们三下两下给你办了……就像看牙医生，没来得及喊声'喔唷'，牙已经拔下来了！他们办理无痛婚礼。"

"不错，不错，干得漂亮，"罗利欧挖苦说，"五分钟速成，一辈子受用……啊！这位可怜的果酒，走吧！"

婚礼以后，客人除了等吃晚饭没有事可干。一场暴雨逼他们躲进一家酒店。后来马第尼埃带大家参观罗浮宫。

最后，从小乡十字架路下来到罗浮宫。

马蒂尼埃彬彬有礼地要求走在队伍前面。那地方大得很，人会迷路的；而他熟悉里面的精品展览室，因为他同一位艺术家常来这儿——一位聪明的年轻人，一家大纸版厂向他买画，贴在纸盒上。婚礼队伍走入楼下的亚述博物馆，都打了个寒战。嘿！里面可不热，大厅可做个像样的地窖。他们翘起下巴，眨巴着眼睛，慢慢地在石头柱子、神像、怪兽之间成双作对往前走；神像是黑大理石做成的，古板肃穆，怪兽半是猫半是女人，脸像死人，尖鼻子，厚嘴唇。他们觉得这一切丑不可言。今天的雕塑要美得多。一块腓尼基文石碑，叫他们傻了眼。这不可能，没有人见过这种天书。但是马蒂尼埃已与罗利欧太太到了二层楼，在叫他们了，在穹顶下大喊：

"上来吧，这些大件没意思……值得看的在二楼。"

楼梯没有雕饰铺砌，也使他们变得庄重了。一位有气派的守卫员，红背心，金袖章，像在楼梯口恭候他们，更叫他们激动不已。他们恭恭敬敬，尽量轻手轻脚走进法国美术馆。

那时，他们步子不停，满目反射出框架的金光，穿过前后相连的一进进小厅，图像在眼前溜过，多得目不暇接。要看懂，非得在每张画前站上一个钟点。那么多画，老天爷，数也数不完。肯定值不少钱。到了尽头，马蒂尼埃突然叫他们停在《梅杜萨小舟》前，他向他们解释主题。所有人都被吸引了，一动不动，不说一句话。当大家又开始走时，博希总结大家的意见：棒极了。

阿波罗画廊的地板尤其叫他们惊叹，闪闪发光，亮得像面镜子，照得出长凳的腿。雷芒佐小姐闭上眼睛，她以为走在水面上了。有人叫戈德隆太太别跺脚，为的是她有了身孕。马蒂尼埃要指给他们看天花板上的描金装潢和壁画；但是累酸了脖子也看不清楚。进入方厅以前，他向一扇窗子做个手势，说："这就是查理九世开枪打老百姓的那个阳台。"

可是，他照看队伍后面的人。他一挥手要大家停在方厅中央。这里展出的都是珍品，他放低声嗫嚅说，像在教堂里一样。大家绕着方厅走。绮尔维丝问《卡娜的婚礼》说的是什么，框上不写说明不聪明。库博停在《蒙娜·丽莎》前，他觉得像他的一位姑妈。……在最里面，戈德隆一对，男的嘴巴合不拢，女的手放在肚子上，面对着缪里罗的《童贞女》出神发呆。

方厅一圈绕完,马蒂尼埃要大家再绕一圈;这值得。他对罗利欧太太很照顾,因为她穿了件丝绸长裙;每次她打断他的话,他都认真地、有模有样地回答。她看到提香的情妇也有一头金发,像她,于是引起了她的兴趣,他却胡说那是美人费罗尼埃,亨利四世的情妇,有关她的一出戏在混合剧剧场演出过。

后来,婚礼客人走进长廊,那里陈列着意大利学派和佛兰德学派的作品。除了画,还是画,神、男人、女人,他们的面目看不懂,风景黑暗一片,牲畜成了黄的,人与物分散凌乱,色彩强烈喧闹,使他们头脑开始胀痛。马蒂尼埃不再说话,慢慢率领队伍,他们有秩序地跟在后面,每个人扭转脖子,视线落在空中。几世纪的艺术在这群目瞪口呆的傻瓜面前晃过,不论是原始人的拙朴,威尼斯人的富丽堂皇,荷兰人生活的美丽富饶。但是最使他们感兴趣的还是那些临摹者,他们的画架放在人群中,毫不拘束地画。有位老太太登在一张高梯上,挥动刷笔,在大画布上涂出一块淡雅的天空,特别给他们留下深刻印象。可是渐渐有人传说有一群婚礼客人参观罗浮宫;跑来了几位画家,咧嘴大笑;爱看热闹的人索性先占了凳子,舒舒服服看队伍经过;看守人员抿住嘴,才没把俏皮话说出来。婚礼客人已经累了,顾不得礼节,拖着有钉的鞋走,脚跟敲得地板咚咚响,像群牲口闯进了干净肃穆的画厅,分散着在踩地。

马蒂尼埃不声不响在制造效果。他笔直走到鲁本斯的《乡村狂欢日》前。他在那里始终不说一句话,仅带着轻佻的目光指指那幅画。那些妇女鼻子凑到画上才低声叫了起来；然后她们转过身，满脸通红。男人不放她们走开，一边戏谑，一边找寻那些猥亵的细部。

"瞧呀！"博希反复说，"这个值钱。这里有一个吐了。那位，在撒尿。那位，噢！那位……啊哈！他们可干净呢。"

"走吧，"马蒂尼埃说，对自己这手很得意，"这边没什么可看的了。"

婚礼客人从原路出去，重新穿过方厅和阿波罗画廊。勒拉太太和雷芒佐小姐苦叹说两条腿都跑断了。但是纸盒商要向罗利欧介绍古代珍宝。就在隔壁，一间小室的角落里，他闭上眼睛也走得到。可是他走错了路，领了客人闯了七八个厅，厅内又空又冷，只有几只简朴的玻璃柜，里面并放着无数的破罐和很丑的俑像。客人身上打战，厌烦透顶。后来，他们找寻门，撞见的却是画。又是一场奔波，画还是没有尽头，厅一个接一个，没什么有趣的，只是几张纸涂了几笔，靠墙放在玻璃框下。马蒂尼埃没了主意，又不愿承认迷了路，窜上一条楼梯，要客人跟上一层楼。这次，大家走进了航海博物馆，四周是仪器和大炮模型，立体地图，玩具一般大的船只。很远，走了一刻钟才遇到另一条楼梯。走下楼梯，劈脸又是画。那时，他们一阵失望，向各个厅乱撞乱碰，始终两人一排跟着马蒂尼埃，马蒂尼埃不停擦额上的汗，怒不可遏，大骂管理部门，指责他们把门换了位置。看守员和参观者瞧着这群人经过，不胜诧异。不到二十分钟，又看到他们进了方厅，进了法国美术馆，沿着放东方小佛像的玻璃柜走。他们再也走不出了。腿举不动了,人无精打采,声音喧闹,一路上把挺着大肚子的戈德隆太太抛在后面。

"要关门了!要关门了!"看守人员响亮地喊。

他们差点儿被关在里面,只得叫一名看守人员走在前面,把他们领到一扇门口。然后,在衣物间取出雨伞,到了罗浮宫院子里才松一口气。马蒂尼埃又泰然自若,他错在没有向左拐,现在他记起来了,珍宝室在左边。可是全体人员装得很高兴,看到了这么多东西。

晚餐前,客人还得消磨两个小时。阵雨来时,他们火速穿过巴黎街道,在皇家桥下躲了一会儿,登上铜柱广场尖顶,最后到达银色磨坊,在里面吃了一盘白葡萄酒烩兔肉和烤鸡,讨论政治和工作,钦佩靴子的食量,这食量却使老板生了气。笑过以后,爆发争论;临时组织一场舞会也无济于事;绮尔维丝和库博逃开,但碰上一位喝醉酒的老收尸员巴祖若大爷,他向他们透露他的基本人生哲学:"人死了……这点你们听着……人死了,才长久。"

四

小夫妻把他们的共同生活安排得很好。库博是个认真、有条理的工人。绮尔维丝在福科尼埃太太店里当洗衣工。夫妇俩积攒了一些钱,在金珠新街找了一个住房。绮尔维丝怀孕了。

夫妇俩在新宅里生活挺美满。艾蒂安的床放在小房间，里面还放得下一张小床。厨房巴掌那么大，暗得很，但是打开门还可看清楚；而且，绮尔维丝不必做三十人的饭菜，只要有地方炖上一锅蔬菜牛肉汤就行了。至于那间正房是她的骄傲。一清早，他们拉上白粗布床帷；卧室变成餐室，桌子在中央，衣柜和五斗柜相对而放。因为壁炉每天要烧上十五苏的煤炭，他们把它封了；一只小铁炉放在一块石板上，大冷天花上七苏就可取到暖。而且，库博作出最大努力装饰墙壁，答应以后再加工美化。代替镜台的是一张大图片，画法兰西一位元帅，手拿一根节杖，在一尊大炮和一堆炮弹之间跃马前进；五斗柜上家庭照排成两行，中间夹个喷金古瓷圣水盘，盘里放了些火柴；大柜顶上放两尊对称的胸像，帕斯卡和贝朗瑞，一个神情庄严，一个笑容可掬，旁边一只报时座钟，他们像在听滴嗒声。这确是一间美丽的房间。

"您猜猜，我们这里付多少租金？"绮尔维丝见一个客人问一个。

人家把房租猜高了，她很得意，叫起来，付那么少钱住这么好真叫她高兴：

"一百五十法郎，一个子儿也不多！……嗯，便宜吧！"

金珠新街本身也很使他们满意。绮尔维丝住在这里，不停地从自己家上福科尼埃太太那里去。库博到了晚上，下楼来，在门前抽他的烟斗。这条街没有人行道,路面凹陷,斜的。高的那头去金珠街,有几家阴暗、窗子肮脏的店,几个鞋匠,几个箍桶匠,一家不正气的杂货店,一家破产的酒店,店门关了几星期,上面贴满广告。另一头朝巴黎去,几幢五层楼楼房横在天空,底层是好几家洗衣店,紧挨在一起;只有一家小城的假发理发店,铺面漆成绿的,放满浅色的小瓶子,再加上擦得干干净净的铜盘闪闪发光,使这个阴暗的角落呈现欢乐的色彩。但是这条街的欢乐是在中间一段,那里建筑物渐渐稀少低矮,让空气和阳光降临。租车行车库、隔壁汽水厂厂房、对面洗衣场,留出一大块自由寂静的空间,洗衣女工压低的话声、蒸汽机有规律的喘声,好像更增深人的沉思。隐在深处的空地,插入黑墙之间的小路,使这里酷似一个村庄。库博看到偶尔几个行人抬腿跨过长流不息的肥皂水沟,觉得有趣,说记起五岁时一位叔叔曾领他到过这么一个地方。使绮尔维丝快乐的是窗子左边院里种的一棵树,一棵槐树,伸出一根杈子,枝上稀疏的绿叶使整条街生辉。

一个女儿诞生了,后来叫安娜——娜娜……行洗礼那天,库博夫妇跟邻居交上了朋友,那是绰号叫金脸的铁匠古捷和他的母亲。对十二月二日事件[1],这两位工人表示了各自的政治思想。

---

[1] 指1851年12月2日,路易·拿破仑·波拿巴发动政变,解散国会。

果酒像巴黎人那样能说会道,觉得金脸傻里傻气。不来点儿酒,不在人行道上对女人调笑,是好样的;可是男人总是男人,不然干脆穿上裙子得了。他当着绮尔维丝取笑他,指责他跟附近每个女人眉来眼去;这个身材魁梧的古捷竭力为自己辩护。虽然如此,这两位工人还是好朋友。他们早晨约好一起走,回家以前有时去喝杯啤酒。自从洗礼晚饭以后,他们相互用"你"称呼,因为老用"您"使句子噜苏。他们的友谊发展到这个地步,这时金脸帮了果酒一个大忙,这种忙叫人一辈子不会忘记。这是十二月二日。白铁工为了寻寻开心,异想天开要上街去看暴动;共和国,拿破仑,这一切动乱,他都不关心;只是他喜欢火药,觉得枪声乒乒乓乓有趣。他在一个街垒后险些给人逮住,要不是铁匠恰好路过那里,用他高大的身躯保护他,帮助他脱身。古捷登上鱼市郊街时,走得快,神气严肃。他关心政治,是个温和共和派,维护大众的正义和幸福。可是,他从来没有放过枪。他有他的理由:栗子是平民从火中烧伤了手取出来的,还要向资产阶级付钱去买,这号事老百姓不愿再干了;二月和六月①就是沉痛的教训;所以,从今以后,郊区听任市区爱怎么办就怎么办吧。走到上面鱼市街,他回头望巴黎;那边②的人还是干下了坏事,人民有朝一日可能会后悔当初袖手旁观。但是库博说讽刺话,称那些毛驴太蠢了,只为了给议院里那些大闲人保留二十五法郎津贴,竟肯牺牲性

---

① 指1848年2月工人进行革命,6月遭到屠杀。
② 指蒂勒黎宫,皇帝拿破仑三世居住的地方。

命。当天晚上,库博夫妇请古捷母子吃饭。吃到甜食,果酒和金脸相互在脸上响亮地吻了两吻。现在,他们成了生死之交。

艰苦工作四年后,库博夫妇积了六百法郎。他们的女儿几乎抚养大了,两个儿子也送出去当学徒工;绮尔维丝梦想开家小店铺,恰在金珠街大楼里面有一家招租。作出重大决定的那天晚上,她去国家路她丈夫上工的工地找他。

库博那时在安装一幢四层楼新楼的屋顶。那天,他正要盖最后几块白铁皮。屋顶几乎是平的,他就在两个支架上放一块大门板,算是他的工作台。五月艳丽的太阳快要落下山,烟囱上一片金光。高处,蓝色天空前,那位工人用大剪子俯在工作台上静静铰铁皮,像裁缝在家裁一条短裤。他的助手,十七岁的男孩,瘦弱,黄头发,倚在邻屋墙上,拉动一只大风箱扇炉火,风箱抽一下,喷出一蓬火星。

"喂!齐道尔,把烙铁放上!"库博叫。

助手把烙铁往炭火中间插,炭火在大白天呈淡红色。然后他又拉风箱。库博拿着最后一张白铁皮,要放在屋檐边上,靠近水落管;那里有个陡坡,下面张着马路的大洞口。白铁工像在家里,穿双编织便鞋,拖着步子往前走,嘴里吹《喂,小羊儿!》这首曲子。到了洞口,身子一溜,一只膝盖紧贴烟囱的墙面,人挂在半空。一条腿悬着。他翻身叫那个懒骨头齐道尔时,攀住墙面的一个边沿,因为身下就是人行道。

"你真会磨蹭!……把烙铁给我!你望着天上干吗,你这个瘦猴,又不会给你掉下烤熟的云雀!"

但是齐道尔不慌不忙。他感兴趣的是邻近屋顶上一团浓烟,从巴黎城里格勒内尔那边来的,可能是场火灾。可是他过来伏在屋面上,头探在洞口,把烙铁递给库博。这时,库博开始焊接。他蹲下,探身,坐半个屁股,踮着一只脚尖,靠一个指头钩着,人总保持平衡。他稳如泰山,胆大包天,习惯了,把危险不当一回事。这行当他熟悉。倒是马路见了他害怕。他烟斗没离嘴,时常转过身,向街心满不在乎吐口水。

"嗨!博希太太,"他忽然大叫,"喂,博希太太!"

他刚窥见女门房穿过马路。她抬起头,认出了他。屋顶与人行道之间展开一场对话。她把两手缩在围裙下,鼻子朝天。而他这时站着,左臂抱住一根管子,俯下身。

"您没见我的妻子吧?"他问。

"没呀,"女门房回答,"她来这里吗?"

"她要来找我……家里人好吗?"

"好,谢谢,就是我不行,您看……我去克利昂古尔街买条小羊腿。红磨坊附近那家肉铺只卖十六苏。"

他们提高声音,因为一辆汽车开进了这条宽阔无人的国家路;他们拉开嗓门说话,也只把一位老妇人引到她的窗前;老妇人倚在窗口,望着对面屋顶上这个男人,给自己来个激动人心的消遣,仿佛还希望看到他随时掉下来。

"好啦!再见,"博希太太又叫,"我不打扰您了。"

库博转身接过齐道尔递来的烙铁。但是女门房正要走开,发现绮尔维丝在对面人行道上,携着娜娜。她已经抬头要关照白铁工,少妇做了一个果断的手势,要她别开口。她不让上面听见,悄悄说出自己的恐惧:她怕突然露脸,丈夫一震动会坠下来。四年间,上工地找他只有过一回。今天是第二回。她不能在场,头要晕,当她看到丈夫上不着天,下不着地,吊在麻雀也不敢飞越的地方。

"当然,这不是闹着玩的,"博希太太喃喃说,"我的那位是裁缝,我不用打哆嗦。"

"您要知道,最初一段时间,"绮尔维丝又说,"我从早到晚提心吊胆。我总看到他跌破脑袋躺在担架上……现在,我没想得那么多了。一切都会习惯的。面包是要去赚的……面包不好赚,没关系,有人比他更经常拿着命在冒险。"

她闭上嘴,把娜娜拉在裙子后面,怕小孩叫出声。她不由自主望着,脸色苍白。正是这时候,库博焊接白铁皮远的一头,靠近水落管,他伸长身子溜过去,还是够不上。于是他冒险试探,像某些工人动作慢慢的,既悠然又沉重。有一时,他悬在马路上空,静静的,没揣着活儿;从底下看到一只小心翼翼的手移动一根焊管,焊管下劈劈啪啪闪出白色小火焰。绮尔维丝口哑了,心里七上八下,气也透不过来,两手紧抓,机械地举了起来,做出祈祷的姿势。但是她大声松了一口气,库博刚回上屋顶,不急不忙,又一次从容向街心吐口水。

"哈!有人在侦察!"他窥见她高兴地说,"她看傻了,是吗？博希太太；她不愿喊……等我，十分钟就完事。"

他还要装一只烟囱罩——小事一桩。洗衣妇和女门房留在人行道上，议论街坊的事，留意着娜娜，不许她去蹚水，她在小沟里找小鱼；两位妇女总是抬头望屋顶，笑嘻嘻，摇摇头，像在说她们不着急。对面那位老妇人没有离开窗子，望着库博，等着。

"这头母羊她在刺探什么！"博希太太说，"一个丑八怪！"

听得见上面白铁工响亮的歌声："啊！采草莓有多美！"现在俯在工作台上，像个艺术家在铰铁皮。用圆规一转，画出一条线，用一把弧形剪子剪出一个大扇面；然后轻轻用锤把扇面敲成尖蘑菇状。齐道尔已开始扇炉火。太阳隐没在房子后面，放出一片红光，渐渐暗淡，转成柔和的丁香色。天空下，在一天中这个宁静的时刻，两位工人的人影无比地扩大，清楚地映衬在明澈的空气中，伴着工作台深灰的横影和风箱奇异的侧影。

烟囱罩剪成后，库博又大喊：

"齐道尔！烙铁！"

但是齐道尔刚才不见了。白铁工边骂边用眼睛找他，透过开着的阁楼天窗喊他。最后发现他在两幢房子外的邻屋屋顶上。这个好动的小家伙东溜西荡，窥视四周，细软的黄头发在风中飘，面对着广漠的巴黎眨眼睛。

"喂，浪荡鬼！你以为到了乡下吗？"库博怒冲冲说，"你像贝朗瑞先生在做诗吧！……烙铁给不给哪！真没见过！在房顶上溜达!把你的相好马上带来,对着她唱情歌吧……烙铁给不给哪,你这条泥鳅!"

他焊起来,向绮尔维丝喊:

"好了,完事啦……我下来。"

他要装罩子的那根烟囱在屋顶中央。绮尔维丝心静了下来,眼睛跟着他的动作,继续微笑。娜娜看到父亲一下放了心,拍起两只小手。为了更仔细看上面,她坐上了人行道。

"爸爸!爸爸!"她放声大喊,"爸爸!看啊!"

白铁工要弯身,但是脚打滑。于是,出人不意地,愚蠢地,像个四只爪子打结的猫绊倒了,打滚,从屋顶的小坡往下落,什么也抓不住。

"妈的!"他哑声喊。

他往下掉。身子松软地转了一个弧度,翻了两个筋斗,直跌在马路中央,声音闷闷的,像高空扔下一包衣服。

绮尔维丝傻了,一声尖叫撕裂喉咙,两手高举在空中,呆在原地。几位行人跑过来,围成一圈。博希太太慌慌张张,两腿发软,把娜娜搂在怀里,遮住她的头,不让她看见。可是对面那个小老太,好像如愿以偿了,不声不响地关上了窗户。

库博跌断了腿。靠绮尔维丝的护理和热情,丈夫治愈了。他对自己的工作十分怀恨,开始养成闲散的习惯。不久,又嗜上了酒。

两个月后，库博可以起床了。他走不远，从床到窗口，还要绮尔维丝扶着。他在窗边坐在罗利欧的那张椅子里，右腿伸直搁在矮凳上。这位爱说笑的人要嘲弄在冰雪天跌断腿的那些人，对自己的事故非常气恼。他缺乏涵养。这两个月就躺在床上骂骂咧咧，惹得谁都生气。仰天躺着，一条腿绑着绳，硬得像根香肠，这样过日子哪里算得上生活。啊！天花板可是看熟了；床位角落上有条裂缝，他闭上眼睛也画得出来。坐上椅子他又有别的话说。他要像木乃伊长期钉在那里？这条路也没意思，没有行人，整天散发漂白水气味。不，真的，他无聊极了，宁愿减寿十年去看一眼巴黎城外的旧碉堡怎么样了。他三番四复痛斥命运。工伤出在他身上，这不公正。他，一个好工人，不偷懒，不酗酒，不应该有这种遭遇。别人碰上了，他还可理解。

"库博大爷，"他常说，"那天喝得醉醺醺，跌断了脖子。我不能说这是活该，但是事情总有个说法……我，空腹，气不喘心不跳，身上没有一滴酒精，就在转身向娜娜笑时骨碌碌跌了下来！……您不觉得这太过分吗？如有什么好上帝的话，他把事情也安排得太离奇了。这事我永远没法服气。"

腿痊愈后，他对工作十分怀恨。这是一个倒霉的行业，天天像猫似的爬水落管。那些布尔乔亚他们才奸呢！他们要你去送死，自己却胆小得连爬梯子也怕，稳稳当当坐在炉子边，拿穷人的命开心。他甚至说谁家的白铁皮谁家自己装。天哪！这样做才叫公道：你要不愿淋雨，那就自己盖屋。他后悔没有学另一种手艺,雅一些,安全一些,比如说家具木工。说起这事,又是库博大爷的错;做父亲的都有这个陋习,爱把孩子塞进自己的行当。

库博拄拐杖走路,又过了两个月。他先是下楼到路口,在门前抽烟斗。后来走到外马路,在阳光下拖着步子,坐在凳子上过几个小时。他又高兴起来了,长期闲散中谈锋更健更锐利。随着生活的乐趣,他又得到无所事事的快活,四肢不用动,肌肉陷入酣睡中;仿佛懒惰趁他休养期间展开慢性征服,叫肌肤舒松愉快,从而侵入里面使它僵硬。他身体复原了,爱开玩笑,觉得生活挺美好,看不出为什么不能永久这样下去。当他能够扔掉拐杖时,他走得更远,上工地去看他的伙伴。面对正在盖的房屋袖手旁观,时而嘲弄,时而摇头;挖苦那些卖苦力的工人,伸出腿给他们瞧,累死累活会有什么样结果。别人干活,他站着打哈哈,满足了他对工作的怨恨心理。他当然还得上工,这是不可避免的;但是愈迟愈好。哦!他缺乏热情是付出了代价的。而且,做人偷点儿懒,他觉得有多么惬意!

……绮尔维丝恢复工作已有多时。她不用再费心把座钟玻璃罩取下放上;存在里面的积蓄都吃光了;必须苦干,四倍地苦干,因为饭桌上有四张嘴。一家人全靠她一人养活。听到别人为她叫屈,她立刻原谅库博。你想想吧!他吃了那么多苦,要是他脾气变得暴躁,也不奇怪!随着健康好转会过去的。如果有人暗示库博现在身体看来很结实,完全可以回到工地去,她就要叫起来。不,不,还不行!她不愿再见他躺上病床。医生跟她说什么,她怎么会不清楚呢!是她不许他去上班的,每天早晨向他说上一遍不要忙,不要勉强自己。她甚至在他背心口袋里悄悄塞进几个二十苏的硬币。库博接受这个理所当然;他诉说身上这里痛那里痛的,是要人疼;六个月快过去了,他还是在休养。现在,他去看别人干活的日子里,很乐意跟伙伴喝上一杯。可不是,在酒店里大家挺自在,说说笑话,待上五分钟。这也不辱没谁。伪君子才装得渴死也不进门。人家以前嘲笑他很有道理,一杯酒杀不了人。但是他拍拍胸脯,保证他只喝葡萄酒,永远喝葡萄酒,决不喝白酒;葡萄酒延年益寿,不损健康,不醉人。可是,好几次,一整天没事做,从这工场到那工场,从这酒店到那酒店,回家时醉态毕露,绮尔维丝逢上那些日子,关上房门声称头痛得厉害,不让古捷一家人听到库博说的蠢话。

为这次工伤事故虽花了大量钱,但绮尔维丝还是实现了自己的梦想:她租下了金珠街那家小铺子。古捷把她当"圣母"那么爱,把自己留着办婚事的钱借给她。

五

库博一家搬进了新宅。面积不大,但粉刷一新,就在妒火中烧的罗利欧夫妇鼻子底下渐渐安顿停当,绮尔维丝作为"专洗上等衣衫的洗衣商"开始招徕了一批顾客。她因为有了这个新身份而感觉很幸福。

在这些飞短流长中,绮尔维丝镇静自若,笑嘻嘻站在门口,向朋友亲热地点头打招呼。她喜欢在搁下熨斗休息之际,来这里待上一分钟,对着大街微笑,想到自己是店主,在人行道占一席之地满心得意。金珠街属于她的,邻近几条路、整个区都属于她的。她穿件白罩衣,露出两条胳膊,一头金发忙得乱蓬蓬的,伸出头向左一看,又向右一看,目光直抵街的两头,把行人、房屋、马路、天空一览都收在眼里:左边,金珠街,安静,看不见人,往前像延伸到一个外省小村,有妇女在门前低声说话;右边,才几步之遥,鱼市街上车声喧闹,行人络绎不断,熙来攘往,使这条小路成了嘈杂的十字路口。绮尔维丝爱看马路,爱看卡车在弯腰拱背、坑坑洼洼的街面上颠簸,爱看行人沿着狭窄的、被锥形碎石堆切断的人行道上推推搡搡。她店门前的一条三米宽的水沟意义可大哩,一条宽阔的大河,她要求它非常干净;一条奇异、有生命的大河,店里的颜料把河水染成五色缤纷,在泥地中央格外可爱。她对商店也感兴趣:一家大杂货店,细眼网纱兜住货架,架上放满干果;一家工人衣帽店,蓝色工作衫裤手脚撑开的挂着,风一吹飘飘荡荡。还窥得见水果店、熟肠店的一角柜台,几只漂亮安静的猫在上面打呼噜。她的邻居维古鲁太太,煤炭店老板娘,向她还礼,这是一位矮胖的妇女,脸孔发黑,眼睛发亮,背靠在店面上,偷闲与男人说笑;店面酒渣色的,上面画几爿木柴,装饰图案像乡间木屋那样复杂。居道态母女俩——她的另几位邻居——开一家伞店,从不露脸,橱窗是暗的,门是关的,门上装饰两把铁片小伞,伞上涂一层厚厚的鲜红朱砂。但是绮尔维丝回进门以前,总朝对面一堵白高墙望一眼,墙上没有窗户,开了一扇巨大的车门,从车门看见一只打铁炉火光熊熊,院子里挤满大车、马车,车把朝天。墙上写着:铁铺;字体很大,用一只扇形马蹄铁作为框子。整个白天,锤子打在铁砧上,火星四溅,照亮院子里暗淡的阴影。墙脚下,有个衣柜那么大的洞,洞的两旁一家是铁器店,一家炸土豆片店,都是女老板;洞底是一家钟表店,一位穿礼服的先生,仪表端正,在工作台前不停地用纤巧的工具拨弄机芯,台上有些精细的零件放在玻璃罩内;在他背后,三十来个小巧玲珑的报时钟钟摆,在马路的破败贫困和打铁铺的铿锵锤声中一起悠悠晃动。

　　本区的人觉得绮尔维丝非常可亲。当然,对她也不免说长道短,但是一致认为她眼睛长得大,嘴巴有模样,牙齿十分白。总之,这是一位漂亮的金发妇女,要不是腿有毛病,可以算得上是位大美人。她正二十八岁,身子已发福。细巧的五官变粗了,动作慢但不呆滞。有时她等熨斗时,会坐在椅子边上出神,嘴角挂着淡淡的微笑,脸上洋溢美食者的欢乐。她讲究吃喝了;每个人都这样说;但是这又不是一种恶习,恰恰相反。赚了钱吃上几道好菜,又怎么样呢?吃土豆皮那才叫傻呢。尤其她工作一直很艰苦,不遗余力争取顾客,活儿紧的时候,关上店门自己通宵达旦熨衣裳。正如本区人说的,她福星高照,一切兴旺发达。大楼内马蒂尼埃先生、雷芒佐小姐、博希几家都包给她洗;甚至旧东家福科尼埃太太的老主顾、住在鱼市郊街的巴黎太太也给她抢了过来。到了下半月，她要雇两名女工，浦图瓦太太和高大的克莱芒斯，从前住在七楼的那个女孩子。这一来，连同她的学徒小奥古斯蒂娜——丑得无以加的斜白眼——店里多了三个人，其他人遇上这样好运肯定头重脚轻。辛苦了一星期，逢星期一添些好菜，在她也情有可原。再说，这也是必要的；如果她不在肚里放进味厚可口的东西，挠得胃痒痒怪舒服的，她就会浑身无力，望着衬衣提不起精神。……

对库博，绮尔维丝尤其显得体贴。从不在丈夫背后说一句坏话，出一句怨言。白铁工终于又去上工了；因为他的工地那时在巴黎的另一头，每天早晨她给他四十苏吃顿饭、喝酒、抽烟。只是六天中有两天，库博停在半路，跟一位朋友把四十苏喝完，回家吃中饭，编了个谎言搪塞。甚至有一次，他没走远，跟靴子和其他三位朋友在教堂门前的佳碧香大吃大喝，蜗牛、烤肉和蜡封的瓶酒；四十苏当然不够花的，他叫一位伙计把账单送去交给妻子，要他说人给扣在店里了。妻子笑了笑，耸耸肩。丈夫玩得高兴，有什么不好呢？家庭若要和睦，不应该盯得男人太紧。一句来一句去的，到头来闹到打架为止。我的上帝！一切应该放明白。库博还在为自己的腿难受，他也是被人拖下水的，不得已才像其他人那样做，不然人家会当他是个笨蛋。此外，这也无伤大雅；他要是醉了回来，就躺下，两小时过去不是什么都没了吗。

但是库博愈来愈不安分。他工作时断时续,在洗衣店闲逛,跟女工嬉闹,经常喝醉回家。罗利欧暗地里助长他的不端行为。

每次酒醉后第二天,白铁工患头痛,痛得很厉害,使他终日蓬头散发,口发臭,嘴巴浮肿歪斜。他起身迟,八点钟才抖身子伸懒腰;他吐痰,拖拖沓沓进店堂,下不了决心去工地。白天就这样完了。早晨,他诉苦说两条腿软弱无力,自称像这样贪杯太蠢,因连身体也糟蹋了。可是遇见一群酒鬼,死也不肯放过你,不乐意也得来上几杯,卷进各种各样暧昧不清的事,最终不能自拔,直挺挺躺倒!啊!别见鬼啦!这事再也找不上他了,他不愿年轻力壮把命送在酒店里。但是中饭吃后又精神抖擞,哼哼哈哈叫几声,表示嗓音洪亮。开始不承认上一天有什么胡来,可能有点过量而已。谁也没他那个酒量,他坐得稳,腕力超人,喝上多少也不眨一眨眼睛。于是整个下午,他在区里溜达。当他把女工烦够了,妻子给他二十苏打发他走路。他溜了,到鱼市街小麝猫店里买他的烟,遇到朋友也就在里面喝杯李子酒。然后,到金珠街角卜弗朗索瓦酒店把二十苏用得精光,那店里出售一种好葡萄酒,酿成不久,喝上喉咙发痒。这是一家老式的低级酒店,店面黑,天花板低,旁边一个乌烟瘴气的店堂还出售汤。他在那里待到天黑,玩轮盘赌酒喝;他提防着弗朗索瓦,后者正式答应决不把账单送给他老婆。不是吗?应该用酒冲冲喉咙,排除上一天的积垢。一杯喝了又想来上一杯。然而，他是个好样的，女色从来不沾，喜欢说笑，当然，如今他也被酒灌醉，但是不厉害，对那些跌在酒里长年不醒的混账男人也是十分瞧不起！他回家欢欢喜喜，和和气气，像个金丝雀。

日子好好歹歹过去了。绮尔维丝把婆婆接回家住，年老的库博妈妈眼快瞎了，身也残了。生意依然兴隆，不靠白铁工的薪水一家人也能生活温饱。

三年过去了。和和闹闹又有好几次。绮尔维丝才不把罗利欧家、博希家以及其他话不投机的人放在眼里。他们要是不高兴——不是吗？——尽可走得远远的。她愿赚多少便赚多少，那是主要的。本区的人最后对她非常尊重，因为这样的好主顾到底还是不多的，如期付款，不讨价还价，不拣瘦挑肥。她在鱼市街库德鲁太太店里买面包，波隆索街胖查理肉铺买肉，金珠街勒翁格店里买杂货——那店几乎就在她的店对面。路角的酒商弗朗索瓦给她送酒，每筐五十公升。邻居维古鲁卖给她煤炭，按煤气公司价格。可以说，这些商人供应货物都很有心，知道只要殷勤跟她打交道，可占一切便宜。因而，当她穿双便鞋，不戴帽子，出门上了街，从四面八方听到问好声；她在那里就像在家里，她的店向着街道门户洞开，邻近的路像是店的天然附属部分。现在她外出办事，有时慢腾腾的，很乐意在街上逗留，到处是熟人。有几天没时间在炉子上做饭，就去买几份菜，在小饭庄里东扯西拉，饭庄开在她店的另一边，一间宽敞的大厅，大窗子沾满灰尘，通过肮脏的玻璃看到角落里院内暗淡的日光。或者，她停在一楼某个窗台前，两手捧着碗碟闲谈，望见鞋匠的室内，床凌乱不堪，地板上堆满了破布、两只断腿摇篮、一只装松脂瓦罐，里面盛了黑水。但是她最尊敬的邻居，还是对门的钟表匠，穿礼服的先生，仪表端正，不停地用纤巧的工具拨弄机芯；她经常穿过马路向他问好，在这个柜子一般狭小的店堂里，望着快活的小时钟，钟摆慌慌张张，报时报得都有先后，不由得高声大笑起来。

六

中间有一天下午，绮尔维丝到打铁铺去看望她的朋友古捷。为了向女店主讨好，古捷向同事咸嘴（也称"不渴也喝"）挑战，比一比真正的技艺：单独一个人用锤子敲出几个四十毫米的铆钉。之后，他带她参观车间，对着机器想问题。

绮尔维丝在场他们很兴奋，相互挑战。古捷把事先切断的一段段铁块放进火里，然后把一个大直径铁钉模子固定在铁砧上。咸嘴取出靠在墙上的两个二十斤大锤，这是厂里一对大姐姐，工人称它们菲菲娜和黛黛儿。他继续吹嘘说，给敦刻尔克灯塔打过六打铆钉，简直是首饰，可放进博物馆当展品，精美绝伦。哼！他才不怕比赛；要跑遍巴黎车间才找得着他这样的好师傅。大家可以笑，大家可以看看会看到些什么。

"太太当裁判。"他转身对少妇说。

"说够了吧!"古捷叫,"朱阿夫①,用劲拉!炉火不热,我的孩子。"

但是咸嘴还问:

"那么,咱们一块儿打?"

"不!各人打各人的螺栓,我的勇士!"

这建议一提出来,场上一冷,他的同事平时口若悬河,这下也嘴里发干。四十毫米螺栓一个人单独打,从来没见过;尤其是圆顶螺栓,技术要求非常高,是一件真正的杰作。车间内其他三位工人放下工作来看热闹;一个瘦长条子赌一升酒,说古捷要输。这时两位铁匠闭上眼睛各自拣了一把锤子,因为菲菲娜要比黛黛儿重半斤。咸嘴运气好,伸手摸到黛黛儿,金脸碰上了菲菲娜。等着铁烧得发白的时候,咸嘴劲儿又来了,站到铁砧前面,含情脉脉的眼睛朝女店主转;他摆好姿势,像要投入决斗的绅士,蹬脚要对方先上,已经跃跃然要挥动黛黛儿;嘿!天哪!他这里多神气,就是铜柱广场的铜柱,他也可锤成一张薄饼!

"行啦,开始吧!"古捷说,自己动手把其中一块铁放到模子里,铁块有女孩手腕那么粗。

咸嘴身子后仰,两手抡起黛黛儿。他短小精悍,山羊胡子,狼眼睛在乱发下闪光。每次抡锤用足力气,像给自身的劲

---

① 指绮尔维丝的一个儿子艾蒂安,他在工厂当学徒,头发剪得很短,像法国朱阿夫兵团士兵,故有此绰号。后为《萌芽》一书中的主角。

弹得跳离地面。这是个烈性子的人,看到铁那么硬就是不服气,非要跟它干一仗;就是一锤打得正是地方,也要嘟囔一声。白酒可能使别人的胳膊没力气,可是他血管里需要的正是白酒,不是血;刚才喝下肚的一杯酒,像炉火烧热了他的骨架,他觉得自己像蒸汽机一样浑身是劲。因而,这天黄昏,是铁见了他害怕;他锤得它比嚼过的烟叶还稀巴烂。黛黛儿跳起了华尔兹,看吧!她在做芭蕾舞中的击腿跳动作,脚吊在空中,像蒙马特-爱丽舍咖啡馆中的浪荡女郎,连内衣也露出来了;因为不能偷闲,铁很鬼,一下子就冷,没别的,就是要笑话锤子。咸嘴三十下把他的螺栓头打了出来。但是他喘气了,眼睛鼓出眼眶,听到自己骨头格格响而怒气冲天。那时他按捺不住,又是跳又是骂,再加上两锤,纯然是对自己辛苦的报复。当他从模子取出时,螺栓变了形,头歪得像个驼背。

"嗯!不错吧?"他还是把他的制品给绮尔维丝看,不以为意。

"我是个外行,先生,"女店主回答,不做表示。

但是她看出,黛黛儿最后两下打在螺栓上是弄巧成拙,心里好不高兴,抿紧嘴才没笑出来,因为古捷现在完全有可能取胜。

轮到金脸了。开始以前,他看一眼女店主,温情而有信心。然后,不慌不忙,看准距离抡起锤子,敲得狠而均匀。他打得有章法,有分寸,均衡轻松。菲菲娜在他两只手中绝不乱颠乱舞,两腿翘到裙子上面;她身子一纵一落,像位贵妇人，神色肃穆地领跳古典小步舞。菲菲娜的脚跟在打拍子，很庄重；脚跟踩入烙红的铁内、螺栓的头上，细致而有法度，首先敲在铁块中间，然后精确地、有节奏地连续几锤打出钉头。当然，金脸血管里流的不是白酒，是血——纯洁的血，使他的锤子虎虎有生气，工作有条有理。这个大个儿，干起活来是个堂堂的汉子！猛烈的炉火直照他的全身。卷曲的短发挂在低低的额前，美丽的黄胡子虬曲下挂，都像点燃了火，一根根金须照得他满脸发光，真是金子做的脸，一点不假。还有，脖子如同柱子，像孩子的那样白，宽阔的胸脯足可横躺一个女人；肩膀和胳臂像仿照博物馆内巨人像雕塑而成。身子往前冲时，肌肉隆起像座山峰，在皮肤下坚硬滚动；肩膀、胸膛、颈项都鼓鼓的；他周围发出一片光明，人变得俊美，无所不能，如同天神。他抓住菲菲娜打了二十下，眼睛盯住铁，敲一下吸一口气，只是在太阳穴上滚下两颗大汗珠。他计数：二十一、二十二、二十三。菲菲娜继续恬静地像贵妇人那样鞠躬行礼。

"真会摆架子！"咸嘴低声嘲笑说。

古捷还在数。

"二十八！"他最后喊，把锤子放在地上，"完事了，你们看吧。"

螺栓头光滑，外形平整，没有一丝毛边，真是一件首饰，用模子做成的一颗滚珠。工人瞧着螺栓直点头；没什么说的，叫人五体投地。咸嘴还要挖苦，但是结结巴巴说不出话，终于缩着鼻子回到他的铁砧旁边。这时，绮尔维丝紧紧挨着古捷，像要瞧个清楚。艾蒂安已放下风箱,炉内已充满暗影,红色太阳西落了,一下子陷入黑夜。烟灰铁屑染黑的厂房内,旧铁气味上升,铁匠和女店主觉得黑夜笼罩着他们,感到一种温情;如果他们在万森森林约会,躲在草丛内也不会相信如此幽静。他抓住她的手,好像已把她征服了。

后来,到了外面,他们一句话也没交谈。他找不出话来;只是说要不是还有半小时的活要干,她可以把艾蒂安接回去。她最后要走了,这时他喊她回来,希望再留她几分钟。

"您来,您还有东西没看呢……不,真的,很有意思的。"

他领着她往右走进另一个厂房,他的老板安装上全套机械制造设备。走到门口,她本能地怕起来,踌躇不前。大厂房被机器震得摇动;一团团巨大的黑影在浮动,中间点缀着红色火焰。但是他笑着要她安心,保证没什么可怕的,她只需注意别让裙子靠近齿轮。他走在前面,她跟着,四周闹声震耳欲聋,各种声音尖叫轰隆,浓烟中有模糊的东西在晃动,有熏黑的工人在忙碌,有机器在转动长臂,她分辨不清哪是人哪是机器。过道很狭,要跨过障碍物,避开窟窿,侧转身别让车子撞倒。说话听不见。她还什么也看不见,一切都在跳动。后来,她感到头上有东西在张着大翅膀飞舞,她抬起头,停住脚步,望见了传送带,长长的带子在天花板交织成一个巨大蜘蛛网,其中每根网丝都在无尽无休地纺织;蒸汽机隐藏在一个小角落,一堵小砖墙后面;皮带像在自动旋转,从黑暗深处传来震动声,皮带连续、均匀、轻柔地滑过去,像夜鸟的飞行。但是她差点绊倒，撞上了鼓风机的一根管子，鼓风机管在夯地上四处散布，把酸风送往机器旁边的小铁炉。他一开始就叫她看这个鼓风机，对着一个锅炉送风，锅炉四周窜出扇状的大火焰，火制的花边颈饰耀人眼目，带点红褐色；火光强烈，工人的小灯反像是阳光中的几点暗影。他提高声音向她解释，他谈到了机器：机动剪子吞进铁条，牙齿一咬一段，又从后面一个个吐出来；那些制造螺栓铆钉的机器，高大复杂，用它们强壮的螺杆一冲，冲出个螺栓头来；砂轮配上铸铁手轮铸铁盘，在空中愤怒转动，除去每个螺栓的毛刺；攻丝机由女工操纵，刻出螺栓螺帽的螺丝，机上的钢齿轮咔嚓咔嚓，在润滑油中闪光。这样她看到了操作全过程，从靠墙的铁条直到完工的螺栓铆钉，墙角堆着满箱的成品。那样她懂了，微微一笑，点点头；但是咽喉依然感到压迫，担心自己在这些粗犷的金属工人中间太小了，太脆弱了，有时砂轮一声闷响，她旋转身，血都冻结了。她习惯了黑暗，看到在凹室有几个人一动不动调整手轮踉跄的舞蹈，这时炉里突然窜起火焰颈饰，放出一片光。她不由自主地要看天花板，看机器的生命，也可说是血液，看皮带灵活的飞翔，她举目观望皮带的这个巨大无声的力量，在屋架的冥夜中通过。

可是，古捷在一台铆钉机前停步了。他待在那里，低下头若有所思，眼睛定定地。机器锻造四十毫米铆钉，像巨人那样毫不费功夫。确也没有什么比这更简单了。司炉工在熔炉中取出铁块；锻工把它放在模子上，有一条水流不停地浇在上面，不用使钢再退火。这样做了后，螺杆往下放，螺栓跳到地上，头圆圆的，像模子浇成的。这台了不起的机器十二小时制造几百公斤。古捷没有恶意；但是有时看到它的胳臂比他的还结实便来了气，真想抡起菲菲娜砸在这个机身上。纵然劝自己要讲道理，说肉体怎么可能跟钢铁较量，这事还是使他很伤心。有一天，当然，工人会给机器杀死；他们一天的工资已由十二法郎减至九法郎，人家还在议论要再减；总之，这些大家伙没什么叫人高兴的，它们制造铆钉和螺栓就像制造香肠。他对着这个足足瞧了三分钟，一句话不说；他的眉毛打结，美丽的黄胡子根根怒张。然后，温柔和隐忍的神色使表情渐渐缓和。他向紧挨着他的绮尔维丝转过身，带着凄苦的微笑说：

"哎！它可比咱们威风多了！但是也可能以后对大众的幸福都有好处。"

绮尔维丝想的不是大众的幸福。她觉得机制的螺栓做工不地道。

"您了解我的意思，"她热烈地嚷，"它们的做工太差……我还是喜欢您做的。看得出不是艺术家的手艺是做不成的。"

    还是出现了某些不幸的迹象：生活拮据，令人不安地又遇见了朗蒂埃，朗蒂埃的近况，绮尔维丝对懒惰的宽容，尤其库博酗酒更凶，从葡萄酒喝到白酒，有一位暴戾的酒鬼皮夏尔成为他即将堕落的前车之鉴。

七

　　总算还有一个好日子——七月十九日，绮尔维丝的生日。亲戚和邻居接到了邀请。十四个人在店里庆贺。汤、牛肉、勃朗盖酒、里脊肉、蔬菜、十升酒都吞下了肚子，最后端上宴席的主菜：烤鹅。大家吃喝、高声欢笑。每个人都直着喉咙唱歌，狂欢声传到马路上，整区的人都看到这场面。绮尔维丝的第一个情人朗蒂埃受到美食的诱惑，利用库博醉意中心软，又在大家的宽容下，进门走到桌前，就这样阔别七年后又进入了少妇的生活。

八

　　那天以后，朗蒂埃与库博开始来往，最后也住进了他们的家。绮尔维丝工作养活大家。但是在懒散与各种混乱中，洗衣店业务一蹶不振，不可救药。库博受朗蒂埃怂恿，酒愈喝愈凶，难以自拔。绮尔维丝自己也堕落了，生意也受影响。下一章里，古捷太太跟女店主发了一通脾气，说明道德衰落如何败坏了工作质量。

九

　　"啊，您总算来了！"古捷太太给她开门时冷冷地说，"我需要死神的时候，倒可以请您去找。"

　　绮尔维丝走进门，神情尴尬，连一句道歉的话也不敢啜嚅。她不再按时交货，从不准时上门，常要人等上一星期。渐渐地，她的生活乱成一团，不思振作。

"我盼了您一个礼拜，"花边店主继续说，"这不算，您还撒谎，派个学徒来跟我胡说八道：在赶我的衣服喽，当晚就可给我送来，或者，出了事故啦，一包衣服掉到桶里去了。我在那时候空等了一天，什么也没见送来，心里乱极了。不，您不讲道理……好吧，您这篮里带来些什么！齐了，一件不缺！那对床单在您店里搁了一个月，还有上次就脱期的衬衫都给我带来了吧？"

"带来了，带来了，"绮尔维丝悄声说，"衬衫在这里，请您收下。"

但是古捷太太嚷起来了。这件衬衫不是她的，她不收。把她的内衣换错了，荒唐透顶！上星期，她已经错收了两块手帕，上面不是她的记号。不知从哪儿来的内衣，她对它没有胃口。总之，她只要自己的东西。

"床单呢？"她又说，"不见了，是吗？……好哇！我的老板娘，这事又得您来解决了。反正我明天早晨非要不可。"

大家没再出声。最叫绮尔维丝惶惑不安的，是感觉背后古捷的房间半开着。铁匠大约在里面，她这样猜；这些话骂得有道理，她一句也回答不上来，要是让他听到，有多糟！她做得非常迎合人意，温柔，低下头，尽量迅速利落地把衣服放到床上。但是，当古捷太太开始一件件查看时，事情又坏了。她拿起衣服又扔下，说：

"啊！您的手艺拿不起来了。现在没法对您天天恭维……是的，近来您没有心思工作，草草了事……嗨，请给我看看这件衬衣的前身，烫焦了，褶裥上还有烙铁印子。纽扣也都掉了。我不知道您怎么搞的，一个不剩……噢！比如说，这件短上衣，我不能付钱。这个看见了吗？污渍还在上面，您只是把它涂开了而已。谢谢啦！内衣要是也不干净……"

她没往下说，计算件数。然后又喊：

"怎么！您带来的就这些？……少两双长袜、六块餐巾、一块桌布、一些抹布……您是在拿我开心吧！我叫人对您说过，不论烫过没烫过都还给我。要是一小时内您的学徒不把其他的送到此地，咱们的交情可要吹了，库博太太，我事前关照您。"

这时候古捷在房里咳嗽。绮尔维丝身子微微一颤。在他面前这样对待她，我的上帝！她站在房间中央，难堪惭愧，等待收脏衣服。但是古捷太太算清账后静静回到窗边原来的位置，织补一条花边披肩。

"脏衣服呢？"女店主怯生生地问。

"不，谢谢啦，"老妇人答，"这星期什么也没有。"

绮尔维丝脸孔煞白。人家不照顾她生意。那时她完全懵了，不得不坐在椅子上，因为两腿瘫软了……

她把门慢慢带上，向这个整洁正派的家庭最后看上一眼，仿佛在那里留下了一点她的诚实品德。她往店走，神情呆呆的，也不看路，像母牛回进棚子。库博妈妈坐在熨斗炉旁的椅子上，第一次离开她的床。但是女店主一句话也不责备她，她太累了，骨节酸疼，仿佛给人揍过一顿。她想人生终究太艰难了，除非立即死去，否则没法把心事排除。

现在，绮尔维丝对一切都不在乎。略微挥挥手把什么都可打发走。逢上新的烦恼，她便拿一日三次的厨房工作作为唯一乐趣。洗衣店可以塌下来；只要她不压在底下，她就很乐意躲开，一件衬衣也可不穿。洗衣店是在往下塌，不过不是一下子，但早晚都有一点。顾客一个个都不满意，把衣服送往别处去洗。马蒂尼埃、雷芒佐小姐，甚至博希一家，又回到福科尼埃太太的店里，那里交衣准时。取回一双袜子要催三星期，穿上的衬衣还带有上星期天的油渍，这谁受得了。绮尔维丝嘴巴从来不饶人，对着他们嚷"一路顺风"，跟他们狠狠干了一仗。说什么用不着搜他们的臭衣服再高兴也没有。啊哈！全区的人都可抛下她，这使她摆脱掉一大堆垃圾，而且也可少干一些活。目前她只剩下那些赊账的客人、荡妇，像戈德隆太太这类女人，新马路上没一家洗衣店愿收她们的衣服，因为腥臊得厉害。店是完了，她只得把最后一位女工浦图瓦太太辞掉；留下她跟她的学徒，斜白眼、愈长愈蠢的奥古斯蒂娜；就是她们两人也不总有活干，整整好几个下午，屁股沾着凳了不用离开。最后，钱赔完了。破产的景象来了。

当然，随着懒惰与贫困，肮脏也进门了。从前这家美丽的店铺，蓝得像天空的颜色，曾是绮尔维丝的骄傲，如今叫人认不出来了。门板与窗框忘了刷，从上到下溅满车辆的污泥。板架的铜棍上张挂着三件灰色破衣，是死在医院里的女客人留下的。店堂的景象更惨：天花板下晾衣服发出的潮气使墙纸脱落，庞巴杜波斯花布破成了布条，挂着却像被尘土压得沉甸甸的蜘蛛网；破碎的炭炉布满火钩的凿洞，炉角放有一位旧货商的残存铁片；工作台像给兵营做过饭桌，上面有咖啡和酒的污迹、果酱的硬块、星期一美餐的油渍。除此以外，还有一种糨糊的酸味，一种又霉又腐又腥的臭气。但是绮尔维丝在里面安然自得。她没有看见店铺肮脏；她得过且过，习惯了撕破的墙纸、油腻的门窗，就像她自己慢慢地穿惯了破裙子、不再洗耳朵。肮脏本身成了一个温暖窝，蹲在里面其乐无穷。让东西七零八落，由灰尘堵塞洞孔，到处长毛茸，闲散麻木中感觉房子在她周围愈来愈重，这是一种真正的感官享受，令她陶醉。清静第一，其余一切她连正眼也不看。债愈欠愈多，却不再使她发愁。诚实不欺的观念淡了，以后付清还是不付清，也没明说，她宁可不知道。一家商店不再给她赊账，她就在隔壁一家商店另开一个账户。她在区里声名狼藉，每隔十步就有一个债主。单说在金珠街上，她就不敢在煤炭店、杂货店、水果店前经过；这使她要上洗衣场，必须到鱼市街绕圈，多走整整十分钟。供应商都已把她当女无赖看待。一天晚上，从前把家具卖给朗蒂埃的那个人闹得四邻沸沸扬扬。……当然，这样闹吓得她发抖；过后她像条挨打的狗，摇摇身子就没事了，当天的晚饭照样吃得挺香。自有那些蛮不讲理的人来跟她纠缠不清！她没有钱，难道叫她自己去造不成！还有，商人也骗够了钱，他们生来就是要会等。她在自己窝里又睡着了，今后的事不去想它，要来就来吧。她会豁出去的，妈的！但是在那个时刻来到以前，她要求没人来打搅。……

在此万事不如意时际，库博则心宽体胖。这位大酒鬼健壮如牛。红酒白酒一律使他长膘。他吃得多，瘦猴罗利欧说酒能杀人，他只当耳边风，拍拍肚皮作为回答，皮肤下塞满脂肪，撑得像一面鼓。他还在上面奏一首乐曲，拉开嗓子唱祷歌，像牙科郎中那样招引顾客，把大铜鼓乱捶乱敲。罗利欧自己肚子瘪很气恼，说这些脂肪是酸腐的，有害健康。不管怎么说，库博为了养身，醉的次数更多了。灰黄头发被风一吹，像酒精着了火。他这张醉汉的脸，配上猴儿的牙床骨，长成青一块紫一块的。他依然是个快活的孩子；逢到妻子想起向他诉苦时便把她推开。难道男人生来要低三下四去操这份心么？

洗衣店里有两个男人吃白饭，走向了破产。朗蒂埃立刻建议把店盘给普瓦松家，他对他们自有打算。绮尔维丝一时不愿意，但是库博妈妈故世，加速了盘卖。下面是葬礼的一幕。

终于，十点钟敲了。灵车迟迟没来。店里已经有人了，朋友与邻居：马蒂尼埃、靴子、戈德隆太太、雷芒佐小姐；每分钟，在关上的百叶窗窗扇之间，在门的大洞口，有个男人或女人伸出头看这辆磨蹭的灵车来了没有。全家人聚在后间，跟客人握手。安静的时间不长，常被短促的低语声打断，一场不耐烦和焦躁的等待，夹杂女裙急速地移动：罗利欧太太忘了她的手帕，或者勒拉太太找一本借来的祈祷书。大家一进门，就窥见小室中央床前那口打开的棺材；个个都不由自主地站停，用眼角打量，估计肥胖的库博妈妈怎么也放不进去。大家面面相觑，内心里都有这个想法，只是闭口不说。这时有人推街上的门。马蒂尼埃进来，抱着两臂，用庄重低抑的声音宣布：

"他们来了！"

来的还不是灵车。四个接尸员前后一行匆匆进来，红红的脸孔，搬运工的粗手，穿一身散发尿臭、被棺材磨得褴褛发白的黑衣。巴祖若大爷走在前头，醉得可以，也很适合；他一干上活，绝不东倒西歪。他们不说一句话，头微微下垂，眼睛已在掂算库博妈妈的重量。事情绝不拖拉，只消一个喷嚏的工夫，可怜的老婆子裹得舒舒齐齐。一个小个儿——斜白眼的青年——已把糠全倒进棺材，一边摁一边铺开，像要做面包。另一个瘦长个儿，长相滑稽，走来把块布铺在上面。然后，一、二，来吧！他们四人，两个提脚，两个拎肩，抓住尸体举起来。翻张烙饼也没那么快。伸长脖子看的人真以为库博妈妈是自己跳进棺材的。她滑进去像回到了自己的家，唔！尺寸合身，不大不小，甚至听得见她与新木板的摩擦声。她紧贴四边，活像装在镜框里的一张画。总之，她在里面了，大家觉得奇怪；肯定，她从上一天来身子缩小了。这时接尸员已经直起身，等着；小斜白眼提着盖子，让全家人最后告别；而巴祖若钉子含在嘴里，准备敲榔头。那时，库博、他的两个姐姐、绮尔维丝，还有别人，屈膝跪下，亲亲即将永别的妈妈，大颗热泪掉下来，滚动在这张死板冰冷的脸上。呜咽声长久不歇。棺盖往上一合，巴祖若大爷钉钉子，手法娴熟像个包装员，每个钉子敲两下；在这像修理家具似的乒乓声中，也没人再在听自己的哭声。事情结束。大家出发。

"这时刻还来这套排场！"罗利欧太太看到门前那辆灵车，对丈夫说。

灵车惊动了全区。卖下水的妇女呼唤杂货商的孩子，小钟表匠走到了人行道，邻居俯在窗前。个个议论白纱流苏的盖棺布。啊！库博夫妇还不如用来付清他们的债！但是，像罗利欧夫妇说的，爱虚荣的人随时随地想出风头。

"太不要脸了！"同一时刻，绮尔维丝提到链条工和他的妻子时又说，"这些守财奴，给自己的妈也舍不得送束紫罗兰！"

罗利欧夫妇的确也是空手来的。勒拉太太送了一只假花花圈。库博夫妇买的一只菊花花圈和一束鲜花，放到棺材上。接尸员花了大力气提起棺木扛在肩上。送殡的人慢慢才排齐。库博和罗利欧身穿礼服，手提帽子，走在葬礼队伍前头；库博全靠一早喝的两杯白酒提上了精神，现在挽着姐夫的胳膊腿发软，头发胀。后面走的是其他男人，马蒂尼埃穿黑衣服，很庄重，靴子在工作衣外加了一件上衣，博希穿条黄裤子特别耀眼，还有朗蒂埃、戈德隆、烤肉、普瓦松、其他人。最后走的是太太们，第一排罗利欧太太，穿一条死者遗下经过改做的裙子，勒拉太太在披肩下套一件她临时设计的丧服——胸前有丁香花的宽上衣，依次是维吉妮、戈德隆太太、福科尼埃太太、雷芒佐小姐，其他人押队。灵车启动，顺着金珠街慢慢往下走时，沿途有人画十字，脱帽子，前导的是四位接尸员，两位在前，两位一左一右。绮尔维丝留下关店门。她把娜娜托给博希太太，奔去跟上队伍，女孩被女门房拽住，在门槛下饶有兴趣地望着她的祖母乘着这辆美丽的车子消失在街的尽头。

女店主刚气吁吁赶上队尾，古捷也从他那边过来了。他加入了男人队伍；但是他回转身向她点头致意，那么温柔，使她一下子觉得自己非常不幸，眼泪又来了。她不单是哭库博妈妈，还哭某件痛心的事，她说又说不出来，堵着她的心。一路上她用手帕捂住眼睛。罗利欧太太脸上又干又红，斜眼看她，似乎在说她装腔作势。

在教堂里，仪式草草了事。弥撒拖了一点时间，因为神父上了年纪。靴子和烤肉宁可待在外面，怕布施。马蒂尼埃老是在观察神父，跟朗蒂埃说出他的看法：这些唱滑稽的，满口拉丁文，自己也不知道在叨咕些什么；他们替你办一个人的葬礼，就像给你施洗礼和举行婚礼一样，心里没有一点点感情。接着，马蒂尼埃又谴责这套繁文缛节、这些灯光、这些悲哀的声音、在众人前的这种炫耀。不是吗，亲属要死两次，一次在家，一次在教堂。每个男人都表示他说得有理，因为这又是一个难受的时刻，弥撒完毕后，还要叽哩咕噜祈祷一阵，送殡的人还得在死者前列队而过，洒圣水。幸而，墓地不远，教堂的小墓地，一个小花园，门开在马加台路。队伍到达那里已散了，一边跺脚，一边各人谈各人的事。土地硬得咚咚响，大家多么乐意跺脚取暖。棺材放在一口大穴旁边，穴里的土已完全冻硬，嶙峋发白，像个采石场；送殡的人排在一堆堆土块周围，在这种大冷天中等待可不是滋味，而且望着那个洞穴人会发呆。最后，穿白法衣的教士从一间小屋出来，身子颤抖，念一句《哀悼经》呵一口气。画完最后一个十字他溜了，没有心思再来第二遍。掘墓人拿起铲子；但是天冷，只铲下几个土疙瘩，落到穴底奏出美妙的音乐，真是对着棺材轰炸，连续炮击，叫人以为棺木也裂了。不管人多么自私，听了这音乐也不免心如刀割。眼泪又落下来了。大家走开，到了外面还是听到爆裂声。靴子一边在手指上呵气，一边高声评论：啊！妈的！不！可怜的库博妈妈没暖日子过了！

"太太们和其他诸位，"白铁工对几位还留在街上陪家属的朋友说，"请大家赏光一块儿去吃点什么……"

他第一个走进马加台路上那家"墓地归来"酒店。古捷向绮尔维丝又一次点头施礼后走开了。绮尔维丝站在人行道上喊他。为什么他不一起喝上一杯？但是他忙，要回车间。那时，他们对望了一会，一句话没说。

"我请您原谅那六十法郎。"女店主终于喃喃说，"我那时像疯了，想起了您……"

"唔！没什么，没人不原谅您，"铁匠不让她往下说，"您知道，我会帮到底，要是您遇到不幸……但是跟妈妈别提，因为她有她的想法，我不愿使她生气。"

她始终望着他；看到他那么善良，那么悲哀，还有他那美丽的黄胡子，几乎要接受他从前的建议，跟他走，到任何地方去两人幸福地生活。接着却生出一个坏主意，即不计任何代价要向他借两期房租。她心乱跳，细声细气又说：

"咱们没吵架，是吗？"

他点点头，回答：

"没有，当然，咱们永远不会吵架……只是您知道，一切都结束了。"

他大踏步走开，撇下昏沉沉的绮尔维丝，听着他最后一句话，像钟声一样在她耳际乱鸣。走进酒店，她听到心里低沉地说："一切都结束了，是啊！一切都结束了；我没事可做了，我，要是一切结束就好了！"她坐下，吞了一口面包和干酪，把面前的一满杯酒一饮而尽。

朗蒂埃利用绮尔维丝的情绪，要她把店廉价盘给维吉妮。

十

库博一家搬进一个很小的住房，在洗衣店所在大楼的第七层。

库博夫妇的新居在七楼，B号楼梯。经过雷芒佐小姐的门，走左边的走廊。然后再转个弯。第一扇门是皮夏尔。几乎就在对门，一个不通空气的小室内，一座通往屋顶的楼梯底下，住着勃吕大爷。再过两间住房，来到巴祖若家。最后，挨着巴祖若的是库博夫妇，一间卧室，一间朝院子开窗的小室。走廊往里去只剩两家，然后在最尽头的是罗利欧夫妇。

一间卧室，一间小室，再没别的。库博一家现在就在这里栖身。卧室像巴掌那么大，什么都在这里做——睡觉、吃饭和其他，小室刚能放下娜娜的小床；她脱衣服要在爸爸妈妈房里，夜里房门开着才不致把她憋死。房间那么小，没法都放进去，绮尔维丝离店时把一部分什物让给了普瓦松。放上一张床、一张桌子、四把椅子，卧室满满的了。即使伤心，她也没勇气舍弃她的五斗柜，她让这个庞然大物占满地板，还把窗孔堵了一半。有一扇窗不能打开，夺去了一部分光线与欢乐。要望一眼院子，因为长得太胖，肘臂没有地方放，只能伸长脖子侧身朝下才看得见。

最初几天，女店主坐着哭个不停。住惯宽敞的住房，如今在家身子也不能动弹，实在太难过了。她气闷，好几个小时留在窗边，挤在墙与五斗柜之间，颈子也扭歪了。在这里她才能呼吸。可是院子只会引起她悲哀的联想。在她对面，阳光那边，她窥见昔日的梦想，六层楼的这扇窗，每年春天，西班牙豆长出细长的茎盘绕在网线架上。她自己的卧室在暗影里，木樨草在里面八天就死了。啊！不，生活每况愈下，这不是她以前盼望的日子。暮年不但没有得到鲜花，反而滚到垃圾堆来了。有一天，她俯身时有个奇怪的感觉，以为看到自己在底楼门廊下，门房间附近，抬起头第一次观察这幢房子；蓦然想起十三年前的事，一阵心酸。院子依然如故，光秃秃的门面黑了一些，破了一些。从铁锈腐蚀的水落管升起一股臭味；窗格的绳上晾着内衣和污渍斑斑的尿布。底楼，坑坑洼洼的砖地被锁匠的煤渣、木匠的刨花弄得很脏。至于潮湿的水池角上，染坊流出的水潭蓝得很美，蓝得跟从前一样鲜艳。但是她，感到自己今非昔比，已无风采可言。她已不是在底楼仰望天空，心情满意，勇气十足，立志要得到一套漂亮的公寓。她住在房顶底下，穷人的角落，最脏的小洞，连一缕阳光也照不着的地方。她落眼泪就是这个原因，对自己的命运没法兴奋。

可是，绮尔维丝稍微适应以后，一家人在新居中的生活开头还是不错。冬天几乎过去了，家具让给维吉妮得到不多几个钱，对安家也不无方便。后来，天气转好，机会也跟着来了，库博被招聘到外省埃当普做工；在那里快三个月，没有醉过一回，乡下的空气一时把他治好了。大家绝没想到巴黎的街头巷尾弥漫熏人的酒气，不吸巴黎的空气可使醉汉清醒。他回来时像玫瑰花一样新鲜，带回四百法郎，用这笔钱付清了由普瓦松担保的两期过期未付的店堂房租，还有区里催得最凶的一些小债务。绮尔维丝不敢走的两三条马路，对她又畅通无阻了。很自然地，她又当上了领计日工资的熨衣女工。福科尼埃太太受到奉承还是很好说话，愿意重新收她。顾念她从前当过女老板，甚至付她一天三法郎，跟付工头的钱一样多。因而，这个家好像会有所起色。工作勤奋，开支节俭，绮尔维丝甚至看到有一天他们会把债全部还清，小日子安排得过得去。只是她对自己许这个愿，是给丈夫赚来的大笔钱弄得一时心热。冷静下来后她又是过一天算一天，说什么好事不长久。

他们为娜娜初领圣体又花不少钱。但也是这家人最后一个好日子。

两年过去了，他们越过越穷。冬天尤其使他们将钱用得分文不剩。如果说晴天还吃得上面包，风雨大冷天就要挨饿，只得在食品柜前跳舞，在冷得像小西伯利亚的陋室内精神会餐。十二月这个无赖从门底钻进他们的家，带来一切灾难：车间停工，冰雪冻得人懒懒散散，潮湿季节愁苦凄凉。第一个冬天他们有时还生火，蜷缩在炉旁，宁愿挨饿也不愿受冻。第二个冬天，炉子竟不用擦锈，面目阴森森的炉铁更增房间的寒意。最把他们吓瘫的，最使他们魂飞魄散的，是付他们的房租。哦，家里没有一个小钱，博希大爷把付款单送来，那是一月份房租！这下更冷了，简直是北方风暴。马雷斯科先生第二个星期六来了，披一件厚大衣，大手掌伸在羊毛手套内；他口口声声要下逐客令，而这时外面在下雪，仿佛老天为他们在人行道上准备床，还带白色床单。为了付房租，他们几乎要卖掉身上的肉。是房租弄得食品柜和火炉空空如也。然而，全幢大楼都传出诉苦声。每层楼都有人哭泣，沿着楼梯和走廊响起一种哀乐。即使每家都有丧事，也不致发出如此可憎的呜咽声。这是真正的最后审判日，穷途末路，无以为生，穷人的灭亡。……一位工人，六层楼的泥水匠，偷了老板的东西。

　　毫无疑义，库博夫妇该怪的是他们自己。生活尽管艰苦，懂得安排和省吃俭用，总有办法过的，罗利欧一家就是个例子，他们留出房租，掖在肮脏的纸包里，按期交付。但是，说实在的，他们过的是一种瘦蜘蛛的生活，对工作毫无兴趣。娜娜做纸花赚不了多少钱，要维持她的生活还得花费不少。绮尔维丝在福科尼埃太太店里，最后被人瞧不起。她手艺愈来愈差，工作乱糟糟，以致东家只付她四十苏，最低等工的工钱。不但如此，她还非常傲慢，动辄生气，逢人要摆出从前老板娘的架子。她旷工许多天，一怒之下离开工场：这是有一次，看到福科尼埃太太把浦图瓦太太带进店里，要与她从前的女工肩并肩工作大为恼火，有两星期没来上班。尽管她脾气捉摸不定，人家还是发慈悲把她留下，这反而更加刺痛她。当然，一周下来报酬就不多了；的确像她辛酸地说起的那样，有一个星期六结算，是她倒欠东家的。至于库博，他可能在工作，但是他的工作肯定是给政府白做的，因为从他受雇到埃当普后，绮尔维丝没再见过他钞票的颜色。两周关饷的日子，当他进门，她连他的手也不瞧一瞧。他晃着两臂回来，口袋空的，经常连块手帕也没有；我的上帝！是的，他丢了手帕，或许某个混蛋朋友把它抄走了。起初几次，他还开个花账，编些鬼话，十法郎捐了，二十法郎从口袋里滚落了——他还把破洞给她看——五十法郎又还了某些假造的债。后来他也不再拘泥。钱没有影儿了，如此而已！他没把它放在口袋里，而把它放在肚里带回给老婆，这样也挺不错。洗衣女工听了博希太太的劝告，有时到工场门口去守候她的男人，把才领来的工资截过来；但是这也没多大用处，他的朋友关照库博，钱就藏进鞋里或者没法说出口的钱包里。博希太太这方面很精，因为博希常常抽掉几张十法郎钞票，藏起几笔私房钱，用来付他认识的小娘子的欠账；她搜查他衣服的最小角落，索取不到的钱一般总能在帽檐里找到，缝在布和皮子之间。啊！白铁工才不会用钱垫衬他的旧衣服！他干脆藏在肉体里。绮尔维丝总不见得拿把剪子剖开他的肚皮。……

在这种穷困潦倒的生活里，周围也有人啼饥号寒，叫绮尔维丝听了难受。楼内这个角落是穷苦人的角落，有三四家人好像都有默契，约好不必每天吃面包。门开了也是白搭，厨房里不总飘得出香味。走廊里一片死的沉寂，墙头发出空洞的回响，恰似空无一物的肚皮。不时传来吵架打闹声、妇女哭声、小孩啼饥声，同一家的人恨不得吃掉对方充饥。在那里个个人都喉咙打结，却张开大嘴打哈欠。胸脯都渐渐掏空了，只是呼吸空气；然而这种空气缺乏养分，连苍蝇在其中也没法活。但是绮尔维丝最怜悯的，还是小楼梯下小间里的勃吕大爷。他躲在那里像头旱獭，蜷成一个球，可以暖和些；他在草堆上几天不动弹。正是饥饿使他足不出户，没人请他吃一顿，何苦到外面饿上加饿。他三四天不出现，邻居就会推开他的门，瞧他是否完蛋了。不，他还活着，不很好，但没断气，还睁一只眼呢；怕是死神也把他忘了！绮尔维丝只要有面包，总扔些面包皮给他。如果说她变得不好，受丈夫的累而憎恨男人，对动物还是诚心诚意地爱惜。勃吕大爷，这个可怜的老头儿，人家听任他死去，因为他拿不动工具，对她来说跟条狗一样，是个干不动活的畜生，连肢解死动物的人也不愿收购他的皮和脂肪。她心上压着一块石头，知道他一直在那里，走廊的另一头，被上帝和人抛弃，完全靠自身的养分在养自己，身材小得像儿童，又皱又瘪，好似橘子放在壁炉上日益干缩。……

在贫困的角落里，在人人皆愁的环境中，绮尔维丝还是在皮夏尔家找到了勇气的好榜样。小拉丽，八岁的女孩，身材如麻雀那么小，管理家务却像大人那么干练；她的工作辛苦，要照顾两个小把戏：弟弟朱尔和妹妹昂里埃特，一个三岁、一个五岁的毛孩子，整天都由她看管，即使扫地洗碗的时候也如此。自从皮夏尔大爷一脚踢在妻子肚上把她踢死后，拉丽就成了每个人的小妈妈。她不声不响接替了母亲的位置，想来这个畜生爸爸是要她当得一点不假，当年怎样折磨母亲，今天还怎样折磨女儿。当他喝醉酒回家，就要几个女人任他屠杀。他毫不觉察拉丽是个瘦小的女孩；他揍一只旧皮囊也不会揍得更重。他一巴掌盖罩她的脸，她的皮肤那么娇嫩，五个指形在上面留了两天。为了一声"是"，为了一声"不"，可招来一顿恶毒的拳打脚踢，一头疯狼扑到一只可怜的小猫身上，小猫又怕又乞怜，瘦得令人掉眼泪，睁着美丽温顺的眼睛忍受这一切，不出一声怨言。不，拉丽从来不反抗。她缩一缩脖子，是为了保护自己的脸；她不叫，是怕惊动全幢楼。接着，父亲提了鞋在屋里四个角落追得终于累的时候，她等着力气恢复站起身；她又开始工作，给小孩洗脸，做汤，不让一粒灰尘落到家具上。挨打也成了她每日操劳的内容。

绮尔维丝与她的小邻居建立了很好的友情。她把她看作平等的、上了年纪、有生活阅历的女人。拉丽也是苍白严肃，有种老小姐的表情。听她谈话，简直会以为她年已三十。她很会买东西，缝补，操持家务。她谈起孩子，仿佛自己生过两三胎。八岁的孩子说这种话，叫人忍俊不禁；过后心会酸，走远点别让眼泪掉下来。绮尔维丝每次不忘拉她来，尽可能把一切给她——吃的东西，穿旧的裙子。有一天，绮尔维丝给她试一试早先娜娜穿的衣衫时，吃惊得气都透不过来，看到她的背脊盖满乌青，肘部脱皮，还在渗血，无辜者的全身皮开肉绽，骨瘦如柴。是啊！巴祖若大爷可以给她准备棺木了，长此以往，她活不了多久的！但是小孩要求洗衣女工什么都别说。她不愿意人家为她叫父亲难堪。她还护着他呢，保证说他要不喝酒，绝不会那么凶。他疯了，自己也不知道。哦！她原谅他，因为疯子的一切是该原谅的。……

绮尔维丝想起拉丽，再不敢自叹命苦。她盼望自己有这位八岁女孩的勇气，女孩一人受的苦难不少于同一层楼全体妇女共受的苦难。她看见她三个月来吃干面包过活，甚至面包皮也吃不饱肚子，那么瘦，那么弱，要扶着墙才走得动路；当她把剩肉悄悄送给她时，望着以下情景心也碎了：小拉丽一声不出落下大颗眼泪,小口小口往嘴里放,因为喉管狭窄,咽不下食物。虽然如此,态度始终温柔,始终尽心竭力,怀着超过自身年龄的理智,去完成小妈妈的义务,直至为她的母爱而死去——这种爱在幼弱无辜的女孩身上醒得过早了。所以,绮尔维丝以这个虽受苦而宽容的可爱的人儿作为榜样,努力向她学习而不提自己的苦难。拉丽眼神始终默默的,黑色大眼睛流露着无可奈何的表情,只让人看出眼底是一片临终和贫困的黑夜。从不说一句话,只是黑色大眼睛睃睃睁着。

小酒店的酒毒在库博家中也开始作祟了。洗衣女工看到自己的男人也像皮夏尔拿条皮鞭,要闹得鸡飞狗跳的时刻来了。这个痛苦威胁着她,自然也使她对女孩的痛苦更敏感。是的,库博病病歪歪。劣酒使他容光焕发的时刻已经过去了。他不能再拍自己的胸脯,大言不惭地说他的身体就是靠那个老相好才肥起来的;因为最初几年那身发馊的黄脂肪已经溶化,只剩了一副瘦骨架,皮肤转成铅灰色,还像浸泡在池塘里发腐的尸体泛出绿光。胃口也败坏了。徐徐地,他不但对面包毫无兴趣,甚至看到一切食物要呕。即使端上最精致的好菜,他的胃也是堵住的,无力的牙齿不愿去嚼。要撑住不倒,每天靠的是半升白酒;这是他的每日粮食,他的三餐,他的饮料,他唯一能消化的食物。每天早晨,他跳下床,有一刻钟时间人折成两爿,咳得骨骼也出响声,捧住头吐出黏液,这是一口口苦汁,给他清洗喉咙。这事按时必到,预先可以把夜壶准备好。只有第一杯安慰酒下肚,他的身子才站得住,真是一帖妙药,药的火性烘暖他的肠胃。但是,白天酒力发作了。首先,他的皮肤、手与脚有种发痒和针扎的感觉;他开玩笑,对人说有人在呵他的痒处,他的老婆一定在被窝里放了毛刺。接着,他的腿变重了,发痒最后变成痛苦的痉挛,像钳子夹了肉似的。这使他觉得不那么有趣了。他不再笑,在人行道上突然停下,头发昏,耳朵轰鸣,眼里冒火星。他看出来一切发黄,房屋晃动,踉踉跄跄走了三秒钟,担心横躺在地上。有几次,大太阳照在脊梁上,身子还打冷战,仿佛一股冰水从肩部流至臀部。最使他生气的是两手发抖;右手尤其像做了什么坏事,噩梦不断。上帝!他不再是个男人,他成了老太婆了!他愤怒地绷紧肌肉,抓住他的酒杯,打赌说可以拿着一动不动,像拿在大理石的手里;尽管用足力气,酒杯在跳颠颠舞,跳往右边,跳往左边,抖得急促均匀。那时,他杯子对着喉咙一倒而空,大喊要喝上几十杯,然后不用移动一根指头也可把酒桶提起来。绮尔维丝劝他说,若要手不抖,反倒是应该不喝酒。他听了还笑话她,喝上几升又开始试验,怒上心头,大骂过街的马车泼翻了他的酒杯。

库博病了,送进拉里勃亚齐埃医院,后又送圣安娜医院;酒精已损坏脑神经。人家把他治愈,但是酒鬼又沾上了恶习。绮尔维丝不堪贫困与屈辱,不久也走上了丈夫这条路。

一个星期六，库博答应带她看马戏。看女人骑在马背上奔跑，跳进纸圈，说什么也值得出门走一趟。恰好库博做了两星期工，有能力破费四十苏；甚至还可在外面吃顿饭。娜娜那夜有件紧急订货，要在老板那里做得很晚。但是七点到了，库博不来；八点到了，还是看不见人影，绮尔维丝气极了。他这酒鬼肯定把两周工资跟朋友花在本区一家酒店里了。她早洗好一顶帽子，早晨以来一针一针把旧长裙的小洞都补全，好见得人。终于将近九点，肚皮空空，脸色气得发青，决定上街去附近找库博。

"您找您的丈夫吗？"博希太太窥见她神气不对头，向她喊，"他在科隆勃店里。博希刚跟他喝过樱桃酒。"

她说声谢，窜上人行道，一心要跟库博大闹一场。天空落下细雨，使她走在路上更没有兴致。但是到了酒店前，又怕惹恼了男人反遭一顿痛打，这种恐惧使她突然安静谨慎。店内点煤气灯，照着白镜子像一只只小太阳，细颈瓶、大口瓶的彩色玻璃映得墙壁辉煌明亮。她在门前停留片刻，弯腰，眼睛贴在橱窗上，穿过柜台上两只瓶之间瞟着大厅角落的库博；他跟朋友围着一张锌面小桌子坐着，罩在烟斗喷出的烟雾里个个模糊发青；他们嚷什么听不到，只见他们抄着下巴、瞪着眼睛指手画脚，滑稽可笑。男人撇下妻子和家关进这个憋气的小旮旯里，天哪，竟会有这号事！雨水沿着她的颈子往下滴；她直起身，走到外马路，左思右想不敢进去。是啊！库博可不愿被人缠住不放，他会好好收拾她的！而且说来也是，这不像是正派女人该去的地方。可是，在淋透雨水的树下，她身子不停地打战，踌躇不决间，却在想这下肯定要害上一场大病。她两次回去站在玻璃窗前，眼睛又凑上去，看见那班酒鬼躲在室内，一直大声嚷嚷喝喝酒，心里来了气。酒店的灯光反映在马路水潭中，雨点打在上面激起颤动的小泡。每逢店门一开一关，铜板声响，她抽身逃走，蹚在水潭里。终于她说自己太傻了，推开门，笔直朝库博的桌子走去。说到头，又怎么样呢？她是来找自己丈夫的。既然他答应过晚上带她去看马戏，她来这里也无不可。反正干了，她可没意思要肥皂似的溶化在人行道上。

"咦！是你，老婆子！"白铁工大叫，嘿的一声把他噎住了，"啊！她可逗呢，喔唷！……嗯？不是吗，她可逗呢！"

大家都乐了，靴子、烤肉、咸嘴，是的，他们觉得挺逗；他们说不出为什么。绮尔维丝站着，有点昏乱。她看库博很和气，大着胆子说：

"你知道咱们要去那儿。该赶快去了。还赶得上看些东西。"

"我站不起来了，我给粘住了，唔！不开玩笑，"库博始终打趣说，"试试就知道了；拉我的手臂，用足力气拉，上帝！再用劲，呃唷，往上拉啊！……你看，是科隆勃大爷这个贼把我拧在凳子上了。"

绮尔维丝也真是拉了又拉；当她放下他的手臂时，伙伴觉得这个玩笑那么有意思，一个扑在一个身上，大叫大嚷，摩肩擦背，活像在搓毛的驴子。库博张嘴大笑，连喉咙也露了出来。

"蠢货!"他终于说,"你也可坐上一会儿。这里要比在外面蹚水强……呃,是的,我没回家,是我有事。你就是拉长脸也没用……你们往后退退,你们这些人。"

"要是太太愿意接受我的膝盖,这要软多了。"靴子讨好说。

绮尔维丝不愿引人注目,取了一张椅子,稍离桌子坐了下来。她瞧那些男人喝些什么,酒在玻璃杯里像金子一样发光;桌面上有一摊酒在淌,咸嘴一边说,一边手指沾酒,写一个女人的名字:欧拉丽,字体很大。她看到烤肉身子弄垮了,比钉子还瘦。靴子长一只酒渣鼻,活像一朵蓝色大丽花。四人都肮脏邋遢,胡子拉碴,又硬又臭,像夜壶刷子,一身破旧工作服,爪子伸出来满是油腻,指甲上一圈黑的。但是话要说回来,这时候跟他们打交道还可以,因为,虽说他们从六点钟开始就呷酒,人还安分,只是带几分醉意,不像其他两位客人,绮尔维丝看到在酒吧前大喝,醉得不成样子,杯子放在下巴底下,浇得衬衫都湿透酒,还以为都灌入喉咙了。胖胖的科隆勃大爷,伸出粗大的手臂也算在尽店家的礼数,静静给他们斟了又斟。室内很热,强烈的煤气灯光中,烟斗喷出的烟袅袅上升,像灰尘那样滚动,把酒客笼罩在愈聚愈浓的蒸汽中;从这云雾里发出的震耳欲聋的喧闹里面,有低哑的人声、碰杯声、骂声、如同爆炸的搔拳声。所以绮尔维丝的脸又虎了起来,女人不爱看这种场面,尤其她初来这里;她呼吸困难,眼睛通红,头被满屋酒气熏得发昏。接着,突然,背后有种更令人不安的不适感觉。她转身,窥见蒸馏锅,制造酒鬼的机器,在小院子的玻璃罩下工作,深沉的震动声像来自地狱的厨房。到了夜里,铜锅更晦暗了,只有一颗大红星照着它的圆圈,机器的影子映在角落的墙面上,勾勒出可怕的图像,有尾巴的怪物,张开大口的妖魔,像要把世界吞下去。

"喂,嘴巴不饶人的娘子,不要板着脸!"库博叫,"你知道,扫兴致的人可以请便!……你要喝些什么?"

"不喝,怎么能喝呢,"洗衣女工回答,"我还没吃晚饭。"

"好哇!那更该喝,来这么一杯精神就上来了。"

但是,因为她还迟疑不决,靴子又献殷勤。

"太太大约喜欢甜食。"他喃喃说。

"我喜欢不喝醉酒的男人,"她生气地说,"是的,我喜欢一个人把工钱带回家,答应的事要做到。"

"啊!你原来为这个生气!"白铁工说,不停冷笑,"你要你的那份。既然如此,大笨蛋,又为什么不喝上一杯?……喝吧,完全是分内的。"

她死死盯着他看,神气严肃,一道皱纹横穿前额,划出一条黑线。她声音缓慢地说:

"好!你说得有道理,这主意也不错。就这样,咱们一起把钱喝个光。"

烤肉起身去给她要一杯茴香酒。她移动椅子靠近桌前坐。当她小口呷酒时,突然想起一件旧事,从前库博追求她,在门边一起吃过酒浸李子。那时候,她不喝浸李子的酒汁。现在她也沾上酒了。唔！她认识自己，她没有多少意志。只要有人在她腰里手指一戳，就会一个跟斗跌进酒缸。即使这个茴香酒她也觉得挺好喝，可能太甜一点，有点反胃。她吮着酒杯，听咸嘴说他与胖欧拉丽的结合经过；欧拉丽是街上卖鱼的，一个精明乖巧的女人，推着鱼车沿人行道走，经过酒店准能把他嗅出来。朋友向他通风报信，把他藏起来也没用，她总能揪住他，就在前一天她把一条鲽鱼向他劈脸扔过去，算是对他旷工的教训。这个太有意思了。烤肉和靴子腰都笑断了，拍拍绮尔维丝的肩膀，她终于像给呵着了痒，不由自主乐了起来；他们劝她学学胖欧拉丽，带了熨斗来，把库博的耳朵放在酒店的桌上熨。

"啊哈！谢谢，"库博叫起来，他翻转妻子喝完的酒杯，"你给咱们喝得挺干净！看见了吗，弟兄们，成绩不坏啊。"

"太太再来一杯？"咸嘴问。

不，她够了。可是在犹豫。茴香酒扰得她心乱颠。那时不如吃些实的东西治一治胃。她斜着眼睛打量背后那台制造酒鬼的机器。这个宝贝蒸馏锅圆得像个卖锅女人的胖肚子，鼻子伸得很长，弯弯曲曲，吹气吹得她肩上生寒，心中又怕又烦。是的，可以说是个女妖或巫婆的金属内脏，把腹中的火一口口往外喷。这是一个毒液的源泉，一台应该埋在地窖里的操作机，因为它既无耻又可恨。话虽如此说，她也要把鼻子伸进去，闻闻气味，尝尝这个害人的东西，纵使烧焦了舌头，像橘子那样一块块脱皮也乐意。

"你们喝的是什么？"她不安好心地问那些男人，眼睛被杯子里美丽的金光照得发亮。

"这个，我的老婆子，"库博回答，"这是科隆勃大爷的樟脑酒……别装傻了，好不好？让你尝点吧。"

一杯白酒给她端来了，她喝上第一口牙床就抽搐了，白铁工拍拍屁股又说：

"嗯！喉咙刮掉一层吧！……一口喝下。喝上一杯等于从医生口袋收回六法郎。"

在喝第二杯时，绮尔维丝不再感到饥饿的折磨。现在，她跟库博和解了，不再怪他言而无信。马戏下次也可去，玩杂耍的骑在马背上跑也没什么好看的。科隆勃大爷店里不下雨，如果薪水都买了酒喝，至少装进了肚里，又清又亮，简直是喝黄金液。啊！其他就管不着了！生活也没给她多少乐趣；此外，钱反正一个剩不下来，一半由她花了对她也像是个安慰。既然她在这里挺好，为什么不留下来呢？坐定后就是用炮轰，她也不愿走了。她在暖意中熏蒸，上衣粘住背脊，周身舒泰，四肢也发麻了。她独自发笑，肘子撑在桌上，眼神茫茫的，饶有兴趣地望着邻桌两位客人，一个大块头，一个小矮子，搂在一起如胶似漆，因为他们完全醉了。是的，她笑酒店；笑科隆勃大爷，圆圆的胖脸，真是一只猪尿泡；笑那些酒客，他们抽烟斗、叫喊、吐痰；笑煤气灯上大火焰，把镜子酒瓶都点亮了。气味不再叫她难受；相反，她鼻子痒痒的觉得好闻；眼皮微微闭合，鼻子短促吸气而不窒息，同时体味袭上身来的昏昏睡意。然后，第三小杯下肚，她双手托着下巴，看见的只是库博和伙伴；她跟他们鼻尖对着鼻尖，挨得很近，两腮被他们的呼吸嘘热，盯着他们的脏胡子，像要清点根数。这时刻他们已相当醉了。靴子流着口水，衔着烟斗，神情沉静肃穆，像头打瞌睡的公牛。烤肉在讲一则趣事，他如何把酒一饮而尽，仰头那么猛，连屁股也朝天了。……

她绝不会知道自己怎样登上了七楼。到了上面正要迈进走廊，小拉丽听到脚步声，奔过来张开双臂要扶她，边笑边说：

"绮尔维丝太太，爸爸没回来，来看看我的孩子睡了……哦！他们真可爱！"

但是，面对洗衣女工痴呆的脸，她后退了，发抖了。她熟悉这种酒气，这种无光的眼睛，这种扭歪的嘴。这时，绮尔维丝跌跌撞撞走过，一言不发，而女孩站在自家门口，忧伤地，默默地，肃然地目送她过去。

十一

娜娜进入扎花女工实习期。由于环境恶劣、教育不良，她很易走向堕落。她已开始不检点自己的行为。父母家生活难以维持，父亲酒醉后揍她，母亲训诲时烦她，她就离家出走，起初是暂时的，后来一直不回。下面是这时期的家庭生活情况。

但是，冬天来了，库博家的生活实在难过。每天晚上，娜娜要挨揍。父亲打得累时,母亲又加她几个巴掌,要她行为学得规矩些。屋里经常闹得天翻地覆;一个要打,另一个要护,以致三人扭成一团滚在地上,四周是打碎的餐具。不单如此,还吃不饱肚子,冻得要死。要是女儿给自己买些花哨的东西,一条饰带,几颗袖口纽扣,父母就要没收,廉价卖掉。除了钻进破被窝前挨一顿揍以外,没有东西属于她个人的;在床上她冻得发抖,自己的黑色小裙子铺在身上就算是被子了。不,这样的鬼生活不能继续,她不愿在这里把性命送掉。父亲早已不在她心上,一位父亲像她父亲那样烂醉,已算不得是位父亲,这是一个肮脏的畜生,要摆脱也来不及呢。现在母亲在她心中地位也大大下降。她也喝上酒了。她乐意到科隆勃大爷酒店去找她的男人,目的是想一块儿喝上几杯;她不摆出初来时的厌恶神情,安心坐到桌前,把杯里的酒一口气喝尽,几个钟点支着肘臂,走出酒店时眼睛瞪得贼大。娜娜经过酒店门口时,窥见母亲在里面,鼻子凑着酒杯,在男人的粗言野语中间颓然坐着,心里就冒火,因为年轻人有其他爱好,还不懂喝酒。那些晚上,她眼前有一幅清晰的图画,爸爸是酒鬼,妈妈是酒鬼,一间乱七八糟的陋室里面包没有,而酒气冲天。总之,圣女在里面也待不住。好吧,等不到几天她溜之大吉就是了;那时她的父母可不能怨别人,只好说是他们自己把她推出去的。

娜娜的出走,打垮了绮尔维丝最后的精神力量。绮尔维丝醉了三天三夜。她被老东家福科尼埃太太收留当工人,经过一次又一次的屈辱，最后降为普通的洗衣工。至于库博，酒使他丧失了一切善恶观念。时时有发疯的可能。

现在，事情定局了。他有六个月没醒过酒，然后病倒，到了圣安娜医院；对他也算是到了乡下。罗利欧夫妇说，烧酒公爵大人回自己的庄园去了。几星期后，他从医院出来，健康恢复，精神好转，又开始糟蹋自己，直至有一天再躺下送去治疗。三年内，他七次送进圣安娜。区里的人说那里给他留着房间呢。但是这件事中最糟糕的是，这个不知悔改的醉鬼病情一次比一次严重，以致任其恶化，完全可以预见这个病体像个木桶，箍圈一个接一个裂断后，不久便会彻底散架，最后崩溃。

还有，他连梳洗也忘了；看上去简直是个鬼。酒毒狠狠地折磨他。饱浸酒精的身体日益萎缩，像药房玻璃瓶内的胎儿。他走到窗前，阳光可以照透他的肋骨，他就是瘦成这样。两腮瘪了，双目滴泪，流下的黄蜡足够一座教堂使用，只有那只酒渣鼻，花似的又美又红，长在这张毫无生气的怪脸中央倒像朵康乃馨。那些知道他岁数刚过四十的人，看到他弯着背，步子颤颤地走过，老态龙钟，都会不寒而栗。他的手抖得加倍厉害，尤其右手像钟摆一样挥动，有几天酒杯要用两个拳头捧了凑到嘴前。啊！抖得太难受了！全身的毛病中就是这件事叫他烦心！人家听到他叽里咕噜大骂自己的双手。有时见他几个小时对着跳动的双手发怔，瞧着它们像青蛙那样蹿跳，不说话，也不生气，似在研究内部有什么机械装置使它们玩得这样起劲；有一天晚上，绮尔维丝看到他处于这种状态，带着两行粗泪，流在酒鬼烤丁的两腮上。

最后一个夏天，库博情况非常不妙；那时节娜娜夜深了就留在父母家过。他的声音完全变了，仿佛酒在他喉咙里放了一个新的音乐装置。一只耳朵变聋了。接着，才几天工夫眼力也差了；他如果不想跌下去，必须扶着栏杆走楼梯。至于他的抵抗力就像大家说的，处于休息状态。他时常头痛欲裂，眩晕得眼冒金星。霎时间，臂上腿上一阵阵剧痛；他脸色发白，不得不坐下，好几小时呆坐在椅子上；甚至这样发病后，整整一天手臂瘫痪无力。很多次，他躺倒床上；蜷伏在被窝里，不断喘粗气，像只受苦的动物。那时，在圣安娜医院发生过的荒诞行为又来了。多疑，不安，高烧发得难受，疯狂愤怒中在地上打滚，用抽搐的牙床撕衣服，咬家具；要不就是无限伤心，女孩似的诉苦，哭泣，悲叹没人爱他。有一天晚上，绮尔维丝和娜娜一起回家，在床上找不着他。他在被窝里塞了一只长枕。她们发现他躲在床与墙之间，牙齿打战，他说有几个人要来暗杀他。两位女人只得当他孩子一般服侍上床、哄骗。……

十二

大约是房租到期后的那个星期六，不是一月十二便是十三，绮尔维丝也记不清了。她神志模糊了，因为已有几个世纪肚子里没有进过热东西。啊！这一周过的是地狱生活！角角落落都搜遍了，两个四斤重的面包，从星期二维持到星期四；上一天找到一块干面包皮，三十六小时来没有一粒面包屑，真是对着食品柜跳舞！她所知道的，比如说，她在背上感觉的，是天气恶劣，寒意森森，一团糟的天空像漆黑的锅底，在窝雪，雪又迟迟落不下来。一个人五脏六腑内又是饿又是冷，可以勒紧腰带，但这不会使他得到营养。

可能今晚库博会带回一些钱。他说他在工作。一切都可能的，不是吗？绮尔维丝尽管好几次上当，最后还是要靠这笔钱。经过各种大大小小的丑事，区里的人就是一块抹布也不会交给她洗了；即使留她帮佣的一位老太太，不久前也把她辞了，指责她偷自己的酒喝。谁都不要她，她这人名誉扫地；这下也使她堕落到底了，她也没出息到这地步：宁可饿死也不愿动一动十个指头。总之，库博带工资回来，还可吃上些热的。中午十二点还没敲，她躺在草褥上等待——躺着可以减轻饥寒。

绮尔维丝称为草褥，其实是墙角一堆乱草。床早已一步步到了区里旧货行。起初，穷得啃啃响的日子里，她拆开床垫，抽出几把羊毛，掖在围裙下出门，到贝洛姆路去卖，每斤十苏。床垫掏空，在一天上午又把垫套布卖了三十苏，付了咖啡账。两个枕头也跟着去了，接着是那个长枕。还剩下木床，她没法挟在腋下，那是碍着博希夫妇，他们要是看见给房东的抵押品不翼而飞，会惊动全幢大楼。可是，一天晚上，趁博希家请客，库博帮着把床化整为零，床柱、床板、床架都悄悄搬出了门。低价换了十法郎，好歹对付了三天。草垫还不够用的吗？连床单也找垫套布做伴去了；他们就是这样把床吃进肚子，饥火烧了二十四小时后，又被面包撑得消化不良。干草一扫帚就可铺开，碎草又可用了翻，翻了用，这也不见得比其他东西脏。

绮尔维丝曲着身子和衣躺在草堆上，两腿缩在破裙子里暖和些。人蜷缩着，眼睛睁得大大的，想的事没一件称心。那一天！啊！该死的早晨！人不能这样不吃东西活下去！她不再感到饥饿；只是胃里有块铅，脑袋又像是空的。当然，在这陋室的角落里，值得高兴的事是找不到的。现在是一只真正的狗窝。就是走在街上套狗衣的猎兔狗，也不愿意守在这里。她无光的眼睛望着赤裸的墙。当铺早把一切收走了。还剩下五斗柜、桌子和一张椅子；而且，五斗柜的大理石面和抽斗也通过木床的道路一去不返。一场火灾也没烧得那么干净，从表到家庭照片这些小摆设也都无影无踪；表卖了十二法郎，照片镜框被一位女商贩收购去了；这位女商贩态度和蔼，绮尔维丝带去一只锅、一个熨斗、一把梳子，她根据货物出上五苏、三苏、二苏的，这钱也可买块面包带回家。现在只留下一把坏的剪烛刀，女商贩连一苏也不肯出。哦！要是她知道向谁出售垃圾、灰尘、污垢，她马上可以开店了，因为屋里脏不可言！她在角落里看到的尽是蛛网，据说蛛网治伤口出血有效，但是还没有哪个商人肯收。那时她扭转脸，放弃做生意的念头，在草堆里缩得更紧了，还不如望着窗外积雪的天空——一个悲惨的日子，冷得她骨髓都冻上了。

罗利欧夫妇拒绝借给她十个苏。

当她走到皮夏尔家门口,听到呻吟声走了进去,钥匙总插在锁孔里。

"有什么事呀?"她问。

房间很干净。可以看出拉丽早晨还打扫整理过。贫困尽管往里吹,掀翻了旧衣服,露出一堆脏东西,拉丽随后来了,收拾得一切看来赏心悦目。她家虽然不宽裕,使人感到有个好管家。这一天,她家的两个孩子昂里埃特和朱尔,找到几张旧图片,在角落里不声不响地剪。但是绮尔维丝很奇怪,看到拉丽躺在她的那张狭小的帆布床上,被单盖到下巴,脸色惨白。她躺着,怎么会呢!病得一定不轻!

"您怎么啦?"绮尔维丝担心地问。

拉丽不再呻吟。她慢慢抬起苍白的眼皮,张开嘴要笑,一个寒颤扭得嘴唇也歪了。

"我没什么,"她声音很低,喘气说,"哦,真的,一点没什么。"

接着又闭上眼睛,用力说:

"这几天我太累了,我偷会儿懒,躺一躺,您看。"

但是她那张孩子的脸上一道道青痕,露出极端痛苦的表情,竟使绮尔维丝忘了自己的苦难,合上手跪在她身边。一个月来,她看到女孩走路扶着墙,身子弯成两截,咳嗽不止,令人看出死期不远了。女孩连咳嗽也咳不出。她打嗝,嘴角流下几条血。

"这不是我的错,我身子不太强壮,"她喃喃说,仿佛心宽了,"我勉强自己,收拾一下屋子……还干净,是吗?……我要擦窗子,但是腿发软。这样做不傻吗!反正干完也可躺下了。"

她停顿一下又说:

"请您看看我的孩子,别玩剪子伤了手。"

她不说话了,全身颤抖,在听沉重的脚步声走上楼来。皮夏尔大爷粗暴地推开门。跟平时一样喝足了酒,眼睛被酒烧得凶光毕露。看到拉丽躺着,拍大腿冷笑,从墙上取下大鞭子,粗声咆哮:

"啊!妈的,太不像话了!真好笑!……现在大白天母牛要躺草堆了!……装死的懒鬼,你拿大伙儿开玩笑吧?……好吧,哼,给我起来!"

他已经舞起鞭子在床的上空哗哗地响。但是女孩连声哀求:

"不,爸爸,我请你,不要打……我向你起誓,你会伤心的……不要打。"

"起不起来?"他嚷得更凶了,"否则我要敲你的肋骨!……起不起来,笨货!"

那时,她轻轻说:

"我起不来,你懂吗?……我要死了。"

绮尔维丝扑向皮夏尔,夺下他的鞭子。他发了呆,站在帆布床前。这个倔强的小鬼在嚷些什么?一个人没病没灾的,那么年轻就死啦！别装模作样骗吃的！啊！他会打听的，要是她说谎，哼！

"你会看到这是真的，"她继续说，"以前只要我能够，我不让你们辛苦……现在这时候对我慈爱些，爸爸，跟我道别吧。"

皮夏尔缩了缩鼻子，害怕上当。然而这是真的，她脸相很怪，一张严肃拉长的大人脸。房内飘过死亡的气息，使他酒醒了。他环顾四周，像刚从沉睡中醒来的人，看到室内有条有理，两个孩子干净利落，正在玩耍嬉笑。他倒在一张椅子上，结结巴巴说：

"我们的小妈妈，我们的小妈妈……"

他只会说这两句话，对拉丽已经够温柔了，她从未被人这样宠过。她安慰父亲，最使她难受的是没把小孩抚育成人就这样离开了。他会照料的，不是吗？她用弥留者的声音详细告诉他如何安排孩子，如何使他们保持清洁。他发呆了，酒气又涌上心，摇头晃脑，圆睁着两只眼睛望着她离去。这在他心中引起各种想法，但是他找不到话，皮肤也烧得流不出眼泪。

"再听我说，"拉丽沉默一会儿后又说，"我们欠面包店四法郎七苏；这钱要还的……戈德隆太太借了我们一只熨斗，向她要回来……今晚，我没能做汤，但是还有些面包，你把土豆热一热……"

直至咽下最后一口气，这头可怜的小猫还是每个人的小妈妈。这么一个妈妈当然是谁都代替不了的！她死就是因为在她这个年纪，已有一个真正的妈妈的理智，而胸脯还过于娇嫩，过于狭小，容不下一颗这么大的慈母心。如果他失去这个宝贝，也是这位凶残的父亲咎由自取。他把妈妈一脚踢死后，刚才不是又把女儿杀害了么！这两位好天使葬进了荒丘，他以后也只有野狗似的暴死在道旁。

绮尔维丝忍住没有放声大哭。她伸出手，希望减轻女孩的痛苦；破旧的被单往下滑，她要把它拉上，整理床。那时濒死者可怜的小身体暴露出来。啊！天哪！多惨，多可怜！石头也会落泪的。拉丽全身赤裸，半截小衣盖在肩上作为衬衣；是的，全身赤裸，而且是殉教徒全身出血、痛苦的裸体。她身上已没有肉，骨头刺穿皮肤。两肋细长的紫血痕一直拖到大腿，在上面的鞭印清晰可见。左臂上绕一圈铅灰色伤痕，仿佛手钳钳过这条那么温柔、不及火柴棒粗的手臂。左腿露出一条还未收口的创伤，每天早晨趋步做家务碰得它老结不了疤。她从头到脚，乌青一片。哦！这是对童年的屠杀，这是大人的铁爪子对温柔爱情的镇压，这是弱者在一个十字架下呻吟的惨状！……绮尔维丝重新蹲在地上，看到这个可怜的小身子贴在床底，她心乱如麻，竟忘了盖上被子。她颤抖的嘴唇只想要祈祷。

"库博太太，"女孩嗫嚅说，"我请您……"

她伸出短小的手臂要盖被单，满脸含羞，因为父亲在场感到难为情。皮夏尔痴痴呆呆，眼盯着这具他害死的尸体，始终摇头晃脑，动作缓慢，像头困惑的野兽。

给拉丽盖上后，绮尔维丝不能在那里停留。濒死者愈来愈衰弱，不再说话，有的只是目光，是逆来顺受、若有所思的女孩子的黑黑的目光，她这种目光停留在两位正在剪图画的小孩身上。室内充满暗影，皮夏尔在这个弥留时刻不知所措，光是吐酒气。不，不，人生太可恨了！啊！多丑的事！啊！多丑的事！绮尔维丝离房，下楼，心里不知所措，窝囊烦躁，真想卧倒在一辆马车轮下，一死了之。

她一边跑，一边咒骂人的命苦，走到了库博自称在那儿工作的厂家门口。她的两腿把她送到那里，她的胃又唱起了歌，一首有九十段的饥饿曲，曲子她背得滚瓜烂熟。就凭这样子，若能在门口逮住库博，她就要搜他的钱袋，买些食品。最多等上一小时，完全可以忍受——她从上一天来，一直在吮手指头。

这是夏尔特路口的炭市街，一条破败的十字路，风从四面八方吹来。妈的，在马路上踱来踱去可不暖和。穿上裘皮大衣还可以！天空一片阴郁的铅灰色，雪聚积在半空，像顶玻璃帽子罩住全区。什么都没落下来，但是空气中有种凝重的宁静，准备给巴黎改变容貌，穿一件漂亮的舞衣，又白又新。绮尔维丝抬起头，祈求好上帝不要立刻抛下轻纱。她跺脚，瞧对面一家杂货店，然后旋转脚跟，因为没必要先把自己弄得太饿。十字路上没有可以散心的。寥寥几位行人裹着围巾匆匆走过。很自然，寒风使你夹紧屁股，谁有余兴溜达。可是她看到四五个女人像她一样，守在铁工场老板门口；当然也是几位可怜的女人，几位主妇，要把钱截住，不让它花在酒店里。其中有一位，高头大马，长相剽悍，贴在墙前，准备扑到她的男人背上。一个小女人穿一身黑，神情谦卑娇弱，在马路的另一边散步。另一个蹒跚笨拙，领了两个小孩，一左一右拖在两旁，一边抖一边啼哭。每个人——绮尔维丝和她的哨兵姐妹——走过来，走过去，斜眼偷看对方，不说一句话。啊！幸会幸会！可是敢说谁都不想见面！她们没必要交上朋友才知道彼此的门牌号码。她们个个都住在贫穷大厦。看到她们在这可怕的一月气温中跺脚，交叉走过一声不响，给人的感觉是更冷了。

可是连一只猫也没从工场出来。终于出现了一个工人，然后两个，然后三个；但是这些人肯定是如期带工资回家的规矩人，因为他们看到工场前徘徊的这些影子便摇头叹息。高头大马贴在门边更紧了；突然她扑到一个脸色发白的矮男人身上，他正小心翼翼向外伸头。哦！事情办得干脆利落！她在他身上一搜，搜到钱一把掠走。人给逮住了，钱给抄走了，拿不出什么来喝酒。那时，这个矮男人恼火失望，跟在他的悍妇后面落下大颗的孩子眼泪。工人不断出来，那个胖女人带着两个小孩走近去，一个棕色头发、神气狡猾的大个子一见她，急忙往回缩，去关照做丈夫的；当后者一摇三摆出来，已把两个五法郎——两枚崭新的一百苏银币——分藏在两只鞋内。他一手挽了一个孩子，一边走，一边编些胡话哄骗要跟他吵架的老婆。有些爱胡闹的，一纵身窜到路上，急忙赶去跟朋友把工资花了。也有愁眉苦脸的，手里紧紧抓了十四天中只做了三四天的工资，自怨是个懒虫，立下好多醉汉的誓言。但是最惨的是穿一身黑的小女人，谦卑娇弱，她的男人，一个漂亮小伙子，刚才就在她鼻子底下逃走,粗暴得差点把她撞倒在地;她一个人回家,沿着店铺跌跌撞撞,哭得像泪人儿似的。

最后,队伍走完了。绮尔维丝笔直站在路中间,望着门。事情开始不妙。两位迟走的工人也出来了,就是不见库博。她向工人问库博是不是也快出来了,他们是一伙的,嘲笑说他们的朋友刚跟相好从后门走,领母鸡撒尿去了。绮尔维丝懂了。库博要再给她来句谎言,她还真会去看天有没有下雨呢!好了,慢慢地,拖着她的一双破皮鞋,走下炭市街。她的这顿饭在她前面款款地跑,她在黄昏中打寒战,瞧着它跑。这次是完了。没有一个钱,没有一丝希望,有的只是黑夜和饥饿。啊!好一个死亡的夜,这个肮脏的夜,压在她肩上!

   她终于遇上库博,他刚把工资喝光,连一苏也不剩。库博推开她,要她在大街上自己想办法去乞讨自己的面包。

这个区变得漂亮多了,现在四通八达,使她感到难为情。马尚泰大街直通巴黎中心,奥那诺大街又伸展到田野,这两条街在旧城门穿过该区,一堆骄傲的房屋,两条宽阔的石板马路;两侧还保留着鱼市郊街和鱼市街,这两段破陋的小路往里钻,弯弯曲曲像阴暗的肠子。很久以来,税卡墙的拆除扩大了外马路,两边是车道,中间土路供人行走,种了四行小梧桐树。这是一个巨大的十字路口,淹没在石头建筑的汪洋大海下,通过几条无尽的、人群熙攘的大道,延伸到远处的地平线。但是在这些新的高层建筑中间，还留有不少摇摇欲坠的破屋；在这些有雕饰的门中间，还隐藏着黑暗的门洞、残破的狗窝，窗上晾着破布。在日趋繁华的巴黎，贫困在郊区触目皆是，不免玷污这座新城市，它还像个工地，兴建得那么匆忙。

夹在宽阔人行道的人群中，沿着小梧桐树走，绮尔维丝感到孤独，遭人遗弃。那边这些大马路的通道，使她肚子更空；应该说来往的人流中不乏富裕的人，却没有一个基督徒猜知她的处境，在她手中塞进十苏！是的，这太大了，太美了，这块广漠的灰色天空，高高撑在那么巨大的空间上，她在这底下头昏腿软。暮色是巴黎的暮色，混浊带黄，这一种颜色使人立刻联想到死，因为生活在街上显得多么丑。夜色愈来愈浓，远处的景物模糊成一片土色。绮尔维丝累了，恰巧碰上工人放工回来。这时刻，住到新房子里戴帽子的太太和衣冠楚楚的先生，都淹没在老百姓、一群群被车间恶浊空气弄灰了脸的男男女女中间。马尚泰大街和鱼市郊街放出一队队工人，爬坡爬得气咻咻的。在愈来愈响的公共马车、出租马车的滚动声中，在放空往回飞跑的平板马车、搬运马车、载重马车之间，穿工作服、短上衣的人不断增加，密密匝匝，盖满了马路。搬运工回来了，肩上挂搭钩。两位工人伸长了腿，肩并肩迈开大步，高声说话，指手画脚，却不看对方；有单独走的，穿大褂，戴便帽，低着头走在人行道旁；有五六个一群的，相互不说一句话，手插在口袋里，眼中无光。少数几人嘴里含着熄灭的烟斗。还有泥瓦工，四人合乘一辆出租马车驰过，石灰桶在车上颠簸，车窗前露出他们白色的脸孔。漆匠提着颜料桶摇晃；一位白铁工扛一把长梯，差点戳瞎了人家眼睛；一位井管工，慢慢腾腾，背个箱子，用小喇叭吹《小国王达戈贝》，在伤心的黄昏中这曲子听来非常凄凉。啊！凄凉的音乐，好像在给兽群的踏步作伴奏——这些驮兽拖着脚步，累断了腰！又是一天过去了！是的，白天是漫长的，没过多久可又要开始了。刚吃饱肚子，歇下来没等消化，天又大亮了，又要套上生活的枷锁。无忧无虑的人吹着口哨，走路噔噔地往家赶，汤等着他去喝。绮尔维丝让人群流过，在波涛中翻滚，不在乎被人东撞西碰，因为大家累得散了架，饿狼似的赶回家时，没人有工夫讲礼貌。

突然，洗衣妇抬起头，窥见前面是旧好心旅店。小楼内开过一家形迹可疑的咖啡馆，被警察查封，从此没人居住，窗上贴满广告，灯杆折断，从上到下受风雨剥蚀腐烂，不名誉的酱红色墙上盖满霉点。四周景象一点没变。纸店和烟店依然开着。还窥见低矮建筑物后面斑驳的六层楼楼面，竖立着它们残缺不全的侧影。只是大阳台跳舞场不存在了；大厅的十扇窗灯火通明，不久前里面建了一个糖厂，不断地听到锯子的吱吱声。就是在好心旅店的破屋里开始了她倒霉的一生。她站在那里，望着二楼的窗户，一扇破百叶窗挂在那里，她回忆起她与朗蒂埃的青春时代，他们最初几次争吵，他抛弃她的可恶行径。这没关系，她那时年轻，事后她看来这一切还很有趣。过了才二十年，我的上帝！她沦落街头了。旧旅店叫她触目惊心，她又回上大马路，向蒙马特方向走去。夜色渐浓，还有孩子在长凳之间的沙堆上玩耍。队伍还在走,女工匆忙趋步经过,为了弥补在货架上花费的时间;一个高人的女人停下,把手放在一个青年手里,青年陪她走到离家还有三扇门的地方不走了。有的人分手时又约好晚上在疯狂大厅或黑球宫见面。人群中还有工人腋下夹了一包原料回家加工。一个捅烟囱的,肩上搭根皮带,拖了满车的灰渣,差点给公共马车压死。可是,稀疏的人群中跑过几个没戴帽子的女人,生上火又下楼,匆匆忙忙准备晚饭;她们推挤行人,冲进面包店、肉店,捧了食品出来,毫不停留。有些八岁女孩被派出来买东西,沿着商店走,胸前抱几个四斤重的大面包,几乎跟她们一般高,像美丽的黄色玩具娃娃。她们看到图片,脸孔偎着大面包出神望上五分钟。然后,水流宁静了,人群疏散了,工也停歇了;白昼结束后,在煤气灯的照耀下,懒惰与狂欢开始苏醒,准备暗地里反扑。

啊!是的,绮尔维丝结束了自己的白昼!她比这一大批工人更累,他们经过那里,刚给了她一个刺激。她可以躺在那里,等死,因为工作不再要她了,她在生活中也苦够了,可以说:"轮到谁了?我的一份完成了!"这个时刻每个人都在吃。这确是个结局,太阳熄了自己的烛光,黑夜将会很长很长。我的上帝!舒舒服服躺下,不用再起身,请想一想,永远收起工具,天长地久地闲着!辛苦了二十年,这有多好!绮尔维丝在一阵胃痛中,不由自主地想起一生中丰盛欢乐的好日子。尤其有一天,天气奇冷,是四旬斋星期四,她玩得真痛快。那时候,她人温和,金头发,青春活泼。她在新马路洗衣场工作,尽管她腿跛,大家推举她做王后。那时候,大家坐在花车内,游遍大马路,街上的人争先恐后围上来看她。有几位先生还举起望远镜像看一位真正的王后。接着晚上大吃大喝,欢歌狂舞一直闹到天明。王后,是的,王后!头戴花冠,胸佩饰带,整整二十四小时,钟面上要转两圈!现在饥饿折磨得她动不了,她望着地面,仿佛在找寻她遗落昔日荣华的那条水沟。

绮尔维丝只见到勃吕大爷,跟她一样在乞讨;接着见到古捷,他一直忠于往日的爱情,使她一时得到安慰。但是最后这次见面,也使她下了决心。她羡慕小拉丽的命运,期待死,哀求她的邻居、接尸员巴祖若把她带走……

十三

酒对库博的危害愈来愈大。起初是失去理智,接着是感觉完全丧失,最后是局部瘫痪和酒毒性谵妄;谵妄症把他关进了圣安娜医院一个软垫房间里。绮尔维丝本人也疯疯癫癫,送走丈夫后,自己随即也消失了。

……第二天,博希夫妇看见她中午要走,像前两天一样。他们希望她宽心。那天,在圣安娜医院,库博的嚷声和脚跟踩地声响得走廊也震动了。她手还没离楼梯栏杆,便听到他在高吼:

"这么多臭虫!……走近些,我把你们的骨头都扒了!……啊!它们要把我干掉啦,啊!这些臭虫!……我比你们加起来还阔!滚吧,妈的!"

她在门前喘了一会儿气。他在跟一支军队干仗!她进去时,闹声更大,场面更好看。库博气炸了,活像从疯人院逃出来的。他在房间中央撒野,挥舞双手到处乱击——自己身上、墙上、地上、翻筋斗,往空中拍;他要开窗,又躲起来,自卫,叫喊,回答,一个人闹得不亦乐乎,满脸怒意,像恶梦中遭到众人围攻。接着,绮尔维丝懂了,他想象自己在房顶上安放白铁皮。他用嘴当风箱,在炉中移动铁棒,跪下用大拇指摁住草垫的边,以为自己在焊接。是的,临死时又想起了老本行;他喊得那么响,对屋顶捶拳顿足,是因为有几个笨伯妨碍他好好工作。邻近几家屋顶上都有混蛋在嘲弄他。不但如此,这些恶作剧的人还把一群群老鼠放到他大腿中间来。啊!肮脏的畜生,他时刻看见它们!使尽力气用脚擦地,把它们踩死也是白搭,因为去了一群又来一群,连屋顶也是乌黑乌黑的。不是还有蜘蛛么!他紧紧摁住裤子,把屁股上的大蜘蛛捏死,它们竟钻进这里来了,该死!他的白天永远过不完,有人要暗算他,他的老板要送他上牢房。于是他赶快做,又相信肚子里有台蒸汽机;他张开大口喷烟,一种浓烟充满房间,逸出窗口;他俯下身,始终在喷,望着窗外一缕长烟滚滚而去,直上天空把太阳遮住。

"嘿!"他叫,"这是克里涅昂古路那班人,扮了狗熊,通身闪亮的……"

他蹲在窗前,像从屋顶俯视一队人走过。

"马队来了,有狮子,有豹,在做鬼脸……还有小孩,扮成狗,扮成猫的……还有高大的克莱芒斯,头发上插羽毛。啊!我的妈!她翻起筋斗来了!……喂,小妞儿,脚底也该打滑了……哎!密探,可不可以不抓她!……别开枪,妈的!别开枪。……"

他的声音拔高,沙哑惊恐,他赶快弯下身,再三说红头发女人和红裤子士兵在楼下,这些人拿了枪瞄准他。他看到墙上伸出一枝枪管抵住他的胸脯。人家抢他的女儿来了。

"别开枪,妈的!别开枪。"

然后,房屋往下塌,他模仿一个区崩溃倒塌的轰隆声;一切都消失了,一切都飘散了。但是他没有时间喘气,其他景象又来了,快得惊人。他需要滔滔不绝地讲,满嘴巴都是话,七颠八倒的往外抖,喉咙咕噜噜响。声音愈说愈高。

"嘿,是你,你好!……说正经的,别要我吃你的头发。"

他把手放在脸孔前,吹口气把汗毛分开。实习医生问他:

"您看见谁啦?"

"我的老婆,哈!"

他望着墙,背朝绮尔维丝。

绮尔维丝心中直发毛,也对墙瞧,看是不是墙上有自己的影子。他继续说:

"你知道,不要哄我……我不要人家给我上绑……嘻!你好美呀，穿得多时髦。这从哪儿赚来的！……等着我来整你吧！嗯？你把你的先生藏在裙子后面了。那一位是谁？鞠个躬，看看……妈的！还是他！"

他猛地一跳，走去把头狠狠撞在墙上；但是软垫减轻了冲击力。只听到他的身体反弹回来"嘭"的一声跌在草垫上。

"您看见谁啦？"实习医生又问。

"卖帽子的！卖帽子的①！"库博叫。

实习医生问过绮尔维丝，绮尔维丝结结巴巴回答不上来，因为这情景使她回忆起一生中所有的烦恼。白铁工伸出拳头。

"就咱俩，伙计！我该把你治治了！啊！你搂了这个臭女人堂而皇之来了，存心当众取笑我。好吧！我来把你掐死，是的，是的，我！不用讲什么客气！……你别充好汉……看打。着！着！着！"

他拳头打向空中。那时，怒气侵入他的全身。退缩时撞到墙，以为背后有人袭击。回转身奋力扑向软墙。他跳跃，从一个角落跳向另一个角落，用肚子、屁股、肩膀冲撞，打滚，又站起身。他的骨头软了，肉体发出一捆湿麻的声响。他玩这种游戏，嘴里还伴以凶恶的威胁、粗野的号叫。但是战斗大约发生逆转，对他不利，他的呼吸变得短促，眼睛突出眼眶；渐渐地学起孩子撒赖了。

"抓凶手！抓凶手！……都滚吧，你们俩，……啊！强盗，

---

① 指朗蒂埃。

他要杀她！他用刀割她的一条腿。另一条腿横在地上，肚子剖开，都是血……哦！我的上帝，哦！我的上帝……"

他满身大汗，头发沾在额上，样子可怕，往后退，猛力舞弄两臂，像要推开恐怖的景象。两声惊呼令人毛骨悚然，脚跟绊着褥子，仰脸倒在上面。

"先生，先生，他死了！"绮尔维丝合上手说。

实习医生已上前把库博拉到褥子中间。不，他没死。把他的鞋脱下；他赤裸的双脚伸到褥子一头；自个儿舞动着，一边一个，有节拍，跳得快而均匀。

恰好医生进来。带了两名同事，一胖一瘦，像他一样佩着勋章。他们三人俯下身，一言不发，检查病人全身；然后，速度很快声音很低地谈了起来。他们把病人衣服从屁股脱到肩膀，绮尔维丝踮脚看见赤裸的上身横陈着。哎！这下全了，手臂从上往下抖，大腿从下往上抖，身躯这时也来凑热闹！肯定，小丑也会对着肚子发笑。条条肋骨都在微笑，肚皮像笑咽了气似的发喘。全身都在动，没说的！肌肉在打照面，皮肤颤动像张鼓皮，汗毛一边行礼一边跳华尔兹舞。总之，这可说是总体战，也可说是舞会结束前的加洛普舞，太阳出来了，所有跳舞的人手携手跺脚跟。

"他睡了。"主任医生喃喃说。

他要其他两人注意病人的脸。库博眼皮闭拢，还有微小的神经质震荡抽动他的全脸。尤其可怕的是他身子干瘪，牙床突出，带着扭歪的死人脸，像做过许多噩梦。但是医生看见他的脚，过来拿鼻子凑上去，怀着浓厚的兴趣。脚始终在跳舞。库博尽管睡了，脚还是要跳舞！哦！它们的主人可以打鼾，与它们无关，它们继续干它们的，既不加快也不放慢。真是一双机械脚，这双脚也是得快乐时且快乐。

可是，绮尔维丝看见医生把手放到她的男人上身，自己也想摸上一摸。她轻轻走近去，把手按在他的一只肩膀上。手放在上面一分钟。我的上帝！里面发生什么啦？皮肤深处也在跳舞，就是骨头大约也在跳。震颤与振荡是从远处传来的，皮肤下如同有条河在流动，当她摁得重一点，感到骨髓在号叫。肉眼只看见小波涛卷起一圈圈旋涡，像旋风的表面；但是内部大约糟蹋得不成样子。多么棒的工程！只有鼹鼠才干得出！这是酒店的酒精对它的蹂躏。全身成了一团烂肉，天哪！在整副骨架全面而持续的抖动中，把库博捣成碎片后带走，这项工程才算是完成。

医生早走了。绮尔维丝跟实习医生留着，将近一小时，她又低声说：

"先生，先生，他死了……"

但是实习医生望着脚，摇头表示没有。赤裸的脚露在床外，始终在跳舞，脚不干净，趾甲很长。又过了几个钟点。突然它们僵硬不动了。那时实习医生转身对绮尔维丝说：

"行了。"

只有死才能制止脚跳舞。……

从这天起，绮尔维丝经常神志不清，这幢楼的妙事之一，就是看她模仿库博。不用人家要求，她免费表演这个节目，四肢发抖，自然而然发出低低的惊叫声，无疑在圣安娜医院看她的男人时间长了，感染上了这个习惯。但是她运气不佳，没能像他那样完蛋。仅限于做些鬼脸，像头外逃的猴子引得街上小孩向她扔白菜帮子。

绮尔维丝这样捱了几个月。她沦落得更深，接受最难堪的侮辱，每天被饥饿夺去一点生命。一旦有了几个钱，立刻喝掉，满街乱走。区上肮脏的事都交给她做。一天晚上，有人打赌有的脏物她不会吃；她为了赢十苏居然吃了。马雷斯科先生决定把她逐出七层楼那个房间。但是，有人刚发现勃吕大爷死在他楼梯下的小洞里，房东也就把这个窝让给她住。现在她住进了勃吕大爷的家。就在那里旧草堆上，她肚子空的，骨头冰的，牙齿格格打战，世界显然不要她。她成了白痴，甚至没想到从七楼往院子石板地上跳就可一死了事。死亡大约要一点一点、一块一块收拾她，让她在自己造成的生存中苦挨到最后一刻。甚至别人不知道她怎么死的。有人说一冷一热死的。但是实际是她生活潦倒，死于贫困、堕落、劳累。用罗利欧的话来说，她是耗死的。一天早晨，走廊上闻到臭气，大家记起有两天没看见她了；在她的窝里发现她已全身发青。恰好巴祖若大爷腋下挟了殓具走来，把她装了进去。这一天他还醉得可以，依然兴致勃勃，快活得像只黄雀。当他认出是给哪位主顾干活，一边预备收殓，一边说出他的哲理性感想：

"每个人都要走的……没必要往前挤，大家都有位子……

怕到晚了抢个先，那才笨哩……我巴不得叫人高兴。有的人愿意，有的人不愿意。安排一下吧，看看……这里一位起初不愿意，后来又愿意了。那时又让她等了……最后还是行了，真的！这是她赢来的！那就高高兴兴走吧！"

他粗壮的黑手把绮尔维丝一抓，忽然有种柔情，轻轻举起这个曾对他倾慕了不少日子的女人。然后，怀着一种父爱，把她放进棺底，他在打噎中结结巴巴地说：

"你知道，听好了……是我，快活神，又名妇女的安慰者，……去吧，你是幸运的。睡吧，我的美人！"

《小酒店》简介

一、一八七五——一八七七年间大事记

法国国内政治：第三共和建立初期。多次打击君主复辟活动。共和派获得胜利（1875年瓦隆修正案，1876年2—3月选举，于勒·西蒙内阁）。麦克·马洪①元帅武力要挟众议院（1877年5月16日）。众议院解散，十月选举，共和派议员再次当选为多数派。巴黎召开全国工人大会（1876年10月）。

国际政治：欧洲东部出现革命动荡。南斯拉夫波斯尼亚和黑塞哥维那举行起义，保加利亚发生叛乱，巴尔干半岛上，以土耳其为一方，以塞尔维亚、门的内哥罗（1876）、俄罗斯（1877）为另一方，进行血腥战争。俄罗斯兴起土地与自由运动。

在西方，社会问题到处引起深刻动乱。德国戈塔大会上工人党实现联合（1875）；第一国际解散（1876）；英国伯明翰大会上英国自由党改组（1877）；美国铁路工人总罢工，领导者遭到逮捕（1877）；英国颁布妇女和儿童劳动立法，救世军组织成立；意大利、比利时自由派政党获胜。

在科学与技术方面：马塞尔·贝特洛②进行化学合成和热

---

① 麦克·马洪（1808—1893），法国元帅，曾任第三共和国总统。
② 马塞尔·贝特洛（1827—1907），法国化学家。

化学研究。格雷厄姆·贝尔①发明电话（1876）。奥托②制成第一台内燃机（1876）。查尔斯·克罗③和爱迪生④发明麦克风和留声机（1877）。爱迪生、斯旺⑤发明白炽灯；凯泰⑥发现气体液化原理；钢铁工业、冷藏工业、水力发电取得重大进展。巴斯德⑦进行炭疽病研究（1877）。

在文化方面：泰纳开始写《当代法国的根源》（1875）。勒南⑧出版《福音书》，古尔诺⑨发表《经济学说一览》，贝尔纳⑩发表《实验科学》（1878），法国医学家夏尔科⑪在硝石库医院进行精神病研究工作。卡尔·马克思在伦敦写《资本论》，巴枯宁⑫在瑞士伯尔尼逝世（1876）。斯宾塞⑬、勒普莱⑭进行社会学研究工作。尼采⑮在德国。叔本华⑯作品出现法译本。英国哲学家卡莱尔⑰揭露现代社会的弊端。罗斯金⑱欲以对美的崇拜使工人阶级摆脱失望与贫困。

---

① 格雷厄姆·贝尔（1847—1922），美国物理学家。
② 奥托（1832—1891），德国工程师。
③ 查尔斯·克罗（1842—1888），法国学者。
④ 爱迪生（1847—1931），美国发明家。
⑤ 斯旺（1828—1914），英国化学家。
⑥ 凯泰（1832—1913），法国物理学家。
⑦ 巴斯德（1822—1895），法国化学家、生物学家。
⑧ 勒南（1823—1892），法国作家。
⑨ 古尔诺（1801—1877），法国经济学家。
⑩ 贝尔纳（1813—1878），法国生物学家。
⑪ 夏尔科（1825—1893），法国医学家。
⑫ 巴枯宁（1814—1876），俄国革命家。
⑬ 斯宾塞（1820—1903），英国社会学家。
⑭ 勒普莱（1806—1882），法国经济学家。
⑮ 尼采（1844—1900），德国哲学家。
⑯ 叔本华（1788—1860），德国哲学家。
⑰ 卡莱尔（1795—1881），英国哲学家。
⑱ 罗斯金（1819—1900），英国社会学家。

在文学方面：维克多·雨果[1]处于荣誉的顶峰。巴那斯派诗歌在法国文坛方兴未艾。但是法国诗歌由于魏尔伦和马拉美的出现，正经历一个变革时期。象征主义的主要论点已经建立。

现实主义小说家在反对奥克塔夫·弗耶[2]的世俗理想主义中确立了地位。福楼拜发表《三故事》(1877)，爱德蒙·德·龚古尔发表《少女爱丽莎》，巴尔贝·多尔维里[3]在他的《魔怪》中创造了一个新形式的神秘现实主义。

在戏剧中，奥吉埃[4]和小仲马的社会剧取得成功。拉·比什[5]创作夸张的通俗歌剧。亨利·贝克[6]步入剧坛，自然主义戏剧兴起。

在英国，许多作家如特罗洛普[7]、黎德[8]、乔治·摩尔[9]、托马斯·哈代[10]厌恶梅瑞狄斯[11]的心理描写，而按照狄更斯[12]、乔治·爱略特[13]的传统创作带社会倾向的资料小说。俄罗斯小说随着冈察洛夫[14]、屠格涅夫[15]、陀思妥耶夫斯基[16]、列夫·托尔

---

[1] 维克多·雨果（1802—1885），法国作家。
[2] 奥克塔夫·弗耶（1821—1890），法国小说家。
[3] 巴尔贝·多尔维里（1808—1889），法国作家。
[4] 奥吉埃（1820—1889），法国剧作家。
[5] 拉·比什（1815—1888），法国剧作家。
[6] 亨利·贝克（1837—1899），法国剧作家。
[7] 特罗洛普（1815—1882），英国作家。
[8] 黎德（1814—1884），英国作家。
[9] 乔治·摩尔（1852—1933），英国作家。
[10] 托马斯·哈代（1840—1928），英国作家。
[11] 梅瑞狄斯（1828—1909），英国作家。
[12] 狄更斯（1812—1870），英国作家。
[13] 乔治·爱略特（1819—1880），英国女作家。
[14] 冈察洛夫（1812—1877），俄国诗人。
[15] 屠格涅夫（1818—1883），俄国作家。
[16] 陀思妥耶夫斯基（1821—1881），俄国作家。

斯泰①经历一个伟大时期。在意大利、德国、荷兰、西班牙、波兰，现实主义小说到处发展，不久即受到法国自然主义的影响。

在艺术方面：绘画中印象主义日益取得地位，尽管官方对此漠然视之。一八七五——一八七七年，马奈、雷诺阿②、莫奈、西斯莱③、德加④、毕沙罗⑤以市郊景色和花卉植物作为主要绘画题材。高更⑥和塞尚还处在他们的现实主义时期。雕塑上出现罗丹⑦和达鲁⑧。特罗加台罗宫的建筑。音乐上，托马斯⑨、古诺⑩、马斯奈⑪、夏布里埃⑫、圣桑⑬等人的兴起。凯撒·弗朗克⑭创作最初几部杰作。在德国有勃拉姆斯⑮和瓦格纳⑯。在俄国，鲍罗廷⑰、莫索尔斯基⑱取得胜利。

法国从一八七〇——一八七一年的崩溃中复苏，第三共和国在巴黎准备一八七八年世界博览会。

---

① 列夫·托尔斯泰（1828—1910），俄国作家。
② 雷诺阿（1841—1919），法国画家。
③ 西斯莱（1839—1899），英国画家。
④ 德加（1834—1917），法国画家、雕塑家。
⑤ 毕沙罗（1830—1900），法国画家、雕塑家。
⑥ 高更（1848—1903），法国画家。
⑦ 罗丹（1840—1917），法国雕塑家。
⑧ 达鲁（1838—1902），法国雕塑家。
⑨ 托马斯（1811—1896），法国作曲家。
⑩ 古诺（1818—1893），法国作曲家。
⑪ 马斯奈（1842—1912），法国作曲家。
⑫ 夏布里埃（1841—1894），法国作曲家。
⑬ 圣桑（1835—1921），法国作曲家。
⑭ 凯撒·弗朗克（1822—1890），法国作曲家。
⑮ 勃拉姆斯（1833—1897），德国作曲家。
⑯ 瓦格纳（1813—1883），德国作曲家。
⑰ 鲍罗廷（1833—1887），俄国作曲家。
⑱ 莫索尔斯基（1839—1881），俄国作曲家。

二、《小酒店》的出版

《小酒店》最初是一部长篇连载小说，从一八七六年四月十三日起登在巴黎一家大晚报《大众福利》上，副标题：《巴黎风俗小说》。这是《卢贡-马卡尔家族》的第七部书。手稿尚未全部完成，左拉即以八千法郎卖给总编辑伊夫·居约，居约是位满脑子唯物主义哲学的激进党人，要把自己的报纸办成左派共和主义者的喉舌。左拉同时受聘负责一份戏剧杂志，他在第一期就批评小仲马。

伊夫·居约锋芒太露。小说的勇敢大胆立即引起读者抗议，他们都是些忠厚的布尔乔亚共和派，退订信件纷至沓来。七月七日，小说发表到第六章不得不停载，借口作者时间过于仓促，要求暂缓刊登。在报纸第二页的下半版，《小酒店》立即换上了莱奥波德·斯塔普洛的武侠小说《剑友》……

长篇连载小说后来又在《文艺共和国》上连载；这是巴那斯派诗人卡蒂尔·孟戴斯主编的文学周刊。尽管学派不同，在这本杂志的各栏中巴那斯派、前象征派诗人和现实主义、自然主义小说家经常见面：福楼拜、于斯曼或屠格涅夫跟邦维勒[①]、马拉美同时出现。共和国检察官访问进行威胁，未能使孟戴斯改变计划。《小酒店》事先张贴海报，大事宣扬，从一八七六年七月九日开始，到一八七七年一月七日，在一片赞扬声与詈骂

[①] 邦维勒（1823—1891），法国诗人。

声中结束生涯。赖于广告的巧妙安排,《大众福利》的订阅者若是愿意,可以免费收到《文艺共和国》。孟戴斯给左拉另加了一千法郎稿酬。

一八七七年二月二十四日,出版家乔治·夏庞蒂埃出版了这部书的单行本。夏庞蒂埃从一八七三年来即是左拉以及两个世代大部分现实主义小说家的朋友。对那个时代来说,这书达到了惊人的畅销;最初九个月出了三十八版,一八七八年十月三十日出到第五十版,一八八一年年底达十万册。从一八七七年五月十一日开始,在马尔邦和弗拉马里翁书店出版了普及本,附安德莱·纪尔的出色插图,分五十九分册,每分册十生丁,很快销售一空。经过十年报酬很低的创作,左拉终于名利双收。《小酒店》最终也把他扶上自然主义领袖的宝座。

总的来说,评论界对《小酒店》的态度非常严厉。指责他某些细节写得庸俗,令人反感,特别是语言有意粗鲁,甚至下流。如《费加罗报》《新闻》《时代》的大多数社交新闻专栏编辑,有的惊骇,有的嘲讽,有的蔑视,有的愤怒……共和派和社会主义倾向的报纸也对他攻击,激烈程度并不逊色,他们谴责左拉诽谤人民,因而也贬低普选。帝政时期自由派战士阿尔蒂尔·朗克,在布鲁塞尔发表一本匿名小册子为工人"辩护"。查理·弗洛普议员揭发"这位写诲淫诲盗作品的公开诽谤者,这位矛头指向劳动者从而给反动派提供武器的可笑小册子的作者"。《公民报》编辑阿希尔·塞贡蒂尼埃抛出一本恶意模仿《小酒店》的滑稽作品,把这本书斥为一件"坏事"。维克多·雨果,据阿尔弗莱·巴布书中的话来说,否定左拉"有权利把贫困与不幸赤裸裸暴露在人前"。最后,《快讯》报还控告他剽窃(1877年3月17日),毫不困难地指出那几段他抄袭了德尼·普罗的《吊儿郎当》。左拉立即回答《快讯》(3月18日),承认他的借鉴,并声称他有权引用"资料",他以前对阿尔培·米罗(1876年9月3日和9日的信)、对理想共和派人士(1877年2月13日在《大众福利》)也是这样回答的。

左拉的作品也得到各方面的支持,首先是几位跟他一样投身于自然主义小说创作的青年。从一八七六年,于斯曼在布鲁塞尔出版了一本热情洋溢的小册子《埃米尔·左拉和〈小酒店〉》。莫泊桑在一八八三年写了一篇论文,赞扬左拉为他的一代的大师。塞亚尔和埃尼克开始与左拉来往,后来他们一起和保尔·亚莱克西等组成文学史上所称的"梅塘社"。梅塘是塞纳河边的一个小镇,一八七八年左拉用《小酒店》稿费在那里买下了一幢别墅。一八八〇年出版的《梅塘之夜》,就是由梅塘社的多名作家写成的短篇小说集,这也说明自然主义学派当时的团结,后来先后加入这学派的还有奥克塔夫·米尔博、路易·德斯普雷、吕西安·德卡夫、保尔·亚当、爱德华·路德。至于福楼拜,是他们所有人的大师,左拉把书献给他,戏称为"出于对雅的憎恨",福楼拜对书的文笔持保留态度,但是公开支持他的年轻朋友的事业。爱德蒙·德·龚古尔在《小酒店》后几星期出版了《少女爱丽莎》,看到风头被他占尽,心中不无醋意。

除了左拉的文学家朋友外，这本书从纯艺术角度还得到亚尔培·沃尔夫、乔治·勃吕内的表扬。阿纳托尔·法朗士尤其欣赏他词意诚恳，笔风有力。布伦蒂埃[①]、于勒·勒梅特[②]、保尔·布尔热[③]表示一些保留看法，但是在左拉全部作品中，他们认为《小酒店》始终占一个特殊位置，评论中充满好感。但是最理解《小酒店》的却是法国国内外的诗人。邦维勒与自然主义美学格格不入，但是在"伟大的爱与追求真诚的强烈愿望"方面感到与左拉是一致的。马拉美与左拉的关系一直非常融洽，给他写了一封信，信内同情不下于理解。

《小酒店》成了巴黎这一年中的大事。报刊内画满这方面的漫画。左拉给画成捡破烂的、掏阴沟的，甚至一头公猪，不然就是在向巴尔扎克行军礼，而变得家喻户晓；在音乐厅、剧院、游艺场都出现有关《小酒店》的节目——形形色色的哑剧和幻想剧。不久时装也进来凑趣，在蒙马特，有穿了洗衣女工和白铁工服装的舞蹈节目。一出舞台剧也应运而生，从某种意义来说，也算给福楼拜、龚古尔在舞台上的失败出口气。一八七九年一月十八日在混合剧剧院首演。左拉把这工作交给两位能干的服装师比斯那赫和加斯蒂诺；他仅在序言上签个名，这做得很有道理，因为这只是一出草率的闹剧。但是它的功绩是使大家不断提到左拉的名字。这一回，荣名来了……左

[①] 布伦蒂埃（1849—1906），法国文学评论家。
[②] 于勒·勒梅特（1853—1914），法国作家。
[③] 保尔·布尔热（1852—1935），法国作家。

拉首先非常热爱荣名；其次，他再幸运也没了。

三、小说的产生

《小酒店》的根源要追溯到《卢贡-马卡尔家族》的初步计划。在一八六九年交给出版家拉克鲁瓦的总计划中，包括一部"工人小说（巴黎）"，内容提要也已写成。同一时期的其他私人摘记也确定了故事地点（巴蒂涅奥尔的一个熨衣工场）和工人生活情景。还写着："小说人物皆是工人。"左拉也想到写政治题材；但是巴黎公社后，他决定把政治题材留到另一部小说写，这就是后来的《萌芽》。

写一部平民小说的想法，最早甚至出现在系列小说构思以前。左拉在工人圈子里生活过，好几次把他的经历用在为报纸写的短篇小说：《我的邻居》《贾克》《铁匠》《他们如何结婚》……这些文章后来都收集在《给尼侬的故事》和《短篇集》中，他还曾想写一位女工的普通遭遇，题目叫《奥古斯蒂纳·朗格卢瓦》。毫无疑问，龚古尔兄弟的《绮尔米妮·拉塞特》一书刺激了青年小说家的好胜心，他为龚古尔兄弟写了一篇热情洋溢的文章，称他们最早"把平民写进小说"。他也打算用故事的力量与材料的真实来胜过他的先行者。

所以，从一八六九——一八七五年，左拉不停地构思《卢贡-马卡尔家族》中这部他特别关心的小说。在《卢贡家的发迹》(1870—1871)中，他提到绮尔维丝这个人物——在那时已确定人物的直系亲属和容貌特征，甚至开始叙述她的生活：与朗蒂埃的关系，两个孩子的出生，一八五一年初离家上巴黎。《巴黎的肚子》里有反抗精神的艺术家不是别人，就是绮尔维丝的亲生子克洛德·朗蒂埃。左拉自立一个档案库，估计凡对他今后的小说有用的一切资料都放在里面：路易·拉蒂斯博纳和弗朗西斯克·萨尔塞的文章。《小酒店》不像丛书中的某几部小说，是仓促写成的即兴之作，来拼成第二帝国社会的全图；小说家对这部作品已酝酿了好几年，其中倾注了他作为人和作家的全部经验。

埃米尔·左拉在一八七五年感到写工人小说的时刻来了。他以前写的书没一本达到他期望的成功。他三十五岁，这时应该向他的朋友，特别向他的出版家夏庞蒂埃证明他们对他的信任是有道理的——他与出版家订有合同，他每月薪水五百法郎，每年发表一部小说。他"坚持"他的题材，又逢上他为《欧洲信使》重新进行关于《绮尔米妮·拉塞特》的研究，这以前在《大众福利》登过。杰作不写则已，要写就在此时此刻。

这个历史时刻是否选择得当？表面看来是不得当的。在麦克·马洪总统时期，大家参加"道德秩序"①，五月十六日②也刚过去不久。许多作品被认作不道德而遭谴责。《小酒店》这样一本书在许多方面对正统思想的人是一种侮辱，拿它去触犯检查机关不是危险吗？

---

① 指法国君主派和保守派联合，在1873年5月24日推翻蒂埃尔政府，把麦克·马洪捧上第三共和总统宝座。
② 指1877年5月16日麦克·马洪要挟议会，罢黜总理于勒·西蒙。

实际上已经出现某些迹象，清楚表明知识界对直接取自社会现实的作品表示愈来愈大的兴趣。在绘画上，印象派那时大多数题材就是来自巴黎及其郊区的生活。现实主义作家看到自己的读者日益增多，而奥克塔夫·孚伊埃的读者锐减。有位叫巴尔贝·多尔维里的作家，不久之后在他的作品《魔怪》中，不是"描写了真实生活情景的全部丑恶，而把罪恶也吓坏了"么？最后，总的来说，全世界，尤其欧洲，正经历一场强大的思想、政治运动，使大家注意到工人的贫困，找寻医治的良药——从罗斯金到马克思，从大罢工到救世军。选择在一八七五年写《小酒店》，并不与法国当时形势完全合拍；但是这是预见到了明天的胜利，这是从某种意义上说在为这个明天而工作，这是在完成作者承担的一个行动。如果说左拉在一八七五年是冒了风险的话，那么在事后回顾时更是他本人的光荣，曾按照实情来介绍人民，从而也是为人民作出了贡献。

小说初稿写于一八七五年夏天。《左拉通信集》中可以看到小说写作过程。左拉那时住在圣奥班的海滨。八月十四日，他为"下一部小说——这部描写平民的小说""搭架子"。他"要写得不落窠臼"。九月十七日，这部小说"在睡觉，无疑要睡到巴黎"。他解释说："我有了大纲，我需要到巴黎去搜集情节。然而我决心写一部画面非常宽广又十分简单的作品；我要事情平凡而又不一般的这种日常生活；还有那种笔法，将很不易找。"九月二十九日，"我将带着下一部小说的完整计划回来……我对这个计划非常高兴，计划很简单，也很有力量。我相信工人阶级的生活从没给人这样广泛探索过。"十月四日晚，左拉回到巴黎。第二天随即搜集材料。

这样说来，《小酒店》的"准备工作"并不完全符合《实验小说论》内所提的那种技巧。左拉，尤其他的评论家和朋友，散布一种幻觉，即自然主义小说的严谨科学性。根据这个理论，小说家不必思考情节便可开始工作。首先他忙于做的是环境研究。只有建立了系统的材料，他才去构思情节和人物，就像是社会论据的"数学"结论。居伊·罗贝尔曾为这种流传还很广的说法申辩，尤其在论左拉的《土地》这本书内。

这类他名为《草稿》的长篇独白，是左拉握笔写给自己看的，经研究后可以看到他首先确立作品大意。随即他的思路集中在"他的"绮尔维丝·马卡尔身上。六年来他一直在思考这个人物，对她很了解（在许多方面她像他……），她显然得到他的全部同情。小说最初的书名叫《绮尔维丝·马卡尔的平凡生活》，表明她是小说的中心。于是一切事物围绕她进行，情节是由她的性格衍生而来，也按照她的生活发展：她来巴黎，遭到遗弃，结婚，发家，然后酗酒，家庭逐渐衰败，最后如小说家说的，"我在一场惨剧中把她杀了。"这种现实主义的完美典型只使他得到一半的满足。他追求带感情色彩的情节。当他设想朗蒂埃的归来时，他把自己的喜悦告诉 E. 德·阿米西斯："小说写成了。"那时，他愈离愈远自己所定的简单情节，而设想许多可怕的插曲，看到作者与自己两种相反的倾向交锋时确实令人非常感动：一会儿他要写一个暴露无遗的故事：日常的现实生活，痛快淋漓，直截了当，很少情景，有也是最普通的，毫不浪漫和矫饰；一会儿他又向自己追求戏剧性、恐怖性的倾向让步：自杀，"醋性大发，最后以动刀子告终"，当场抓获奸情，袭击酒店，警察普瓦松盛怒之下杀了所有人，或者，库博、朗蒂埃和古捷之间一场惊人大格斗，等等。最后，作者作出显著努力，压下自己的浪漫爱好："但是我要坚持简单的事实，平淡的生活，同时也要它们非常戏剧性，非常感人。"第八章的第一次计划放弃不用，左拉在原稿上用大字体写："不，不要戏剧化。"他遵照自然主义小说原则，终于战胜了自己。

在第一阶段，人物与情节是平行确定的。左拉对每个人物都做卡片，在搜集资料过程中逐步完成。但是主体是立即定下的，来自小说家的想象和早期经验。朗蒂埃、罗利欧、勒拉太太、普瓦松太太、博希和他的妻子，都以他生活中真正认识的人为模特儿，在他的工作笔记中都有名有姓。福科尼埃太太像是欧仁·苏笔下的人物。古捷和巴祖若是他青年时代塑造的半真半假的人物。普瓦松只算是东拼西凑而成的权力象征。皮夏尔和小拉丽从路易·拉蒂斯博纳的一篇文章来的，文章登在一八六八年左右的《大事》上，记载一位虐待致死的女孩。最后库博是"怀疑派巴黎工人"的典型，就像对"平民"观念进行的一次辩论中，弗朗西斯克·萨尔塞在他的《致沃尔夫和理查》一文中所说明的。对左拉来说，还缺少几个陪衬人物，特别是一个背景。现在可以明白他为什么匆匆赶到巴黎，体察老百姓的风情。一回来就在巴黎走街串巷，大量搜集"亲眼见的事"。还参阅专门著作。

资料搜集工作做得迅速，甚至可说简略。十月四日到达巴黎，十日开始同时写他的小说与一篇福楼拜的论文。他说："我特别渴望工作。"在六天中，他努力找寻一个特别适合小说行动的地点，他放弃原先计划中的巴蒂涅奥尔，把他的书放在金珠街周围。是不是这个诗意的街名吸引了他？也可能左拉看到那里集中了他需要的所有戏剧要素：城市与郊区，屠宰场与医院，贫民窟和奥斯曼市政计划的新大楼，还有外马路这个向冒险开放的广阔原野。左拉当场草草写下笔记，他擅于记下每条街、每幢房子的外貌特征，在哪儿安排他拟订的情节，在哪儿又按照地点外观想象其他情节：如金珠街的那幢大楼，小巷中的洗衣场，旅馆，酒店，小铺……他观察走在大马路上的群众，记录姿势，画下速写。这些细节几乎原封不动放进小说。他也瞧着一位洗衣女工干活，详细抄录熨洗价目表、女工薪水。他还打听对他以后有用的其他行业：盖屋顶工、螺栓丝工、扎花工。这种写作方法已成了现代小说家的基本功，但在一八七五年，即使出了巴尔扎克、福楼拜、龚古尔以后，这样专心记录真实生活也是甚为特出的。对这方面的"资料工作"当然也不应该估计过高。

工作笔记中还注明参考书来源。库博的病情与死亡是"逐字逐句照抄圣安娜医院观察所得"、登在V.马尼昂医生的酒中毒著作中的"一个病例"。在他所做的摘要中，按他的说法，他用心抄录了"留待后用"的细节。还有一部作品可以看作是一个真正的"源泉",也被利用到了几乎剽窃的地步,那就是德尼·普罗的《吊儿郎当》(1870)。谈论工人组织和要求的第二部分没用以外,左拉一字不差抄袭了第二帝国时期工人的生活习惯:大量的俏皮话、短语、情境、"寻衅吵架"、人物外号,甚至小说书名——普罗用整整一章写一家酒店,开在贝勒维尔,还真用这个招牌[①],后来这个名字也泛指其他酒店。最后,《吊儿郎当》向左拉暗示了小说的"调子",这类实况"记录"的语言,普罗提供了出色的样本。小说家也完全承认他得益于《吊儿郎当》的作者;他甚至遗憾当时出版惯例"还没有要求在小说后面标明出处"。对他来说,《吊儿郎当》是一本文献资料,他显然有权利使用。可是这本"文献资料"刚出版不久,还有作者署名。大家更愿意左拉在序言中提到这点。最后,阿尔弗雷·德尔沃的俗语词典,他从头至尾精读过,并用上了其中近一千条真正的民间土话。

小说的准备工作做了将近一年。集中了他的回忆、最新看法、读书摘记后,小说家思考总体与局部的结构。他成了建筑师。这个行当左拉是熟悉的;他懂得如何分布各段描写、叙述和情景,可使读者不用操心;各部分又分成段落,段落与段落之间都有过渡。在结构上,左拉比一般人想象的要"古典派"得多。这些段落一丝不苟遵照草稿中制定的计划,写满了文笔热烈生动的资料。皮埃尔·马蒂诺写道:"这几乎是一种写公

[①] 《小酒店》的法文书名 L'Assommoir,原意是"棒槌"。

文的方式。"无疑地，很少作家比他更"有意识"了。有时，他嘱咐自己："绮尔维丝堕落的层次要分明"，或者"笔法要写得冲"；有时还鼓励自己："写得非常成功，是的。"但是左拉并不绝对受原计划的约束。像居伊·罗贝尔写的，"他一直保留了他创造性活动的领地。"

最初全书分成二十一章，左拉把它们压缩成十三章。然后开始正式写作。小说家工作很有规律，每天上午写二至三页。这也是长篇连载小说要求的速度。左拉尽管不是艺术的殉教徒，但对"文笔"的注意要超过人们所说的，现存的文稿肯定不是第一稿。就是在长篇连载小说的文本上，左拉为了出单行本，还进行了若干修改。

总而言之，《小酒店》的全部形成，像在真实的爱好与艺术的想象之间，力求科学的严格方法与毫不科学的作家气质之间作出的一个妥协。

四、《小酒店》——文献小说

作为实验小说的理论家，左拉从来强调自己崇拜客观现实。早在德莱菲斯事件以前，"真理"——后来他把这作为他的《四福音书》之一的书名——是他的美学与哲学信条时组成部分。对于《小酒店》的批评，左拉回答说："我看到什么说什么，我把它写成状子而已……我的作品不是抱有偏见或从事宣传的作品；它是真实的作品。"还说："这里可以看出人怎样生，人怎样死。我只是一位笔录员，不允许下结论。"对理想共和派，他反驳说，只有建立在科学上的立足点才是牢固的，"不讲方法，不作分析，不说实话，今天就不会有政治，也不会有文学"。作者的意图是不容怀疑的，然而他为第二帝国时期的工人社会，是否真的提供了他想提供的客观见证？

他对郊区的描述是真实的。如果把他的描述与印象派画家留给我们的许多作品比较，它们的相似之处叫人吃惊。于勒·瓦莱斯的《巴黎景象》同样证实了左拉的所见。就是今天我们到巴尔培·罗什舒亚尔附近走走，还可认出左拉描写的地点，几乎没有变化：金珠街，街上房客众多的楼房，——金珠新街（现在的伊斯莱特路），矮房子使路上气氛活泼，一个洗衣场与福科尼埃太太的一模一样，——所有邻近马路，名字与个性没有丝毫变化，——外马路，小旅店，收留库博的拉里勃亚齐埃医院。资料显得非常现实，不亚于——比如说——欧仁·达比最近提出圣马丁运河或巴黎郊区的资料。

对《小酒店》内到处可见的关于行业、工具、职业活动、薪水、生活费用等所有细节，我们可以信任左拉。他向我们提到的风俗人情，也经过许多其他证实，尤其德尼·普罗的《吊儿郎当》和小说家本人没见过的大量资料的证实，也可不用怀疑。显然是篇出色的报道。

可是，历史学家持保留态度。在对《第二帝国时期法国工人情况》作了长期社会学研究后，乔治·杜沃说左拉这本书的"色彩过于单调"，他指出在普罗作品中"更多光明与欢乐"。在古捷的悲哀的品行和库博及其伙伴的蠢头蠢脑的酗酒之间，没有地位容纳一个"中间"工人形象,而普罗则写出好几个典型。还有库博,起初写得像萨尔塞笔下"爱打哈哈"的巴黎人,很快变得悲观阴郁。许多人物尽管像从现实中来的,然而毫无疑义只代表了现实的一个侧面。我们可以用真实的素材,拼凑成一幅完全不真实的图画:一切取决于每个素材的尺寸和位置。社会党人是诚恳的,当他们强调说在这本书里看不到巴黎人民。他们当然把巴黎人民理想化了;但是左拉也可说从反方向作了一番明显失真的介绍。

总之,《小酒店》一点没提那个时代工人阶级的革命倾向,虽然普罗的《吊儿郎当》提供给他这样的机会。这些愿望可也是"现实"的组成部分;或许它们还可改变这个现实,人们在一八七一年见过这事。为了不给希望留一点余地,左拉把工人情况描写得比实际更阴暗。在这方面,《萌芽》提出真实的另一侧面。但是在他也是有意把社会与政治问题留给第二部"描写平民的小说"。不应把《萌芽》与《小酒店》对立。这是一幅双联折叠画;两幅画面相互补充;要同时观看才能看到第二帝国时期工人社会的真正全图。

五、埃米尔·左拉的宇宙

左拉和一切艺术家一样,真诚相信自己描绘的是世界的本来面目。但是我们中间每个人按照各自的领会方式把世界歪曲了。自然主义小说家也不例外,他戴了铁架单片眼镜,伸出"猎狗的鼻子",带着由某种气质、全部内心经验所决定的一种方法去理解事物。"空间"在他看来像块复杂的地方，其中的品质都是定型的。《小酒店》的地点虽来自现实，还是有小说的特殊的"地理位置"。书一开头，意图就昭然若揭：右面是屠宰场，屠夫穿着血迹斑斑的围裙站着，凉风不时送来"一种遭屠杀的牲畜的腥味"；左边，灰白色医院，"它一排排窗口依然没有遮上，露出赤裸的房间，以后死神会在里面横冲直撞"；后面是市郊，巨大的实体，工作、热情、贫困、怜悯的不会枯竭的储存库；在税卡墙这道真正的神奇屏障前，夜里传来凶杀的喊叫声，白天"一团火轮，喧闹声中一蓬阳光"，巴黎——绮尔维丝只在结婚那天，还有到圣安娜医院看望临死前的丈夫时才去过那里；外马路是命运的神秘场所；很远的那边，在火车鸣叫的铁路桥后，是"乡野、自由的天，在豁口深处，从那儿离开该有多好，到世界外的任何地方去"。左拉的想象力就是这样，到处看到"象征"，创造"神话"。

　　在细节上，左拉主要向我们指出物的"神奇"一面。他把巴尔扎克、福楼拜尊为老师，同样也继承维克多·雨果。金珠街上这幢大楼，在绮尔维丝眼中也奇怪得变了形："像堆砂石大疙瘩，草草做成，雨水淋得发腐剥落，侧面是个浑厚巨大的土色的立方体，竖在蓝天下睥睨邻近的屋顶，两侧没有刮糙，像监狱的大墙，又长又无修饰，留出几堵接待墙，像老朽的颌骨对着空地张开。"但是这幢楼"活着"；它像一个人，像《卢贡-马卡尔家族》中一切妖魔神奇地活着。左拉擅于给物，尤其给人的产物一种模糊的生存。科隆勃大爷的蒸馏锅是他最精彩的创造。读者追随它的发展，贯串小说的首尾，直至绮尔维丝对它抱有一种怨恨，想跳到它身上，对待畜生似的"用脚跟乱踢，踢破它的肚皮"。这种无节制的渲染经常给人一种"史诗"的感觉：蒸馏锅"让酒精像汗水似的滴落，如同一道缓慢执拗的泉水，长年累月，必然会灌满店堂，溢至外马路，淹没巴黎这个巨洞"。作者像突然被一种幻觉攫住，带着原始人的狂热，对这个摆脱不开的形象胡思乱想。这位作家比他的传奇所介绍的还要复杂，在他身上自有种"超现实主义"的东西。

还可对《小酒店》的各主题进行研究——色彩，特别是黑暗与黑夜的主题，——气味，左拉作了精细入微的艺术分析，——窒息、沦落、压垮的感觉，——不安、迷信、害怕，——消化功能与性功能的重要性，——对病态与污亵的某种爱好，——尤其他对"时间"的特有看法，与印象主义小说家如龚古尔兄弟十分不同，左拉力求在笔法上，延长"瞬间"达到"长久"。总之，在《小酒店》一书内可以认出整个世界，这一部小说在这方面不是真实的映象，而是诗人的作品，真正的创造。

六、人物性格

左拉描写群众的才能是大家公认的。小说第一章工人熙熙攘攘经过鱼市郊街上工，最后第二章外马路的热闹夜景，可说是一致主义作家的最佳篇章。没有一位小说家能更好地表达一群人的集体心理，不论在婚礼后横穿巴黎，参观罗浮宫，登上铜柱广场，雨下散步的这番奇异经历，还是在庆贺绮尔维丝生日的宴席上。然而，普遍认为左拉在分析个人心理方面不够深刻和细腻。他的"普通人"很容易被人否定，这是些粗鲁的人、天真的人或疯狂的人，他们没有生命，他们是不存在的。

左拉不相信"心理学"。按照他的说法，"形而上学的傀儡"时代已一去不复返了。人仅限于是个：1，生理组成部分（特别是遗传）；2，社会组成部分，也是所谓"环境的社会行动与物质行动"。这里可以看出泰纳和当时意识形态的影响。这就是左拉的唯物主义。

次要人物恰好符合这个定义。罗利欧是家庭手工业的奴隶和牺牲者，他们的性格完全由他们的条件决定的。同样，普瓦松是城市警察的典型，勃吕大爷是没有养老金的老工人的典型，勒拉太太是扎花女工，福科尼埃太太是洗衣店主，就像博希是门房，马雷斯科是房东，科隆勃是小酒店老板，烤肉、靴子或咸嘴都是左拉取材自普罗一书中不同典型的吊儿郎当的工人。他们都是作为他们的环境，尤其是他们的职业的产物而描写的。他们的灵魂没有什么特殊的现实性，他们就像链条工、铁匠那样在思想，在受苦，在爱或在恨。

这些人物是简单的，至少他们不是假的，但是巴祖若、小拉丽和古捷，虽则这么三个人也是从现实中来的，叫人信服的程度要差得多。巴祖若，"一个阴暗的虚构人物"，工作摘记中这么说。在小说中只能算是死的象征、死的"代表"，就像拉丽有点抽象地体现受虐待的儿童，古捷体现美德。左拉也意识到

"古捷写得有点虚假",使他具备了"一些不是他的环境所能产生的感情"。但是他抛开这些顾虑,在这里美学与伦理战胜了自然主义原则。

左拉在文章中说,要把朗蒂埃写成他所认识的普罗旺斯人。他的外形借自一个叫古班的人,但是性格中各个细节都来自普罗。总的来说,这个人物肤浅、冷:他的贪吃和淫乱不说明一切,也很难叫人看出他行动的深刻动机。库博也是如此,"好嘲笑,贪吃喝,胆大包天,人品不坏,爱哼歌,快活,胡闹"——像弗朗西斯克·萨尔塞笔下"任意"描绘的巴黎工人。但是他性格的发展在我们看来写得非常出色,尤其事故发生后,潜在的妖魔在他心中徐徐醒来,最初出于没有工作,后来百无聊赖、懒惰;他怎样受到他能攀登的"人工天堂"的诱惑:葡萄酒和白酒,日久上瘾,企图借醉改变世界,使他得上酒毒性谵妄症,左拉在此对我们作出的分析,不但具有医学价值,还有人道意义。这是一篇精神病理学的真正杰作。

所有这些人物到了绮尔维丝身边都不显眼了。小说原书名清楚指出,不但情节,就是其他人和物都是以她的眼睛来看、根据她的命运安排的。她得到小说家的同情,小说家经常把自己的感受、害怕、希望、生活观念放在她身上。

我们知道她的世系,她青年时代的坎坷。可是她不像她周围的人物显得是"定型的"。"一位身世飘零、命运不定的人",在第一稿上是这样写的。慎重考虑后,小说家使她漂亮了;书的开头,她青春健康,"美丽的乳黄色手臂,还鲜嫩,肘节带点红色"，一绺绺松散的头发，嘴角湿腻腻的。这是个好人儿，像大家说的，清洁，积极，勇敢，热情，贤妻良母，一直助人为乐。她只有两个缺点：她的懦弱，使她对别人太宽容；其次有点好吃，但是"这又不是一个恶习，恰恰相反"。（左拉自己好像也爱吃。）总之是一位好姑娘，那时有张漫画，她在一个底座上，旁写：圣绮尔维丝。无论如何，她不是一个社会典型；她有一颗灵魂，也就是说意识到她的自由，并有意志去利用这个自由。她的理想不是没有价值的：安心工作，三餐有面包吃，有个"干净的角落"睡觉，抚养孩子，培育他们成为好人，死在自己床上。归根结底，这也是蒙田的理想，伏尔泰笔下的老实人的理想。只是意志不够坚强：意志由梦想代替了，而梦想又不可能抵抗罪恶的力量，绮尔维丝不时感到罪恶的冰冷气息吹过来。于是出现害怕，对死的害怕，这随着巴祖若的出现，在小说中如乐曲主题来来回回；这种害怕最后转变成为对睡眠的大渴望，对空的想象……特殊的心理学，有人会说……但是这样的人物是存在的，不只在左拉、莫泊桑或于斯曼的作品里，就是在波德莱尔的诗集里也比比皆是。现代小说与电影也不乏这一类的性格。除了某些区别外，社会上各阶级都有这样的男人，这样的女人，他们由于懦弱，由于疲劳，自暴自弃，不思振作，渐渐地沦落。

七、《小酒店》的道德观

《小酒店》一出版，即引起非议。左拉在大部分舆论中，一直为此背着"不道德"作家的名声。阿纳托尔·法朗士也附和这些批评家,当他论述《土地》时说这是部"坏作品",它属于"这类人们认为最好不出世的不幸者"。

应该承认,《小酒店》作者可以删掉某些情节并不使书的真实性遭到严重损害。人们感到书中对粗鄙的事津津乐道(这也是对官方作家的一种顶撞),还有自然主义作家这种"说得透才显得真"的操心。在左拉像在拉伯雷[①]的作品中,这些赤裸裸的人体解剖,对最低级功能的影射,我们不能说这些本身是"不道德"的。我们更该反对的恰是奥克塔夫·孚伊埃或小仲马[②],他们把罪恶掩盖在脂粉和玫瑰花下。

许多评论家强调这部作品对道德不关心。《小酒店》像现实一样,是中性的。但是左拉多次申明他的教育用意,要读者在他书中看到一种道德。论题仿佛是简单的:一九二七年在索尔邦大学举行的一次纪念,人们在做《小酒店》五十周年总结时,差不多把左拉的小说看作是一本禁酒运动小册子,书中可怕的情景应该引起饮酒无度的工人深思。然而作者似乎也不会不同意,英国人在一部平凡的译本中或者某个导演在一部拙劣的劝人戒酒的影片中,引用这本书为社会服务。他不是对拉克鲁瓦说过,他要"通过事实的坦然陈述,为社会下层要求一些空气、阳光和教育"吗?

问题应该看得更远。酗酒只是罪恶的一种结果,它的原因

[①] 拉伯雷(1494—1553),法国作家。
[②] 小仲马(1802—1870),法国作家,剧作家。

更深远,《小酒店》肯定对产生酗酒现象的社会含有不言自明的谴责。巴比塞责怪左拉没有得出所有结论;但是说得明明白白有什么意义呢?某些情节本身说明问题:令人心寒的勃吕大爷的晚年,官方准许买卖白酒,事故发生后缺乏保障,房东要挟穷人,等等。这不只关于酗酒,还涉及助长酗酒现象的整个社会制度。

但是罪恶不只是——可能也不特别是——社会性的。因为,产生咸嘴和娜娜的环境同样也产生小拉丽这位圣女和古捷这位忠厚青年。《小酒店》告诉我们,罪恶的根源也存在于人的本身;罪恶来自厌倦。要注意全部情节围绕库博的事故而铺开的。勒贝勒蒂埃说:"唯一要吸取的实际教训,就是工人千万不要从脚手架上掉下来。"这句俏皮话说得也是很实在;因为任何人的生命都赖于平衡——脆弱的平衡——一件事故迫使人失去行动,足以打乱平衡;丧失行动要破坏人的工作习惯,产生懒惰,懒惰又产生厌倦,医治厌倦的药是酒,是放纵,或是死亡。这差不多也是《恶之花》的全部循环的复现。波德莱尔提出"人工天堂",帕斯卡愿意引导"花天酒地"的浪子走向基督教;与他们不同,左拉干脆就是主张劳动。唯有劳动使人保持正直;劳动打消"闲荡与堕落的欲望";劳动使心灵安宁,同时可为社会服务。古捷之所以是仁人君子,也因为他是个好工人;他的"有章法"、均匀的锤子,也成了他的诚实、贞洁、忠诚、善良的节奏,就像锤子也产生了他的爱国和共和的理想,也像在打铁车间那一幕中,绮尔维丝通过它们的感染,也得到了锻炼。古捷的对立面朗蒂埃，则体现了游手好闲和罪恶。《小酒店》的全部悲剧，是职业品质的丧失引起道德品质的泯灭。人们从中也可辨别出作家个人的感激：左拉好像早年受过颓废浪漫主义的种种诱惑；这是自然主义的训练，这种训练严格规定有条理的工作，无疑使他摆脱青年时代的妖魔，使他在生活中即使说不上幸福，至少在创作积极作品的过程中感到安心。

八、《小酒店》的修辞

左拉不像福楼拜，甚至不像龚古尔兄弟那样，受到"修辞魔鬼"的骚扰。《小酒店》还是显露出个人独到的艺术手法；小说家在书中像个有心眼的艺术家，使用了当时其他现实主义小说家爱用的那些手法。句子是断断续续的，大量应用同位语，交替出现，相互推动："凉风不时送来一阵臭气，一种遭屠杀的牲畜腥味。"①分词和形容词结构到处可见："但是她总朝鱼市街城门回头，伸长脖子看得脑袋发昏……"一般说来，修辞重点放在名词，而不是动词，这种名词经常是笨重的，表示事物沉重的现实："有踏步渐进的兽群"，"这群人混同泥灰"。很清楚，这些修辞的目的是要达到事物的要旨，就像未完成过去时使用非常多，要表示时间的延续概念。左拉的修辞与他对世界的看法是一致的。

左拉没有"触动"句法，然而在词汇的使用上在当时却是

---

① 因语言结构不同，在译文中有时很难看出这些语言差别，以下的引语也莫不如此。

惊世骇俗的大胆。自从巴尔扎克以来，叫人物说话说得像在生活中那样，已不是什么稀奇事。只是看到，他切合人物的性格出色地应用有种种区别的大众语言：古捷说话不像咸嘴，也不像库博。绮尔维丝在小说开头，说话要比区里其他妇女文雅；但是她的语言逐渐退化，也可看作是日益堕落的一种标志。就是文章的叙述也是按照书中人物的口吻来写，这点是新的，引起同时代人的注意。直叙体巧妙地过渡到各式各样的间叙体，保证了语调的统一。读了令人强烈感到郊区气氛和一种非凡的信念力量。

左拉精通工人行话，靠的是《吊儿郎当》一书，尤其德尔沃的词典。某些情况下他偏离词典另作解释，可以认为他得益于从前在工人圈子的生活经验。这些行话说实在的也过时已久了。但愿不要误解，《小酒店》的语言是非常工人化的，马拉美十分欣赏这部小说，也只是看重他在语文上有创新。福楼拜——左拉出于"对雅的憎恨"而把这本书献给他——埋怨说他的年轻朋友成了"一个精心雕琢粗俗的文人"，而他自己的书却像写给"女子寄宿学校"读的了。但是后来，尊敬的感情占了上风。他有分寸的评论无疑也被那些为其他原因不大欣赏这部小说的人所接受："在这些猥亵的大段文章中，有一种真正的力量，一种不可否认的气质。"

——马塞尔·吉拉尔

爱情一叶

译　序

《爱情一叶》最初以连载小说形式刊登于《大众财富》杂志上，时间是一八七七年十一月到一八七八年四月。之前一年，左拉发表了《小酒店》，把资本主义社会中的贫困与不幸赤裸裸地暴露于人前，引起轩然大波。文艺批评家阿尔塔·米罗的评论最为尖锐，他说："这不是现实主义手法，这是肮脏描写；这不是裸体展示，这是色情表演。"然而这部描写巴黎平民的文献小说赢得了福楼拜、莫泊桑、马拉美、龚古尔兄弟等一代大师的赞扬。

左拉因《小酒店》而声望骤增，同时也背上了"不道德"作家的恶名。有人说他的小说用词粗鲁下流，内容海淫海盗。为了驳斥这些污蔑，也为了显示自己多方面的写作才能，左拉写下了《爱情一叶》；他在给莱翁·埃尼克的信中说："我将写出一些崭新的东西。我要在自己的系列小说中包括各种各样的音调，这就说明为什么我即使写得不够满意，也决不后悔写出了《爱情一叶》这部书。"

到那时为止，《卢贡-马卡尔家族》系列作品中已出了六部：《卢贡家的发迹》《利欲的追逐》《巴黎的肚子》《普拉桑的征服》《穆雷神父的错》《欧仁·卢贡阁下》，内容抨击第二帝国社会中富人的贪婪、宗教人士的尔虞我诈、政界的争权夺利、工人的贫困。这都是些色彩浓厚的政论性小说。而《爱情一叶》则用细腻的笔法,叙述巴黎布尔乔亚中一位医生与一名寡妇之间的情欲,风格上大相径庭。左拉还对自己选择了一个恰如其分的书名而感到非常满意。

左拉在落笔创作一部小说以前,必先做大量的准备工作,立下大纲、搜集素材、构思情节,并且煞费苦心地去确定合适的笔法。然而《爱情一叶》的出版是出人意料的。在一八六八年,后来在一八七二年,左拉订出两份关于《卢贡-马卡尔家族》系列小说的计划,两份计划中都没有要写一部情欲小说的意图,只是一八七八年版本附载的卢贡-马卡尔系谱树上,才出现了埃莱娜·穆雷这个人物的姓名。

根据一八九二年左拉自己的说法,在《小酒店》(1877)和《娜娜》(1880)出版之间,他需要一次感情上的"幕间休息","希望在一位正派女人身上挖掘一种情欲冲动,一种爱情,它骤然来了,又不留痕迹地过去了。"漫长人生中的一叶爱情。然而如去翻阅一下当时的法国文化资料,可以知道正派女子的情欲正是一个热门话题。同时通过《爱情一叶》是否也可看到另一个隐蔽的左拉,在那个左拉的思想深处同样交织着浪漫的梦想、没有满足的欲望和深藏的遗憾?德高望重的福楼拜给左拉的信也说:"我要是母亲,不会让女儿读这本书!!!尽管我年事已高,这部小说叫我迷惑,叫我**兴奋**。埃莱娜让人爱上加爱,您的医生是完全可以理解的……您是一个男人,我也不是从昨天才知道的。"

从左拉致编辑部的信中可以看到，左拉从青年时代就要写一部人物不多而又以巴黎为背景的小说。这个念头，也可说这种偏执，使他在《爱情一叶》中对巴黎作了五段冗长的描写，他的意图显然是借景物的变幻反映埃莱娜心中出现的情欲：二月寒夜，初次相遇；大地苏醒，内心骚动；自然万物蓬勃生长，热情达到高潮；十二月的阴霾天，双重约会中失身；最后大雪覆盖巴黎，感情又陷入冰似的冷漠中。但是这种"曲写毫芥"的做法，加上景物与感情，两者似缺乏明显的精神联系，没有达到预期的效果。失之东隅，收之桑榆，在我们看来，《爱情一叶》最精彩的篇章是描写埃莱娜的女儿雅娜从女孩到少女的过渡期的病态心理。

左拉对于遗传现象，对于同时代的心理学发展，始终表现出强烈的兴趣，他还认为自己生活在一个"神经错乱"的时代。"研究影响这个世纪的神经官能症"，也是确立卢贡-马卡尔家族主要人物的性格定向。雅娜的神经质是隔代遗传，她跟外曾祖母阿黛拉伊德·富凯和外祖母于絮勒·马卡尔，都同样有"血与神经的平衡失调""心与脑的损伤"。

此外，左拉是近代最关心和了解儿童与青少年的作家之一。结合他的全部著作来看，青少年角色——往往又是失去父母或受虐待的居多——占相当大的篇幅。如《卢贡家的发迹》中的米埃特和西尔维尔，《巴黎的肚子》中的马乔琳和卡迪娜，波利娜·格尼和小缪希,《穆雷神父的错》中的阿尔比娜和塞尔日,《小酒店》中的拉丽·皮夏尔、娜娜和其他孩子。他们都像本书中的雅娜,处在从儿童过渡到少女的模糊时期。左拉注意到他们最初的爱的骚动,以及对人生的欲念和规律似懂非懂的理会。

通过儿童与青少年的现实,左拉涉及他们的教育问题,尤其是少女教育问题,又由此涉及妇女生活与夫妻生活问题,例如结婚、生儿育女、婚外恋、宗教影响、社交生活……这些问题在《爱情一叶》中都与故事情节密切结合在一起。在这部左拉自称是白描式的情感小说中,人物并没有高视阔步的行动,没有声嘶力竭的叹息,而是在这种平静表面下,潜伏着左拉其他小说中同样深沉的力量。

马振骋

左拉致编辑部的信

亲爱的先生们：

承蒙好意，把《爱情一叶》收在你们精致的"现代艺术图书馆"丛书中发表；你们还提出让我为新版写一篇序言。我很乐意满足你们的要求，以此表示我的感激之情，但是可恨的是，我对这部小说已无话可说；作品一旦发表以后就属于大众，我个人对它已不起作用。

不过，既然有此机会，我还是愿意大胆为自己申辩。这真的是一份申辩吗？还不如说是一个解释吧。

《爱情一叶》招来最多的批评是对巴黎的五次描写，作为每一章的结尾，呆板重复。读者感到这是作家的任性，为了显示笔法高明，却反反复复、啰里啰嗦令人生厌。我可能错了，我肯定是错了，既然没有人理解。但是事实上当我有意在不同的时间和季节，面对相同的背景画出我所见到的五种景象时，我的用意从哪方面来说都是好的。以下是这件事的缘由。

我年轻时过着穷日子，住在郊区的阁楼里。从阁楼可以看到整个巴黎；这个巨大的巴黎，静止冷漠，始终盘踞在我的窗框内，对我仿佛是苦难中的知心人，理解我的喜怒哀乐。我在它面前挨过饿，掉过眼泪；在它面前爱过，享受过最大的幸福。于是，从二十岁起我梦想写一部小说，把屋顶像滚滚波涛似的巴黎置于中心地位，气势犹如古代的祭台。我需要一个情感故事，一间小室内三四个人物，窗外地平线上是广阔的城市，时时刻刻睁着石头眼睛瞧着人物欢笑和哭泣。我怀着这个由来已久的想法投入了《爱情一叶》的创作。

我不为自己的五段描写争辩，我只是要提请大家注意，有人称我们有描写的狂热，其实我们从来不会为描写而描写，我们心中所酝酿的东西，总是与人性的意图交织在一起的。创意完全属于我们，我们试图把它纳入我们的作品中，我们梦想巨大的方舟。

允许我再对巴黎的这些景物说一句话。一些爱好追根究底的评论家把我的作品抽丝剥茧后，发现我犯了一个不可饶恕的年代错误。第二帝国初期，新歌剧院和圣奥古斯丁教堂的圆顶还没有建造，在小说中却已经出现在巴黎的风景线上。我承认错误，伸出脑袋听任宰割。在一八七七年四月，我登上帕西区高地去搜集素材，那时尚未竣工的特罗加德罗宫的脚手架阻碍了我的视线，在北面看不到任何标志可供描述，我感到非常沮丧。只有新歌剧院和圣奥古斯丁教堂矗立在一片烟囱的海面上。起初我为了是否把日期前后颠倒一下有过一番思想斗争，但是这两座建筑物在空中熠熠生辉，实在太诱人了。巴黎的这一个角落原来空无一物，经它们高耸的侧影一点缀，这片天空就有了生气，也有利于我的发挥。我于是屈服了。如果读者执意不能接受我有意把这两座建筑物的年龄虚报了几岁，那么我的作品肯定也是不值得深究的了。

这些话有没有说的必要呢？我怀疑。但是，亲爱的先生，你们要的序言倒是写成了。
　　谨致
敬意

埃米尔·左拉

第一章

（一）

　　伴眠灯在壁炉台上燃烧，蓝色锥形灯罩前遮着一本书，阴影淹没了半个房间。这是一片宁静的光，把小圆桌和长椅子切成两半，天鹅绒窗帘的大皱纹像水波似的在光下荡漾，使两扇窗中间的红木衣橱镜子发青；青的帷幕、青的家具、青的地毯，使房间显出布尔乔亚的和谐氛围，在这个夜深时刻，像浸了雾似的朦胧恬静。床放在窗的对面，遮在暗影里，上面盖的也是天鹅绒，乌黑的一团，只是浅色床单才透出一点光亮。埃莱娜两手交叉，保持守寡母亲的肃静姿态，发出轻微的呼吸声。

　　静默中，钟敲一点。街上万籁俱寂。唯有巴黎还向特罗加德罗这片高地传来遥远的回荡声。埃莱娜的呼吸声那么低微，颈部光洁的线条也不起伏。她睡得恬静深沉，面孔侧影清晰，栗色秀发束得很紧，头微微向前斜，仿佛她在听着什么时陷入了梦乡。在房间深处，小室的门开得笔直，在墙上挖出一个方形的黑洞。

　　但是没有声息传上来。钟敲一点半，整个房间睡意浓重，死气沉沉，钟摆的嘀嗒声也慢了下来。长明灯在睡，家具在睡，小圆桌上，靠近一盏熄灭的灯边，一件针线活也在睡。沉睡的埃莱娜，神气肃穆宁静。

钟敲两点，宁静打破了。从小室的暗影里传出一声叹息，然后又是衣衫窸窣声，接着又静了下来。这时，响起压抑的喘气声。埃莱娜没有动，但是突然她坐了起来。小孩模糊不清地喽嚅刚把她惊醒。她还有睡意，两手按到太阳穴上，这时一声闷叫使她跳到地毯上。

"雅娜……雅娜……你怎么啦？回答我！"她问。

孩子没有出声，她一边跑去拿灯，一边嘀咕说："我的上帝！她身体不好，我不应该睡的。"她急忙走进隔壁房间，里面已是一片沉静。但是伴眠灯浸满了油，火焰摇摇晃晃，只是在天花板上映出一团圆斑。埃莱娜在铁床前俯下身，开始什么都分不出来。然后，借了一片青光，看到踢开的被子中间雅娜直挺挺躺着，头向后仰，颈上肌肉僵硬。一阵痉挛把这张可怜而又可爱的脸扭歪了，眼睛大睁着，看着窗帘的尖顶。

"我的上帝！我的上帝！"她大叫，"我的上帝！她快死了！"

她放下灯，颤抖的双手去按女儿的手。她找不到女儿的脉息，女儿的心好像停止跳动了，小臂和小腿绷得很硬。这时她害怕、口吃，变得有些疯了：

"我的孩子要死啦，救救命呀……我的孩子！我的孩子！"

她回到房里，四处乱转，跌跌撞撞，不知道往哪儿去，然后又走进小房间，扑在床前，不停地喊救命。她把雅娜抱在怀里，吻她的头发，两手在她的身上到处摸，哀求她回答。一句话，只要一句话。她哪里不舒服？她要不要喝一点那天的药水？可能新鲜空气会使她醒过来？她死命地要听女儿说话。

"跟我说，雅娜！跟我说呀！我求求你啦！"

我的上帝！不知道该做什么！像这样，突然在夜里发生，连亮光都没有。她的思想乱了。她继续跟女儿说话，向她提问题，又代替她回答。是胃不舒服？不，是喉咙。这没什么，需要的是镇静。她努力使自己保持清醒头脑。但是怀里抱着僵硬的女儿的这种感觉，把她的五脏六腑都搅乱了。她望着女儿全身抽搐，无法呼吸。她努力用理智思考，压制自己喊叫。突然，她身不由己地又大叫起来。

她穿过餐厅和厨房，喊：

"罗萨莉！罗萨莉……快，找个医生……我的孩子要死了！"

女仆睡在厨房后面的一个小间，惊叫了几声。埃莱娜又跑着回来。她穿了单衫在原地转，似乎没有感到这个二月严冬的夜寒。这个女仆真的由着她的孩子死去吗？才只是过了一分钟，她又回到厨房，走进房间。她重手重脚地摸索着，套上一条裙子，拿起一条披肩往肩上一撩。她撞翻了家具，她的失望使这间宁静沉睡的房间充满沉重的响声。然后她穿了一双软鞋，让房门大开，抱着一个人也要找来医生的想法，走下了四楼。女门房把闩绳一拉，埃莱娜到了楼外，两耳嗡嗡响，漫无目的。她迅速沿维欧斯街往下走，敲博丹医生家的门，他给雅娜看过病；一名女仆隔了好长时间才来回答她说，医生外出照看一名产妇去了。埃莱娜在人行道上发呆。她不认识帕西区的其他医生，她在路上停留了一会儿瞧着那些房子。风不大，但寒冷彻骨,她穿了一双软鞋走在隔夜落下的浅雪上,眼前总是出现女儿的影子,心里担忧,要是不立刻找到医生,女儿就是给她害死的了。她又沿着维欧斯街往前走,看到门铃就拉。她要一问到底,总有人会给她一个地址的。没有人马上应门,她又拉铃,风吹着她的薄裙子贴在腿上,一绺绺头发飞了起来。

终于,一名女仆走来开门,对她说德贝勒医生已经安歇。她敲了医生家的门,可见上帝没有抛弃她,这时她推着仆人往里走。她再三说:

"我的孩子,我的孩子要死了……叫他过来一下。"

这是一幢四壁挂满帷幕的小公馆。她就这样走上了一层楼,跟仆人推推搡搡,不管人家说什么她就是回答说"她的孩子要死了"。她走进一个房间,赖在里面不走了。但是一听到隔壁医生在起床,她就走近去,隔了房门说:

"快一点,先生,我求您了……我的孩子要死了!"

医生穿了上衣还没系领带出现时,她挟着他要走,不让他再多穿衣服。他却把她认了出来。她住在隔壁的楼里,是他的房客。

所以,当他要她穿过一座花园,通过两个住宅中间一扇小门抄近路时,她突然想起来,"是的,"她喃喃地说,"您是大夫,我知道……您看,我是急疯了……咱们赶快。"

在楼梯上,她要他走在前面。就是领了上帝回来她也不会如此虔诚。罗萨莉待在楼上陪着雅娜,已把圆桌上的灯点了起来。医生一进房间,就拿起灯,立即去照小孩。小孩还是保持痛苦的僵硬状态，只是头往下滑，脸上急剧抽动。医生足足一分钟没有说话，抿紧嘴唇。埃莱娜焦急地望着他。他看到母亲恳求的目光，喃喃地说：

"会好的……但是不要让她待在这里。她需要空气。"

埃莱娜用力把女儿抱到肩上。她真愿意为他的这句好话吻他的手，一股暖流流过她的身上。但是她刚把雅娜放到自己的大床上，这个女孩可怜的小身子就开始激烈抽搐。医生揭去灯罩，白光照遍全室。他走去打开半扇窗子，要罗萨莉把床拖到帷幕外面。埃莱娜又着急了，嗫嗫嚅嚅地说：

"但是她要死了，先生……喔唷！喔唷……我认不得她了！"

他不回答，全神贯注，盯着雅娜的发病情况。然后，他说：

"到床头去，抓住她的双手，不要让她抓自己……这样轻轻地，用力不要猛……别着急，应该让病发作完。"

两人都俯在床上，抓住雅娜，雅娜的四肢随着激烈的颤动松了下来。医生扣上上衣扣子，把露在外面的脖子遮住。埃莱娜还是包在她撩在肩上的大披肩内，但是雅娜在挣扎时，她拉下了披肩的一角，解开了卜衣的扣子。他们一点也没发现，谁都没有看对方。

这时，病情稳定了下来。女孩显得萎靡不振。医生劝妈妈对发病的结果要放心，自己还是不敢懈怠。他目不转睛地望着病人，最后对站在客厅中央的埃莱娜提出几个简单的问题。

"孩子几岁了？"

"十一岁半，先生。"

一阵沉默。他点点头,弯下身翻开雅娜的眼皮,观察她的黏膜。然后他也不朝埃莱娜看,继续提问题。

"她小的时候犯过惊厥吗?"

"犯过,先生,快六岁时就不犯了……她身子很弱。最近几天我看她不舒服。她时常痉挛、失神。"

"您的家属中有人患过精神病吗?"

"我不知道……我的母亲是患肺病死的。"

她犹豫不语,耻于承认祖上有一人被关进了疯人院。她的直系亲属都是很悲惨的。

"注意,"医生急忙说,"又要发作了。"

雅娜刚张开眼睛。一时她朝四周看,神色迷惘,不说一句话;然后,眼珠变得定定的,身子往后仰,四肢伸直僵硬。她脸色通红,突然又发白,白得发青,人又抽搐起来。

"不要放开她,"医生说,"抓住她的另一只手。"

他跑向圆桌,进来时他把小药箱放在了上面。他带来了一只药瓶给小孩嗅,但是这像是狠狠抽了她一鞭子,雅娜身子一震,从母亲手里滑了出来。

"不,不,不要乙醚!"母亲闻到气味叫了起来,"乙醚会使她发疯的。"

两人协力才把她勉强夹住。她痉挛得很厉害,身子顶着脚根和后颈竖了起来,像要折成两段似的。然后她又跌了下来,晃动挣扎,在床的两边来回滚。她握紧拳头,大拇指弯向掌心;她时而张开手指,企图在空中抓到东西把它们扭弯。她碰到母亲的披肩,抓住不放。尤其使母亲感到折磨的,是像她所说的,已认不得她的女儿。她可怜的天使,平时面容姣好,现在龇牙咧嘴,眼睛抠得很深,露出带青的眼白。

"想想办法,我求求您,"她喃喃地说,"我已觉得没力气了,先生。"

她刚才记起,她在马赛邻居的女儿就是在类似的发病中窒息死亡的。可能医生在哄她,让她安心。她时刻以为脸上感受到的是雅娜的最后一口气,雅娜的呼吸断断续续停下来。这时,痛苦、怜悯与害怕使她心乱如麻,她哭了。小孩踢开了被子,她的眼泪落在小孩无邪的裸体上。

医生还是用柔软的长手指在她的脖子下轻轻捏。病势减弱了,雅娜又慢慢动了几下后完全像死了似的。她又落到了床中央,身子笔直,两臂大张,头托在枕头上,耷拉在胸前。简直像少年基督。埃莱娜弯下身,吻她的前额,吻了很久。

"发作过去了吗?"她悄声问,"您认为还会发作吗?"

他做了一个不置可否的手势,然后回答:"就是发作也不会那么厉害。"

他向罗萨莉要了一只玻璃杯和一瓶水。他倒上半杯水,取出两只小瓶,滴了几滴,埃莱娜帮助他抬起女孩的头,他把这样的一勺药水灌进女孩咬紧的牙关。灯的火焰发白,蹿得很高,照出凌乱的房间,家具都是七歪八倒的。埃莱娜上床时扔在椅背上的衣服,滑了下来横在地毯上。医生踩着一件胸衣,把它捡了起来免得再踩着它。凌乱的床和散在四处的内衣散发出一种马鞭草的香味。这一切显露了女性的神秘,给人一种亲切感。医生自己找来了一个脸盆,把一块布浸湿,敷在雅娜的太阳穴上。

"太太,您要着凉了,"罗萨莉说,她自己已经在打寒战,"可以把窗子关上了吧……风太大了。"

"不,不,"埃莱娜叫,"让窗子开着……行吗,大夫?"

几阵小风吹进来,掀起窗帘。她没有感觉。可是她的披肩完全从肩上落了下来,露出前颈。她的发束也散了,披在身后,有几绺乱发一直拖到腰间。她露出赤裸的双臂,为了动作利落已忘了一切,心中只念着孩子。医生在她面前忙个不停,也没想到不扣纽扣的上衣和雅娜拉下的衬领。

"把她往上抬一抬,"他说,"不,不是这样……把您的手给我。"

他抓住她的手,放到女孩头下,他要再给她灌一勺药水。然后,他叫她到身边来。他把她当做一名助手,她看到女儿显得平静下来,对他信服得百依百顺。

"过来……您把她的头搁在您的肩上,我来听听看。"

埃莱娜照着他说的做了。然后他朝她俯下身,把耳朵贴在雅娜的胸上。他的面孔擦到她裸露的肩膀,听小孩心跳的同时,也简直可以听到母亲的心跳;当他直起身,他的呼吸和埃莱娜的呼吸交织在一起。

"这里没什么不正常,"他静静地说,她也很高兴,"让她躺下,不要再折腾她了。"

但是病又发作了,不过轻得多了。雅娜吐出几声断续不全的句子。隔不多久,有两次症象刚出现就停了。孩子又陷入虚脱状态,好像又使医生感到不安。他把她放到床上,头搁得很高,被子拉到下巴。他监护着她,好像要听到她正常的呼吸声。

这样待了差不多一小时,埃莱娜在床的另一边同样等着一动不动。

慢慢地,雅娜的脸上显得很平静。金黄色灯光照着她。她的脸又恢复了可爱的椭圆形线条,微微有点长,像头温柔的小羊,美丽的双眼紧闭着,大眼皮带青透明。可以想象下面覆盖的是乌光灿烂的眼珠。她的小鼻子微微翕动,有点嫌大的嘴带着朦胧的微笑。她就是这样躺在黑影中,身后衬托的是自己散乱的头发。

"这次,好了。"医生低声说。

他转过身,整理他的药瓶,准备要走。埃莱娜带着祈求的神情走过来。

"哦!先生,"她喃喃说,"不要离开我,再待几分钟。要是再发病……刚才是您救了她。"

他表示没有什么好怕的了。可是他还是留了下来,好叫她放心。她已叫罗萨莉先去睡了。不久,阳光出现了,温柔灰淡的阳光,照着屋顶上的皑皑白雪。医生走过去关窗。两人在寂静中声音非常低地交谈着。

"没什么好担心的了,我向您保证,"他说,"只是在她这个年龄要非常小心……尤其要注意让她过一种平静、幸福、没有波动的生活。"

隔了一会儿,埃莱娜说:

"她很娇弱,很冲动……我不是总能控制她。她会为了一点点小事高兴或发愁,叫我担心……她爱我,爱得很强烈,嫉妒心很重,见我抚摸另一个孩子时也会呜呜哭起来。"

他一边点头,一边不停地说:

"是的,是的,娇弱、冲动、嫉妒……给她看病的是博丹大夫,是吗?我会跟他谈谈她的情况。我们不能再用刺激疗法。她正处在女人一生健康的关键时刻。"

埃莱娜看到他那么热心,感激不已。

"啊!先生,您为我所做的一切,我真不知怎样感谢才好!"

然后,因为她提高了嗓门说这些话,又害怕惊醒雅娜就到床前看她。小孩睡着,满脸通红,嘴上带着淡淡的微笑。房间静了下来,空气中有一种倦怠之情。窗帘、家具、散乱的衣衫,又蒙上一层肃静又平和的睡意。一切都浸没和溶解在通过两扇窗子透进来的暗淡日光中。

埃莱娜站到床与墙的中间,医生在床的另一头。在他们中间是雅娜,正带着轻微的呼吸沉入梦乡。

"她的父亲经常得病,"埃莱娜提到病情时轻轻说,"而我的身体总是很好。"

医生一直没有注视过她,抬起眼睛,觉得她又健康又坚强,禁不住笑了一笑。她也笑了,笑得又和气又恬静。她的健康使她很幸福。

可是他的眼睛没有离开她。他从来没有见过这样无可挑剔的美人：亭亭玉立，端庄华贵。她是一位栗色头发的美神，这是一种泛金光的浅栗色。当她慢慢转头时，她的侧影如雕像般庄严纯洁。她的灰眼睛和洁白牙齿使她满脸生辉。她有一个浑圆稍嫌强壮的下巴，使她看来理智而坚定。但是令医生惊讶的是这个母亲美妙的裸露部分，耷拉下来的披肩没有往上拉，脖子露在外面，两臂还是赤裸的。一条大辫子接近赤金色，滚在肩上，落在乳房之间。她蓬头散发，衣衫不整，又穿了没有扣好的裙子，依然雍容华贵、庄重高傲，在男人的目光中是那么清纯，不由使他感到极大的惶惑。

她一时也在观察他。德贝勒医生是个三十五岁的汉子，不留胡须，脸有点长，灰眼睛，薄嘴唇。她瞧着他，轮到她发现他的脖子也是赤裸的。他们就这样面对面，中间是睡着的雅娜。但是这个空间，刚才还是无比宽阔的，现在好像在缩小。女孩的呼吸声十分微弱。这时，埃莱娜一只手把披肩慢慢往上拉，把自己包住，医生也扣上衣领的扣子。

"妈妈，妈妈。"雅娜在睡眠中喃喃地说。

她渐渐醒来。当她张开眼睛看到医生时，不安了起来。

"他是谁？他是谁？"她问。

她的母亲吻她。

"睡吧，宝贝，你犯了一场病……这是一位朋友。"

女孩显得惊奇。她什么也记不起来。她又困了，一边入睡，一边神情温柔地说：

"哦！我要睡了……晚安，好妈妈……是你的朋友，也是我的朋友。"

医生把药瓶都装进了箱子。他默默鞠个躬，退了出去。埃莱娜听了一会儿孩子的呼吸，然后她出神地坐在床沿上，目光和思想晃晃悠悠。灯依然点着，在日光中变得苍白。

（二）

第二天，埃莱娜想到从礼节上说应该向德贝勒医生道谢。她强迫他跟她走，整夜要他忙着治疗雅娜的病，这样粗暴的做法使她不好意思，又加上这份情意，这可不是医生的一般出诊。可是她犹豫了两天，她厌恶这样去做，道理又说不出来。这样犹犹豫豫更使她惦念着医生。有一天早晨，她遇见他，像个孩子似的躲开了。事后她又对这种难为情的举动很不高兴。她那安详正直的天性也在责备闯入她生活中的这种骚乱。于是她决定当天就去向医生表示谢意。

女孩发病是在星期二到星期三的夜里，此时已是星期六。雅娜也完全康复。博丹医生非常不安地赶来了，提起德贝勒医生毕恭毕敬。他是区里一名可怜的老医生，而他的年轻同事则又有钱又有名。然而他谈话时露出狡黠的微笑，说财富都是德贝勒父亲传下来的，他父亲是整个帕西区很受敬重的人物，儿子只是继承了一百五十万法郎遗产和一批有钱家庭的病人。博丹医生还赶紧补充说，这个年轻人精通医道，他很荣幸能向年轻人请教，谈一谈他的小朋友雅娜宝贵的健康问题。

将近三点，埃莱娜和她的女儿下楼来了，在维欧斯街没走几步就到了邻居的公馆门前打铃。她们两人还是穿了丧服。一名穿制服打白领带的仆人来开的门。她又认出了那个挂东方门帘的大衣帽间，左右两边的花架上都放满鲜花。仆人引她们进了一间小客厅，里面有挂帘和杏绿色家具。他站着等待。这时埃莱娜向他说出她的姓名。

"格朗让太太。"

仆人推开一个客厅的门，客厅装饰黄黑相间，光亮耀眼。他一边退身一边通报：

"格朗让太太。"

埃莱娜到了门槛往后退了一步。她看到房间的另一端壁炉旁边，有一位年轻的太太坐在一张狭小的长榻上，宽大的裙子把长榻都遮住了。在她的对面是一位上了年纪的人，没有脱帽子和围巾，是来作客的。

"对不起，"埃莱娜喃喃地说，"我想见德贝勒大夫。"

她抓住了雅娜的手，因为原先叫她走在前面；这样劈脸遇见这位少妇，她感到吃惊、拘束。为什么她不先说一声要见医生？她也知道医生是有家室的。

正好德贝勒太太刚说完一件事，声音快而尖。

"啊！真是神了，神了……她死得真实极了……看着，她这样抓住自己的胸衣，头往后仰，脸色发青……我跟您发誓绝对不能错过，奥莱丽小姐……"

然后她站起身走到门口,衣衫的声音弄得很响,和蔼可亲地说:

"请进来吧,太太,请请……我的丈夫不在……但是我很高兴,很高兴,说真的……就是这位美丽的小姐那天夜里病得很难受吧……请请,请坐一会儿。"

埃莱娜只得在一张靠椅上坐下,雅娜则胆怯地坐在椅子边上。德贝勒太太身子深陷在那张小卧榻里,带着迷人的微笑说:

"今天是我的日子。是的,我星期六接待客人,于是皮埃尔把每个人都带了进来。有一个星期,他给我带来一位患风湿病的上校。"

"您疯了,朱丽埃特。"奥莱丽小姐喃喃地说。她已上了年纪,是一个穷苦的、看着她出生的世交朋友。

一时没有人说话。埃莱娜对富丽堂皇的客厅看了一眼,窗帘和座椅黑里嵌金,发出一种耀眼的星光。壁炉、钢琴和桌上都是盛开的鲜花。玻璃窗外是花园,亮光从这里进来;花园中的树还没有叶子,地上光光的,管道暖炉发出均匀的热量,使室内很温暖;壁炉内只有一块木柴,已烧成了炭。她又看了一眼后,明白客厅的火光是巧妙安排的。

德贝勒太太有乌黑的秀发,乳白的肌肤。她身材娇小,胖乎乎的,动作缓慢,风度很好。在金黄色的背景中,在浓密黑发的覆盖下,她的脸色泛出红光。埃莱娜觉得她着实可爱。

"惊厥是很可怕的,"德贝勒太太又说,"我的小吕西安以前也犯过,那是很小的时候……您一定担忧得很,太太!好了,现在这个孩子看起来非常好。"

她一边拖长了句子,一边朝埃莱娜看,看到她那么美,又惊奇又高兴。一身黑色孝服裹在寡妇修长呆板的身上,她从来没见过神态那么高贵的妇女。她与奥莱丽小姐交换眼色时不由自主地一笑,表达了她的倾慕之情。她们两人注视她的神情是那么天真与出神,埃莱娜也向她们淡淡一笑。

这时德贝勒太太在长榻上慢慢伸了伸身子,拿起挂在腰带上的扇子:

"太太,昨天轻歌剧院首映,您没去吧?"

"我从来不上剧院。"埃莱娜回答。

"噢!小诺埃米演得神了,神了……她死得真实极了……她这样抓住自己的胸衣,头往后仰,脸色发青……效果妙不可言。"

好一会儿,她议论着女演员的表演,其实她在为其捧场。然后她又谈到巴黎的其他传闻;谈到一个美术展览,她在那里看见了一些闻所未闻的作品;谈到一部愚蠢而又很轰动的小说;谈到一件大胆的艳事;她与奥莱丽小姐说的时候都是话中有话。她就是这样东拉西扯,谈锋很健,语调轻快,这样的生活好像对她再适合不过了。埃莱娜对这个世界是陌生的,仅在一旁听着,偶尔插上一两句简短的回答。

门开了,一名仆人通报:

"德·肖梅特太太和蒂索太太到……"

两位太太进来了，穿着一身盛装。德贝勒太太马上迎了过去；她的黑丝绸长裙装饰十分花哨，下摆很长，每次转身时要用脚跟把它踢开，只听到一阵又尖又快像笛声似的谈话。

"你们多漂亮啊……我从没见过你们……"

"我们是为这次彩票来的，您知道！"

"当然，当然。"

"啊！我们不能坐，我们还有二十户人家要去呢。"

"没事，你们不会就走吧。"

两位太太最后还是在一张长沙发边上坐了下来。这时，笛子又响了起来，声音更加尖：

"嗯？昨天，去轻歌剧院了。"

"哦！好极了！"

"你们看见她解开扣子，把头发一甩了。一切效果都在这两下子。"

"人家说她吞了什么东西脸色发青。"

"不，不，动作都是算准了的……自然先要知道设计。"

"真妙不可言。"

两位太太又站了起来。她们走了，客厅又恢复温暖宁静的气氛。壁炉台上水仙散发浓郁的香味。有一阵，从花园里传过来一群麻雀停落在草坪上叽叽喳喳的吵闹声。德贝勒太太走到正对着她的那扇窗前，拉上花纱窗帘；她又坐回到原来的位子上，客厅内的阳光更加温柔了。

"请您原谅，"她说，"客人照顾不过来。"

她十分热情,跟埃莱娜谈话很有分寸,好像对她的身世有点了解。她是那幢楼的房东,显然跟楼里的人闲聊时听来的。她又大胆又巧妙地——这中间还包含不少友情——跟她谈到她的丈夫,谈到黎塞留街瓦尔旅馆这次可怕的死亡。

"你们刚到没多久,是吗?您以前没来过巴黎……旅途跋涉后的第二天,还不知道到哪儿落脚,就在一个陌生地方遇上了丧事,这真是糟透了。"

埃莱娜微微点头,是的,她经历了可怕的时刻。叫丈夫送命的那场病是突发性的,就在他们到达巴黎的第二天,两人正要一起外出。她不认识一条路,甚至连在哪个区都不知道。整整一星期,她与垂死的丈夫关在一间房内,听到整个巴黎在她的窗下闹哄哄的,感到形单影只、举目无亲,好像落入了孤独的深渊。当她第一次走在巴黎的人行道上时,她已是一名寡妇。至今一想到那个没有装饰、摆满药瓶、放着还没有打开行李的大房间,还会使她打寒战。

"人家对我说,您的丈夫年纪差不多比您大一倍?"德贝勒太太饶有兴趣地问,奥莱丽小姐则伸长了耳朵不让自己漏掉一个字。

"不,"埃莱娜回答,"他比我只大六岁。"

她顺着话题把他们的结婚历史简略地谈了谈:她跟父亲住在马赛小马利亚街,父亲穆雷是开帽子铺的,她的丈夫热烈地爱上了她。格朗让一家人从事制糖业,非常有钱,看到女家穷很气愤,顽固地反对这门亲事。他们得到司法当局的批准后,私下草草结了婚,生活没有保障。直到一位叔叔故世后,给他们遗留了约六千法郎的年金。就在那时候,对马赛深恶痛绝的格朗让,决定迁到巴黎定居。

"您结婚时多大年纪?"德贝勒太太还是要问。

"十七岁。"

"您那时一定很美。"

谈话突然停了下来,埃莱娜好像一点没听到。

"曼格兰太太到。"仆人通报。

一位少妇进来了,谨慎拘束。德贝勒太太稍稍欠身。这是她的一名被保护人,向她道谢来的。少妇待了几分钟,然后行个礼告辞了。

这时,德贝勒太太接上话题,谈的是两人都认识的儒伟神父。这是帕西教区沐恩圣母堂的一名地位低微的守堂教士,但是他充满慈心,使他成为本区最受爱戴、最有影响的教士。

"哦!一位圣人!"她带着一脸虔诚喃喃地说。

"他待我们非常好,"埃莱娜说,"我的丈夫从前在马赛认识他……他一知道我的不幸就把一切都揽了过去,是他让我们住到帕西来的。"

"他不是还有一个弟弟吗?"朱丽埃特问。

"是的,他的母亲又再嫁的……朗博先生也认识我的丈夫……他在朗比托开了一家大商店,专销南方油料和特产,我相信他发了大财。"

她高兴地加上一句:

"神父和他的兄弟常来我家。"

雅娜坐在椅子边沿感到无聊,不耐烦地瞧着母亲。她这张姣好的脸上表现出痛苦,仿佛她们说的这些话都叫她乏味。她好像时不时地嗅到客厅浓重刺鼻的香味,遂向家具斜眼看去,疑虑重重,敏感的天性使她感到难以明言的危险。然后她又带着既傲慢又崇拜的复杂感情,把目光转向母亲。

德贝勒太太察觉到女孩的拘谨。她说:

"这里有一位小姐可受不了大人那样大发议论……来吧,小桌上有图画书。"

雅娜过去拿了一本,但是她的目光越过书转向母亲,带着哀求的神情。埃莱娜觉得这地方不错,正在兴头上没有动,她是个心静的女人,可以坐上几个钟点。可是仆人接连通报了三位女士到来:贝蒂埃太太,德·吉罗太太,勒瓦瑟太太。她认为应该起身告辞了,但是德贝勒太太大声嚷:

"留下来吧,我还要给您看看我的儿子呢。"

壁炉前的圈子扩大了。这些太太都同时说话。其中一位太太自称累坏了,她说连续五天她没有在早晨四点前上过床;另一位尖刻地埋怨起奶妈,简直找不到一个老实的;然后话题又转到女裁缝,德贝勒太太认为女裁缝做不好衣服,只有男裁缝才行。这时,两位太太在悄声咬耳朵,因为房里一下子静了下来,大家听到她们说的三四个字,所有人都笑了起来,用一只无力的手给自己扇风。

仆人通报:"马利尼翁先生到。"

一名高大的青年走了进来，衣冠楚楚。他受到大家的轻声欢呼。德贝勒太太没有起身，只是向他伸出手说：

"啊哈！昨天去轻歌剧院了吗？"

"臭！"他大声说。

"什么，臭……她演得神了，当她这样抓住自己的胸衣，头往后仰……"

"得了吧！令人作呕的现实主义。"

于是大家讨论起来。说现实主义确实没有说错，但是这个青年就是不要现实主义。

"分文不值，听好！"他提高嗓门说，"分文不值，这是败坏艺术。"

这样在舞台上才会有好戏看呢！诺埃米为什么不把裙子下摆全部撩上去？他做了一个叫所有太太都大惊小怪的姿势。嘘！可恶！但是德贝勒太太已经对女演员产生的惊人效果有过评论，勒瓦瑟夫人也说有一位夫人在包厢里昏了过去，大家同意这是一个极大的成功。这句话刹住了讨论。

这位青年伸直身子坐在椅子上，四周是敞开的裙子，他似乎跟医生家很熟。他机械地在花架上摘下一朵花放在嘴里嚼。德贝勒太太问他：

"您看了那部小说了吗？"

但是他没让她说完，就摆出优越的神气回答：

"我一年只读两部小说。"

至于那个艺术社的展览会，实在不值得一去。当天的话题都谈完以后,他走去把手臂靠在朱丽埃特的小卧榻上,跟她低声交谈了几句,这时其他几位太太正聊得起劲。

"咦!他走了,"贝蒂埃太太转身喊,"一小时前我在罗比诺太太家见过他。"

"是的,他上勒贡特太太家去,"德贝勒太太说,"哦!他是巴黎最忙的人。"

埃莱娜把这一幕都看在眼里,朱丽埃特对她说:

"一个非常出色的青年,我们都很爱他……他出入交易所,很有钱,还消息灵通。"太太们纷纷告辞。

"再见,亲爱的太太,星期三我把您算上。"

"好的,没问题,星期三见。"

"这么说,那个晚会您去的啰?还不知道还有别的谁。您去我也去。"

"好啊,我去的,我答应您。向德·吉罗先生问好。"德贝勒夫人送客回来,见到埃莱娜站在客厅中央。雅娜握着母亲的手,紧紧挨在她身边。她的蜷曲轻柔的手指拉着母亲轻轻摇晃着朝门走去。

"啊!对了。"女主人喃喃说。

她摇铃叫仆人。

"皮埃尔,告诉史密森小姐把吕西安带来。"

等待的时刻,门又开了,很随便的,没有人通报谁来。进来一个十八岁的美丽少女,后面跟了一个小老头,脸腮又胖又红。

"你好,姐姐。"少女一边说,一边拥抱德贝勒太太。

"你好,波利娜……你好,爸爸……"后者回答。

奥莱丽小姐待在房间角落里一直没移动一步,此刻站起身向勒泰利埃先生行礼。他在卡普辛大街开了一家很大的丝绸店。自从妻子死后,他带了小女儿到处跑,想找一门好亲事。

"你昨天上轻歌剧院去了?"波利娜问。

"哦!妙不可言!"朱丽埃特机械地又说了一遍,她站在一面镜子前,正在整理一绺散落的鬓发。

波利娜像个宠坏的孩子噘噘嘴。

"做女孩子真没意思,什么都不能看……我和爸爸半夜里走到戏园子门口,打听戏演得怎么样。"

"是的,"父亲说,"我们遇见了马利尼翁。他觉得不错。"

"咦!"朱丽埃特大声说,"他刚才还在这里!他说这个戏臭……跟他从来没个准儿。"

"你来了许多客人?"波利娜说,突然换了一个话题。

"哦!人多极了,都是那些太太!家里从来人不断……我要死了……"

她说到一半停下想起忘了作一番正式介绍:"我的父亲和妹妹……格朗让太太。"

于是开始谈论孩子,谈论使母亲忧心忡忡的小毛小病,这时英国保姆史密森出现了,手里携了一个小男孩。德贝勒太太向她厉声说了几句英语,怪她叫大家久等了。

"啊!这是我的小吕西安!"波利娜叫道,她在小孩面前蹲下身，裙子窸窣响。

"别碰他，别碰他，"朱丽埃特说，"这里来，吕西安；过来向这位小姐问好。"

小男孩往前走，样子最多七岁，又胖又矮，有意打扮得像玩具娃娃。当他看到大家都笑着看他时，他停下了，瞪着蓝眼睛惊奇地盯着雅娜。

"去吧。"他的母亲喃喃地说。

他用眼神探询她的意思，又走了一步。他显出男孩的鲁钝，头颈缩在肩里，嘴唇厚而往外努，眉头有点皱。雅娜一定使他感到胆怯，因为她脸色严肃苍白，又穿一身黑衣服。

"我的孩子，你也应该表示友好。"埃莱娜看着女儿态度僵硬地说。

女孩抓了母亲的手腕一直不放，手指在袖口与手套之间的那段皮肤上移动。她低下了头，像个怕生的少女那样惴惴不安，等着吕西安手一碰就准备逃走的样子。可是，当她的母亲轻轻推她，她也往前走了一步。

"小姐，您应该拥抱他，"德贝勒太太一边笑一边又说，"女人总是从他那儿开始聊起来的……哦！乖孩子。"

"拥抱他，雅娜。"埃莱娜说。

女孩抬起眼睛看母亲，好像是男孩的傻样儿叫她心软，他姣好而又窘迫的脸也叫她动了情，她妩媚地一笑。内心温情的突然流露使她变得容光焕发。

"好的，妈妈。"她喃喃地说。

她抱住了吕西安的双肩，几乎把他举了起来，在他的两颊上重重地亲了亲。他接着也很主动地亲了她。

"好极了！"在场的人齐声喊了起来。

埃莱娜行了个礼，走到门前，德贝勒太太陪在旁边。

"太太请留步，"她说，"请您向医生先生转达我们的深切谢意……那天夜里我担心得要死，多亏他救了我。"

"亨利没有在家吗？"勒泰利埃先生插嘴说。

"亨利没有在家，他回来很晚。"朱丽埃特回答。

看到奥莱丽小姐站起身要与格朗让太太一起往外走，她又说：

"不过您得留下跟我们吃饭，这是说好了的。"

这位老小姐每星期六都在等待这份邀请，于是决定脱下披肩和帽子。客厅内空气闷热。勒泰利埃先生刚打开一扇窗，他直挺挺地站在窗前，专心看着一枝已经结蕾的丁香。波利娜和吕西安在因招待客人而搬乱了的椅子和沙发中间奔跑和嬉闹。

这时，德贝勒太太在门边向埃莱娜伸出手，动作友好而坦诚。

"请容许我跟您直说，"她说，"我的先生跟我提起过您，我听了也很感动。您的痛苦，您的孤独……好在我终于见到了您，非常高兴，我相信我们的交往不会仅仅如此而已。"

"这是不用说的，谢谢您。"埃莱娜回答，这位太太对她表示这份热情，使她非常感动，以前她总觉得自己的思想有点违情悖理。

她们的手握在一起好一会儿，满脸笑容地看着对方。朱丽埃特满腔柔情地说出对她突然表示好感的原因：

"您长得那么美，没法不爱您！"

埃莱娜高兴地笑了起来，因为她对自己的美看得很平常，雅娜正专心地注视吕西安和波利娜的游戏，埃莱娜向她喊了一声。但是德贝勒太太还是把女孩留了一会儿，又说：

"你们今后是好朋友了，相互说声再见吧。"

两个孩子相互送了一个飞吻。

（三）

每星期二，埃莱娜请朗博先生和儒伟神父在家里吃晚饭。在她寡居的初期，是他们主动上她家来与她同桌进餐，随意友好，使她至少每周一次不致沉溺在孤独中。后来，星期二的晚宴成了一项不再变易的制度。钟敲七下，入席的人高高兴兴不慌不忙坐到一起，像在做一件本分的事。

那个星期二，埃莱娜坐在窗前，借黄昏的余晖在做一件针线活，同时等待她的客人。她在那里度过恬静的白天，喧嚣声传不到这上面。她喜欢这个大房间，那么安静，布尔乔亚的富丽装饰，黄檀木家具和黄天鹅绒窗幔。当她的朋友不用她操心把她安顿在这里时，最初的几个星期她感到痛苦，陈设太奢华了，朗博先生在这里倾注了他对艺术与舒适的理想，叫自认为对此一窍不通的神父大为折服；但是她最终还是在这个地方生活得很幸福，觉得它像自己的心一样坚强纯朴。厚实的窗帘和深色的贵重家具更增加了宁静感。长达几小时的工作期间唯一的休息,是对着广阔的地平线、对着房顶像波浪翻滚的大巴黎看上一眼。她孤寂的角落就是朝向这个无垠的空间。

"妈妈,我看不清楚了。"雅娜说,她坐在旁边的矮椅子上。

她放下手中的针线活,望着被大片黑暗淹没的巴黎。一般来说,女儿不爱出去。妈妈发了脾气,逼了她才会出去。遵照博丹医生的正式嘱咐,她每天陪女儿到布洛涅森林里待上两小时,这是她们唯一的散步,一年半内她们进巴黎还不到三次。女孩到哪儿都不如在这个蓝色大房间里快乐,埃莱娜不得不放弃让她学音乐。静静的区里响起了管风琴声,会叫她发抖,眼泪汪汪。她帮助妈妈缝制儒伟神父送给穷人的婴儿衣物。

夜色完全暗了下来,这时罗萨莉提了一盏灯进来。她正忙着做饭,显得手忙脚乱。星期二的晚宴是一周中的唯一大事,使这个家庭充满生气。

"太太,先生们今晚不来吗?"她问。

埃莱娜看钟。

"七点差一刻,他们就要来了。"

罗萨莉是神父的一份人情。那天她在奥尔良车站刚下车,就被神父接了过来,至今还不认识一条马路。这是博斯一个乡村的本堂神父,他在神学院修业时的老教友引荐她来的。她矮小肥胖,小帽子下一张圆脸,头发又乌又硬,瘪鼻子,红嘴唇。她做菜手艺一等,因为她的教母是本堂神父的女仆,她跟着在本堂神父家长大的。

"啊！朗博先生来了！"她说，在他还没有打铃前走去开了门。

朗博先生身材高大魁梧，长了外省公证人的一张宽脸。他四十五岁，须发已经完全灰白。但是他的蓝色大眼睛里依然保持了孩子般的惊愕、天真、温柔的神情。

"神父先生也来了，大家都齐了。"罗萨莉说，又走去开门。

朗博先生跟埃莱娜握过手后不说一句话坐了下来，笑眯眯的，完全不像外人。这时雅娜扑到神父面前，勾住他的脖子。

"晚安，好朋友！"她说，"我生了一场大病。"

"一场大病，亲爱的！"

两人都深表不安，尤其是神父，他是一个干瘪的矮个儿，头很大，人长得粗俗，不修边幅，眯缝的眼睛睁开来，闪烁着温柔美丽的光芒。雅娜听任一只手让神父握着，另一只手伸给朗博先生。两个人都拉着她，眼光不安地盯着她看。埃莱娜把那场病的经过说了一遍。神父差点生气了，因为她没有告诉过他。他们向她提问题：这件事至少过去了，女孩没什么了吧？母亲微笑。

"你们比我还爱她，最后会叫我惶惶不安的，"她说，"不，她现在不感到有什么难受了，只是四肢有点疼，头沉重……但是我们会努力把这些治好的。"

"太太，餐桌已经摆好。"女仆走来宣布说。

餐厅内一张桌子，一个餐具柜，八把椅子，都是桃花心木做的。罗萨莉过去拉上红色棱纹布窗帘。吊灯很简单,铜圈里一盏白色瓷灯,照着对称放着的刀叉餐具和冒热气的汤。每星期二,饭桌上说的话都是一成不变的。可是,那天话题自然而然转到了德贝勒医生身上。虽然医生不是一位热心的信徒,儒伟神父还是对他大加赞扬,把他说成是一个为人正直、心地善良、严格的父亲和模范的丈夫,是供大家学习的表率。至于德贝勒太太,她也非常出色,尽管性子有点急躁,这是她受了奇怪的巴黎教育的影响。总之一句话,一对贤伉俪。埃莱娜显得很满意,她也是这样评论这对夫妻的,神父跟她说的话,更使她有意跟他们深交,最初她是有点害怕这种关系的。

"您关在家里太久了。"神父大声说。

"一点不错。"朗博先生一旁附和。

埃莱娜带着安详的微笑望着他们,仿佛跟他们说她有了他们已经足够了,她害怕再有新的朋友。这时钟敲了十下,神父和他的兄弟拿起帽子。雅娜刚刚在房间的一张靠椅上睡着了。他们俯下身去,看到她睡得很沉,露出满意的表情点点头。然后,他们踮起脚走出去,到了外客厅压低声音:

"下星期二见。"

"我忘了一件事,"神父回头走上两级台阶喃喃地说,"费杜大娘病了,您应该去看看她。"

"我明天去。"埃莱娜回答。

神父乐意派她去看望穷苦人家。他们凑在一起压低声音什么话都说,仅属他们之间的事,只言片语就相互了解,在人前从不谈论。第二天,埃莱娜单独外出;自从雅娜到一个全身瘫痪的老病人家进行一次慈善访问回来,有两天老是颤个不停,埃莱娜就再也不带她一起去了。到了外面,她沿着维欧斯街走到雷努阿尔路,进入水巷,这是夹在邻近花园墙头中间的一条怪石梯,也是从帕西高地到河滨道的陡峭小路。高坡下面有一幢年久失修的房子,费杜大娘住在阁楼上,靠一扇圆天窗照明;一张破床,一只跛脚的桌子和一张露出麦秆的椅子,塞得房间满满的。

"啊!好心的太太,好心的太太……"她看到埃莱娜进来,开始唉声叹气。

费杜大娘躺在床上。她尽管穷困,但身子浑圆,像水肿似的,面孔也显得虚胖,僵硬的手把盖在身上的破被子往上拉。她一双小眼睛很尖,声音带哭腔,逢人就滔滔不绝地诉苦。

"啊!好心的太太,我感谢您……喔唷!我可难受死了!像有几条狗在咬我的腰……哦,真的,肚子里有个畜生在咬,哎,是这里,您看,皮肤没有伤,毛病在里面……喔唷!两天来就没停过。善良的上帝,要是真受那样的苦……啊!好心的太太,谢谢!您没有忘记穷人。您会有好报的,是的,您会有好报的……"

埃莱娜坐了下来。看到桌上有一罐冒热气的蒂萨茶,她把旁边的一只杯子倒满,递给病人。在茶罐旁边有一盒糖,两只橘子及其他甜食。

"有人来看过您了?"她问。

"是的,是的,一位矮个儿太太。但是这不清楚……我需要的不是这些,啊!要是我有点肉!那个女邻居就可以放到炉子上煮……哎呀!肚子更痛了。真的,像有条狗在咬……啊!要是我有肉汤……"

尽管她痛得滚来滚去,可是一双尖眼睛盯住忙着在口袋里掏东西的埃莱娜,看到她把一枚十法郎硬币放在桌上,她哀叫得更加厉害,用力要坐起来。她一边挣扎着起来,一边伸出手臂,在她反复说话时硬币便不见了:

"我的上帝!又发作了。不,我不可能再这样下去了……上帝会还您的,好心的太太。我会对上帝说把钱还给您。嗨,全身一阵阵的痛……神父先生答应我您会来的,只有您知道怎么样做。我去买一点肉来。现在痛到大腿了。帮助我,我不行了,我不行了……"

她要转身。埃莱娜脱下手套,尽量轻轻地扶她躺下。她还没有抬起身来,门打开了。她看到德贝勒医生进来不胜诧异,脸上升起红晕。他也会不宣而至去看病人。

"这是大夫先生,"老妇人结结巴巴说,"你们都是大好人,上帝赐福给你们!"

医生向埃莱娜悄悄地行了个礼。他进来后,费杜大娘哼得没那么凶了,只是像一个有病的孩子连续发出低低的呻吟。她看出好心的太太和医生是认识的,眼睛便盯住看,从一个人身上转到另一人身上,千皱百褶的脸打着什么鬼主意。医生向她提了几个问题,敲打她的右胸,然后转身向刚坐下的埃莱娜喃喃地说：

"是胆绞痛，没几天就会好的。"

他在记事本上写了几行字，撕了下来，对费杜大娘说：

"拿着，叫人送到帕西路上那家药房，您每隔两小时服一勺配来的药水。"

这时，她又念起祝福辞。埃莱娜依然坐着。医生好像在拖延时间，盯着她看，这时他们的眼光相遇了。然后，他行个礼，审慎起见先走了。他还没走下一层楼，费杜大娘又哼了起来：

"啊！多么正直的大夫……但愿他的药我吃了会好！我应该把蜡烛和上蒲公英捣碎，敷上会使我身上消肿……啊！您可以说您认识一位正直的大夫，您可能认识他很久了……我的上帝！我口真渴！我的血像在燃烧……他结婚了……是吗？他应该有个贤惠的太太和可爱的孩子……总之，好人遇上好人，叫人看了也高兴。"

埃莱娜起身要给她喝水。

"好吧！再见了，费杜大娘，"她说，"明天见。"

"是这样……您多好啊……要是我有衣服穿就好了！您看我的衬衣，已经撕成两片了。我是穷到了底……这没什么，好上帝会把一切都还您的。"

第二天，埃莱娜到的时候，德贝勒医生已经在费杜大娘的家了。他坐在椅子上开药方，而老妇人口齿伶俐地在哭诉。

"现在，先生，沉得像有块铅……真的，我的腰里像有块铅。有一百斤重,我没法翻身。"

但是当她瞥见埃莱娜时,她更说个不停:

"啊!是好心的太太……我正对这位敬爱的先生说她会来的,就是天塌下来她也会来的……一位真正的圣女,天堂的仙女,长相又美,美得街上的人都要跪在地上看她经过……我的好心的太太,病还是不好。这时刻,我这里沉……是的,您给我做的事我都跟他说了,连皇帝也不会做得更多……啊!不爱您这样的人才叫没良心,才叫没良心……"

当她说这些话时,眯缝着小眼睛,头在长枕上滚动,医生向埃莱娜微笑,埃莱娜始终局促不安。

"费杜大娘,"她喃喃说,"我给您带来了几件衣服……"

"谢谢,谢谢,上帝会还给您的……就像这位敬爱的先生,他给穷人做的好事,比所有救济会的人做的还多。您不知道,他给我治病有四个月了,给我送药送汤送酒。有钱人中间像这样的还不多,跟每个人都那么诚恳。又是上帝身边的一位天使……喔,我的肚子简直有幢房子撑着……"

医生也显得很尴尬。他站起身,要把椅子让给埃莱娜,但是她婉言谢绝,虽然她来的时候打算待上一刻钟的。

"谢谢,先生,我有事要走。"

可是,费杜大娘头没有停止转动,把手伸了出来,一包衣服又消失在床底下了。然后她继续说:

"啊!可以说你们两人真是一对儿,我说这话可不是存心冒犯你们。因为这是真的……谁见着了一个也就见着了另一个,正派的人都是相互明白的……我的上帝！请伸过手来帮我转身……是的！是的！他们都是相互明白的……"

"再见，费杜大娘，"埃莱娜说，把椅子留给医生，"明天我恐怕不能来了。"

可是第二天埃莱娜还是来了。老妇人在打瞌睡，她一醒来就认出是她，穿了一件黑衣坐在椅子上，她叫了起来：

"他来过了……真的，我不知道他给我服的是什么药，我身子硬得像块木头……啊！我们谈起了您。他问我各种各样问题，您平时是不是满脸愁容，您是不是老是这个模样……真是一个大好人！"

她说话的声音低了下来，像在等着看她的话在埃莱娜脸上产生的效果，带着向每个人讨好的曲意逢迎的表情，她无疑以为看到好心的太太不满意地皱眉头，因为她那张浮肿的大脸上轻松生动的神气一下子无影无踪了。她结结巴巴又说了：

"我一直睡不醒。我可能中毒了……报知街上有一个女人，就是服了药剂师给的药后死了。"那天埃莱娜在费杜大娘家停留了半个钟点，听她谈诺曼底，她是在那里出生的，那里的牛奶好喝极了。静默片刻后，她漫不经心地问：

"您认识大夫很久了吗？"

老妇人直挺挺躺着，眼皮张到一半又闭上了。

"啊！是的，可不是嘛！"她似乎低声回答，"一八四八年前是他的父亲给我治的病，他陪他父亲来的。"

"有人对我说他的父亲是个圣人。"

"是的，是的……有点疯疯癫癫……比儿子更强。当他的手碰上来时真像天鹅绒做的。"

又是一阵静默。

"我劝您他怎么说您就怎么做，"埃莱娜又说，"他医术很高，我的女儿就是他救的。"

"那当然！"费杜大娘激动地叫了起来，"对他可以放心，有一个小男孩眼看就要没命了，也是他救活的……啊！您没法不让我说，像他这样的人没有第二个。我真是运气好，碰上了好人中的好人……所以，我每天夜里感谢好上帝。你们两人都叫我忘不了，是啊！我在祈祷中也一个没有拉下……让好上帝保佑你们，让你们一切如意！给你们种种恩赐！给你们在天堂中留个位子！"

她身子撑了起来，双手合在一起，好像怀着特殊的虔诚在祷告上天。埃莱娜任她这样摆弄了很久，甚至还面带微笑。老妇人信口把自己贬得那么低，终于让她听了美滋滋的。当她离去的时候，答应老妇人哪天可以起床了，就送给她一顶便帽和长裙。

整个星期埃莱娜照顾着费杜大娘，每天下午探望费杜大娘已成了她的习惯，尤其对走水巷特别感兴趣。这条陡直的小道清凉寂静，叫她喜欢，还因为下雨天从高地流下的水把小道冲洗得干干净净。这条小道只有邻近街道的居民才有点知道，陡坡上经常阒无一人，当她走到那里从上面往下看时，心里总有一种奇异的感觉。然后她大着胆子走进雷努阿尔路边房屋下的拱门。她小步走下七层宽台阶，沿着台阶是一条铺着小石子的阴沟，占了半条窄狭的走道。花园的墙忽而向左突，忽而向右拱，灰色的墙面斑驳陆离。有几棵树树枝伸出很长，叶子纷纷飘落，常春藤像厚地毯似的往下挂，森森草木中只看见几小片蓝色天空，光线非常柔和幽邃。走下半山坡她停步喘气，望着那里的街灯，倾听花园门后传来的笑声，她从来没有见到花园的门开过。偶尔，一个老妇人扶着嵌在右面墙上的乌黑铁栏杆往上走；一位太太撑着太阳伞柄当手杖；一群孩童往下走，鞋底噼噼啪啪响。但是绝大部分时间她是一个人，这条隐蔽不见天日的阶梯像森林中的幽径极有情趣。到了坡前，她抬起头。看到自己刚才冒险走过的陡坡，心里感到微微一震。

　　她的衣服上还带了水巷的凉意和静谧走进费杜大娘的家。这个贫穷受苦的角落不再使她吃惊，她犹如在自己家里那样做事，感到气闷就打开圆窗，桌子碍着就移走。没有陈设的阁楼、刷白粉的墙、破旧的家具使她回到少女时代偶尔梦想的朴实生活。尤其使她心醉的是她生活中的那种美妙感情：自己护理病人、老妇人不断诉苦、看到身边事物而生的感想、内心颤动和无限怜悯，最后还有怀着明显的焦急心情等来了医生。她问他费杜大娘的病情，然后他们谈一会儿其他事，两人站得很近，眼睛正视着对方。两人产生一种亲切的感情，他们惊奇地发现两人情趣相近。他们经常不用张口就彼此了解，内心一下子涌起同样的善意。对埃莱娜说，在非常情况下形成的这份情意比什么都甜蜜，使她心甘情愿，毫不抗拒地受它摆布。起初她见了医生会害怕。若在自己的客厅里,按照她的本性,她会表现出怀疑和冷淡,但是在这里,他们远离众人,只有一张椅子可坐,这些丑陋不值钱的东西使他们接近、使他们动感情,几乎有一种幸福感。将近一周,他们像共同生活了好几年那样熟悉。费杜大娘的这间内室也因他们共同的善意而充满了光辉。

可是老妇人身子恢复很慢,医生大惑不解。当她向他诉说她的腿沉得不能动弹时,他怪她娇里娇气。她哼个不停,仰面躺着,头转来转去;她闭上眼睛,像特意让他们为所欲为。甚至有一天她好像睡着了,但是她的眼皮下露出一线黑眼乌珠,在窥视他们。终于她应该起床了。第二天埃莱娜把她答应的便帽和长裙带来了。医生还在时,老妇人突然一声喊:

"我的上帝!邻居叫我去照看她的蔬菜牛肉汤呢。"

她往外走,把门在身后带上,让他们两人单独相处。他们继续说话,没有发现已被关在门内。医生要埃莱娜答应有时下午到维欧斯街他家的花园里去走走。

"我的妻子,"他说,"应该向您回访,她会再向您提出我的邀请……这对您的女儿是很有好处的。"

"我是不会拒绝的,我哪能要人家郑重其事地来请我呢,"她笑着说,"只是我怕太冒失……好吧,我们以后再说吧。"

他们还在闲谈。后来,医生感到奇怪。

"她上什么好地方去啦?为了那锅汤走了有一刻钟了。"

埃莱娜这时看到门已经关上。这并没有立即让她受窘,她谈到德贝勒太太,在她的丈夫面前赞不绝口。

但是医生时时朝门那边转过头去,她终于感到别扭了。

"真奇怪她还不回来。"她喃喃地说。

他们的谈话突然中断。埃莱娜不知做什么好,打开了圆窗;当她转过身来时,他们有意不看对方。圆窗像蓝色月亮高高悬在空中,外面传来儿童的哭声,他们确是单独在一起,除了这扇圆窗谁也看不见他们,儿童的声音也在远处消失了;周围是一片颤动的静默。谁也不会到这间隐蔽的小阁楼里来找他们。他们越来越拘谨。这时埃莱娜对老妇人很不高兴,盯着医生看。

"我还有许多地方要去,"他立刻说,"既然她不来我就走了。"

他走了。埃莱娜又坐下。费杜大娘立即回来,连珠炮似的说:

"啊!我可不能再拖了,都怪我心软……亲爱的先生他走了吗?这里连个站的地方都没有。你们俩都是天使,肯花时间陪伴我这个不幸的老太婆。但是上帝都会替我还情的……今天病到了脚上,我只好在台阶上坐了下来。我一点都不知道,因为你们一点声音也没出……说来也是我该弄些椅子,只要有一张靠椅就好了!我的床垫很坏了,你们来我真难为情……把这里当做你们的家,若有需要我往火里跳也行。好上帝是知道的,我经常对上帝这样说的……哦,我的上帝!让这位好心的先生和太太的所有欲望得到满足。以圣父、圣子、圣灵的名义,阿门!"

埃莱娜听着她说，感到一种奇异的难堪。费杜大娘浮肿的脸叫她不安，她也从来没有在这间小室感到这样不舒服。她看到了丑恶的贫穷，她为屋内恶浊的空气、要什么没什么而难受。费杜大娘又一刻不停地祝福叫她受不了，她匆匆走开了。

经过水巷却又遇到另一件惨事。从高处往下走到水巷中间的台阶，靠右边有一个坑，是一口废井，井前有栏杆。两天来她经过那里听到洞底有猫叫声。这次她往上走，猫叫声又开始了，非常悲哀，像是临死的哀鸣。这个可怜的动物跌在废井里，慢慢饿死，使她想起就心碎。她加快步子，一心想沿着这层石阶走不敢多逗留，只怕又听到死亡的喵呜声。

恰巧那天是星期二。到了晚上七点，埃莱娜刚穿上衣，熟悉的门铃声响了两下，罗萨莉去开门，说：

"今天是神父先生第一个到……啊！朗博先生也来了。"

席间谈得很欢，雅娜的身体日益见好，这两兄弟都宠着她，居然让她吃了一点她爱吃的生菜，尽管是博丹医生明令禁止的。然后大家进入客厅，女孩趁着兴头搂着妈妈的脖子悄声说：

"我求你了，小妈妈，明天把我带到那位老太太家去。"

但是神父和朗博先生首先责怪她。不幸的人家不能带她去，因为她不会控制自己。最近一次，她就昏迷了两次；有三天甚至在睡梦中，她红肿的眼睛也是泪汪汪的。

"不，不，"她重复说，"我不哭，我保证。"

那时，妈妈一边亲她，一边说：

"不行,我的宝贝,老太太身体很好……我不出去了,我整天陪你。"

(四)

下一个星期,德贝勒太太来访问格朗让太太,她显得又和气又温柔,走到门前正要告退时说:

"您答应我的事可别忘了……天气一好,您就上我家的花园来,把雅娜带来,这是大夫开的一张药方。"

埃莱娜微微一笑。

"是的,是的,这事说定了。可以相信我们。"

三天以后,二月一个晴朗的下午,她跟女儿一起下楼去了。女门房给她开小门。在花园深处一间温室改建的日本式平房内,她们见到德贝勒太太,她的身边是她的妹妹波利娜,她们两人都空着手,在一张小桌子上放着刺绣,她们放上去后已经忘了。

"啊!你们真是太好了!"朱丽埃特说,"请,请这里坐……波利娜,把这张桌子挪一挪……你们瞧,这里坐着坐着还是有点凉的,从这间平房我们可以很好照看孩子……去玩吧,我的孩子,可是小心别跌倒了。"

平房的大窗子打开着,活动玻璃窗框往两边移;这样像在帐篷里,一出门槛不用上下,就可进入前面花园。这是布尔乔亚家庭的花园,中间一片草地,两旁是花坛,朝维欧斯街是一扇简单的铁栅门,关着;一排高高的草木形成屏障,从路那边观察不到里面的动静;常春藤、铁线莲、金银花缠在一起盘在铁门上;在第一道草木屏障后面还竖起紫丁香和金雀花组成的第二道屏障。即使在冬天,不落的常春藤叶和纠结的树枝足够挡住视线。但是美景还是在花园深处,那几棵百年大树——挺拔的榆树——遮住了一幢六层楼黑色墙面,这些树紧紧挨着周围的建筑,造成这仅仅是花园的一个角落的错觉,把这座打扫起来像客厅那么轻松的巴黎小庭院变得无限深邃。在两棵榆树之间挂了一座秋千架,木板已因受潮而发绿了。

埃莱娜看着,为了看清楚而俯着身子。

"喔!这秋千架才针眼那么大,"德贝勒太太漫不经心地说,"但是,在巴黎树木稀少……家里有上六七棵,真是太幸运了。"

"不,不,你们这里很好,"埃莱娜喃喃地说,"很美。"

那天,天色很淡,阳光像金色的粉末,淡紫小花蕾点缀着灰色树皮。沿着小径的草坪上,青草和砾石露出地面,被贴地的一层薄雾遮着,隐隐约约。还没有一朵花,只是欢跃的阳光照在光秃的泥地上,显示了春意。

"现在,还是有点荒凉,"德贝勒太太又说,"到了六月份您可以看到那才是一只真正的鸟窝。隔壁人家由树木挡着根本看不过来,那时我们才是在自己的小天地里……"

但是她没说完却叫了起来:

"吕西安,你不要碰那个水池行吗?"

男孩向雅娜介绍完花园以后,刚把她领到台阶下的水池子前,他开了水龙头,伸出靴子尖头在水下冲。这是他喜欢的游戏。雅娜面色严肃地望着他把脚打湿。

"等一等,"波利娜说着站了起来,"我去叫他别闹。"

朱丽埃特要她别去。

"不,不,你比她还要疯,那天真以为你们两人都洗了个澡呢……真怪,一个大姑娘连两分钟也坐不住……"

她旋转身:

"你听见了吗,吕西安,立刻关上水龙头!"

男孩害怕了,愿意听话。但是他把龙头拧反了,水往下落,又急又响,把他吓昏了头。他往后退,溅得肩上都是水。

"马上把龙头关了!"妈妈又说,脸涨得通红。

这时,一直不声不响的雅娜小心翼翼地走近水池,而吕西安面对发狂的水流心里害怕,又不知怎么办,呜呜咽咽哭了。她用腿把裙子夹住,伸出赤裸的手腕,不让水湿了衣袖就关上了龙头,身上没沾一滴水。洪水突然止住了。吕西安很惊奇,感到钦佩,眼泪不掉了,抬起大眼睛望着那位小姐。

"这孩子真叫我光火。"德贝勒太太又说,她的脸色又恢复苍白,躺下来好像疲惫不堪。

埃莱娜认为应该有所表示。

"雅娜,"她说,"携住他的手,去散步玩。"

雅娜携了吕西安的手,他们严肃地沿着小径小步走。她比他高得多。他的手臂举在空中,像举行什么典礼似的绕着草坪转,但是这种隆重的游戏他们玩得很认真,使人不敢小看他们。雅娜像一位贵妇人,眼光飘忽迷茫,吕西安有几次禁不住要对他的女伴看上一眼。他们相互不说一句话。

"他们真滑稽,"德贝勒太太喃喃地说,笑嘻嘻,态度镇静,"说真的,您的雅娜是个非常可爱的好姑娘……她又听话又懂事……"

"是的,她在做客时是这样,"埃莱娜回答,"她也有闹的时候。但是因为她爱我,为了不叫我难受,她尽量乖。"

太太们谈起了孩子。女孩比男孩早熟,但是不要看了吕西安的傻相就以为他很傻,要不了一年,他变得乖巧一点后,会是个好小伙子。然后话题又转到了住在对面小平房的一个女人,她家真是发生了一些怪事……德贝勒太太说到这里对她的妹妹说:

"波利娜,到花园里去待会儿。"

少女静静地走出去,待在树下。每当谈话转到要在她面前提到难以启齿的事,她总是被人家请了出去,这已成了习惯。

"昨天,我在窗前,"朱丽埃特往下说,"这个女人我看得清清楚楚……她连窗帘也不拉上,真不像话!小孩也可能看到了。"

她声音很低,表情很生气,可是嘴上带着浅浅的微笑。然后她提高声音叫:

"波利娜,你可以回来啦。"

波利娜站在树下神情冷淡地望着空中,等待姐姐把话说完。她走进平房,又坐上她的椅子,朱丽埃特继续对着埃莱娜在说话：

"您没有看见什么吗，太太？"

"没有，"后者回答，"我的窗子不是朝那间平房的。"

虽然少女漏听了一段她们的谈话，她那张白皙的闺女脸仍然表现出仿佛很懂的样子。

"哎！"她还在透过门望着天空，"树上还真有了鸟窝呢！"

这时，德贝勒太太拿起刺绣装装样子。她一分钟绣上两针。埃莱娜不能坐着没事干，要求容许她下一次也带些活来干。她有点闲，转过身细看这间日本式平房。四壁和天花板都贴着勾金线的墙布，上面有展翅欲飞的鹤、颜色鲜艳的蝴蝶和花卉，以及蓝舟徜徉在黄水上的风景。在铺细席的地面上放了坐椅和硬木花盆架，漆器家具上放满形形色色的摆设——铜像、小瓷瓶、五颜六色的奇怪玩具。在角落里一只萨克森大瓷娃娃，屈着两腿，露出大肚子，稍一动脑袋就拼命摇晃，开心得不得了。

"嗯？够丑的吧？"波利娜大声说，她注意到埃莱娜的目光，"姐姐你买的东西都是些次货，你知道吗？美男子马利尼翁说你的这些日本玩意儿都是'地摊货'……对了，我遇见了美男子马利尼翁，他跟一位女士，喔，一位女士，游乐剧场的小弗洛朗斯。"

"在哪儿啊？我要逗逗他！"朱丽埃特起劲地问。

"在大马路……他今天不是要来吗？"

但是她没有得到回答。孩子不见了，这些太太担心了。他们可能在哪里？在她们呼唤他们的时候，有两个尖尖的声音叫了起来。

"我们在这儿呢！"

他们确实在那里，草坪中央，坐在草地上，给一排卫矛遮去了半个身子。

"你们在干吗？"

"我们已经到了旅馆！"吕西安叫道，"我们在自己的房里休息。"

她们对他们看了看，非常开心。雅娜也兴致很高参加游戏。她在割身边的草，显然在准备午餐。他们在树丛下捡了一块木板当做行李。现在他们在闲谈。雅娜很兴奋，充满信心地重复说他们是在瑞士，他们要去参观冰山，这好像叫吕西安很吃惊。

"咦！他来了！"波利娜突然说。

德贝勒太太转过身，窥见马利尼翁走下台阶。她几乎没让他有时间行礼和坐下。

"好哇！您真可爱！到处宣扬我家里的东西仅是些次货！"

"啊！是的，"他平静地说，"这个小客厅……肯定都是些次货。您只有一样东西值得一看。"

她非常恼火。

"怎么，是那个丑娃娃？"

"不是，不是，这些都很布尔乔亚……要有些情趣。您又不愿意我给您布置……"

这时她打断他的话,脸色通红,真的生气了。

"您的情趣,说说看!您的情趣,可高尚呢……有人遇见您跟一个女人……"

"哪个女人?"他问,对攻击的激烈很感意外。

"眼光不错呀,我向您祝贺。这个女人,全巴黎……"

但是她看到了波利娜就不说下去了,她忘了波利娜在场。

"波利娜,"她说,"到花园里去待会儿。"

"啊!不去,烦死人了!"少女说,她反抗了,"动不动要我走开。"

"到花园里去。"朱丽埃特更加严厉地说。

少女很不乐意地往外走,然后她转过身加一句:

"那么,快点。"

等到她一走开,德贝勒太太又揪住了马利尼翁。怎么像他这样杰出的青年可以跟这个弗洛朗斯在大庭广众露脸?她至少有四十多了,丑得叫人害怕,乐队里的人只演了几场,个个跟她混得挺熟。

"您说完了吗?"波利娜叫道,她在树底下赌着气散步,"我无聊极了。"

但是马利尼翁为自己申辩。他不认识这个弗洛朗斯,从来没有跟她说过话。看到他跟一个女士一起是可能的,有时他陪伴朋友的妻子外出,然而是什么样的人看见他啦?要有人证物证。

"波利娜,"德贝勒太太突然提高了嗓门问,"你不是遇见他跟弗洛朗斯一起吗？"

"是的，是的，"少女回答，"在大马路，比尼翁酒店对面。"

这时马利尼翁露出尴尬的笑容，德贝勒太太得意洋洋地大声说：

"你可以回来了，波利娜，这里没事了。"

马利尼翁第二天在戏剧乐园订了一个包厢。他殷勤地请德贝勒太太去，对她的奚落毫不介意；再说，他们也总是拌嘴。波利娜要知道她是不是也可以看演出；因为马利尼翁边笑边摇头，她就说这很笨，剧作家应该写些让少女可看的剧本。他们同意带她去看《白夫人》和上古典剧院。

可是这几位太太都不去注意孩子了。突然，吕西安发出可怕的叫声。

"雅娜，你对他怎么了？"埃莱娜问。

"我对他没什么呀，妈妈，"少女说，"是他自己跌倒在地的。"

事实是这些孩子刚要去爬所谓的冰山。因为雅娜假设这是在高山上，他们两人都抬高了腿要跨过岩石。但是吕西安玩得气喘吁吁，一脚踩空，跌在花坛中央，一倒地就孩子似的又气又恼放开嗓门哇哇大哭。

"扶他起来。"埃莱娜又叫。

"他不肯，妈妈。他在地上打滚。"

雅娜往后退，看到这个男孩那么没有教养，仿佛很吃惊和生气。他不知道怎么玩，他肯定会把她弄脏的。她嘟着嘴像受了牵连的贵妇人。这时，德贝勒太太被吕西安叫得不耐烦，求妹妹去拉他起来，叫他闭嘴。波利娜求之不得，她跑过去，扑倒在男孩的身旁，跟他滚在一起。但是他挣扎，不愿意人家扶他起来。于是，她两臂夹住他的腋下站了起来，为了叫他安静。

"别叫了，闹鬼！"她说，"咱们去荡秋千。"

吕西安突然不出声了，雅娜严肃的神色瞬间洋溢了喜气。三个人都朝秋千跑去，波利娜坐到了秋千架上。

"你们推我。"她对孩子们说。

他们伸出小手用尽全力推。只是她很沉，只推动了一点点。

"推啊！"她又说，"喔，这些笨孩子不懂怎么推。"

德贝勒太太在平房里身子一颤。她觉得尽管太阳很好，天气却不热。她请马利尼翁把挂在长插销上的白色羊绒斗篷递给她。马利尼翁站起身把斗篷披在她的肩上。他们两人亲热交谈的事，引不起埃莱娜的兴趣。她感到不安，怕波利娜不留意撞倒了孩子，就走进了花园，让朱丽埃特和青年人讨论他们感到很兴奋的帽子款式。

雅娜一看到母亲，就嗲声嗲气地走近来，显出若有所求的样子。

"哦！妈妈，"她喃喃说，"哦！妈妈……"

"不行，不行，"埃莱娜心里非常明白，回答说，"你知道你是不许这样做的。"

雅娜喜欢荡秋千。她觉得自己变成了一只飞鸟,她说。吹在脸上的风,突如其来的飞跃,不停地来回摆动,像飞翔那样的节奏,给她一种腾云驾雾的美妙冲动。她相信自己上天了,可是结局总是不好。有一次,她抱住秋千的绳索昏迷过去,眼睛睁得大大的,四肢悬空,充满恐惧。又有一次,她像中了铅弹的燕子,身体僵硬,跌了下来。

"哦!妈妈,"她继续说,"一会儿,就一会儿。"

她的妈妈为了求太平,终于让她坐在秋千架上。女孩容光焕发,表情恭敬,快活得微微发颤,赤裸的手腕动个不停。因为埃莱娜推得她非常轻,"使点劲,使点劲。"她喃喃地说。

但是埃莱娜不听女孩的,她决不离开秋千绳。她自己也活跃起来,脸上发红,跟着秋千板一起来回颤动。平时的严肃神态转化成跟女儿的朋友情谊。

"够了。"她说,把雅娜抱了起来。

"那么,你来荡,我求你,你来荡。"女孩说,搂着她的脖子不放。

她就是爱看自己的母亲——像她说的——飞起来,看她玩比自己玩还要快乐。但是妈妈笑着问谁来推她呢;这不假,她玩的时候荡得比树还高。恰在这个时候,朗博先生由门房领着走了进来。他在埃莱娜家里遇见过德贝勒太太。埃莱娜不在自己的公寓里,他就擅自过来了。德贝勒太太显得非常客气,这位正派人的仁慈态度使她感动。然后她又与马利尼翁继续热烈讨论。

"好朋友来推你！好朋友来推你！"雅娜叫道，绕着母亲身边跳。

"你给我闭嘴！我们不是在自己家里。"埃莱娜装出严肃的样子。

"我的上帝！"朗博先生喃喃说，"您想玩，我悉听吩咐。在乡下的时候……"

埃莱娜心动了。她在少女时代，会玩上几个小时不停。这个游戏使她回忆起往事，她就跃跃欲试。波利娜跟吕西安坐在草坪边上，她是一位不拘俗礼的少女，神色坦然地插进来说，"是的，是的，这位先生来推您……接下来他推我。是吗，先生，您会推我的吧？"

这下使埃莱娜下了决心。在大美人冷若冰霜的表情下蕴蓄着的青春朝气，痛痛快快、高高兴兴发泄出来。她像寄宿生那样单纯和快乐。尤其她不矫揉造作。

她笑着说，她不愿意让腿露出来，于是要了一根绳子把裙子系在脚踝上。然后，她爬到秋千板上站住，双臂撑开，抓住绳子，快活地说：

"推吧，朗博先生……先是轻轻的！"

朗博先生把帽子挂在一根树枝上。他宽大善良的脸发亮，露出父爱的微笑。他确认绳子结实了再查看树木，才决定轻轻推。埃莱娜才第一次脱去丧服。她穿灰色长裙，配上紫色花结。她站直身子，开始慢慢地像摇篮似的掠过地面。

"推吧，推吧！"她说。

这时朗博先生伸出双臂，抓住晃动的秋千板，把她猛地一推。埃莱娜往上升，随着板子一下比一下晃得高。节奏有条不紊。她还是不苟言笑，美丽的脸上没有表情，两只眼睛熠熠发光。只有鼻孔像灌满了风鼓鼓的。裙子的摺裥没有一条拂动，发髻上的一条辫子松了开来。

"推吧！推吧！"

猛地一推把她抛向空中。她愈晃愈高，进入了太阳。她掀起一阵清风，在花园里吹动。她晃得那么快，已经身影难分。现在她应该在笑，面孔桃红色，眼睛像流星那样划过天空，她的辫子散落在脖子上。

裙子尽管系着绳子，还是飘了起来，露出白色的脚踝。看得出她很轻松，她挺着不受约束的胸脯在空中悠然自在。

"推吧！推吧！"

朗博先生汗水淋漓，面孔通红，使出浑身的力气。有人叫了一声。埃莱娜还在升高。

"妈妈！哦！妈妈！"雅娜出了神反复说。

她坐在草坪上，瞧着妈妈，小手紧紧握在胸前。仿佛她把吹过来的空气都吸了进去，她换不过气来，肩膀不由自主地跟着秋千一摇一晃的：

"再使劲！再使劲！"

她的妈妈还在升高。她的脚碰上了树枝。

"再使劲！再使劲！哦，妈妈，再使劲！"

埃莱娜高悬空中。树枝被风吹弯了似的，发出断裂声。她的裙子盘旋升空,好像在风暴中噼啪作响。当她张开双臂,挺起胸脯下降时,她低下了头,滑翔了一秒钟;然后,又是一冲把她带到高处,头向后仰,闭着眼皮飘忽迷糊地再跌下来。这样上上下下使她感到眩晕,感到快乐。她在高空像进入了太阳,进入了二月里洒落金色尘埃的金色太阳。她的栗色秀发闪耀着琥珀的光辉,点着了火。全身简直像是在燃烧,而她的紫色丝带在发白的长裙上如同火花那样闪烁。春天围绕着她而诞生,玫瑰色花蕾如彩色的漆一般点缀蓝空。

那时,雅娜双手交叉。在她看来,她的母亲宛如一位头绕光环、朝着天堂飞去的圣女。她还在断断续续地嘟囔:"哦!妈妈,哦!妈妈……"

德贝勒太太和马利尼翁也来了兴趣,走到树底下。马利尼翁觉得这位太太很勇敢。德贝勒太太则神色惊慌地说:

"换了我肯定心都翻出来了。"

埃莱娜听到,从树枝中间这么说:

"哦!我的心可强壮呢……推吧,推吧,朗博先生。"

确实她的声音依然平静如常。她好像不在乎待在那里的两位先生,显然他们并不碍着她。她的发辫早已乱了,发绳大概也松了,裙子发出旗子飘动的声音。她在往上升。

但是突然,她叫道:

"好了,朗博先生,好了!"

德贝勒医生刚刚出现在台阶上。他走过来,温柔地亲吻妻子,把吕西安举起来亲吻他的额头。然后,他带着微笑瞧埃莱娜。

"好了,好了!"埃莱娜继续说。

"为什么呢?我打扰您啦?"

她没有回答,变得神色庄重。秋千还在晃动,一点没有停止,依然有规则地大幅度摇摆,把埃莱娜送得很高。医生惊喜交加,很欣赏她,她是那么出色,高大健壮,像古代雕像那么纯洁,在春天的阳光中又是那么娇柔。但是她像有点气恼,突然跳了下来。

"慢!慢!"每个人都叫了起来。

埃莱娜低低呻吟了一声。她跌在砾石小径上,站不起来。

"我的上帝,多么不小心!"医生说,脸色非常苍白。

大家慌忙过来围着她。雅娜大哭,朗博先生自己也支持不住,还是把她扶了起来。医生急切地问埃莱娜:

"是右腿着地的吗……您站不起来了?"

她跌昏了头,没有回答,他又问:

"您痛吗?"

"膝盖里隐痛。"她困难地说。

这时他叫妻子去找药箱和绷带。他再三说:

"应该看看,应该看看……不会有什么的。"

然后他跪在砾石上,埃莱娜让他检查。但是当他伸手过来时,她勉力起身,把裙子围住脚边。

"不,不。"她喃喃说。

"可是,"他说,"应该仔细看看……"

她身子微微一颤,声音更低地又说:

"我不想……没什么的。"

他先是吃惊地瞧着她,她连脖子都红了。有一时,他们四目交织,好像看到了对方的灵魂深处。这时他也惶惑了,慢慢站起来,依然留在她身边,不再坚持要给她检查。

埃莱娜向朗博先生示意,在他的耳边说:

"去找博丹大夫,把发生的事告诉他。"

十分钟后,博丹医生来了,她鼓着超人的勇气站了起来,靠着他和朗博先生回到了自己家里。雅娜跟在她的后面,哭得身子一颤一颤的。

"我等着您,"德贝勒医生对他的同行说,"免得我不放心。"

花园里又热烈谈论起来。马利尼翁大叫,女人的念头就是怪,这位太太干吗就是喜欢往下跳?波利娜见一桩好事成了一桩祸事很扫兴,觉得给人推得这么重有欠谨慎。医生没有说话,好像心神不宁。

"没什么,"博丹医生又回来说,"轻微挫伤……只是她至少两星期离不开靠椅……"

德贝勒先生于是亲切地拍马利尼翁的肩膀。他要妻子回到房里去,因为天气凉多了。他自己抱着吕西安吻个不停。

(五)

房间的两扇窗开得很大;房子竖立在高地上,墙脚下是一个深渊,巴黎就是深渊中无限延伸的一片平原。钟敲了十下,二月晴天的早晨已有春天的温柔气息。

埃莱娜躺在长椅上，膝盖依然系着绷带，在一扇窗前看书。她已不感到痛苦，但是一周来她钉死在那里，连平时的针线活也不能做。她穷极无聊，打开一本书放在小圆桌上，但是从来不念。这本书她每天晚上是用来遮伴眠灯的，朗博先生给她的小书柜里装满了正经书，一年半来她取出来的只是这一本。通常，在她看来小说虚伪和幼稚。这一本是华尔德·斯各特的《撒克逊劫后英雄略》，起初读了觉得沉闷，后来又产生了一种说不出的好奇心。她看完了偶尔很动情，感到困时，任着书从手中滑落，好几分钟眼睛定定地望着地平线。

那天早晨，巴黎懒洋洋地带着微笑醒来。塞纳河谷的雾气淹没了两岸，这是一层淡淡带乳白色的蒸汽，被愈来愈大的太阳照得透亮。在这层飘忽不定的纱笼下，城市的景色模糊不清。窟窿中的厚云染上一层蓝色，广大的空间逐渐透明；透过特别细洁的金尘，仿佛看到交错纵横的街道；更远处圆顶和塔尖刺穿浓雾；灰色的楼影高高矗立，四周还环绕着破碎的云絮。有时，一片片黄色的雾气散开，像一头巨鸟沉重的翅翼，然后像被空气吞没得无影无踪。在这片无垠之上，在压住巴黎上空的乌云上，天空深邃开阔，非常清澈，蓝得那么淡，几乎成了白色。太阳上升到轻柔的光芒中。金色的光四处照射，使空间充满暖洋洋的颤抖。这是节日，至高无上的和平，无限的亲切欢乐，而城市在光芒照射下，懒洋洋提不起精神，迟疑不决地从面纱下露出真面目。

一星期来，埃莱娜就只是望着展开在眼前的大巴黎作为消遭。她永远也看不厌巴黎像海洋一样深不可测和变幻无常。早晨净洁，晚上火红，随着天空的反应表现欢乐和悲哀。一道阳光照得城市气象万千，一朵乌云会引起浊浪滚滚。巴黎永远不断地更新，平静如镜，霞光万道，狂风怒号，时而大地上一片青灰，时而屋脊上光亮耀目，时而又大雨滂沱，使宇宙混沌不明。埃莱娜坐在窗前感到了在海面上经历的一切忧郁和希望；她甚至相信晚上吹来了海风，闻到了咸味。就是城内不停的喧哗声，也使她听来宛若拍打悬崖的浪声。

书从她的手里滑了下来。她的眼睛望着前方出神，当她这样做时，是需要中止阅读，需要理解和等待。有意不马上满足自己的好奇心，在她只是一种享受。书本的内容使她激动，透不过气来。恰在那个早晨，巴黎使她的心感到喜悦和隐约不安。事情还不知道，然而猜到了一半，任其慢慢渗透，心里觉得自己开始了第二次青春，有一种强烈的魅力。

这些小说就是在撒谎！她从来不阅读是有道理的。头脑空空的人觉得故事非常动听，他们对生活没有实际的认识。然而她还是受到了迷惑，不由自主地想到了艾凡赫骑士，被两个女人热恋，美丽的犹太人吕蓓卡和高贵的夫人罗芙娜。她觉得她喜欢像罗芙娜夫人那样爱得高傲沉着。爱！爱！这个词她没有说出口，但是在她心中颤动，使她惊异，使她发笑。远处，苍白的云片被微风驱赶，像一群天鹅在巴黎上空遨游。大团迷雾徐徐移动，塞纳河左岸显了出来，悸动模糊，像在梦中见到的童话世界；但是一团蒸汽压了过来，这座城市沉浸在泛滥的水雾之中。现在雾向四处均匀散开,形成一片美丽的湖泊,白色水面上看不到波纹。只有一条更浓的水流,弯曲带灰,表示这是塞纳河。慢慢地在这片平静如镜的水面上,有阴影移动,仿佛几艘红帆船,少妇沉思的目光一刻也不离开它们。爱吧,爱吧!她对着自己漂游的梦想微笑。

这时,埃莱娜又拿起了自己的书,她读到进攻城堡这一章节,那时吕蓓卡照料受伤的艾凡赫,并在窗前把目睹的战斗转述给他。少妇觉得自己生活在美丽的谎言中,她徜徉在里面犹如徜徉在一个理想的长满金果的花园,尽情享受各种各样的幻想之乐。最后,读到这一章结束,吕蓓卡裹着头巾在熟睡的骑士身边体贴温存,这时埃莱娜的书又落在地上,内心充满激情,无法读下去。

我的上帝!这些事都是真的吗?她仰卧在长靠椅上,全身一动不动,麻木了,她呆望着沉浸在金色阳光下神秘的巴黎。受到小说情节的启发,她想起了自己的身世。她看到自己还是一个少女,跟父亲制帽商穆雷一起住在马赛。小马利亚街很昏暗,房屋里放着制帽商用的一盆热水,就是晴天也散发淡淡的潮气。她又看到长年患病的母亲,用苍白的嘴唇吻她,不说一句话。自己的小房间终日不见阳光,家里的人总是在她的身边辛勤工作,仅是勉强挣个温饱:这便是一切。结婚以前,就是这样日复一日,没有起伏。有一天早晨,她和母亲从市场回来,她拎了装满菜的篮子撞上了格朗让家的儿子。夏尔转过身,跟在她们身后。她的全部爱情故事仅此而已。三个月来他们不断相遇，他谦逊拘谨不敢接近她。她十六岁，知道这个仰慕者是个富家子弟，感到很自负。但是她觉得他长得丑，常常取笑他，夜里在潮湿的大房间睡得很平静。然后家里人使他们结成了夫妻。这桩婚姻至今她还莫名其妙。夏尔崇拜她，晚上她就寝时，他跪在地上吻她赤裸的双脚。她充满好意地微笑，还责怪他太孩子气。于是开始了一场灰色的人生。十二年中她已记不起有什么突出的事，她很平静、很幸福，脸不发烧心不跳，整日埋头为穷夫妇的家务事操心。夏尔亲吻她大理石的双脚，而她对他表示宽容和母性。仅此而已。她突然看到瓦尔旅馆的房间，死亡的丈夫，摊在椅子上的丧服。她像母亲逝世的冬夜那样痛哭流涕。然后日子又开始扭转了。两个月来，她觉得跟她的女儿日子又过得非常幸福和平静。我的上帝！如此而已吗？当这本书说到使一生光辉灿烂的伟大爱情时，究竟是在说些什么？

在地平线静睡的湖面上流过长长的涟漪，然后湖面像是突然开裂，出现了几条裂缝，整个湖面发出分崩瓦解的预兆。太阳高悬空中，光芒四射，威武地把浓雾驱散。徐徐地，大湖似乎在枯竭，仿佛有一条无形的溢洪道把平原抽干。刚才还是浓厚的迷雾逐渐稀薄透明，呈现出彩虹的强烈色彩。整个左岸地区一片青色，愈往后愈深，顺着植物园一直到底成了淡紫色。在右岸，杜伊勒利区像一块粉红色的地毯，浅浅淡淡的，而往蒙马特尔方向像一团炭火，黄中透红；然后更远处，郊外工人区罩在砖红色中愈远愈暗，终于转化成石板瓦的青灰色。城市还在颤抖,在逃逸,令人看不真切,就像在海底,肉眼只是通过清澈的水去观测令人毛骨悚然的海藻水草,汹涌澎湃的激流和一闪而逝的怪物。可是,水位始终在下降,只剩下零零星星的几团细雾。最后细雾也一团一团消失了,巴黎的景象一刻比一刻清晰,从梦境中露了出来。

爱!爱!在她目睹浓雾化尽的时候,为什么这个词在她心里引起这样的温情?她不是也爱过自己的丈夫,照料他像照料孩子似的吗?但是一个痛苦的回忆苏醒了,母亲死后三星期,父亲在挂着妻子长裙的小屋内悬梁自尽。他身子僵硬地在那里度过临终时刻,头埋在一条裙子里,身子裹在衣服里,上面还残存他一直钟爱的人的余温。然后,遐想中又有一个突然的转变,她想到了家务琐事,想到当天早晨跟罗萨莉没有算完的当月开支,她对自己持家有方感到十分骄傲。三十多年来,她在生活中绝对讲究尊严和坚强,唯有正义才使她兴奋。当她回顾过去,找不到片刻的软弱,她看到自己步子平稳地走在一条平坦笔直的道路上。当然,时光流逝,她还会继续平静地走下去,伸脚碰不上一块障碍。这也使她变得严厉,对这些被英雄主义搅乱人心的虚伪人生抱着愤怒和轻蔑的态度。真正的人生是她的人生,在一片和平中度过。但是,在巴黎上空,只有一片淡淡的烟,一层浅浅的雾,它们在颤动,快要散尽。一种突如其来的温情侵入了她的内心。爱!爱!一切都受到这个词的爱抚,即使她对诚实的骄傲也是如此。她的遐想变得那么飘忽,以致她沉浸在春天的气息中不再思想,两眼湿润润的。

这时，巴黎慢慢显露，埃莱娜又去取书。不见一丝微风吹过，这像是一个提示。最后的轻雾飘动上升，消失在天空。城市没有一块暗影，在凯旋的阳光下一览无遗。埃莱娜手托着下巴，凝视大地的苏醒。

一望无际的山谷中，房屋层层叠叠，在山丘隐没的一面，露出栉比鳞次的屋顶，而在高低不平的地面上，房屋此起彼伏，绵延到看不见的乡村。这是涨潮时的海面，带着它的滚滚不尽和变化莫测的波浪。巴黎向前延伸，像天空一样宽阔。这座城市在清晨灿烂阳光照射下，如同一片成熟的麦田。这幅大画面简洁单纯，只有两种色彩，淡蓝的天空和赭黄的房顶。春天的曙光照临也使万物看来圣洁幽雅。光线那么纯，细枝末节都看得清清楚楚。巴黎的石头建筑纵横交错，却像在水晶中那样熠熠发光。然而明亮静止的清澈中时时吹过一阵风，于是像透过看不见的火焰，看到街区平缓的线条颤动起来。

埃莱娜首先对呈现在窗下的宽阔街景，从特罗加德罗斜坡到河滨大道，感到兴趣。她要弯下腰才能看到赤裸裸的战神广场，远处被军事学院的深色铁栏栅隔开。在下面大广场、街道和塞纳河的两岸她看到了行人，他们如从蚂蚁窝中爬出来的小黑点子，很有生气；一辆黄车厢公共汽车打出一颗火星；货车马车穿过桥梁，像儿童玩具那么大，身躯娇小的马却像一些机械零件；沿着人行道植草皮的斜坡上有不少散步的人，其中一个女用人穿了白胸衣使草地亮了一块。埃莱娜抬起眼睛，而此时人群散开了，消失了，车辆也成了几颗沙粒。城市仿佛空了，荒了，仅剩下巨大的骨架，只是靠了内在的悸动才表示出生命。那里，在前景的左面，军需品厂的大烟囱上烟雾袅袅，而在河的对岸，荣军院广场和战神广场之间，一片大榆树占了公园的一角，清晰见到裸露的枝桠，顶尖已经变圆见绿。中间是塞纳河，夹在两道灰色的堤岸之间，愈流愈宽，浩浩荡荡，堤岸上排满从船上卸下的木桶，高耸的蒸汽吊车架，排成行的双轮载重车，很像是一座海港码头。埃莱娜不时地把目光转向这片发光的水流，看到小船像黑色海鸟似的驶过。她远远眺望，把这条美丽的河流一览而尽。河流像一条银带把巴黎截成两块。这天早晨河水映着红霞奔流，地平线上没有比这更耀眼的光芒了。少妇的目光首先看到的是荣军院桥，然后是协和桥、王宫桥；桥一座又一座，一座更接近一座，叠到一起，构成奇怪的多层旱桥，中间有各种形状的桥孔；河流通过这些轻盈的建筑物间隔处，露出板板块块的蓝水，愈往前变得愈淡愈窄。她把目光抬得更高，那边河水分流到杂乱无章的房屋之间；城岛两边的桥成为连接两岸的线，圣母院的金色塔顶像矗立在地平线上的界石；越过这些界石，河流、房屋、树丛都只是阳光下的灰尘。这时她感到眼花，不再去看巴黎这块气势磅礴的中心地带，城市的全部精华都像在这里烧了起来。在右岸，香榭丽舍大街中间，工业宫的大玻璃闪出雪光；更远处，圣玛德兰教堂扁平像块墓碑，后面矗立着庞大的歌剧院；然后，还有其他的建筑物，穹顶、塔楼、铜柱广场大柱子、圣文森·德·保尔教堂、圣雅克塔楼，更近有新罗浮宫和杜伊勒利宫沉重的立体形建筑，有一半掩蔽在栗树林中。在左岸，荣军院的圆顶上金水流淌。再过去，圣苏尔比斯的两座高低不同的塔楼在阳光中显得苍白；在后面，在圣克洛蒂尔德教堂新修的尖顶右边是发青的先贤祠，方方正正矗立在一块高地上，俯视全城，在天空中展示它细长的圆柱，在空中一动不动，像系了线的气球，带丝绸的光色。

现在，埃莱娜缓缓地转动眼珠，把全巴黎浏览了一遍，屋顶的起伏表示了山谷的深浅，磨坊岗带着它的老石板瓦像水浪高高掀起，而大马路这一条线像河流向下倾斜，房屋纷纷往里钻，瓦片也看不见。在这清晨的时刻，斜阳照不到特罗加德罗方向的门面。没有一扇窗子有光。只有屋顶上的玻璃窗映射出反光，在四周红色陶瓷盆之间发出强烈的云母般的光彩。房屋还是灰色的，上面带有反光的暖色；但是有几处灯光宛如这个区的缺口，在埃莱娜面前笔直的几条长街，也以闪射的阳光把阴影切成几段。只是左面蒙马特尔高地和拉雪兹墓地在平坦的地平线上形成土包，浑圆得没有一道裂痕。前景中明明白白的细部，烟囱上数不清的凹凸，千万扇窗户上的黑色影线，渐趋暗淡，黑蓝相间，在看不到尽头的城市纷扰中模糊不清，而肉眼达不到的郊区则像是卵石滩的延伸部分，被一片紫色掩盖在广漠明亮的天色下。

埃莱娜神色庄重地在看，这时雅娜高高兴兴地走了进来：

"妈妈，妈妈，你看！"

女孩捧了一大束黄色桂竹香。她笑着说她候着罗萨莉从菜场回来,好翻看罗萨莉的菜篮子。搜菜篮子是她的一大乐事。

"看呀!妈妈!这个在篮子底下……你闻一闻,香极了!"

黄里带紫的花束芬芳迷人,满室生香,这时埃莱娜充满激情地把雅娜拉到怀前,桂竹香落在她的膝盖上。爱!爱!当然她爱自己的孩子。她一生中都怀着这种伟大的爱,难道还不够吗?这种爱甜蜜平静,始终不渝,亘古不变,应该使她满足了。

她把女儿搂得更紧,仿佛为了驱散威胁她们分离的念头。而雅娜也听任母亲抚爱,她眼睛湿润,细细的脖子撒娇地靠在母亲的肩上扭来扭去。然后,她的一条手臂伸到母亲的腰后,温顺地把脸贴在母亲的胸前不动了。桂竹香在她们之间散发香味。

她们很长时间不说一句话。雅娜身子没有动,声音轻轻地说:

"妈妈,你看那里,河旁边,这个玫瑰色拱顶……是什么?"

这是法兰西研究院的拱顶。埃莱娜瞧了片刻,好像在思索,然后轻轻地说:

"我不知道,我的孩子。"

女儿听到这样的回答也不再追问,又是沉默不出声。但是她立刻又提出另一个问题。

"那里很近的,这些漂亮的树呢?"她说,指着杜伊勒利花园的一条通道。

"这些漂亮的树?"妈妈喃喃地说,"右边的是吗……我不知道，我的孩子。"

"啊！"雅娜说。

然后，经过片刻的遐想，她嘴巴一努，认真地说：

"我们什么也不知道。"

确实，她们对巴黎毫无所知。十八个月来，巴黎无时无刻不在她们的眼前，但是她们对其中的一草一木都不了解。她们到城里只去了三次；但是街上到处喧闹嘈杂，回到家里，头脑乱哄哄得发涨，回想起来什么都没有看到。

可是雅娜偶尔偏偏要问。

"啊！我要你给我说！"她问，"这些全白的玻璃……那么一大片，你应该知道的。"

她指的是工业宫。埃莱娜迟疑不决。

"这是一座车站……不，我相信这是一家剧院。"

她微微一笑，吻雅娜的头发，还是重复她那惯常的回答：

"我不知道，我的孩子。"

于是，她们继续凝视巴黎，并不想更多了解它。知道它在那里，又不探究它，真是非常有意思的。它包含了无限和未知，就像她们走到一个新世界的边缘，面前有变化无穷的景象，却又不想再往前走一步。有时，巴黎给她们带来热浪狂风，使她们感到不安，但是这天早晨，巴黎显得高兴和天真无邪，它的神秘在她们看来只是温馨的表示。

埃莱娜又拿起书，而雅娜偎依在她的身边始终在看。明亮宁静的天空没有一丝风。军需品厂的烟笔直往上升，到了高处散成一片片轻烟消失了。波浪掠过屋顶,横穿城市,这是隐藏的生命交织而成的生动体现。街上的噪声在阳光中也不使人心烦意乱,但是有一个声音吸引了雅娜的注意力,这是从邻居鸽笼里飞出来的白鸽,越过窗子对面的天空。它们布满地平线,白色飞动的羽翼把无边的巴黎都遮住了。

埃莱娜又抬起眼睛,茫然凝视远方,又陷入了沉思。她成了罗芙娜夫人,她怀着高贵的灵魂所特有的平静和深情的爱。这个春天的早晨,这个温柔的城市,这些早开、使她的膝盖生香的桂竹香徐徐地融化了她的心。

第二章

（一）

一天早晨，埃莱娜忙着整理她的小书室，里面的书被她弄乱了好几天，这时雅娜跳跳蹦蹦拍着手进来。

"妈妈，"她喊道，"一名士兵！一名士兵！"

"什么？一名士兵？"少妇说，"你跟我说士兵又怎么啦？"

但是女儿疯疯癫癫的，快活极了。她跳得更厉害，反复说："一名士兵！一名士兵！"也不做进一步的说明。这时，因为她让房间的门开着，埃莱娜站起身吃了一惊，发现一名士兵，一名小士兵在外面客厅里。罗萨莉出门了，雅娜那时大概不顾母亲的正式禁令在楼道上玩。

"您要什么，我的朋友？"埃莱娜问。

小士兵看到这位太太穿着花边的晨衣，那么美丽，那么白，他感到惶惑不安，一只脚在地板上搓，鞠躬，慌忙中喃喃说：

"对不起……请原谅……"

他找不到其他的话说，两脚在地面上拖，一直退到墙前。他没法再往后退了，看到这位太太带着勉强的笑容等着，他急忙搜自己的右口袋，从里面取出一块蓝手绢、一把小刀、一片面包。他对每样东西看了又看，又塞进了口袋，然后他搜左口袋，里面有一段绳子、两根生锈的铁钉、包在半张报纸内的图片。他把这一切又塞进口袋，神情焦虑地拍大腿。他目瞪口呆，结巴地说：

"对不起……请原谅……"

然后，他突然用一个指头点着鼻子，哈哈大笑起来。笨蛋！他想起来了。他解开上衣的两个纽扣，前臂伸进上衣，在胸前搜索。他终于取出一封信，猛烈晃动，仿佛要摇落上面的灰尘，然后再交给埃莱娜。

"给我的一封信，您没弄错吧？"埃莱娜说。

信封上确是她的姓名和地址，字体粗劣，笔画都靠在一起，像在玩竖纸牌游戏。信中用的句子和拼写都是独创的，看一句要想一想，当她终于弄懂意思后笑了。这是罗萨莉的姑妈写的一封信，是要把泽菲林·拉古尔罗介绍给她。"尽管神父给他做了两次弥撒"，他还是抽中签要去当兵。泽菲林是罗萨莉的情人，她要求太太允许这两个孩子在星期日见面。信有三页，反反复复这几句话，提出这个要求，反而愈说愈糊涂，费了好大的劲，该说的事还是没有说出来。然后在署上名以前，姑妈好像心里豁然一亮，写上："神父说可以的。"笔在一团墨迹中摁了一摁。

埃莱娜慢慢折上信。在细认信的内容时，她抬过两三回头，向士兵看一眼。他一直把背贴在墙上，嘴唇翕动，好像每句话结束时下巴都要轻轻一动；信的内容无疑他都记熟了。

"那么，您就是泽菲林·拉古尔罗？"她问。

他开始笑了,脖子晃了一晃。

"请进吧,我的朋友,别待在这里。"

他决定跟她进去,但是,当埃莱娜坐下时他又在门旁站住了。在外客厅的阴影里她没能看清他。他的身材大约跟罗萨莉一般高,若矮上一厘米,就可以免服兵役了。一头红发齐根剃了,滚圆的脸上布满雀斑,没有一根胡子,两只眼睛小得像螺丝孔。他的军大衣是新的,穿着太大,显得身体更圆了。他又开穿红裤的双腿,拿着宽边的军帽在身前扇动时,又胖又矮又傻乎乎的模样真是好笑可爱,完全是个穿军装的庄稼汉。

埃莱娜想向他打听一些消息。

"您一星期前离开博斯的?"

"是的,太太。"

"您现在到了巴黎。您没有不高兴吧?"

"没有,太太。"

他胆子大了向屋里张望,看到蓝天鹅绒窗帘非常惊讶。

"罗萨莉现在不在,"埃莱娜又说,"但是马上要回来的……她的姑妈告诉我您是她的好朋友。"

小士兵没有回答,他低下头,不自然地笑笑,又用脚尖去搓地毯。

"那么,您服完兵役就准备娶她?"少妇继续问。

"那当然,"他说,脸涨得通红,"当然,这是起过誓的……"

少妇的和蔼态度使他自在一点,他把军帽在手指间转来转去,决定也说上几句:

"哦！那是很早以前的事了……我们还是很小的时候，就一起去偷果子，我们可没少挨棍子；就为这个事，不瞒说……应该对您说拉古尔和比雄两家挨在一起。所以，不是吗？罗萨莉和我差不多是在一张饭桌上长大的……后来，她家里的人去世了，由她的姑妈玛格丽特抚养她。但是她这个姑娘，膀子可厉害呢。"

他停了下来，觉得自己过于兴奋了一点，犹豫地问：

"可能这些都跟您说过了吧？"

"是的，但是您说您的吧。"埃莱娜回答，觉得他很有趣。

"好吧，"他又说，"她人不比百灵鸟大，力气却大得很；她给你干活可来劲呢！嘿，有一天，她给我认识的一个人一巴掌，哦，一巴掌！我看他胳膊上的乌青块一星期也没退……是的，就是这么厉害。在我们家乡人人都把我们看成是一对。那时我们还没十岁，拍拍手，事情就定了……这就算数了。太太，这就算数了……"

他把手放在自己心上，五个指头张开。埃莱娜可是又变得严肃了。她想到让一名士兵走进自己的厨房，还是感觉不安。神父先生同意也没用，她觉得这事有点悬。在乡下大家自由自在，谈情说爱通行无阻。她的担心叫人看了出来。当泽菲林明白以后，想哈哈大笑。但是出于礼貌他还是忍住了。

"哦！太太，哦！太太……我看出您一点不了解她。我头上挨过她不少打……我的上帝！男孩子总爱开玩笑，不是吗？有几次，我捏她。她转过身，劈脸就是一巴掌……是她的姑妈再三对她说：我的孩子，你要明白，不要让人家动手动脚，这不会有好结果。神父也来管了，可能就是这样，我们的情谊一直很好……原来打算在抽签后结婚的。后来结不成啦！事情有了变化。罗萨莉说要到巴黎来打工，积一份嫁妆，等我……就是这么回事，这么回事……"

他的身子左右摇摆，军帽在手里传来传去，但是，因为埃莱娜还是一声不出，他认为这是她对他的忠诚表示怀疑。这使他很伤心。他激动地叫了起来：

"您可能在想我以后会欺骗她吧？我对您说过这是起过誓的！我会要她的，您看着吧，就像太阳照在我们的头上一样没错……我可以给您签字保证……是的，您说，我就给您立字据。"

他情绪很激动，在房里走来走去，看哪里可以找到笔墨。埃莱娜竭力要他平静下来。他反复说：

"我觉得还是给您立张字据好……这对您没什么用？您以后可以省心了。"

恰在这个时刻，刚才又溜到外面的雅娜一边跳一边拍手回来了。

"罗萨莉！罗萨莉！罗萨莉！"她按着自编的舞曲唱。

从开着的门外果真传来了女仆的喘气声，她提着菜篮子走上来。泽菲林退到房间的角落，咧开嘴不出声地笑，他的螺丝孔眼睛闪光，显出乡下人的狡黠。罗萨莉在这家已经做熟，直接走进房里给女主人看上午买的菜。

"太太,"她说,"我买了菜花……您看……两棵十八苏,这不贵……"

她递上打开的菜篮子,抬起头看到在一旁微笑的泽菲林,惊讶地站在地毯上不动了。这样过了两三秒钟,她显然没有一下子认出这位穿了军服的人。她的圆眼睛睁得大大的,小胖脸变得苍白,黑色粗发也晃了起来。

"哦!"她说不出别的话。

她惊讶中松开了菜篮子。篮中的东西——菜花、洋葱、苹果——滚了一地。雅娜高兴地叫了一声,扑倒在地,在房间中央追着到椅子和玻璃柜底下去抓苹果。可是罗萨莉始终瘫了似的,待在原地不动,反复说:

"怎么!是你……你在这里做什么,说呀?你在这里做什么?"

她朝埃莱娜转过身,问:

"是太太放他进来的?"

泽菲林不说话,只是带着狡黠的神情眨眼睛,这时罗萨莉流出了动情的眼泪;为了表达重逢的喜悦,她除了嘲笑他不知说什么好。

"啊!好,"她又走过去说,"你穿了这身衣服真漂亮,真干净……我就是经过你身边,也不会说上一句:上帝赐福给你……你真不赖!背脊上像扛了个岗亭。他们把你的头发剃得真漂亮,像圣器室里的卷毛狗……好上帝!你多丑,你多丑啊!"

泽菲林听了恼火，决定回敬一句。

"这又不是我的错；你要是上部队，我倒也要看看你会是个什么样子。"他们完全忘了自己是在什么地方，忘了房间里的埃莱娜和雅娜；雅娜还在拣苹果。女仆直立在小士兵面前，双手叉在衣胸前。

"那么，那边一切都好吗？"她问。

"都好，就是吉尼亚尔的奶牛病了。兽医来了，对他们说它的肚里积满了水。"

"肚里积满了水，这下子可完了……除了这个一切都好吗？"

"是的，是的……乡警摔断了胳膊……卡尼韦大爷死了……神父先生从冈瓦尔回来丢了钱袋，里面有三十苏……其余一切都很好。"

他们不说话了。他们明亮的眼睛瞧着对方，抿紧嘴唇慢慢动，亲切地做个鬼脸。这或许就是他们拥抱的方式，因为他们连手都没有伸出来。但是罗萨莉一下子又从出神的状态中醒了过来，看到地上都是菜不能原谅自己。事情一团糟！闯下这场祸都得怪他！太太应该让他等在楼梯上的。她一边埋怨，一边弯腰把苹果、洋葱、菜花都放回菜篮子，惹得雅娜很不高兴，她不愿意有人帮她。罗萨莉再也不看泽菲林，要往厨房里去的时候，埃莱娜被这对情人的平静和理智所感动，拉住她说：

"听好，我的孩子，您的姑妈要我允许这位青年每星期来看您……他可以下午来，您安排一下，不要耽误家务就是了。"

罗萨莉停下，只是把头一侧。她很满意，但还是板着面孔。

"哦,太太,他会影响我的工作的!"她喊道。

她越过埃莱娜的肩膀朝泽菲林看一眼,又向他温柔地做个鬼脸。年轻的士兵一动不动地待了一会儿,不出声地咧开嘴笑。然后他把军帽放在胸前,一边道谢一边往后退。门已经关上了,他还在楼梯口鞠躬。

"妈妈,这是罗萨莉的兄弟?"雅娜问。

埃莱娜听了这个问题感到很难回答。她刚才好心答应了,自己也奇怪。她有点后悔。她思索了片刻,回答:

"不,这是她的表兄。"

"啊!"女儿严肃地说。

罗萨莉的厨房是朝德贝勒医生的花园开的,阳光充足。窗子很大,到了夏天,榆树的树枝伸进房内。这是公寓中最舒适的房间,光线明亮,到了下午照得罗萨莉要拉上蓝布窗帘。她只是埋怨这间厨房太小,细长得像条肠子,右边是炉子,左边是桌子和餐具柜。但是她把炊具和家具放得整整齐齐,在窗边还留出一块空角落,晚上可以干活。她引以为自豪的是把锅炉盆碗保持纤尘不染。所以,当阳光照进来时,墙上光芒四射。铜器闪烁金色的火星,铁器犹如皎洁浑圆的银月,而青白色陶瓷炉台在这堆火焰中呈现淡雅的色调。

下一个星期六晚上,埃莱娜听到乱哄哄的搬动声,决定去看看。

"怎么啦?"她说,"您跟家具在干仗?"

"我在洗呢,太太。"罗萨莉回答,她头发散乱,满脸淌着汗水,正蹲在地上用尽两条小臂的力气擦地面。

她擦完以后,还用毛巾揩。她从来没把厨房收拾得这么漂亮。新娘也可以躺在上面,洁白一片像为婚礼准备的。桌子和餐具柜像重新刨过似的,她的手指头在上面磨了多少遍。室内井井有条,锅罐按大小排列,钩子上该挂什么挂什么,就是平底锅和烤肉架也闪着光,没有一点烟熏的痕迹。埃莱娜站了一会儿,默不作声;然后笑一笑走开了。

从此,每星期六,都同样地打扫一遍,又是灰又是水地忙上四个小时,罗萨莉要在星期日让泽菲林瞧瞧有多么干净。在她接待客人的那天,出现一个蜘蛛网会叫她无地自容的。当一切在她的周围闪闪发亮时,她的心情也好了,会唱起歌来。三点钟,她还要洗洗手,戴上一顶系绸带的帽子,然后把棉布窗帘打开一半,让光线像内室那样柔和,她坐在整整齐齐、散发月桂和百里香花香的厨房中央等待泽菲林。

三点半,泽菲林准时赴会;只要街头的钟不敲三点半,他就在路上溜达。罗萨莉听着他的大鞋子走上台阶,在楼层上站住,就给他开门。她不许他拉门铃的绳子。每次见面说的都是这两句话。

"是你?"

"是的,是我。"

他们面对面,眼睛闪光,嘴巴抿紧。然后泽菲林跟在罗萨莉后面,但是他不取下圆军帽和军刀,罗萨莉不会让他进来。

她不愿她的厨房里有这些东西,她把它们藏在壁柜里。然后她要她的情人坐在窗边那个留出来的角落,再也不许他移动了。

"安安静静待在这里……你可以瞧着我给太太做饭。"

他来的时候几乎从不空手。一般来说,早晨他跟几位战友到默东森林里去溜达,漫无目的地来回闲逛,呼吸新鲜空气,还有点想家。为了手不闲着,他砍几根枝条,削成各种形状,边走边在上面刻花纹;他的脚步放慢了,在沟边停了下来,军帽推到了颈背,眼睛盯着削木头的小刀。然后,因为他下不了决心把木条抛掉,到了下午就带给了罗萨莉。她叫着,从他手里夺了过来,因为这会弄脏她的厨房。其实她要把它们搜集起来,在她的床下就有一捆,什么样的长短和图案都有。

一天,他带来了鸟蛋,盛放在他的军帽里,上面盖了一块手绢。他说,炒鸟蛋非常好吃。罗萨莉把这些怕人的东西扔了,但是把鸟窝留了下来,跟木条放在一起。此外他的口袋总是装得满满的。里面的东西无奇不有,在塞纳河边捡的透明石子、从前的铁器装饰、干硬的野浆果,以及连捡破烂的也不要的莫名其妙的破东西。他的爱好主要是图片。他一路上捡巧克力和肥皂的包装纸,上面有黑人、棕榈树、埃及舞女和玫瑰花束,遇到破盒盖上有金发沉思的女人的商标纸,或是扔在城郊集市上油光光的招贴纸和苹果糖锡纸,更是如获至宝,满心欢喜。这些东西都装入他的口袋,他把最好的用报纸包好。每星期日,罗萨莉做了卤汁还没做烤肉前有一会儿空,他就给她看图片。他见她要就送给她。只是纸片四周并不总是干净的,他就把图像剪下来,这也是他的一大乐趣。罗萨莉不乐意,碎纸片会飞到盆子上;为了得到剪刀,他会施展农民由来已久的狡猾。偶尔为了免得纠缠,罗萨莉突然把剪刀递给了他。

可是,煎锅里的黄油沙司发出声音。罗萨莉拿了木勺瞧着它,泽菲林则低着头剪图片,背部衬着红肩章。他的头发剪得很平,连头皮也露了出来;黄领子的后部敞开,露出乌黑的脖子。时间一刻一刻过去,他俩谁都不说一句话。泽菲林抬起头,望着罗萨莉取面粉、切芹菜、放盐、洒胡椒粉,全神贯注。隔会儿他说上一句:

"嘿!真香啊!"

女厨子正忙得不可开交,不会马上回答。沉默了好长一会儿才说:

"你看,这要慢慢煨。"

他们的对话无非如此,甚至老家也不再提起。说起从前的事,一个字就可彼此了解,会心里笑上整个下午。这就够他们享用了。当罗萨莉把泽菲林送到门口时,他俩都觉得玩得很痛快。

"好了,你走吧!我要侍候太太了。"

她把军帽和军刀还给他,推着他往前走,然后高高兴兴地侍候太太;而他摇晃着双臂回到军营,身上还带着月桂和百里香的芬芳,心里美滋滋的。

最初,埃莱娜认为应该看着他们一点。她偶尔会不期而至,吩咐她做这做那。她总是发现泽菲林待在桌子与窗子之间的那个角落里,旁边的水池挤着他把腿往里缩。太太一出现,他就像持枪的军人站起来,站得笔直。太太跟他讲话,他只是彬彬有礼地行礼和咕噜一声。渐渐地,埃莱娜看到自己并没撞见他们什么,他们脸上保持有耐性的情人的那种平静,也就放心了。

哪怕罗萨莉显得比泽菲林机灵得多。她已在巴黎待了几个月,愈来愈老练,虽然至今只认识三条路:帕西路、弗兰克林路和维欧斯街。他待在部队里,乡气未脱。她要太太相信他愈来愈傻;以前在家乡,说真的,他灵活得多;她说,这完全是穿了军装的缘故,哪个青年当上了兵都会笨得要命,泽菲林被生活弄得手足无措,确实睁圆了眼睛像只呆头鹅。他的肩章下依然保持了农民的纯朴,军营生活还没有叫他学会巴黎步兵做作的语言和神气的姿态。啊!太太完全可以放心!要玩还轮不着他呢?

所以罗萨莉显得母性十足。她一边做烤肉串,一边对泽菲林说教,谆谆劝导他不要跌入深渊。他听话,听到一声忠告,重重点一下头。每星期日,他要向她起誓,他去望过弥撒了,没有忘记早晚两次祈祷。她还要他讲究卫生,在他走的时候给他刷衣服,把军服的一只纽扣缝好,把他从头看到脚,看看有什么不妥。她还担心他的健康,给他提供包治百病的药方。泽菲林为了报答她的好意,主动给她装满水池。她推辞了很久,怕他把水泼在地上。但是有一天,他挑了两担水,在楼梯上没有溅出一滴水,从那以后,星期日存水的工作就归他了。他还在其他事情上帮她，包揽一切重活，要是她忘了他还会上水果店代买黄油，甚至当上了大师傅。起初他剥菜帮子，后来她让他剁菜。干了六星期，他还没获准去碰沙司，但是他可以拿了木勺在一旁看着。罗萨莉要他做下手；有时她看到他穿了红裤子，黄衣领，臂上放一块抹布在炉子前忙忙碌碌，像个小厨子，不由得哈哈大笑。

一个星期日，埃莱娜到厨房来。她穿了拖鞋，走路没有声音，站在门槛上，女仆和士兵都没有听到她走进来。泽菲林从他的小角落朝着一碗冒热气的汤走来。罗萨莉背对着门，在给他切长长的面包条。

"吃吧，我的孩子！"她说，"你走得太多了，肚子都走空了……嗨！够了吧？还要来点吗？"

她用温柔和不安的目光看着他。他身子浑圆的，俯身在碗上，一口吞下一根面包条。热气冒上来，把他长满雀斑的脸也熏红了。他喃喃地说：

"啊哈！汤真鲜！你在里面放了什么啊？"

"等等，"她又说，"要是你喜欢韭葱……"

但是她转身看到了太太。她轻轻一叫，两个人都成了化石。然后罗萨莉急忙说出一大堆话为自己辩白：

"这是我的一份，太太，哦，真的……我自己就不喝了……我以最神圣的名义起誓！我对他说：'要是你要我的那份汤，我就给你了……'喔唷！你给我说话啊！你知道是这么回事……"

女主人还是不声不响,罗萨莉以为她在生气,感到很不安,声音哀伤地继续说:

"太太,他饿得慌;他偷了我的一只生萝卜……那边吃得真差!他还要沿着河走长路,还不知走到什么鬼地方,您想想……太太,您自己也会跟我说的,罗萨莉给他喝碗汤吧……"

小士兵嘴里塞了东西不敢往下咽。埃莱娜站在他面前也严厉不起来,她温和地说:

"是的!我的孩子,这位青年饿的时候,应该留他吃饭,这没什么……我允许你这样做……"

她刚才在他俩面前感觉到的这份温情,已经有过一次叫她忘记了自己的严肃。他们在厨房里那么幸福!半掩的布窗帘让夕阳照了进来。铜器在角落的墙上烧了起来,使朦胧的房间泛出红光,他们两张圆圆的小脸,在黄澄澄的影子里安详明洁像两只月亮,他们的爱情那么自信,那么镇静,一点也不搅乱炊具的秩序。炉灶的香味使他们心花怒放,胃口大开,心灵得到了滋养。

"妈妈,你说,"雅娜经过长时间思索后问,"罗萨莉的表哥从来不亲她,这是为什么?"

"为什么你要他们亲来亲去?"埃莱娜回答,"他们成亲那天会亲的。"

(二)

星期二,喝完汤后,埃莱娜侧着耳朵说:

"这雨真够大的,你们听见了吗?我可怜的朋友,今晚,你们要挨淋了。"

"喔!几滴小雨。"神父说,他那旧黑袍的肩上已经淋湿了。

"我有一段路程,"朗博先生说,"但是我还是走回去;我喜欢……而且我还带了雨伞。"

雅娜在思索,认真望着自己的最后一匙面条汤,然后慢慢地说:

"罗萨莉说天不好你们不会来……妈妈说你们会来……你们真好,你们不会不来的。"

桌旁的人都笑了,埃莱娜对两兄弟亲热地点点头。外面大雨哗啦啦地下个不断,间或几阵狂风吹得百叶窗劈啪响,仿佛冬天又回来了。罗萨莉已把红窗帘细心地拉上;小餐厅关得很严,雪白的吊灯放出宁静的光,在狂风怒号中显得温馨亲切。桃心木食品桌上的瓷器发出幽静的亮光。在这种和平的气氛中,宾主四人从容闲谈,面前放着布尔乔亚家庭洁净的餐具,等着女仆端菜上来。

"啊!也只好叫你们等了!"罗萨莉端了一盘菜回来老生常谈地说,"这是特地给朗博先生做的烙鱼排,这可要烧好就吃的。"

朗博先生装出贪吃的样子,跟雅娜逗乐,同时也讨好对自己的手艺很自豪的罗萨莉。他向她转过身,说:

"嗨,您今天做了些什么……您总是在我吃饱后才把好东西端上来。"

"哦!"她回答,"像平时一样,三道菜,一点不多……鱼排以后还有羊肉和布鲁塞尔白菜……真的,没别的了。"

但是,朗博先生斜眼看雅娜。女孩很开心,合着双手掩住嘴笑,摇着头好像在说女仆撒谎。这时他面带疑惑,用舌头咂了一声。罗萨莉假装生气。

"你们不相信我!"她又说,"就因为小姐笑了……那就相信她吧,留着肚子别吃,你们看着回到自己家别再上桌子吃一顿。"

女仆走开后,雅娜笑得更厉害,忍不住心里痒痒的,要说几句。

"你太贪吃了,"她说,"我到厨房里去过……"

然而她不说了:

"啊!不,不应该告诉他,妈妈,是吗……没什么,没什么。我笑是为了骗你。"

每星期二都要这样闹一会儿,每次都很成功。朗博先生配合做这样的游戏,他的好意叫埃莱娜感动。因为她深知他长期以来像普罗旺斯人那样俭朴,只吃一条鳀鱼和六只橄榄过日子。至于儒伟神父,从不知道自己吃的是什么;人家常拿他在这方面的无知和不在意开玩笑。雅娜张着明亮的眼睛窥视他。菜端上来了。

"这条鳕鱼很好吃。"她对神父说。

"很好吃,我的宝贝,"他喃喃说,"嗨,真的,这是鳕鱼;我以为是鲮鱼呢!"

大家都笑了，他天真地问为什么。罗萨莉刚走进来，显得受到了冒犯。啊！是的，在她的家乡，神父先生对烹饪十分精通；在切家禽时，就能说出这只家禽养了多久，前后差不了一个星期；他不用走进厨房，靠了气味就能说出吃些什么。好上帝！要是她在神父先生这样的堂长家里帮厨，到今天恐怕连鸡蛋也不会炒呢。堂长脸色尴尬地表示歉意，仿佛他对美食一窍不通是他的一个缺点，他要改也改不了似的。但是说真的，他头脑里的事情实在太多。

"是羊肉。"罗萨莉把羊腿放到桌上说。

大家又开始笑了，儒伟堂长第一个笑。他伸出一颗大脑袋，眨着小眼睛。

"是的，当然，这是一条羊腿，"他说，"我相信我还认得出来。"

这天，神父比平时还要心不在焉。他吃得很快，匆匆忙忙，好像是一个看到桌子就讨厌，在家里是站着吃的人。然后他若有所思地等着其他人吃完，仅用微笑回答别人的问话。他时时刻刻向弟弟看上一眼，眼神中含有鼓励和不安。朗博先生好像也不如平时镇静，但是他的不安表现在滔滔不绝地讲话和坐在椅子上不停地动，可他天性沉着，以往完全不是这个样。在布鲁塞尔白菜上桌后，罗萨莉迟迟没有端来甜食，房间里有一阵静默。户外雨愈下愈大，墙上雨水淋漓。餐厅内有点沉闷。这时，埃莱娜意识到气氛不一样，两兄弟之间有什么事情没有说出来。她关切地望着他们，终于喃喃地说：

"我的上帝！雨下得真可怕……不是吗？雨下得你们心烦。你们两人看起来不舒服吧？"

但是他们说不，急忙要她安心。当罗萨莉端了一只大盘进来时，朗博先生为了掩饰激动的心情，大叫：

"我不是说过嘛！又是一道意料不到的菜！"

这天这道意料不到的菜是香草奶油糊，是厨娘的一大拿手好点心。所以，她放到桌子上张开嘴不出声笑的情景值得一看。雅娜拍手，反复说：

"我早知道，我早知道……我看到厨房里有鸡蛋。"

"但是我吃饱了！"朗博先生神色绝望地说，"我吃不下了。"

这时，罗萨莉脸色一沉，很不高兴，但没有发作。她只是自尊地说：

"怎么！这是我特地给您做的奶油糊……好吧！您不肯吃，试试看呢……嗯，试试看呢……"

他没办法，取了一大块奶油。堂长还是心不在焉，他卷好餐巾，在甜食结束前站起身，他经常是这样做的。他在餐厅里踱起步来，头斜侧在肩膀上。然后，当埃莱娜离开桌子时，他向朗博先生会意地使一个眼色，把少妇带到卧室里。他们身后门开着，立刻可以听到他们缓慢的说话声，但是听不清说什么。

"你吃快点，"雅娜对朗博先生说，他像是一片饼干也吃不下了，"我给你看我的手工。"

但是他不着急。当罗萨莉收拾餐具时，他只得站起身来。

"等一下,等一下。"他喃喃地说,而女孩要把他拉到房间里。

他的样子难堪而害怕,躲着门走。因为神父提高了声音,他一下子变得那么软弱,不得不重新坐在撤走了餐具的桌子前。他从口袋里取出一份报纸。

"我给你做一辆小车子。"他说。

这下,雅娜不说要进房间里去了。朗博先生拿到一张纸可以折出各种各样玩具,这种本领叫雅娜看了入迷。他能折出鸡、船、教士帽、车子、笼子。但是那一天他摺纸时手指发抖,做得很粗糙。隔壁房间有什么声音传出来,他就低下头。可是,雅娜很感兴趣,靠着桌子坐在他旁边。

"在这以后你折只鸡,"她说,"放在小车上。"

儒伟神父依然站在房间里边,蒙在灯罩的阴影里。埃莱娜占了小圆桌前的老位子;因为星期二她跟她的朋友熟不拘礼,她做起了手工,只看见她苍白的手在灯光的照耀下缝一只小童帽。

"雅娜不再叫您担忧了吧?"神父问。

她回答前摇摇头。

"德贝勒大夫好像完全放心了,"她说,"但是可怜的宝贝还是容易激动⋯⋯昨天我看见她在椅子上失去了知觉。"

"她缺乏锻炼,"神父说,"你们关在家里的时间太多,你们不像平常人那样生活。"

他不说了,房里一阵静默。无疑他知道怎样转换话题,但

是真的要说还得深思一番。他取了一张椅子,坐在埃莱娜旁边,说:

"听着,我亲爱的孩子,我想跟您认真谈一谈,已有一段时间了……您现在过的生活不好……在您这样的年龄不应该把自己关起来;这种与世隔绝的生活对您不好,对您的女儿也不好……危害性是说不完的,危害健康,危害其他东西……"

埃莱娜抬起头,表示惊讶。

"您要说什么,我的朋友?"她问。

"我的上帝!我对世界了解不多,"神父略显尴尬地继续说,"但是我知道一个女人如果没有保护是很容易受到伤害的……总之,您太孤单了,您愈陷愈深的这种孤独生活是不健康的,请您相信我。总有一天您会感到痛苦。"

"但是我不埋怨,我像现在这样觉得挺好!"她高声说,有点冲动。

老神父的大脑袋轻轻摇晃。

"当然,这生活很平静。您觉得十分幸福,我理解。只是沿着孤独和冥想的斜坡会滑到哪儿就很难说了……哦,我了解您,您是不会做坏事的……但是您会迟早失去心境的安宁。别到了一天早晨,您在心里和周围都是空洞洞的,产生一种痛苦和不可言状的感情,那时就太晚了。"

埃莱娜留在暗影里,脸上泛起了红晕。神父料到了她的心事吗?她内心滋长的不安,她生活中随时感到的骚动,连她自己也不愿深究,难道让他看出来了吗?她的手工落在膝盖上,身子感到软弱；她要跟神父推心置腹密谈，让自己终于高声明确地说出她屡屡压在心底的模糊的杂念。既然他洞悉一切，他就会问她，她就努力回答。

"我的朋友，我把自己交给您了，"她喃喃说，"您知道我对您是无话不听的。"

这时，神父静默了片刻，然后慢慢地，认真地说：

"我的孩子，您应该结婚。"

她两臂下垂说不出话，这句劝告使她发呆了。她期待的不是这几句话，所以她一时没有听懂，但是神父继续用种种理由说服她要考虑再婚。

"想一想，您还年轻……您不可能长期住在巴黎的一个偏僻角落里，大门不出，对生活一无所知。您应该跟大家一样过日子，免得将来痛悔自己处境孤独……您自己一点不觉得这种封闭生活的慢性腐蚀，但是您的朋友注意到您脸色苍白而感到不安。"

他一句一停顿，希望她截住他的话头，谈论他的建议。但是她完全冷冰冰的，仿佛听了这出人意料的话身子发凉了。

"当然，您有一个女儿，"他又说，"这件事总是需要慎重考虑……可是，就是为您的雅娜着想，这个家有个男人的支持还是大有好处的……哦！我知道要找一个各方面都是很好的人，可以担当做一个真正的父亲……"

她没有让他说完，突然带着出奇的反抗与反感的神情说。

"不，不，我不愿意……我的朋友，您劝我做什么……不要提了,您听见了吗,不要提了!"

她的心胸起伏不停,她对自己这样粗暴拒绝也感到吃惊。神父的建议恰恰说中了她不敢正视的这块心病。她从自身感到的痛苦来看,终于明白自己心病的严重性,她像个害羞的女人,感到最后一件内衣从身上滑了下来的那样慌张。

这时,她在老神父明亮慈祥的目光下进行挣扎。

"但是我不愿意!但是我没爱上什么人!"

因为他盯着她看,她以为他从她的脸上看出她在撒谎;她脸红了,结结巴巴地说:

"请想一想,我脱下丧服才两个星期……不,这是不可能的。"

"我的孩子,"神父镇静地说,"我说这些话以前是深思熟虑过的。我相信这是您的幸福所在……请安静。您完全可以按照您的意愿办事。"

谈话戛然而止。埃莱娜努力把已经到嘴边的一长串托辞压了下去。她又拿起女红,低了头做几针。在静默中间,听到雅娜尖细的声音从餐厅传过来说:

"哪儿有把鸡套在车上的,套的是马……你不会折马吗?"

"啊!不会做。马太难折了,"朗博先生回答,"不过你要我教你折车子。"

游戏总是到这里结束。雅娜全神贯注地瞧着她的好朋友把纸连续不断折成小方块;然后她自己试做,但是她做错了就跺脚。她已经会折小船和教士帽。

"你看,"朗博先生耐心地说了一遍又一遍,"先像这样折出四只角,然后转过来……"

刚才,他竖起耳朵大约听到了隔壁房间说的某几句话;他可怜的双手抖动得更加厉害,他的舌头打结,说话有了前句没后句的。

埃莱娜没法安静,又顺着这话题说下去。

"再结婚,跟谁?"她把女红在小圆桌上一放,突然问神父,"您心目中有人了,不是吗?"

儒伟神父站起身,慢慢走了起来。他肯定地点点头,没有停步。

"好哇!给我说说名字。"她说。

他在她的面前站了一会儿,然后轻轻耸肩,喃喃地说:

"又何必呢!既然您不想结。"

"那也没关系,我要知道,"她说,"要是我不知道,我怎么做出决定呢?"

他不立刻回答,始终站着,正面对着她看。嘴边露出有点凄然的微笑。他终于几乎声音低低地说:

"怎么!您没有猜过?"

不,她没猜。她在想,很惊讶。那时,他仅是给了一个暗示,头朝餐厅一侧。

"是他!"她压着嗓子喊了起来。

她变得十分严肃。她也不再大声推辞,脸上只露出惊愕和悲哀。她长时间眼睛看着地板出神。不,当然,她怎么也猜不着的；可是她也找不到任何异议。唯有朗博先生这样的人，她可以以身相许而不用丝毫担心。她知道他善良，她不会嘲笑他的布尔乔亚习性。但是尽管她对他感情很深，想到他爱她不由身子发冷。

可是，神父又满房间地踱起方步；当他经过餐厅门前，他轻唤埃莱娜。

"哎，您来看一下。"

她站起身看。

朗博先生最后叫雅娜坐上自己的椅子。他先靠在桌上，身子又滑下在女孩的脚边。他跪在她面前，一条胳膊搂着她。桌上一辆鸡拉的车子，还有小船、盒子、教士帽。

"那么，你很爱我啰！"他说，"再说一遍，你很爱我。"

"是的，不错，我很爱你，你知道。"

他在犹豫，身子颤抖，仿佛要向人求爱似的。

"要是我要求你让我永远留在这里，跟你在一起，你会说什么？"

"啊！我很高兴；我们不是可以一起玩吗？这就有趣了。"

"永远，你听好，我永远留下。"

雅娜拿了一只船，把它变成一顶警察帽。她喃喃地说：

"啊！这要妈妈同意。"

这句回答好像叫他坐立不安，他的命运正待决定。

"当然，"他说，"但是要是你妈妈同意，你不会说不，是吗？"

雅娜折成了警察帽很兴奋,自编自唱起来:

"我会说是,是,是……我会说是,是,是……你看啊,我的帽子多么漂亮!"

朗博先生感动得眼泪都快掉下来了,他跪着竖起身子,亲她,而她也双手搂着他的脖子。他拜托他的哥哥,征求埃莱娜的同意,而他征求雅娜的同意。

"您看到了,"神父带着微笑说,"女儿很愿意。"

埃莱娜保持严肃,她不再谈论。神父又开始他的游说工作,他强调朗博的品德,岂不是雅娜的现成父亲吗?她了解他,嫁给他决不会冒任何风险。然后,因为她一直保持沉默,神父怀着极大的感情和尊严又说,他自告奋勇来撮合这件好事,决不是为了他的弟弟,而是为了她和她的幸福。

"我相信您,我也知道您多么爱我,"埃莱娜急忙说,"等一等,我要在您面前给您的兄弟一个答复。"

十点钟敲了。朗博先生走进卧室,她伸出手朝他走过去,并说:

"我感谢您对我的厚爱,我的朋友,我对您十分感激。您说出来很对……"

她平静地对着他瞧,把他的大手抓在手里。他全身战栗,不敢抬头。

"只是我要求考虑,"她继续说,"可能需要很长时间。"

"哦!您爱多久就多久,六个月,一年,还可以多。"他结结巴巴地说,放了心,她没有立刻把他撵出门外。已经够幸福了。

这时,她淡淡一笑。

"但是我要求我们还是朋友。您像以前那么来,您只是要答应,以后由我首先开口谈这件事……同意吗?"

他已经把手抽回来,神经质似的找帽子,连续点头表示同意。然后,在出门时他又会说话了。

"听着,"他喃喃地说,"现在您知道我了,不是吗?您可以对自己说,不论发生什么事,我此心不会变。这一切神父应该都对您说了……十年后,要是您愿意,只要一个暗示。我会服从您的。"

他又最后一次抓住埃莱娜的手,捏得快要断了。在楼梯口,这对兄弟像以往那样转过身,说:

"星期二见。"

"是的,星期二见。"埃莱娜回答。

当她回进房间时,又是一阵雨打在百叶窗上,这声音引起她的忧郁。我的上帝!雨就是下个不停,她可怜的朋友要挨淋了!她打开窗户,朝街上望。几下急风吹得煤气灯摇曳不定,在暗淡的水潭和发亮的水柱之间,她窥见朗博先生浑圆的背影,他在黑暗中徐徐远去,高兴得跳跳蹦蹦,显然并不在乎滂沱大雨。

可是雅娜零零星星听到她的好朋友最后几句话后神情非常严肃。她刚脱下她的小靴子,穿了衬衫坐在床边上沉思。她的母亲进来跟她拥抱时,她就是这样子坐着。

"晚安，雅娜，亲亲我。"

女儿像没有听到，埃莱娜在她面前蹲下来，搂着她的腰。她低声问她。

"他要是跟我们一起住，你喜欢吗？"

雅娜对这个问题并不表示惊讶。她无疑也在想这件事。慢慢地，她点头同意。

"但是，你要知道，"母亲又说，"他将永远在这里，白天黑夜，饭桌上，到处。"

小女孩清澈的眼睛表示出忧虑。她把脸贴在母亲的肩膀上，吻她的脖子，最后在她身边，全身颤抖着问：

"妈妈，他会亲你吗？"

埃莱娜额上升起红晕。首先她不知道如何回答孩子这个问题，终于她喃喃地说：

"我的宝贝，他将像你的父亲一样。"

这时，雅娜的细细双臂僵硬了，突然大声哭了起来。她结结巴巴地说：

"哦！不，不，我不愿意了……哦！妈妈，我求你，你跟他说我不愿意，你去对他说我不愿意……"

她气咽了，扑到母亲怀里，在母亲身上又落眼泪又亲吻，埃莱娜试图叫她安静，对她反复说这事以后再说。但是雅娜要马上给一个决定性的回答。

"哦！说不，好妈妈，说不……你看到我会死的……哦！这事不会发生的，是吗？不会发生的！"

"好吧！不会发生的，我答应你；要理智，躺下吧。"

女儿还是一声不出，神情激动地把她紧紧搂了几分钟，仿佛不能离开她，仿佛阻止别人来把她抢走。最后，埃莱娜可以让她睡下了；但是夜里还是在她身边守了一段时间。女儿在睡眠中时时惊醒，每过半小时，她就睁开眼睛，看到母亲在身边才放心，然后嘴贴着她的手又睡着了。

（三）

这一个月风和日丽。四月的太阳给花园披上了一层嫩绿，像花边似的轻巧细致。靠近铁栅栏，铁线莲散乱的枝条长出小叶，金银花蕾散发出几乎带甜的幽香。修剪整齐的草地两边花坛上开着红色天竺葵和白色异种丁香。花园深处，几座建筑物挤在一起，低矮的榆树树枝横斜在绿色窗帘前，小叶子经风一吹就抖抖索索。

三个多星期来，天空一片蓝色，没有云朵。仿佛一个春天的奇迹，在庆贺埃莱娜心中迸发的新的青春朝气。每天下午她和雅娜下楼到花园里去。她的去处是固定的，右边的第一棵榆树前，有一把椅子等着她。第二天，她还可以在石子小径上看到她前一天撒落的线头。

"您不要见外，"每天傍晚德贝勒太太再三说，她对埃莱娜抱着这种可以维持六个月的热情，"明天，设法来得早点，好吗？"

埃莱娜确实像在自己的家。她慢慢地习惯待在花园的这一角落,她像孩子似的急不可待地等候上花园的时间。这座布尔乔亚的花园内,最使她入迷的是草地和花丛干干净净,没有一根遗落的草破坏枝叶的对称。小径每天早晨耙扫一遍,脚走在上面像踩在地毯上。她在那里消磨时光,宁静安逸,毫不心躁。看了这些棱角分明的花坛,园丁除去一片片黄叶子的常春藤不会感到半点烦恼。榆树浓阴匝地,隐蔽的花坛又因德贝勒太太待过而带麝香味,她坐在那里犹如坐在一座客厅里。当她抬头看天空时,便想到旷野,还深深呼吸起来。

经常是她们两人共度下午,见不到其他客人。雅娜和吕西安在她们的脚边游戏,很长时间没有声音。后来,德贝勒太太耐不住空想出神,会唠叨上几个小时,埃莱娜的默认也够使她满足,只要看到埃莱娜一点头便又滔滔不绝说了起来。小圈子里太太的故事说不完,今年冬季的邀请计划、当天要闻、叽叽喳喳的议论,在这位美丽太太的脑袋里旋转的全是这些理不清的社交新闻。有时又突然流露出对孩子的爱,或是针对友情的珍贵说几句动感情的话。埃莱娜任凭自己的手让她握着,并不总是在听;但是她不断地得到人家的眷顾,对朱丽埃特的抚爱也表示出非常感动。她说埃莱娜是个大好人,简直是一位天使。

有几次客人来访。这时德贝勒太太很兴奋。自从复活节以后,按照一年这时节的惯例,她也停止星期六会客。但是她害怕孤独,有人不拘礼节地到花园里来看她也会很高兴。那时她最操心的事是选择去哪个海边消夏。在每个客人面前她提到同样的话题,她解释说丈夫不陪她去海边;然后她问客人,她一个人拿不定主意。这不是为她,这是为吕西安。英俊的马利尼翁来了,就两腿一跨,坐在一张乡村椅子上。他说他讨厌农村,逃离巴黎到海边去纳凉,那才是发疯。他还评论海滩,所有海滩都是脏的,他还宣称除特鲁维尔海滩以外,再也找不出一个是干净的。埃莱娜每天听到翻来覆去的这几句话,居然也不讨厌,甚至还乐意她的日子过得这么单调,使她软绵绵地昏昏欲睡,而没有其他想法。到了月底德贝勒太太还是不知道该往哪儿去。

有一天晚上,埃莱娜正要退出,朱丽埃特对她说:

"我明天要出门一次,但是您依然到花园里来……等着我,我回来不会迟的。"

埃莱娜答应了。她在花园里一个人度过一个美妙的下午,她只听到头上麻雀在树枝上啾啾地窜来窜去。她的身心陶醉在这个照到太阳的角落里。从这天开始,她的朋友让她单独过的下午才是她过得最愉快的时光。

她与德贝勒一家的关系愈来愈密切,她就像开饭时受邀请而留下的朋友一样在德贝勒家吃晚饭。当她在榆树下坐得晚了时,皮埃尔会走下台阶说:"太太,桌子已经摆上了。"朱丽埃特求她留下吃饭,她有时也不坚持要走。这是便饭,小孩吵吵嚷嚷的气氛很快乐。德贝勒医生和埃莱娜像是好朋友,他们的性格理智,有点冷淡,彼此却很投机。所以朱丽埃特有时叫嚷:

"哦!你们一起挺合得来……你们不慌不忙的,真叫我着急……"

　　每天下午将近六点医生出诊回来。看到这两位太太在花园里就在她们身边坐下。最初几次，埃莱娜有意急忙走开，好让他们单独在一起。但是朱丽埃特见她说走就走非常光火，她现在也就留下了。这户人家好像非常和谐，她也多少进入了他们的感情生活。医生来时，他的妻子每次总是亲切地伸过脸去让他亲。然后吕西安往他的腿上爬，他把吕西安往上一提，放在膝盖上，同时参加闲谈。小孩用小手捂上他的嘴，没规没矩扯他的头发，他只好把小孩放在地上，跟他说找雅娜去玩。埃莱娜看到这些嬉闹总是微笑，她一时放下手里的活儿，安详的目光望着他们一家三口。丈夫的亲吻不叫她感到丝毫局促，吕西安的顽皮使她心醉。可以说她在别人家的和平幸福中也感到了平静。

　　可是，太阳下山了，树顶的枝条挂上了黄色的余晖，天空苍白，弥漫宁静的气氛。朱丽埃特爱提问题，也爱打听陌生人的事，她向丈夫提了一个又一个问题，经常又不等待回答。

　　"你去哪儿啦？你做了些什么？"

　　于是，他谈他的出诊，跟她说去见了一个熟人，告诉她几条消息，在商店陈列架上看到的一块料子或一件家具，讲话时经常跟埃莱娜的目光相遇。谁也没把头转开。他们彼此的脸一瞬间内很认真，仿佛窥见了对方的心；然后他们微微一笑，眼皮慢慢放下。朱丽埃特神经质好动，又有意装得没精打采，无法使他们好好静上一阵子，而且谈到任何内容少妇都要打岔。可是他们还是交换几句，缓慢平常的句子，好像另有深意，不是声调字句本身所能包含的。他们说一句轻轻点一下头,仿佛他们所有的想法都是相同的。这是一种绝对的、亲切的、来自心灵、恰在静默中愈来愈深的理解。偶尔,朱丽埃特停止絮聒,对自己老是说个不停有点难为情。

"嗯?您感到无聊了吧?"她说,"我们在谈些跟您无关的事。"

"不,别管我,"埃莱娜高兴地说,"我一点也没无聊……静静听着一句话也不说,对我是一种幸福。"

她没有撒谎,她在长时间静默中才充分享受待在这里的乐趣。低头对着针线活儿,隔一会儿抬起眼睛,跟医生相互注视很久,彼此心领神会,她很乐意沉浸在自私的激情中。她向自己承认她与他之间现在确有一种隐蔽的感情,这是非常甜蜜的,尤其世界上没有别人跟他们分享而更显得甜蜜。她心里存着个秘密但心情很平静,并不感到骗了谁而觉得不安,因为他俩确也没有坏心思。当他叫吕西安跳跃和亲朱丽埃特的脸颊时,她更爱他。自从她看了他的家庭生活,他们的友谊加深了。现在她像是这家的人,没想到有什么疏远隔阂。她在心里叫他亨利,自然是由于老是听到朱丽埃特这样叫他。当她的嘴唇称"先生"时,她的内心的回响却是"亨利"。

有一天,医生看到埃莱娜单独在榆树下。朱丽埃特几乎每天下午出门。

"咦!我的妻子不在吗?"他说。

"不在,她把我撂下了,"她笑着说,"您也回来得比平时早。"

小孩在花园另一头玩耍。他在她的身边坐下,他们单独相晤毫不心慌。他们海阔天空聊了几乎一个小时,一点也没有意思要暗示一下充满内心的柔情。说这一切有什么用呢?他们不知道他们可以相互说些什么吗?他们不需要互诉隐情。两人在一起,在一切方面都很投机,在这里——即使是他每晚当着她的面亲吻妻子的地方——不受骚扰地单独相处,这已够他们快活了。

那一天,他对她做针线的热情开玩笑。

"您知道,"他说,"我从来没有见过您的眼睛是什么颜色的,您的眼睛总是对着您的针线活。"

她抬起头,像平时那样正面看着他。

"您真会逗人,不是吗?"她慢慢地问。

但是他继续说:

"啊!是灰的,灰中带蓝,不是吗?"

他们敢做的仅此而已,但是这些想到就说出来的话却包含无限的温柔。从那天以后他经常在黄昏时看到她一个人,他们不由自主地也不知不觉地愈来愈亲近。他们说话的声音变了,温和的语调也不同于有别人在场时的那种语调。这时朱丽埃特来了,带回她在巴黎各处听到的新闻,又兴奋又多嘴。她来也不妨碍他们,他们依然继续谈下去,既没有不妥,也不用把椅子往后挪。好像这个美丽的春天,这座紫丁香盛开的花园也激发了他们内心最初的衷情。

将近月底,德贝勒太太为一桩大计划而激动不已。她突生异想要组织一个儿童舞会。季节已经晚了,但是她无事做的脑袋冒出了这个想法,立刻着手忙忙碌碌地准备起来。她要求做得完美无缺。舞会上人人化装。于是她在自己的家、在别人的家,到处谈的就是她的舞会。在花园里也就有说不完的话。英俊的马利尼翁觉得这项计划有点"傻里傻气",但是他还是表示出兴趣,答应带一个他认识的滑稽歌手来。

一天下午,正当大家都在树阴下时,朱丽埃特提出吕西安和雅娜穿什么服装这个大问题。

"我犹豫了很久,"她说,"我想到穿白缎子的皮埃罗[①]。"

"哦!这太一般了!"马利尼翁说,"您的舞会会有十几个皮埃罗……等一等,要仔细想想……"

他开始拼命动脑子,嘴贴在手杖的手柄上。波利娜来了,叫起来:

"我要扮一个丫头……"

"你!"德贝勒太太惊讶地说,"但是你又不化装!大傻瓜,你把自己看成孩子不是吗……你还是给我穿白长袍吧。"

"嗨!这也让我玩玩呗。"波利娜喃喃说,她尽管年已十八,身子发育成熟,还是喜欢与小孩子跳跳蹦蹦。

埃莱娜依然在树底下做针线,偶尔抬头跟大夫和朗博先生笑一笑,他们两人站在她面前闲谈。朗博先生终于也与德贝勒

[①] 哑剧中粉面白衣的滑稽角色。

一家人建立了亲密的关系。

"雅娜,"医生说,"您给他穿什么?"

但是他的话给马利尼翁的一声惊叫打断了。

"我想着了……路易十五时代的一位侯爵!"

他挥舞手杖,一副胜利的姿态。然而周围的人并不起劲,他觉得奇怪。

"怎么!不懂吗……这是吕西安接待他的小客人,不是吗?您让他站在门前,穿了侯爵的服装,旁边一大束玫瑰花,向太太们敬礼。"

"但是,"朱丽埃特抗议说,"我们也会有十几个侯爵。"

"这又怎么样?"马利尼翁平静地说,"侯爵愈多愈滑稽。我跟您说这要动脑子的……宴会主人要扮成侯爵,不然您的舞会大大减色。"

他说得那么肯定,朱丽埃特最后也热心起来了。一身蓬巴杜侯爵的白缎子礼服,别上几束小花,确是美妙极了。

"雅娜呢?"医生又说。

女孩已过来靠在母亲身上,嗲兮兮的,她就是爱这样的姿势。正当埃莱娜要张口,她喃喃地说:

"哦!妈妈,你答应我的事还记得吗?"

"什么啊?"周围的人问。

这时,女儿用目光恳求她,埃莱娜笑着说:

"雅娜不愿意我把衣服说出来。"

"是啊!"女儿说,"服装说出来就不稀奇了。"

大家对女孩的撒娇都乐了一阵。朗博先生有意要逗她。最近一段时间来,雅娜对他爱理不理的;可怜的先生灰心丧气,不知道如何再取得小朋友的宠幸,就逗她以便跟她接近。他望着她重复了几次:

"我要说的,我要说的……"

女孩脸色变得苍白,她受苦的孩儿脸上表情凶狠冷酷,额上出现两道深刻的皱纹,下巴往外伸,神经质地颤动。

"你,"她结巴着说,"你,什么都不许说……"

因为他还装出要说的样子,她向他疯狂地扑上来,大叫:

"你闭嘴,我要你闭嘴……我要……"

埃莱娜还没有来得及阻止雅娜发作,这类盲目的勃然大怒常引起她的女儿可怕的冲动。她严厉地说:

"雅娜,不要胡来,看我教训你!"

但是雅娜没有听她的,也没有听见。她全身颤抖,跺脚,要勒死自己,反复说:"我要……我要……"声音愈来愈凄厉嘶哑,伸出痉挛的双手抓住朗博先生的胳臂,用异乎寻常的力量扭动。埃莱娜威胁她也无用。这时既然态度严厉也无法把女儿压服,在众人面前丢这个丑叫她非常难堪,她只是轻轻地呢喃:

"雅娜,你叫我伤心极了。"

女儿立刻放了手,转过头。当她看到母亲满脸失望,两眼含着眼泪时,她自己哇的哭了起来,勾住母亲的脖子,啜嚅说:

"不，妈妈……不，妈妈……"

她用手抚埃莱娜的脸不让她哭，她的母亲慢慢地推开她。这时女孩心碎了，不知所措，倒在几步外的一张长凳上，呜呜哭得更凶。吕西安注视着她，很惊奇，也有点幸灾乐祸，因为别人老要他学她的好榜样。埃莱娜一边收针线活，一边为这场不愉快的事道歉，朱丽埃特跟她说不，我的上帝！小孩什么都应该原谅；女孩还是心地非常善良，她哭得那么悲伤，可怜的小乖乖，这对她已经是太过分的惩罚了。她叫雅娜过来要拥抱她，但是雅娜不愿接受宽恕，赖在长凳上，哭得喘不过气来。

朗博先生和医生可是走了过去。朗博先生俯下身，他的声音温和感动，问：

"好吧，我的宝贝，你为什么发脾气？我对你做了什么啦？"

"哦！"女孩说，伸开手露出悲恸的脸说，"你要抢走我的妈妈。"

医生听到笑了起来。朗博先生一时没有明白过来。

"你在那里说什么？"

"是的，是的，那个星期二……哦！你知道，你跪在我的面前问我，你要是留在我家里我会说什么。"

医生不再笑了，他的没有血色的嘴唇抖动一下。而朗博先生脸上升起了红晕，他压低声音，结巴地说：

"但是你说过我们永远在一起玩。"

"不，不，那时我不知道，"女孩粗暴地说，"我不愿意，你听见吗……不要，永远不要再说了，我们才可以做朋友。"

埃莱娜站着，篮子里放了针线后，听到最后几句话。

"好了，上楼吧，雅娜，"她说，"要哭也不要叫大家讨厌。"

她行个礼，推着女孩往前走。医生脸色苍白，呆呆地望着她。朗博先生很狼狈。至于德贝勒太太和波利娜，由马利尼翁帮着，抓住了吕西安，把他围在中间，热烈讨论蓬巴杜侯爵的服装怎样穿在小孩的身上。

第二天，埃莱娜一个人在榆树下。德贝勒太太为她的舞会带了吕西安和雅娜出门去了。医生比平时早回来，他急忙走下石阶；但是他不坐，而是绕着少妇走，剥下树干上的小片树皮。她有一时抬起眼睛，看到他激动不安；然后她又扎起针，手有点哆嗦。

"天气变坏了，"她对大家不出声很尴尬，说，"今天下午，几乎冷了下来。"

"现在还只是四月份。"他喃喃地说，尽量使音调保持平稳。

他显出要离开的样子。但是他又回来了，突然问她：

"您要结婚了吗？"

这个问题提得那么突然，使她猝不及防，手中的活儿也掉了下来。她脸色苍白。她尽量用意志克制，面孔毫无表情，眼睛睁大了看着他。她不回答，他在哀求：

"哦！我求您啦，一个字，只要一个字……您要结婚了吗？"

"是，可能，跟您有什么关系？"她终于说，语调冷冷的。

他猛的一个手势，叫道：

"但是这不可能啊！"

"为什么呢?"她又说,盯着他看。

这时,这种目光使他有话也在嘴边留住了,他只好不出声。他还在那里留了一会儿,手放在太阳穴上,然后,他透不过气来,害怕又情不自禁地粗暴起来,走开了,而她又装得平静地拣起活儿。

但是下午的美妙情趣消失了。第二天,他徒然表现出温柔和百依百顺。埃莱娜与他单独相处就显得不自在。原来并肩坐在一起,不会感到丝毫心乱,只觉得在一起很快活,这种无拘无束、坦然信任的气氛荡然无存。他尽管处处小心不让她受惊,他偶尔望着她,突然会一阵惊悚,脸上烧得通红。她自己也失去往日的恬静;她全身颤抖,有气无力,手也不勤快,什么都不干。各种怒气和欲望也像在他们心中苏醒了。

埃莱娜甚至不愿意雅娜走远。医生总是在他与她之间看到这位旁证,用她清澈的大眼睛监视着他。尤其令埃莱娜受不了的是她突然在德贝勒太太面前感到难堪。德贝勒太太风风火火回家,称她为"我亲爱的",跟她谈在外面做了些什么,这时她不能再像以往那样带着微笑和平静的心情来听她;在她的内心深处升起一种骚乱,有一些她不愿面对的感情,像是一种羞耻和怨恨。她诚实的本性起来反抗了,她向朱丽埃特伸出手,但是当她朋友温暖的手指触及她的皮肤时,她无法克服肉体上的颤抖。

可是,天气变坏了,阵雨逼得这两位太太躲进了日本式平房里。井井有条的花园成了一片泽国,大家不敢再走小道,怕鞋底粘上土。当一道阳光在云朵里射出时,草木淋了水洗刷一新,每朵小紫丁香花上都凝聚几颗珍珠,从榆树上滴下大点雨水。

"这下子总算定了,在星期六,"一天德贝勒太太说,"啊!亲爱的,我支持不了啦……不是吗?请在两点光临,雅娜和吕西安一起主持舞会开幕。"

在温情的冲动下,对自己的舞会准备工作又很得意,她拥抱两个孩子,然后笑着拉了埃莱娜的胳膊在她的脸上重重地吻了两下。

"这是对我的奖励,"她高兴地说,"嗨!我应该得到的,我忙够了!您看着吧,肯定成功。"

埃莱娜依然冷若冰霜的样子,吕西安勾着医生的脖子,医生从他金发的头上看着她们两人。

(四)

在小公馆的门厅里,皮埃尔站着,穿制服,系白领带,听到车声就开门。狭小的门厅里只见到门帘和绿色植物,吹进了一股潮湿的空气,阴雨午后的黄色反光才给它带来了光明。时间是两点,天空却暗得像一个凄凉的冬日。

但是,仆人推开第一座客厅的门,强烈的光照得客人眼睛发花。百叶窗都关闭了,窗帘也仔细拉上,透不进一点混浊的天色。家具上的台灯、天花板和板壁上水晶灯的烛光,照得像灯火辉煌的小教堂。小客厅灰绿色的帷幕吸收了一部分光,穿过小客厅就进入绣金黑绒装饰的大客厅,熠熠闪光,每年一月份德贝勒太太要在这里开舞会。

孩子们开始来了;波利娜非常忙碌,在客厅把椅子一行行排在餐厅门前,那扇门已拆除,放上了一幅红门帘。

"爸爸,"她喊道,"帮我一下!我们干不了了。"

勒泰利埃先生双手叉在背后观看吊灯,急忙来帮忙。波利娜自己搬动椅子。她听从姐姐的话,穿了一袭白长袍;只是领口开成方的,咽喉都露在外面。

"现在好了,"她又说,"大家可以来了……朱丽埃特在想些什么?她给吕西安穿衣服就没个完。"

恰在这时,德贝勒太太领了小侯爵过来了,所有在场的人齐声喝彩。哦!这个小宝贝!他穿了簪花的白缎子上衣,绣金大背心,洋红丝裤子,再也不可能更可爱了!他的下巴和小手都遮在花边里,一把系上玫瑰大花结的玩具剑在大腿前晃来晃去。

"来吧,行个礼。"他的母亲对他说,引他走到第一间大厅。

一星期来,他反复排练他的动作。这时,他并拢小腿肚,骑士似的挺胸凸肚,扑粉的头略往后倾,三角帽夹在左腋下;哪位女客来了,他鞠躬,伸出胳臂,行个礼,又回来。周围的人都在笑,他是那么认真,还有点放肆。他就是这样给五岁小姑娘马格丽特·蒂索引路的。马格丽特穿一身精致的卖牛奶姑娘服装,腰间挂了奶罐;他带领贝蒂埃家的两个小姑娘布朗希和索菲——一个扮成疯姑娘,一个扮成侍女;他还接待瓦朗蒂娜·德·肖梅特——长成大人的十四岁姑娘——她的母亲总把她打扮成西班牙女郎；他是那么瘦小，她像是抱着他走的。但是在勒瓦瑟一家人面前，他简直不知所措。他家共有五个姑娘，按身材高低排列，最年幼的刚过两岁，最大的十岁。五个孩子都扮成小红帽，一律是大红缎子小方帽和长裙，带黑绒阔带，上面罩宽大的花边胸衣，颜色对比强烈。他勇敢地下了决心，扔掉帽子，左右两臂挽着最大的两个姑娘，后面跟着其他三个，走进客厅。大家见了乐开了，而他俨然小大人似的一本正经。

德贝勒太太这时在角落里跟妹妹争吵。

"这哪儿行！胸袒成这个样子！"

"咦！这又怎么啦！爸爸什么也没说，"波利娜平静地说，"你要，我去别上一束花。"

她从花架盆里摘了一把天然花朵，塞在乳房中间。一些盛装艳服的太太和妈妈都围着德贝勒太太，已经在称赞她的舞会。吕西安走过来时，他的母亲把他的一绺扑粉的头发整一整，而他踮起脚尖问她：

"雅娜呢？"

"她就要来了，我的宝贝……小心别跌倒……快一点小吉罗来了……啊！她扮成阿尔萨斯姑娘。"

客厅满了起来，红帷幕对面的几排椅子差不多都有人坐着，儿童的闹声愈来愈响。男孩子成群结队来的，已经有三个穿方块衣丑角阿勒更，四个驼背丑角波利希纳尔，一个费加罗,三个蒂罗尔人,几个苏格兰人。小贝蒂埃扮小侍从。二岁半小把戏吉罗穿了皮埃罗的服装,样子那么滑稽,每个人在他经过时都把他抱起来亲亲。

"雅娜来了,"德贝勒太太突然说,"哦!她真是可爱。"

人群中传过一阵嗫嚅,轻轻的尖叫中有的人转过头。雅娜在第一个客厅的门槛前站停了,她的母亲还在门厅里脱大衣。女孩穿一套日本和服,华丽别致。和服上绣了奇异的花鸟,一直盖到小脚上;在大腰带下,衣摆隔开露出浅绿带黄的波纹裙子。她的脸上五官端正,头上一只横插大别针的高高发髻,再加上山羊般的下巴和又细又亮的眼睛,使她像一个在安息香和茶园中行走的真正东京姑娘,让人感到一种无比奇特的魅力。她在那里犹豫不前,像一朵思念土地的远方的花,带着病态的美。

但是在她的后面,埃莱娜出现了。她们两人从街上灰白的日光中突然进入这里的明亮烛光,仿佛花了眼睛,不停地眨眼皮。但是还是带着笑容。这股热空气,这个客厅内浓烈的紫罗兰香味,使她们感到气咽,也使她们发凉的面颊泛起了红晕。每位客人进门都表示惊奇和犹豫。

"好吧!吕西安呢?"德贝勒太太说。

男孩子起先没有窥见雅娜。他赶快过来,抓了她的胳臂,忘了向她行礼。他们两人都那么温文尔雅,小侯爵穿了他的簪花礼服,日本姑娘穿了她的紫红绣花和服,简直是两尊萨克森上釉涂金细瓷小人像,一下子有了生命。

"你知道,我在等你,"吕西安喃喃地说,"伸出手臂挽了她走,真把我弄傻了……嗯?咱们待在一起。"

他跟她坐上第一排椅子,他完全忘了做主人的礼节。

"真的,我那时很担心,"朱丽埃特对埃莱娜说,"我怕雅娜不舒服。"

埃莱娜道歉,跟孩子永远不会有闲。她还在客厅的角落里站着,在一群女客中间,这时她感到医生在她身后走过来。他确实刚才撩开红门帘走了进来,他又把头伸到门帘后面交待最后一个吩咐。但是,突然他停止了。他猜到是这位年轻的太太,虽然她并没有转过身来。她穿了一袭黑绸长袍,比谁都雍容华贵。她从户外带来的凉意,从肩膀、从透明的衣料下赤裸裸的双臂散发出来,使他感到战栗。

"亨利是什么人都没看见,"波利娜笑着说,"嗨!你好,亨利。"

这时他走近来,向太太们行礼。奥莱丽小姐也在,留住他谈了片刻,指给他看她带来的侄儿。他殷勤地站着,埃莱娜没有说话,把戴黑手套的手伸给他,他不敢抓得太重。

"怎么!你在这里!"德贝勒太太重新出现时大声说,"我到处找你……快三点了,可以开始了。"

"当然,"他说,"马上开始。"

这时厅里已满是人。做父母的把他们的见客服装放在房间四周,在明亮的吊灯照耀下形成乌黑的一条边。女士们座位挤在一起,自成几个圈子;男士们靠着墙不动,填补中间的空隙；而在隔壁小厅的门前，大衣愈来愈多压在一起，堆得很高。全部光线都集中在大厅中间晃动的喧闹的人群上。差不多有一百来个孩子，乱哄哄挤在一起，他们穿了五光十色的衣服嬉闹，其中蓝色与玫瑰色尤其显眼。一大片金头发，颜色从灰金到紫金，深深浅浅的都有，间或夹杂醒目的发结和鲜花；这是一块金发的麦田，一阵阵大笑像清风一样吹得麦浪滚滚。偶尔，在这缎带与花边、绸缎与丝绒形成的花簇中，有一张脸转了过来；一只红鼻子，一对蓝眼睛，一张微笑或赌气的嘴，像是迷失了方向。还有身高不到靴子的小孩，站入十岁的活泼少年中间，母亲从远处找根本别想发现。女孩子摆动着裙子，相衬之下还是男孩子拘束，神情傻乎乎的。有的已经显得十分大胆，用肘臂去碰还不相识的邻近女孩，对着她们的脸笑。但是姑娘们还是舞会的王后，她们三五成群坐着乱动，摇得椅子都快散架了，说话声音响得谁也听不见谁。所有人的眼睛都盯着红门帘。

"注意？"医生说，走到餐厅门前轻轻敲三下。

红帷幕慢慢开了，在门框里出现一座木偶戏舞台。这时全场肃静。突然，从后台跳出波利希纳尔，"哇"的一声喊得那么怕人，吉罗又惊又喜地接着呼叫。这是一幕恐怖剧，波利希纳尔把警长痛打一顿以后，又杀了警察，嘻嘻哈哈践踏天上与人间的所有清规戒律。台上一棍子敲破木头脑袋，台下无情的观众都报以尖锐的笑声；敌对双方决斗，长矛刺进胸膛，打脑袋像打空葫芦似的，大屠杀后，人物都失去了人样子，缺臂少腿地走下舞台，更引起满堂一阵阵笑声，历久不停。后来波利希纳尔在舞台边上锯警察的脖子，场上笑声达到顶点；这场戏叫大家看了那么高兴，观众一排挨着一排笑得前俯后仰。一个粉妆玉琢的四岁女孩觉得戏好看极了，张开小手扪住心怡然出神。有的人鼓掌，男孩张大嘴巴在嘎嘎笑，而女孩则发出长笛似的尖叫。

"他们玩得真高兴！"医生喃喃地说。

他已回来站在埃莱娜附近。她像孩子一样哈哈大笑，而他站在她的身后，闻着她的头发散发的香气感到心醉不已。在棍子敲得最响的那一声中，她转过身对他说：

"您看真是太有趣了！"

但是孩子们异常激动，现在也投入这出戏的演出。他们与演员对答。有一个姑娘了解剧情，在解释接下来会发生什么事。"等一会儿他要打老婆了……现在人家要把他吊起来了……"勒瓦瑟家最小的姑娘，才两岁的那个，突然大叫：

"妈妈，要不要罚他吃干面包？"

然后是喝彩声、评论声，可是埃莱娜在孩子中间寻找。

"我没有看见雅娜，"她说，"她玩得好吗？"

这时，医生俯下身，把头伸到她的头旁边，低声说：

"喏，那里，在那个小丑阿勒更和那个诺曼底姑娘中间，您看她的发髻上的大别针……她笑得高兴着呢。"

他还弯着腰，脸颊感到埃莱娜脸上的热气。直到那时他们还没有做过任何表白，互不说明反使他们保持亲密的关系，只是最近一段时间来一种隐约的不安妨碍了这种关系。但是面对这些孩子,在爽朗的笑声中间,她又变得非常孩子气,她不矜持了,而亨利的呼吸使她的后颈发热。她听了响亮的棍子声,身子一颤,咽喉发胀;她向他转过身,眼睛发亮。

"我的上帝!不像话!"她每次说,"嗯!他们打得真凶!"

他颤着声音回答:

"哦!他们的脑袋结实。"

他心里也想不出其他的话,他们两人也看起了这些幼稚的故事。波利希纳尔不足为训的一生使他们厌倦。然后剧情将近结束时魔鬼出现了,大打一场,全面杀戮,埃莱娜身子后仰,压着亨利放在椅背上的手;孩子们在座位上又叫又拍手,兴奋之下把椅子弄得咯咯响。

红帷幕又落下了。这时喧闹声中,波利娜用她惯常的那句话通报马利尼翁的到来。

"啊!英俊的马利尼翁来了。"

他赶到了,气喘吁吁,把座位往边上推。

"嗨!把门窗关得严严的,真可笑!"他大叫,惊奇犹豫,"真像进入了灵堂。"

他朝着走近来的德贝勒太太说:

"您可真行,弄得我东奔西跑的……我一早就去找佩蒂盖,您知道我的歌手……可是我没法找着他,我给您带来了大莫里佐……"

大莫里佐是业余魔术师,常上私家客厅客串变戏法。有人给他留出一张小圆桌,他表演了他的拿手好戏,但是观众情绪不高。可怜的小宝贝变得非常严肃;年幼的吮着手指睡着了;较大的旋转头,对着父母笑;父母自己也偷偷打哈欠。所以,当大莫里佐决定收摊时,观众都松了一口气。

"哦!他棒极了。"马利尼翁对着德贝勒太太的颈子说。但是红帷幕又拉开了,神奇的场景使全体孩子都站了起来。在中央大灯和两座十支大烛台的强烈照耀下,餐厅中又加了一张大桌子,布置得像举行盛宴似的。桌上放了五十套餐具。在中央和两端矮矮的篮子里放了几簇盛开的鲜花,鲜花之间有高脚杯隔开,杯子上堆着晶晶发光的彩纸包装的"礼物"。然后是多层蛋糕,堆成金字塔的冰糖水果,层层叠叠的三明治。下面又是许多放得对称的盘子,装满了糖果和点心;朗姆酒蛋糕、奶油泡夫、圆球蛋糕,跟饼干、脆饼、果仁小烤饼交替排列。冻糕在水晶杯里颤动,奶油在瓷罐里涌了出来。香槟酒瓶像手掌那么高,根据客人的身材特制的,酒瓶的银盖子在桌子四周发光。可以说是儿童在美梦中才能想象这类盛大茶会,这个茶会却像大人宴会似的隆重,像父母餐桌似的充满神奇,糕饼店、玩具店里的一切珍馐美物都倾注到这里来了。

"好啦,挽着女士们去吧!"德贝勒太太看到孩子们出神的样子笑着说。

但是队伍组织不起来。吕西安兴高采烈,挽了雅娜的手臂走在头里。其他人在他的身后有点推推搡搡,只好出动妈妈们让他们坐好。她们待在那里,主要在孩子们身后,监视着生怕出事。这些客人起先确也显得很拘束,他们相互看,不敢碰这些美食。世界颠倒过来了,小孩坐着,父母站着,隐约感到不安。终于,最大的孩子胆子上来,伸出手。然后,妈妈帮着切多层蛋糕,在周围张罗,气氛热烈了,立刻变得非常喧闹。像吹过一阵狂风,打乱了桌子上美妙对称的布置;大家七手八脚,盆子递过来就拿,一切都同时转动。贝蒂埃家最小的两个女儿布朗希和索菲对着她们的盘子笑,里面什么都有:糖果、奶油、蛋糕和水果。勒瓦瑟家的五位千金霸占了放糖果的角落,而瓦朗蒂娜年已十四,感到很自豪,于是照顾她的邻座,想做个有理智的女性。可是吕西安为了表示殷勤开了一瓶香槟,笨手笨脚,差点把酒洒在他的桃红色丝袜上。这成了一件大事。

"你能不能把瓶子放下!"波利娜叫,"香槟该由我来开!"

她奇特地一比画,自顾自乐了。一名男仆过来,她夺走他的巧克力壶,兴致勃勃地给各人的瓷杯倒满,动作利落像咖啡馆侍者。然后她分冰块和果汁杯,放下一切去喂一个大家遗忘的幼女,又转身走开对人问这问那。

"你要什么,你,我的大孩子?嗯?一块圆蛋糕……等等,我的宝贝,我给你来些橘子……吃吧,大傻瓜,以后再去玩!"

德贝勒太太较为镇静,说了几次,让他们自己来吧,他们总会处理好的。埃莱娜和几位太太在房间角落看了用餐的景象只会笑。粉红色的脸上都伸出雪白的牙齿在啃在嚼,这些好人家出身的孩子偶尔失态,吃相像个小野人,这样子是再逗也没有了。他们两手捧起杯子喝到杯子见底,嘴边衣服上都是斑斑点点的污渍。喧声愈来愈大。最后几只盘子也一扫而光。雅娜听到客厅里演奏四组舞曲,在自己的椅子上跳了起来,她的母亲走过来怪她吃得太多:

"哦!妈妈,今天我好极了!"

但是音乐已叫其他孩子站了起来。渐渐地,桌子边上的人少了,不久只有在正中央留下一个胖娃娃,这个胖娃娃仿佛对钢琴满不在乎。她的脖子上围着一条餐巾,他个儿那么小,下巴颏只到桌布,每次他的妈妈喂给他一勺巧克力,他都睁大了眼睛,伸出舌头。杯子空了,他由人抹着嘴唇,始终在咽东西,眼睛睁得更大了。

"喔唷!我的小乖乖,你好吗?"马利尼翁说,他出神地瞧着胖娃娃。

这时开始分发"想不到"礼品袋。小孩离开桌子,每人捧了一只金色大纸袋,忙不迭地打开包装;从里面取出玩具,纸做的怪帽子、鸟和蝴蝶;最令人兴奋的是爆竹。每包"礼品"中都有一枚爆竹,男孩勇敢地往地上摔,听到爆炸声高高兴兴,而女孩把眼睛闭了又睁开好几回。有一时只听到劈劈啪啪的干响声,在这阵喧闹声中孩子们回到客厅,钢琴不断地演奏四组舞曲。

"我真想吃上一块蛋糕。"奥莱丽小姐坐下时喃喃地说。

这时,有几位太太在人已走空还残留大堆甜食的桌子前坐了下来。她们共有十来个人,一直知趣地等着吃上一点东西。

因为仆人一个不在身边,就由马利尼翁代劳了。他倒空了巧克力壶,查看酒瓶的瓶底,还找来了冰块。但是他一边显得殷勤讨好,一边喋喋不休抱怨谁出的怪主意,把百叶窗都关上。

"完完全全像在一座墓穴里。"他说了好几遍。

埃莱娜还是站着,跟德贝勒太太聊天。德贝勒太太要回客厅去,她准备跟着走,这时感到有人轻轻碰她,医生在她的背后微笑,他不离开她。

"您什么都不要吗?"他问。

这句话说得很平常,但含有一种强烈的恳求,她感到极大的骚乱。她理会到他要跟她谈的是另一件事。周围这么欢乐,她也渐渐感染到兴奋。这个跳呀叫呀的小天地也使她身上发热。她脸蛋红润、眼睛明亮,她先是拒绝:

"不,谢谢,什么都不要。"

后来,因为他坚持,她有点不安,为了摆脱他:

"好吧!来一杯茶。"

他跑开带了一杯茶回来。他递给她时手在发抖,她喝的时候,他向她走近去,嘴唇翘起,微微发颤,心里的话涌了上来。这时,她后退,把空杯子还给他,趁他把杯子放上餐具柜时,溜走了,把他孤零零地撂在餐厅里跟奥莱丽小姐在一起,她正慢慢咀嚼,有条有理地审察每个盘子。

客厅角落里钢琴正奏得起劲。大厅的舞客从一头转向另一头,滑稽动人。雅娜和吕西安跳着四组舞,大家围着他们转。小侯爵步子有点乱,只有抓住雅娜时才跳得可以;这时他搂住她的腰转了起来。雅娜像一位女士那样摆动身子,只是嫌他弄皱了她的衣服;然后她一时兴起,把他抱住举了起来。花团锦簇的白缎上衣与绣异卉珍禽的和服卷在一起,颇有萨克森古风的两尊瓷像却像橱窗饰物那样雅致和怪异。

四组舞后,埃莱娜叫雅娜把和服系好。

"是他,妈妈,"女孩说,"是他弄皱的,真叫人受不了。"

父母在客厅四周微笑。钢琴再度响起时,所有的孩子都开始跳了起来。可是看到有人瞧着他们就有点疑惑;他们保持严肃,克制自己不一蹦一蹦的,显出很有分寸的样子。有几位是会跳的,大部分不知道如何跳出花式来,在原地摆动,四肢不知放在什么地方。但是波利娜来干预了。

"只有我来带才行……喔!这些木头人!"

她跳到四组舞中间,用手抓了两人,一个在左,一个在右,噔噔跳了起来,震得地板咯咯响。听到这些小脚的脚跟乱蹬乱颠,只有钢琴声弹得很有节拍。其他大人也都加入进来。德贝勒太太和埃莱娜看到怕羞的女孩不敢向前,拉了她们往最密的人群中钻。她们带领女孩们走舞步,把男孩往前推,组成几个圈子;妈妈们把最小的孩子抱给她们,让她们携着他们的手跳了一会儿。这时到了大家舞兴最浓的时刻。舞客玩得兴高采烈,又是笑又是推,就像寄宿学校里,遇上教师不在,学生一下子乐疯了。这个儿童的狂欢节,这群小男小女,混杂了各民族的时尚、小说与戏剧的幻想,就像是世界的缩影。真令人赏心悦目。就是服装也从他们的明眸皓齿、娇嫩容貌中吸取了一份童年的清新,简直是仙童大会,似乎爱神乔装改扮了来参加某位英俊王子的婚礼。

"这里闷极了,"马利尼翁说,"我去透透气。"

他走出去,把客厅的门开得很大。街上的阳光照了进来,苍白暗淡,反使灿烂的灯光和烛光蒙上一层愁色。马利尼翁每隔一刻钟就把门弄得乒乓响。

但是钢琴声不停。小吉罗金头发上别了一只阿尔萨斯黑蝴蝶,被身高两倍扮成阿勒更的男孩搂着跳舞。一个苏格兰人叫玛格丽特·蒂索转得那么快,把她的牛奶罐也掉在舞池中了。贝蒂埃家两姐妹布朗希和索菲形影不离,跳舞也在一起,疯女搂着丫头,跳得身上铃铛叮咚响。只要对着舞池看一眼准能看到一位勒瓦瑟小姐,小红帽仿佛都有分身术,到处是小方帽和乌绒镶边紫红缎袍。可是为了跳个痛快,大男孩和大女孩都躲到另一间客厅的角落里。瓦朗蒂娜·德·肖梅特裹在西班牙披风里,跳花步,面前是一位穿了礼服来的年轻先生。突然笑声骤起,有人叫大家看,在一扇门后的角落里,小吉罗,两岁的皮埃罗和一个同样年纪扮作农妇的女孩子,他们搂在一起,害怕跌倒抱得很紧,像避着不见人似的脸孔贴着脸孔自顾自旋转。

"我受不了了。"埃莱娜说,走去背靠着餐厅的门。

她跳得脸都红了,在扇扇子。她的胸脯在透明的罗纱胸衣下一起一伏。她的肩上还感到亨利的呼吸,他还跟在她的身后。这时她明白他有话要说,但是她没有力量躲开他的表白。

他走近了,低低地在她的头发上说:

"我爱您呀!哦!我爱您呀!"

这像是一个热气团,把她从头到脚都烫着了。我的上帝!他说了出来,她没法再装得若无其事不知道。她把通红的脸遮在扇子后面。孩子们正起劲地在跳最后几个四组舞,用脚跟跺得更响。银铃似的笑声响个不停,小鸟般的欢乐尖叫声时有所闻。小魔鬼来回奔窜,围成一圈天真无邪地跳,迸发出朝气。

"我爱您呀!哦!我爱您呀!"亨利不停地说。

她还在颤抖,她不愿意再听到。她昏了头,逃过餐厅。但是这间房是空的,只有勒泰利埃先生一个人静静地睡在一张椅子上。亨利跟了她进来,他大胆抓住她的手腕,不顾会引起什么闲话,面孔表情那么激动,吓得她发抖了。他还在重复说:

"我爱您呀……我爱您呀……"

"放开我,"她软弱无力地呢喃,"放开我,您疯了……"

隔壁房间的舞会上小脚依然蹬个不休。布朗希·贝蒂埃的小铃铛伴随着低沉的钢琴声。德贝勒太太和波利娜用手在打拍子。这是一首波尔卡。埃莱娜可以看到雅娜和吕西安笑嘻嘻,手按在腰际经过。

这时,她突然挣扎脱身,逃到隔壁一个房间,这是配膳房,阳光充足。突如其来的光明使她睁不开眼睛。她害怕了,脸上激动的神情显而易见,她不敢回到客厅去。她穿过花园,走上台阶回到自己的家里,身后则是舞会的喧嚣声。

（五）

回到楼上自己的房间里，在窗户紧闭的幽静中，埃莱娜感到窒息。这个房间那么静，那么封闭，在蓝色丝绒窗帘笼罩下睡得那么沉，使她也感到惊奇，而她给它带来了满身激情引起的短促热烈的气息。这个死气沉沉、孤寂、缺乏空气的角落是她的房间吗？这时，她粗暴地打开一扇窗子，两肘靠在窗沿上对着巴黎。

雨已停了，云正在移动，犹如一群魔鬼向四周散开钻进了地平线上的烟雾。城市上空有一片蓝色云隙，在慢慢扩大。但是埃莱娜，肘臂搁在窗台上还在颤抖，上楼时太快还没有喘过气来，什么都没有看到，只听到自己的心乱跳，撞得喉咙一起一伏。她深深吸了一口气，仿佛那个宽阔的陵谷，藏得下一条河流、二百万生灵、一座大城市的绵延山坡，没有足够的空气使她呼吸顺畅，心平气和。

她待在那里有好几分钟，神态恍惚，还是受情绪的波动。仿佛在她的内心思绪万千，焦躁不安，形成一条巨流汹涌澎湃，使她无法集中心思理解自己。她的耳朵嗡嗡响，她的眼睛看着大的白色斑点缓慢地移动。她奇怪自己在审视戴手套的双手，想起忘了把左手套上的一粒纽扣缝上。然后她高声说，重复了好几次，声音却愈来愈低：

"我爱您呀……我爱您呀……我的上帝！我爱您呀。"

她本能地合紧两手把脸捂住，把手指压在闭合的眼皮上，仿佛要加深她已陷入的浓影。她有一种要毁灭自己的愿望：不再看见，独自一人留在黑夜里。她的呼吸平静了，脸上感到巴黎送来的强烈的气息；她感到巴黎在那里，不愿意瞧着它，可是一想到离开窗子，这座因其广阔无涯而令她平静的城市不再在她眼前，就感到害怕。

　　立刻，她忘了一切。尽管不去想，求爱的那一幕又出现了。在一片漆黑的背景上，亨利的身影显得格外清晰，活生生的，她甚至看出他的嘴唇神经质地翕动。他走近来，他弯下身。这时，她慌张地向后仰。但是，她还是感到肩上灼了一下，她听到一个声音："我爱您呀……我爱您呀……"然后，她奋力把这个幻象赶走，却又看到它在远处出现了，渐渐大了起来；又是亨利，他跟随她走进餐厅，还是这几个字："我爱您呀……我爱您呀……"在她心中像钟似的当当响个不停。她只听到这几个字，四肢像触电似的，这使她心肺欲裂。可是她要思考，她还是在努力摆脱亨利的形象。他说出来了，她再也不敢面对面看他。男性的粗暴刚刚破坏了他们之间的温情。她回想起过去的时刻；他爱她却没有残酷地把它说出来，他们在初春的温馨中到花园里相会。我的上帝！他说出来了！这种想法停留在她的脑中，充满她的内心，变得如此沉重，即使一声霹雳把巴黎摧毁在她眼前，也不会这样惊天动地。她的心中形成了愤怒的抗议，骄傲的怒气，这个感情还夹杂一种出自肺腑的肉欲，隐蔽、不可战胜，又令她陶醉。他说出来了，他一直在说，他固执地追随不放，热情地说着："我爱您呀……我爱您呀……"这些话毁了她过去贤妻良母的生活。

可是，在这样想的时候，她还是意识到展现在她的背后，展现在看不清的黑夜后面的广袤空间。一个巨大的声音在升起，充满活力的声浪在扩散，把她团团围住。声音、气味，甚至光明，尽管她的双手痉挛似的掩住，还是打在她的脸上。有时，倏然而亮的光芒好像刺穿她闭紧的眼皮；在这些光芒中，她以为看到了纪念碑、尖顶和圆顶，浮现在梦幻的流光中。这时，她移开手睁开眼睛，迷惑地待着。天空也开了，亨利不见了。

只看到天空深处有一长条云，像白垩色的岩石塌了又堆了起来。现在空气纯净，天空碧青，只有几团白色云絮轻盈地悠悠飘过，就像微风吹着轻帆。北面蒙玛特尔上空细纹密布，仿佛在这天涯一角撒上淡淡的丝网，准备在平静的海面捕鱼。但是在埃莱娜看不到的默东斜坡上，必然还有残留的阴云遮住太阳，因为巴黎尽管有阳光透照在上面，依然阴暗潮湿，在屋顶蒸发的雾气中若隐若现。这座城市色调单一，到处是青灰色的板瓦顶，有树阴的地方黑黢黢的，颜色鲜艳的屋脊和千万扇窗户则非常醒目。塞纳河像一段年深日久的银子，发出暗光。两岸的纪念建筑物像涂上了油脂；圣雅各塔满身锈斑，像博物馆的老古董，而先贤祠高高矗立在阴暗的小区，宛若一座巨大的灵台。只有荣军院的拱顶还保持金碧辉煌；有人说是大白天亮着的一盏灯，在笼罩城市的薄暮阴霾中，迷离凄凉。一切缺乏轮廓；乌云中的巴黎在地平线上看似发黑，倒像一幅格调细腻的巨大木炭画,在洁净的天空下笔触刚劲。

埃莱娜面对这座阴郁的城市,想起她不了解亨利。她非常坚强,现在他的形象不再追随她不放。反抗情绪也促使她否认几星期来她时刻想的就是这个人。不,她不了解他,对他的一切:行为和思想,都毫不知情;她甚至说不出他是不是一个聪明人。可能他缺乏智慧,更缺友情。她就是这样反复思考种种设想,每种设想想到头来总是痛苦,留在心里不去,又总是猜不透个中原因——这成了一道墙,把她与亨利隔开,使她无法理解他。她什么也不知道,也什么都不会知道。她只有把他想成一个粗鲁的人,在她耳边说火热的情话,给她带来唯一的骚动,扰乱她的生活,直到此时还没有恢复幸福的平衡。他为什么要用这种方式叫她忧伤。突然她想到六星期以前,她对他还是不存在的,这个想法她又受不了。我的上帝!谁对谁都不是什么,陌路相逢,可能失之交臂!她绝望地两手捏在一起,眼里泪水晶莹。

这时,埃莱娜呆呆地望着远处的圣母院尖塔。云隙间透出一道光照得尖塔发黄。她的头沉甸甸的,仿佛忍受不住纷繁的思绪。这是一种痛苦,她宁愿把注意力集中在巴黎,恢复恬静的心境,像每天一样用安宁的目光掠过起伏的屋脊。有多少次,在这个时刻,在静谧美丽的夜晚,大都市的神秘渗透周围,使她陷入美丽的梦境。可是,在她面前,巴黎在一道道阳光下亮了。随着第一缕阳光照到圣母院,其他一缕缕阳光纷至沓来,落在城里。太阳往下倾斜使云分裂。这时街区在光与影在纵横交错中逐渐扩散。有一时,左岸是一片青灰色,而右岸则点点光斑,像一块巨大的兽皮沿着河边延伸。然后随着带着云走的风势,光的形状变了,位置也变了。在橙黄的屋顶上,乌云都同样飘往一个方向,也同样幽静地滑行。有的是大块乌云,像一艘旗舰威严雄壮,四周是较小的乌云,平衡对称摆着海战的方阵。一团巨大长形的黑影,张着爬行动物的大嘴,挡着巴黎仿佛要一口吞噬。当这团云像蚯蚓缩到地平线里不见时,从云隙中射出雨一般的光芒,落进了它留下的空洞里。光尘像细沙一样泄流,扩大成一个巨大的锥体,不断地洒到香榭丽舍街区,在路面上飞溅跳动。这场星火形成的阵雨,像火箭不停溅落,持续了很久。

是啊!情欲是命里注定的,埃莱娜不再抗拒。她跟自己的心抗争已感到精疲力竭。亨利可以来征服她,她听之任之。这时她感到不再抗拒的无比幸福。她为什么还要拒人千里之外呢,她不是等得够久了吗?回忆过去的生活使她内心充满轻蔑和不耐烦。她怎么还能在以前引以为自豪的冷漠中生活下去呢?她看到自己还是姑娘的时候,住在马赛小马利亚路,终日哆哆嗦嗦;她看到自己结了婚,在这个吻着她的一双裸脚的大孩子身边发冷,在家务操劳中打发日子;她看到生活中每时每刻都以同样的步伐走同样的路,没有打破宁静的激情。这种平淡无奇的生活,现在又是这种沉睡不醒的爱情使她恼火。再这样过上三十年,一颗心默默无声,生命的空虚仅靠做个贞洁女子的孤傲来填补,能说自己很幸福吗?啊!循规蹈矩,顾忌声誉,使她像修女那样仅限于得到些枯索的乐趣,岂不是在自欺欺人!不,不,这够了,她要生活!她对自己的理性加以可怕的嘲笑。她的理性!事实上,她对她的理性表示怜悯;在她已不算短的人生中,这种理性带给她的欢乐,还不及她在这一小时内体味的多。她不肯失足,她有一种愚蠢的虚荣,以为她会这样一直走到底,脚边不会碰到一块石头。好呀,今天她要求失足,她还要立刻跌得很深才乐意。她的全部反抗导致这种强烈的欲望。啊!她要在拥抱中消失,她要在一分钟内把她没有经历的乐趣尝个够!

可是,她的心底充满深沉的抑郁。这是一种不流露的痛苦,带着空虚和黑暗的感觉。这时,她反复斟酌。她是自由的吗?她爱上亨利并没有欺骗谁,她的感情爱如何使用就如何使用。此外,不是一切都在原谅她吗?近两年来过的是什么日子?她明白,守寡、绝对自由、孤独,这一切都在销蚀同时也在激励她的情欲。情欲大约孕育于在两位老朋友之间度过的漫长夜晚,神父和他的兄弟单纯淳朴使她得到安慰;情欲孕育于她关在房间与世隔绝、面对地平线上汹涌澎湃的巴黎的时候;孕育于她伏在窗槛上,陷入她从前不知道的、逐渐使她萎靡不振的那些梦想中。她记起了一件往事,那个春光明媚的早晨,她躺在一张长椅上,膝盖上放一本书,懒洋洋地凝视着金色光芒中的巴黎,这座白色纯洁的城市像罩在水晶盒里。那天早晨,爱情苏醒了,表现出一种对她来说不可名状、而又无力抗拒的心颤。今天,她在原地,但是情欲得胜了,正在吞噬她,而在她的面前，夕阳照得城市着了火似的。她好像一个白天过得很充裕，通红的傍晚又带着那天早晨的清澈，她觉得所有这些火焰都在她的心中燃烧。

但是天空变了。太阳朝着默东小山丘倾斜，拨开了最后的云朵，光芒四射。蓝天灿烂发亮。远处地平线上，遮住夏朗东和舒瓦齐勒罗瓦远景的铅灰色岩状云层塌了下来，转变成绛红镶边的胭脂红云块。巴黎蓝天中慢慢浮动的一簇簇小乌云，竖起了紫色的风帆，而罩在蒙玛特尔上空的网，好像突然从白丝换成了金线，均匀的网眼准备捕捉上升的星辰。在这片辉煌的苍穹下，展现着一座黄澄澄、横着几道大黑影子的城市。下面，大广场上，沿着马路形形色色的马车在橘黄色的尘土中间穿梭往来，四周人群黑压压一片，间或有金黄色的点缀。一队神学士排成密集的队伍沿着德比里河滨道走，在迷散的光线中拖着一长溜赭石色的法衣后裾。后来，车辆和行人消失了，在远处只隐隐看见一长串闪烁着车灯的马车。在左边，军需品厂笔直的红砖大烟囱吐出一团团肉红色轻烟；而在河对岸的奥尔塞码头上，美丽的榆树形成一团浓影，夹杂着闪闪阳光。塞纳河在映着斜阳余晖的两岸之间波涛滚滚，河面上色彩斑斓，但是溯河而上，这种东方海洋才有的绚丽转成了单一的愈来愈炫目的金色，简直是从一只看不见的坩埚里流往地平线的一道金流，随着温度的下降，颜色也格外鲜艳。在这条明亮的河流上，排列着一座座桥梁，桥影婀娜多姿，伸出灰色的栏杆，消失在反射着阳光的房屋群中。雄踞在房屋之上的是圣母院的两座钟楼,像火炬那样发红。圣母院左右的建筑物也光彩夺目,工业宫的玻璃屋顶在香榭丽舍树木中间像一堆发红的炭火。远处,在玛德兰教堂的平屋顶后面,歌剧院的雄伟建筑像是一座铜山;其他建筑物,穹顶、塔楼、铜柱、圣文森·德·保尔教堂、圣雅各塔楼,更近处新罗浮宫和蒂勒黎宫殿顶上都有火焰蹿起,在每个十字路口像一堆巨火。荣军院的圆顶也在喷火,来势那么凶猛,叫人害怕每一分钟都会坍塌,使整个街区星火四溅。越过圣苏尔比斯高高矮矮的塔楼,是先贤祠在天际勾画出明亮沉重的轮廓,就像大火中的一座宫殿,将要烧成一块红炭。这时,正当太阳西下,巴黎的建筑物则成了一支支火炬。火光顺着屋脊奔窜,而黑色浓烟聚在山谷不散。朝向特罗加德罗的屋面都发红了,玻璃窗闪射出火光,城里喷出火星雨,像有一只大风箱在扇动这只大火炉。在邻近街区道路凹陷昏暗,总是溢出死灰复燃的火舌。甚至在平原的远处,在那堆发红的灰烬底下是毁坏但还发热的土地,从突然有了生气的屋子里射出漫无目标的"火箭"。不久这成了一只炉子,巴黎燃烧了。天空更红,在这座金红相间的大城市上空,云朵在渗出血水。

埃莱娜沐浴在夕阳中,受情欲的煎熬,她望着巴黎火光熊熊,这时有一只小手放上她的肩膀使她全身一颤。这是雅娜在叫她。

"妈妈!妈妈!"

她转过身:

"啊!那么高兴呀……你没听到吗?我叫了你有十次了。"

女孩还穿着日本服装,眼睛发光,高兴得两腮红彤彤的。她没让妈妈有回答的时间。

"你把我撂下了……你知道,结束时到处找你。波利娜陪我到了下面楼梯口,没有她我连马路也不敢过。"

她动作优美地把脸凑到母亲的嘴边,直截了当问:

"你爱我吗?"

埃莱娜吻她,但是漫不经心地嘴一努。她感到惊奇,仿佛看到女儿那么快回来不耐烦。她逃离舞会真有一个小时了吗?女孩不安地向她提问题,为了应付,她说自己有点不舒服,新鲜空气对她有好处。她需要一点安静。

"哦!别担心,我太累了,"雅娜喃喃说,"我去那里乖乖地待一会儿……但是,妈妈,我可以说几句话吗?"

她坐到埃莱娜旁边,紧挨着她。很高兴妈妈没有要她立刻换衣服。紫红绣花袍子、淡绿丝裙,她穿了美滋滋的。她摇晃小脑袋,就是要听到串在发髻上发夹挂件的碰击声。这时,她急切地说出一长串话。她什么都看到了,所见的记在心里了,神情则是傻乎乎的,什么都不懂似的。她规规矩矩,一言不发,目光淡漠地待了一个下午,此刻得到了补偿。

"你知道,妈妈,这是个老好人,灰胡子,是他牵动波利希纳尔。幕拉开时我看得清清楚楚……小吉罗他哭了。嗯?他真笨!跟他说了警察要在他的杯子里放水,应该把它拿走,他哭,不停地哭……吃点心时,玛格丽特把果酱都沾到卖牛奶姑娘的衣服上去了。她的妈妈一边给她擦一边叫:'哦!脏孩子!'玛格丽特羞得头都抬不起来……我一句话也没说,但是她们见了蛋糕就上去抢,我看着挺好玩。她们都没教养,小妈妈,不是吗?"

她停了几秒钟,只顾着在想一件事,然后若有所思地问:

"妈妈,你说,那种上面有白奶油的黄蛋糕你吃过吗?哦,真好吃!真好吃……我一直待在那个盘子旁边。"

埃莱娜没有听小孩唠叨。但是雅娜说话是求舒心,她的脑子里东西太多了。她又打开话匣子,把舞会的经过一五一十地说着。鸡毛蒜皮的小事都成了重大新闻。

"开始时你还没看见吧,我的腰带松了。一位太太,我不认识的,给我系上一根别针。我对她说:'我十分感谢你,太太……'这时吕西安在跳舞时给扎了一下。他问我:'你前面有什么东西怪扎人的?'但是我已经忘了这件事,我回答他说我没什么啊。是波利娜过来给我重新把针别好的……不!你没法想象!大家挤来挤去,一个粗野的大男孩在索菲的屁股上拍了一下,她差点跌倒。勒瓦瑟姐妹双脚并拢跳。肯定没有这样跳舞的……但是最逗的是最后。你已经走了,你不可能知道。大家挽了胳臂绕着圈子跳,好笑极了。有几个年纪大的先生也转。这是真的,我绝没瞎说……小妈妈,你为什么不愿相信我?"

埃莱娜一声不出,终于把她惹恼了。她挨得更近,摇母亲的手。然而只听到母亲三言两语的回答,她自己也渐渐不说了,同样陷入沉思,去回想还占据着她这颗少女心的舞会。这时，母女两人都沉默不言，面对着火红的巴黎。巴黎在透红的云朵的光照下，如同传说中在一场火雨中补赎了情欲的城市。这对她们来说是更陌生了。

"大家绕着圈子跳？"埃莱娜突然问，像一时惊醒过来。

"是的，是的。"雅娜喃喃说，轮到她陷在沉思中。

"医生呢？他跳了吗？"

"我相信跳的，他跟着我转……他把我举了起来。他问我：'你的妈妈呢？你的妈妈呢？'然后他亲了我。"

埃莱娜无意识地一笑，她因他的温情而笑。她有什么必要去了解亨利？不了解他，永远不了解他，把他当做她长期希望看到的那样，这样才更加甜蜜。为什么她会惊奇和不安？他刚才就是不失时机地出现在她的路上，这样挺好。她坦诚的本性什么都可以接受。想到她爱人，人也爱她，心里慢慢平静了。她对自己说她有坚强的性格，不会让幸福遭到破坏。

可是，夜来临了，空中吹过凉风。沉思的雅娜打了一个寒战。她把头靠在妈妈怀里，又喃喃地问，仿佛这问题来自她的沉思：

"你爱我吗？"

这时，始终在微笑的埃莱娜把她的头捧在手里，像在她的脸上寻找一会儿，然后把嘴唇放在她的嘴边一个玫瑰色小印子上面停留很久。她看得出这就是亨利吻女孩的地方。

默东昏暗的山脊已经沾上如圆月一般的太阳，照在巴黎的斜阳光辉延伸得更远了。荣军院圆顶的影子无限地扩大，把整个圣日耳曼街区罩在里面,而歌剧院、圣雅各塔楼,圆柱和尖顶给右岸划出一道道黑影。建筑物正面的轮廓,街道的缝隙,屋顶的高耸的小岛更加阴沉地燃烧。发暗的玻璃屋顶上,闪光的金片也淡了下来,仿佛建筑物已经在大火中坍塌。远处的钟响了,钟声滚动,愈来愈轻。黑夜来临,天空广阔,给红彤彤的城市上空盖上了玫瑰色天衣。突然火又可怕地复燃起来,巴黎放出最后的火光,照得偏远的郊区也发亮,然后又像蒙上了一层灰尘,街区的房屋依然矗立在那里,如同熄灭的炭那么轻而发黑。

第三章

（一）

五月的早晨，罗萨莉从她的厨房奔出来，没有放下手中的抹布。她用得宠女仆的随意态度说：

"哦！太太，快来……神父先生正在下面大夫的花园里掘土呢！"

埃莱娜没有动，但是雅娜已经冲出去看。当她回来时，大声说：

"罗萨莉笨不笨！他不是在掘土。他跟园丁在一起，园丁把桔杨放进一辆小车子……德贝勒太太把所有的玫瑰花都采了下来。"

"这是教堂用的。"埃莱娜平静地说，还忙于她的绒绣活儿。

几分钟后，门铃响了一声，儒伟神父出现了。他来说下星期二不必等他，他那几天晚上要忙马利亚月的仪式，堂长要他负责教堂布置工作。这决不会错。这些太太都向他捐花，他要两棵四米高棕榈树放在祭台左右两侧。

"哦！妈妈……妈妈……"雅娜听得出了神，喃喃地说。

"好吧！您不知道，我的朋友，"埃莱娜微笑说，"既然您不能来，那我们去看您……您那几束花叫雅娜晕头转向了。"

她不是虔诚的教徒，甚至借口女儿的健康问题也不去望弥撒：女儿从教堂出来要发颤。老神父避免跟她说宗教。他像个老好人非常宽容，仅仅说心灵美的人通过他们的贤惠和仁慈自会得到拯救的道路。上帝有一天会感化她的。

在第二天晚上到来以前，雅娜一心想着马利亚月。她向母亲提问题，想着教堂都是白色玫瑰花，成千支蜡烛，天堂的声音，醉人的香味。她要靠近祭台，看清圣母的绣袍，据神父说，这件绣袍价值连城。但是埃莱娜要她平静，吓唬她说，要是自己先弄出病来就不会带她去。

终于，到了晚上，用过饭后她们出门了。夜晚还是凉的。到了圣母恩泽堂所在的报知路，女孩发颤了。

"教堂是生火的，"她的母亲说，"我们坐在一个暖气口旁边。"

她们推开软垫门，门轻轻地关上，一阵热气袭上身来，灯光耀眼，歌声响亮。仪式已经开始。埃莱娜看到中堂已经挤满人，要往侧堂去。但是走近祭台要费九牛二虎之力，她携着雅娜的手，耐心地往前走；然后她决定放弃再往里去，见到前面两把空椅子就坐了下来。一根柱子遮去了半个唱诗台。

"我看不见，妈妈，"女孩喃喃地说，很不高兴，"我们待的地方太差了。"

埃莱娜要她闭嘴，女孩开始赌气。她只看到前面一个老太太宽阔的后背。母亲转过身来发现她站在椅子上。

"你下来吧！"她压低声音说，"你真叫人受不了。"

但是雅娜就是不依。

"你看看,这是德贝勒太太……她在那里,中间。她在向我们打招呼呢。"

少妇强烈反感,动作失去耐性,女孩不肯坐下,摇着她。从舞会以来已有三天了,她就是用种种借口不上医生的家去。

"妈妈,"雅娜带着孩子的顽固继续说,"她在看你,她在向你问好。"

这时,埃莱娜只好转过眼睛行个礼。这两个妇女相互点点头。德贝勒太太穿了一件横条白镶边绸袍,站在中堂中央,离唱诗台只有两步路,非常精神,引人注目。她把妹妹波利娜也带来了,波利娜举起手挥舞。歌还在唱,群众的合唱声往低调唱,而尖锐的童声使赞美诗拖沓平稳的节奏时而有所起伏。

"她们要你去,你看见了吗?"雅娜得意扬扬地说。

"不必了。我们在这里再好也没有了。"

"哦!妈妈,咱们去找她们吧……她们有两张椅子。"

"不,下来,坐下。"

可是那个太太还是带着微笑坚持要她们过去,毫不顾忌的示意已引起周围不满的表示,她们却很高兴那些人转过身来看她们,埃莱娜只得让步了。她推雅娜,雅娜可高兴了;她努力开出一条道,忍着一肚子怒气,手有点发抖。这可不是一件简单的事。信女都不愿挪动,愤怒地瞪着她,站着嘴还是不停地唱。她这样在愈唱愈激昂的吼声中足足辛苦了五分钟。当她不能过去时,雅娜瞧着所有这些黑而空洞的嘴,紧挨着母亲。终于她们只需再走上几步,来到了唱诗台前留出的空位。

"你们到了,"德贝勒太太喃喃地说,"神父跟我说你们要来的,我给你们留了两把椅子。"

埃莱娜谢了一声,立即打开弥撒经,不让对方说下去。但是朱丽埃特还是很会应酬客气;她在这里跟在自己客厅一样很自在,外表动人,说话不停。所以她俯下身继续说:

"近来您少见了。我本来打算明天上您家去……您至少没有生病吧?"

"没有,谢谢……各种各样的事情……"

"听着,您明天应该来了……家里人团聚,就只有咱们……"

"您真是太好了,再说吧。"

她好像在默祷,听着赞美诗,决定不再回答。波利娜把雅娜拉到了身边,跟她共同享用那个暖气口,畏寒的人慢慢暖了过来,感到浑身舒服。这两人在逐渐上升的热空气里,好奇地抬起头,观察每一件东西:低低的雕花木条拼成天花板,由实心木拱架连接的短粗的圆柱,挂在拱架下的几盏枝形灯,雕花橡木讲台。越过随着歌声起伏而波动的人头,她们一起看到侧道的阴暗角落,隐蔽的金光闪闪的祈祷室,和大门旁边围上铁栅栏的洗礼堂。但是她们的目光总是回到色彩鲜艳、金碧辉煌的唱诗台,从拱顶上吊下一盏火光明亮的水晶枝形灯;巨大的烛盘并列在蜡烛台上,在教堂的阴沉沉角落里形成对称的点点星光,衬得主祭台更加显眼,像一束枝叶茂盛的大花束。在这上面的玫瑰花丛中是圣母马利亚,身穿花边缎袍,头戴珍珠冠,抱着穿长袍的耶稣。

"嗨!身上热了吗?"波利娜问,"这里真不错。"

但是雅娜在出神,凝视着花丛中的圣母,她颤了一下。她害怕自己不乖,垂下眼睛,极力去看地上黑白相间的石板,免得眼泪掉下来。唱诗班脆弱的童声传出的气息吹到她的头发上。

可是,埃莱娜脸对着她的祈祷书,每次察觉朱丽埃特碰到她的花边衣裳就往旁边让。她对这次见面一点没有准备。尽管她对自己起过誓,只对亨利保持纯洁的爱情,决不会属于他的,但想到自己背叛了这个对她那么信任、那么有说有笑的太太就感觉不自在。只有一个思想盘踞她的心头,她不去参加那次晚宴;她想方设法怎样才能慢慢切断这个有损于她光明磊落形象的暧昧关系。但是唱诗班的歌声就在离她几步的地方高唱,她没法思考;她的脑子里一片空白,顺着歌声节拍的摆动、体味信徒的满足,以前在教堂还从来没有过。

"德·肖梅特太太的事有人跟您说过吗?"朱丽埃特问,憋不住痒痒的要说话。

"不,我一点不知道。"

"好!您想一想……她的大女儿,才十五岁,已长得挺高了,您见过吗?明年要让她嫁人了,对方是个从早到晚离不开妈妈一步的棕色头发小个子……人人都在谈这件事,谈这件事……"

"啊!"埃莱娜说,她没有在听。

德贝勒太太还谈到其他一些小事。突然歌声停了下来,管风琴呻吟了几声也不响了。这时她收住话,一片寂静的默祷声中自己的声音那么响很奇怪。一名神父刚出现在讲台上;观众席中一阵骚动:然后他讲话了。不,肯定,埃莱娜不去参加那次晚宴。她眼睛盯着神父,心里想着与亨利的首次见面,三天来她就是怕见亨利,看到他气得脸色苍白,所以闭门不出;她怕自己表示不出足够的冷淡。在她的幻想中,神父不见了,她只是听到零星几句话,从上面传来的声音直钻心田:

"这是一个无法形容的时刻。圣母低下头回答:我是上帝的侍女……"

哦!她会勇敢的,她的全部理智都恢复了。她体验被人爱的欢乐,她永远不会承认她也爱人;因为她觉得心境平静必须付出这个代价。当他们偶然接近时,不用明说她是深深地在爱,跟亨利偶尔说上一句话,相互看一眼就满足了!这是一种梦,使她心中充满永恒的想法。教堂在她的身边变得友善温柔。教士说:

"天使出现了。马利亚内心充满光明和爱,还在经历一种神秘神圣的变化,她全身心沉浸其中……"

"他讲道讲得很好,"德贝勒太太弯下身喃喃地说,"非常年轻,有三十岁了吗?"

德贝勒太太心里感动,她喜欢宗教就像喜欢高品位的激情。向教堂献花,跟神父办些小事——神父都是一些讲究礼貌、谨慎、不思邪的人,打扮整齐上教堂,用社交活动在上帝面前做些保护穷人的善举，尤其她的丈夫从不参加宗教仪式，她的慈善工作似乎有一种尝禁果的意味。埃莱娜瞧她，只是对她点一下头。两人脸上表现出痴狂和微笑。神父刚离开讲台时，响起一阵椅子和手帕的响声，他最后喊了一声：

"哦！敞开你们的爱心，基督教的虔诚灵魂，上帝献身于你们了。你们的心中有了上帝的形象，你们的灵魂中满怀上帝的恩泽！"

管风琴立即又吼了起来。圣母连祷文又从前排响到后排，带着热烈温情的召唤。从侧道，从隐蔽的祈祷室的阴影中传来一个遥远低沉的歌声，仿佛是大地对唱诗班天使般的童声的回答。众人头上飘过一阵风，吹长了蜡烛垂直的火焰，而在发出最后芬芳而渐渐枯萎的玫瑰花丛中，圣母仿佛低下了头向她的耶稣微笑。

埃莱娜突然转过身，出自一种本能的不安：

"你没有病吧，雅娜？"她问。

女孩脸色苍白，两眼湿润，仿佛被经文的爱潮卷走，凝视祭台，看到玫瑰幻化成一阵花雨纷纷落下。她喃喃地说：

"哦！不，妈妈……我向你保证，我很满足，非常满足……"

然后她问：

"好朋友上哪儿啦？"

她说的是神父。波利娜窥见他在唱诗台的祷告席上，但是要把雅娜举起来才能看到。

"啊！我看见了……他瞧着我们，他在眨小眼睛。"

神父内心在笑的时候，就是像雅娜说的"眨小眼睛"。埃莱娜这时跟他相互亲切地点一下头。这对她像是一种和平的坚信，宁静的最终原因，使她又回到亲善的教堂，使她内心充满宽容的欣喜。祭台前面香烟缭绕，轻烟袅袅升起；祝福开始，圣体显供台像太阳慢慢升起，在匍匐地上的众人额上转了一圈。埃莱娜俯着身子一动不动，很幸福，这时听到德贝勒太太说：

"结束了，咱们走吧。"

椅子移动声、脚步声在穹隆下滚动。波利娜抓住雅娜的手，她走在女孩前面，问她：

"你从来没上过戏院吗？"

"没有。比这还要美？"

女孩把沉重的叹息留在心里，摇摇下巴颏，仿佛要说没有东西会更美了。但是波利娜没有回答，她在一位神父面前站住了，他穿着白色法衣过来，离着几步路：

"哦！好美！"她说得很响，坚信会叫两名信女转过头来。

可是，埃莱娜已经站了起来。她挤在移动困难的人群中间，在朱丽埃特旁边跺脚。她满怀柔情，身子好像疲乏得没有力气，觉得她靠朱丽埃特那么近也没有感到丝毫心乱。有一时，她们赤裸裸的手腕轻轻碰上了，她们相互微笑。她们感到憋气，埃莱娜要朱丽埃特走在前面，自己在背后保护她。她们好像恢复了亲密的关系。

"说好了,是吗?"德贝勒太太问,"明天晚上我们把您也算上啦。"

埃莱娜丧失了说一声"不"的意志。到了街上再说吧。终于她们落在最后走了出来,波利娜和雅娜在对面的人行道上等着她们。但是一个带哭的声音喊住了他们:

"啊!我的好太太,我好久没有福气见到您了!"

这是费杜大娘,她在教堂门口行乞。她堵住埃莱娜的路,仿佛一直候着她,她继续说:

"啊!我生了一场大病,总是在肚子里,您知道……现在简直像锤子在锤……什么都没了,我的好太太……我不敢对您说这个……好上帝会还您的!"

埃莱娜刚才在她的手里悄悄放了一枚硬币,答应会想到她的。

"咦!"德贝勒太太依然站在门廊下说,"有人跟波利娜和雅娜在讲话……但这是亨利啊!"

"是的,是的,"费杜大娘接着说,她的一双小眼睛在两位太太身上打转,"是好心的大夫……我看见他从弥撒开始到结束没有离开过人行道,他是在等你们,没错……真是一位圣人!上帝在听着我们,我在上帝面前说这话因为这是真的,哦!我认识您,太太;您的这位大夫,有福气也是应得的……上天会实现你们的愿望,一切祝福都会降临你们的身上!以圣父、圣子、圣灵的名义,阿门!"

她千皱百褶干苹果似的脸上,一双小眼睛始终异常灵活,又不安分又狡猾，从朱丽埃特看到埃莱娜，叫人没法明白谈到好心的大夫时她究竟在跟两人中的哪一个说话。她陪着她们，嘴里呢喃不停，忽而哭哭啼啼地诉苦，忽而虔诚地感叹。

埃莱娜看到亨利隐忍的态度又惊奇又感动。他简直不敢抬头望她。他的太太还提到他之所以不进教堂的看法时拿他开玩笑，他只是解释说，他来接两位太太时抽着雪茄。埃莱娜明白他愿意再见她，是向她表示她不必害怕他又会有什么粗鲁行为。毫无疑问，他也像她那样发誓保持理性。她不去细察他对待自己是不是诚恳，因为看到他难过也会使自己很难过的。因而，在维欧斯路上跟他们道别时，她高兴地说：

"好吧！说定了，明天晚上七点钟见。"

这时，关系更加密切了，美妙的人生又开始了。对埃莱娜来说，仿佛亨利并不曾有过那一分钟的疯狂。她梦想过如此，他们相爱！但是他们相互不说，只要知道就满足了。这是令人陶醉的时刻，彼此的温情不用明说，举手投足，语调抑扬，甚至默不作声，他们也在不断地交流。一切都使他们回到这份爱情，一切都使他们沐浴在他们心中蕴藏的、他们周围弥漫的情欲。好像这是他们唯一能够呼吸的空间。他们有理由说自己光明磊落，他们问心无愧地用自己的感情来演这幕喜剧，因为他们甚至连手也不紧紧捏一下，这使他们见面时交换一声简单的问候就感到一种不可比拟的感官享受。

每天晚上，这两位太太结伴上教堂去。德贝勒太太很兴奋，尝到一种新的快乐，有别于跳舞、晚会、音乐会、戏剧首场演出；她追求新的刺激，大家遇到她时她总是与修女、神父在一起。寄宿学校得到的宗教基础知识，在这个风风火火的少妇头脑中又浮了上来，做些叫她觉得好玩的小善行，仿佛在玩童年的游戏。埃莱娜是在没有宗教教育的环境中长大的，也被马利亚月的种种仪式活动吸引住了，看到雅娜显得乐此不疲也很高兴。晚上催罗萨莉提前开饭，别迟到找不到好位子，然后路过家门时约朱丽埃特一起走。有一天大家还带上了吕西安，但是他行为出格，现在就把他留在家里了。一进入温暖的教堂，到处烧着蜡烛，使人又困乏又宁静，慢慢地，埃莱娜缺了这种感觉就不行。白天，她有什么疑惑，想到亨利会产生一种不可名状的焦虑；晚上，教堂重新使她心平气和。歌声升起，洋溢着神圣的情意。新采摘的鲜花使聚在穹隆下的空气凝重馥郁。她在那里呼吸到初春陶醉的气息，崇拜奉为神明的女性，面对头戴白玫瑰花冠的圣母马利亚，她在这种爱情与纯洁的神秘中心都醉了。她下跪的时间一天比一天长，她有时看见自己双手合十也感意外。仪式一完回家也是一件美事，亨利在门口等着，夜晚温和了，顺着帕西区里黑暗宁静的小路回家，很少说话。

"但是您成了信女了，亲爱的！"有一晚德贝勒太太笑着说。

这是真的，埃莱娜敞开心扉，接纳虔诚的情感。她永远不会相信爱竟是那么美。她回到这里，像到了一片热土，不妨眼泪汪汪，万物不思，全身心默默地投入对神的崇拜中。每天晚上，有一个钟点时间，她不再强制自己，终日压抑心中的爱，终于勃发宣泄，在众人面前、在群众的宗教颤声中转化成为祈祷。喋嚅声中的祷词、跪拜、行礼，这些没有明确意义，然而不断重复的言辞动作使她沉迷，对她像是唯一的语言，总是用同样的字或符号表达同样的情欲。她需要信仰，她在神圣的爱心中感到愉悦。朱丽埃特不仅跟埃莱娜开玩笑，还断言亨利也走上了虔诚的道路。现在他不是进教堂来等她们了吗？一个无神论者、一个异教徒，曾经声称在解剖刀光下寻找灵魂，就是寻找不到！她看到他站在椅子后的一根大柱子背后时，朱丽埃特推了推埃莱娜的肘臂。

"您看，他已经在那里了……您知道就是我们结婚时他也不愿意举行忏悔礼……不，他的脸真怪，他瞧着我们的样子逗极了！您瞧他呀！"

埃莱娜没有立刻抬头。仪式快要结束，香在烧，管风琴还在轻快演奏。但是她的朋友不是轻易罢休的女人，她必须回答。

"是的，是的，我看见他了。"她支支吾吾，没有转过眼睛。

她听到整个教堂唱起赞美歌时，已经猜到他在那里了。亨利的呼吸仿佛借着歌声的翅翼一直传到她的后颈，她跪在地上以为看到身后他的眼睛照亮了中堂，把她笼罩在一道金光里。这时她慌慌张张祈祷，连词也忘了。而他非常庄重，脸上表情正经，完全是个到上帝家里来接这些女士的丈夫，就像他到剧院大堂去等待她们一样。但是当他们在这群慢条斯理走出教堂的信女中间会合时，这些花、这些歌声把他们联结得更加密切了；他们避免说话，因为他们的心事都摆在嘴唇上了。

两星期后，德贝勒太太开始生厌。她的热情是跳跃的，要做上大家在做的事才觉得安心。现在她投入义卖工作，每天下午她要爬六十层楼梯，到著名画家家里求画，到了晚上拿一只铃主持参加义卖的太太的会议。所以一个星期日晚上，埃莱娜和她的女儿单独在教堂里。布道以后唱诗班唱起了圣母赞歌，少妇灵犀一动，转过头来：亨利在老地方那里待着。这时，她低下头直到仪式结束，等待回家。

"啊！您来真是太好了！"雅娜出门时带着孩子的亲昵说，"走在这些黑暗的路上我会害怕的。"

但是亨利装出惊奇的样子，他以为会见到自己的太太。埃莱娜让女孩回答问题，她跟着他们不说话。当他们三人走到门廊下，一个声音哀求：

"做做好事吧……上帝会还你们的……"

每天晚上，雅娜都把一个十苏硬币放进费杜大娘的手里。当她看到医生单独跟埃莱娜一起时，她只是摇摇头，心领神会的样子，而不像平时那样大声道谢。教堂的人走空了，她跟在他们后面，步子拖沓，嘴里念念有词。这些太太在夜色好的时候，有几次不走帕西路，而是走雷努阿尔路，这样能多走上五六分钟路。那天夜里，埃莱娜渴望暗影和静默，走上了雷努阿尔路，这条街的魅力吸引着她，它又长又荒凉，隔一段路亮着一盏路灯，铺石路面上看不到人影晃动。

在这个时刻，在这个僻静的街区，帕西已经沉睡，散发着外省小城镇的气息。人行道的两旁旅舍林立,那是黑黢黢、陷入梦境的少女宿舍,还有闪耀火光的食堂。没有一家店铺的橱窗在黑暗中发亮。这样冷僻,埃莱娜和亨利见了大喜。他不敢把手臂伸给她。雅娜走在他们中间,在街中央,走道像公园似的铺上了沙。房屋不见了,延伸的墙头上垂下一层层铁线莲和一簇簇紫丁香。旅舍中间都隔有大花园,有时铁栅栏露出里面发暗的长了草木的洼地,树丛中颜色较浅的草坪显得苍白,而一束束鸢尾花种在那些说不准的花盆里。三个人在温和的春夜放慢了脚步,这种夜色也使他们满身生香。当雅娜玩起儿童的游戏,抬着头看天空往前走时,再三说:

"哦!妈妈,你看,那么多星星!"

但是,在他们背后,费杜大娘的脚步声像是他们的脚步声的回声。她走近来,他们听到这句拉丁文:"满怀慈爱的马利亚",一直含糊不清地说了又说。费杜大娘回家时边数念珠边祷告。

"我还有一个硬币,给她怎么样?"雅娜问她的母亲。

她没有等到回答,就跑开去追那个老妇人,她正要走进水巷里。费杜大娘拿了硬币,千恩万谢要天上所有女神保佑她,同时又抓住女孩的手,变了音调对她说:

"那位太太,她病了吗?"

"没呀。"雅娜惊奇地回答。

"啊!上天保佑她!赐给她和她的丈夫门庭昌顺……我的好小姐!您不要走。让我给您的妈妈念一段《圣母经》,您跟着我回答：'阿门'……您妈妈不会说什么的。您说完后再去追他们。"

可是，亨利和埃莱娜这样在一长排沿街的栗树浓荫下，突然单独面对面全身颤抖。他们慢慢地走了几步，从栗树上已落下一地小花，他们仿佛走在玫瑰色地毯上。然后，他们停步了，心沉甸甸的，走不远了：

"请原谅我。"亨利没说别的。

"是的，是的，"埃莱娜嗫嚅不清地说，"我求您，别说话。"

但是她已感到他的手碰上了她的手。她往后退。幸而，雅娜奔着回来了。

"妈妈！妈妈！"她叫，"她要我念了一段《圣母经》，祝你幸福。"

三人朝欧维斯街转弯，而费杜大娘走下水巷的阶梯，数完了她的念珠。

这个月过去了。德贝勒太太还是参加了两三次宗教仪式。最后一个星期天，亨利还是大胆来等候埃莱娜和雅娜，归途也很愉快。这个月过得特别温馨。小教堂好像是为了追寻安宁和酝酿情欲而安设的。埃莱娜起初心境趋于平静，很高兴找到宗教这个庇护所，在那里她相信可以毫无愧色地去爱；但是心底的波澜并未平息，当她从虔诚的麻木中醒来时，她感觉心中已有新的牵连，如果要把这些牵连割断，她会感到切肤之痛。亨利一直毕恭毕敬，但是她看到他脸上升起情焰。她害怕疯狂的欲念会失控，她也害怕自己的热情会骤然爆发。

有一天下午,跟雅娜散步回来,她从报知街进入教堂。女孩说太累了。直到最后一天,她不愿意承认晚上的仪式使她筋疲力尽,因为她只顾到享受其中深入内心的乐趣。然而她的脸色苍白如蜡,医生劝她多散步。

"你待在这里,"她的母亲说,"你休息……我们只停留十分钟。"

她让女孩坐在一根柱子旁边,自己离开几把椅子跪下。几名工人在中堂里面卸帷幕,搬花盆,马利亚月的庆祝仪式在上一天已全部结束。埃莱娜把脸埋在手里,什么也没看见,也没听见,焦急地自问要不要向儒伟神父承认她经历的可怕危机。他会给她忠告,可能会给她找回失去的宁静。但是在她心底的焦虑之中也掺杂着一种压抑不住的喜悦。她爱自己的病痛,也怕神父给她治好。十分钟过去,一小时过去。她陷入内心的斗争。

当她终于抬起头,两眼含着泪水,她窥见了儒伟神父在身边忧愁地瞧着她。他是在指挥工人工作。他认出了雅娜就走了过来。

"您怎么啦,我的孩子?"他问埃莱娜,她连忙站起来擦眼泪。

她想不出话回答,害怕地跪倒在地上号啕大哭。他走得更近了,温和地又说:

"我不要问您什么,但是您为什么不对我——对神父,而不是对朋友——说心里话?"

"以后吧,"她支支吾吾说,"以后吧,我答应您。"

可是,雅娜起初乖顺耐性地等着,瞧着四周看:彩玻璃,大门的雕像,沿着中堂两壁用浅浮雕表示十字架之路的一幕幕故事。渐渐地,教堂的凉意像裹尸布一样罩在她身上,环境死气沉沉使人什么都不想;祈祷室的肃静,噪声的回响都叫她不安。她觉得自己快要死在这块圣地上。但是她最大的忧愁是看到花一盆盆撤去。祭台上没有了大束玫瑰花,赤裸裸的,令人发寒。大理石上没有一支蜡烛,一缕烟,叫她血液凝结。一会儿,穿花边绣袍的圣母踉跄一下,横倒在两名工人的胳臂里。这时雅娜发出一声微弱的惊呼,张开两臂,肢体僵硬了,潜伏了好几天的病痛发作叫她直不起身来。

埃莱娜惊慌失措,在无所适从的神父帮助下,把雅娜抬进了马车,她转身对着门廊,紧张得双手发抖。

"这座教堂!这座教堂!"她说了几遍,态度粗暴,其中对自己一个月来温温顺顺做信女这事,既有惜意也有谴责。

(二)

晚上,雅娜好了一点。她可以起床了。为了叫母亲安心,她执意待在餐厅里不走,坐在她的空盘子前面。

"不会有什么的,"她说,竭力装出笑容,"您知道我是药罐子……您吃吧。我要您吃。"

她自己看到母亲瞧着她脸色苍白,身子发抖,一口也咽不下,就最后装出胃口来了的样子。她会吃上一点甜的东西,她发誓说。这时，埃莱娜急忙吃着，女孩始终带着笑容，头微微有点神经质地颤动，敬慕地瞧着她。后来甜食端上来，她要遵守自己的诺言，但是眼泪夺眶而出了。

"您看，吃不下呀，"她喃喃地说，"不要责怪我。"

她感到可怕的疲乏还在毁灭她。她的双腿像是已经死了，肩膀被一把铁钳夹着。但是她表现得很勇敢，脖子上疼痛刺骨，她还是忍住没有轻轻呼叫。一会儿，她忘了自己，头太沉重，痛苦中缩作一团。她的母亲看到她瘦了下来，那么弱，那么可爱，竟连正在努力吃的梨子也没能吃完。呜咽哽塞她的喉咙，透不过气来。她不顾毛巾落在地上，过来一把把雅娜抱住。

"我的孩子，我的孩子……"她结结巴巴地说，看到餐厅就伤心，当女孩健康的时候，女孩在这里狼吞虎咽的样子经常逗得她发笑。

雅娜身子一挺，努力想笑。

"不要难过，这没什么，真的……现在你吃完了，你送我上床……我那时是要看你吃饭，因为我知道你怎么想，不然你不会咽下那么多的面包。"

埃莱娜抱了她去，她已把那张小床推到卧室中自己的床旁边。雅娜躺直，被子盖到下巴，感到好多了。她只是说后脑勺上还有些隐痛。然后她很温柔，自从生病以后她的感情也好像丰富了。埃莱娜亲她，发誓说自己很爱她，还答应她自己上床时再亲她。

"我睡了就没事了,"雅娜重复说,"我还是感觉到你的。"

她闭上眼睛,睡着了。埃莱娜留在她身边,瞧着她睡着。罗萨莉踮了脚过来,问她是不是可以走了,她点点头表示可以。钟敲十一下,埃莱娜还在那里,但她相信听到楼梯口的门轻轻敲了一下。她拿了灯,很奇怪,走去看:

"谁啊?"

"是我,请开门。"一个声音压低着说。

这是亨利的声音。她急忙打开,觉得这次来访很自然。无疑,医生刚才听到雅娜的病情就赶来了;虽然她想过,为了女儿的健康要他分担一半的忧愁很不好意思而没有请他来。

但是亨利没有让她有说话的时间。他跟着她走进餐厅,身子发抖,脸上充血。

"我求您,原谅我,"他一边结巴地说,一边抓住她的手,"我有三天没有见您了,我憋不住要见您。"

埃莱娜把手抽回来。他往后退,眼睛看着她,继续说:

"不要怕什么,我爱您……您若不给我开门,我会待在您的门口。哦!我知道这是疯了,但是我爱您,我爱您……"

她听着他,非常庄重,又沉默又严厉,使他痛苦万状。遇到这样的接待,他的热情全部退潮了。

"啊!我们为什么要玩这种可恶的游戏……我受不了,我的心都要炸了;我会做出疯狂的举动来的,比今晚还要严重;我会在众人面前抱住您,把您带走……"

一种疯狂的欲望使他伸出两臂;他走近了,吻她的长袍,发烫的双手乱抓。她站得笔直,冷若冰霜。

"那么,您什么也不知道?"她问。

他已在她睡袍打开的袖管里抓住她的赤裸的手腕,贪婪地吻着,她终于不耐烦地动了一动。

"行了吧!您看到我连听都不在听。我会去想这些事吗?"

她静了下来,把她的问题又提了一次。

"那么,您什么也不知道……好吧!我的女儿病了。我很高兴看到您,您来了我安心。"

她取了灯走在前面;但是在门槛前,她转身,目光明亮,态度严厉地对他说:

"我不许您再这样……决不可以,决不可以!"

他在她身后进了房里,还在颤抖,不大明白她对他说了些什么。在房里,在这个时刻,凌乱的衣物之间,他又闻到了马鞭草的香味,第一夜他看到埃莱娜蓬头散发,披肩从肩上滑了下来,这香味使他心里很乱。又到了这里,跪在地上,体会弥漫在空中的这种爱情的芬芳,怀着景仰等待着白天,在梦的占有中忘却自己!他的太阳穴爆炸了,他靠上女孩的小铁床。

"她睡着了,"埃莱娜低声说,"您看她。"

他一点没有听见,他的情欲不愿意沉默。她在他面前俯下身,他窥见她泛着黄光的后颈,还有细软鬈曲的头发。他闭上眼睛,免得抵挡不住诱惑,在那个部位吻上一吻。

"大夫,您看到了吗,她身子发烫……这不严重吧?"

这时,疯狂的欲望在脑袋里突突跳,他机械地摸到雅娜的脉搏，又回到了职业习惯……但是斗争是太激烈了，他一会儿没动一动，好像不知道这只可怜的小手抓在自己的手里。

"您说，她有高烧吗？"

"有高烧，您认为这样吗？"他跟着说了一遍。

小手把他的手也弄暖了。又是一阵静默。医生的意识在苏醒，他计算脉搏，眼睛里的火焰在熄灭。徐徐地，他的脸色苍白，他低下身，很不安，专注地瞧着雅娜。他喃喃地说：

"病来势很凶，您说得对……我的上帝，可怜的孩子！"

他的欲望消失了，只留下了一种热情，即如何为她效劳。他又恢复了冷静。他坐了下来，向母亲询问发病前的种种迹象，这时女孩呻吟着醒来了。她说头痛得可怕。头颈和肩膀都痛得那么厉害，她身子动一下就忍不住要哭一声。埃莱娜跪在床的另一边，鼓励她，向她微笑，看到她这样难受心都碎了。

"还有别人吗，妈妈？"她问，转过身看见大夫。

"这是一位朋友，你认识的。"

女孩对他看了片刻，在想，也像在犹豫，然后脸上掠过一丝温柔。

"是的，是的，我认识的。我很爱他。"

又甜蜜地说：

"先生，要把我治好，是吗？让妈妈高兴……您开什么药我服什么药，一定。"

医生又摸住她的脉搏，埃莱娜抓了她的另一只手；她在他们两人之间，把他们一个个看过来，头神经质地微微颤动，精

神非常集中,好像她从来没有把他们看得这样清楚。然后,她又难过得动来动去。她的小手抽搐,抓住他们:

"你们不要走开,我怕……保护我,别让这些人走近来……我只要你们,我只要你们两人,靠近些,哦!靠近些,挨着我,一起……"

她拉他们,痉挛似的把他们拉在一起,反复说:

"一起,一起……"

这样疯狂了好几回。平静时刻,雅娜陷入昏睡状态,大气不出一声,像死了那样。当她从这些短暂的睡眠中惊醒时,她听不到,看不见,眼睛蒙上一层白雾。医生守了半夜,病情很不稳定。他只是下楼了一会儿亲自去取药。将近天明,他走时,埃莱娜焦急地陪他到外客厅。

"怎么样?"她问。

"她的情况非常严重,"他回答,"但是不要怀疑,我求您啦。请相信我……我上午十点钟再过来。"

埃莱娜回进房里,见到雅娜坐了起来,神色迷茫地在周围找什么。

"你们把我撂下了,你们把我撂下了!"她叫道,"哦!我怕,我不愿意一个人待着……"

她的母亲亲她、安慰她,但是她还是在找。

"他在哪儿?哦!跟他说不要走开……我要他在这里,我要……"

"他要回来的,我的天使,"埃莱娜再三说,她跟女孩哭在一起,"他不会离开我们的,我向你起誓。他太爱我们了……嗯,乖,躺下。我留在这里,我等他回来。"

"是真的,是真的吗?"女孩喃喃地说,渐渐又陷入昏睡状态。

于是可怕的日子开始了,三个星期来令人提心吊胆。寒热没有退过一小时。只有医生在的时候握了她的一只小手,而她的母亲抓了另一只手,雅娜才安静一点。她在他们身上寻找庇护,她把暴虐的爱分给他们两人,仿佛她才明白她要有什么样热烈温柔的保护。她本来神经过敏,有了病变本加厉,这种过敏无疑告诉她只有他们的爱的奇迹才能救她。她好几小时瞧着他们待在床的两边,目光庄重深邃。所有人间的热情——见到的和猜到的——都表现在这个濒临死亡的女孩的目光里。她不说话,然而她用热烈的握手向他们说明一切,恳求他们不要离开,要他们明白看到他们这样她感到多么平静。医生走开后再回来,她欣喜万分,她的眼睛没有离开过门,充满了亮光,然后她平静下来,听到他们——他和母亲——在她身边转,低声说话,安心地睡着了。

发病的第二天,博丹医生来了。但是雅娜赌气扭转头,拒绝让他诊断。

"不要他,妈妈,"她喃喃地说,"不要他,我求你。"

他第二天又来时,埃莱娜只得跟他说起女儿的排斥心理。所以这位老医生也不走进房间。他隔天上她家来,探听消息,偶尔与他的同行德贝勒医生聊几句,后者是非常敬老的。

然而，什么事也别想欺骗雅娜，她的感官非常灵敏。神父和朗博先生每天都来，坐在那里，在难过的沉默中过上一个小时。一天晚上，因为医生走了，埃莱娜向朗博先生示意代替他的位置，握住女儿的手，让她不发觉她的好朋友已经离开。但是两三分钟后，睡熟的雅娜却睁开眼睛，猛地抽回手。她哭了，说人家戏弄她。

"你不再爱我了吗？你不愿再要我了吗？"可怜的朗博先生反复说，眼里满是泪水。

她望着他没有回答，她好像连认他也不愿意。这个正直的人回到自己的角落里，很伤心。他最后又悄无声息地进来，溜到窗洞前，半身躲在帷幕后，晚上就是这样悲伤发呆，眼睛定定地瞧着病人。神父也在，苍白的大面孔，瘦削的肩膀。他大声擤鼻子，不让别人看见他落眼泪。他的小朋友病危，他心乱得连他的穷人也顾不上了。

但是这两兄弟再躲在角落里也没用，雅娜还是感觉得到的；他们妨碍她，就是烧得昏昏沉沉时她也会悻悻然转过身去。她的母亲俯下身听到她喂喏：

"哦！妈妈，我痛……都叫我发闷……叫大家走，马上走，马上走……"

埃莱娜尽量细声细气向两兄弟解释女孩要睡了。他们理解，低着头走开了。他们一走，雅娜呼吸顺畅，目光在房间里转了一圈，然后又温情脉脉地望着母亲和医生。

"晚上好，"她喃喃地说，"我好了，请留下。"

三个星期，她就这样缠住他们。亨利起初一天来两次，然后在这里过整个晚上，他有多少时间就交给女孩多少时间。最初他害怕是伤寒，但是症状一个个出现前后矛盾，他也立刻感觉无从下手。他无疑遇到了那种捉摸不定的萎黄病，这在少女发育期会引起可怕的并发症。接下来他又担心心脏病变和初期肺病。引起他不安的是雅娜的神经质冲动，他不知如何控制，尤其是这种持续高烧，就是最大程度增加药物剂量也不会见效。他在这次治疗中用上全部精力和学问，唯一的想法是他在拯救自己的幸福，甚至自己的生命。他心中默默地严肃等待；焦虑不安的三星期中，情欲没有激起过一次；感到埃莱娜的气息也不再颤栗，当他们的目光交织时，他们就像两个同病相怜的人，表示出一种友爱的悲哀。

可是，每一分钟，他们的心更加交融一起。他们彼此心领神会。他一到，瞧她一眼就知道雅娜前一夜过得怎么样；他也不需要说，她就明白他看到病人情况怎么样。此外，她表现出做母亲的令人钦佩的勇气，要他起誓保证不瞒她，有什么担心要直说。她连续三星期每夜睡觉不到三小时，依然屹立不躺倒，表现出超人的力量和镇静。她掉一点眼泪，保持了清醒的头脑，克服了自己的失望情绪，去跟女儿的疾病斗争。她的心和四周已形成一片巨大的空白，外部世界、每小时的感情，即使自己的生存意识，都已陷入其中。什么都不再存在。她与生命的联系仅限于这个奄奄一息的亲骨肉和这个答应她创造奇迹的男人。她看到的与听到的是他，也只是他；他说的最无关紧要的话，也有最大的重要性，她毫无保留地听从，她还梦想与他合二为一，以增加他的力量。暗暗地，不可抗拒地完成了这样的占有。差不多每天晚上热度上升时，雅娜有一小时的危险时刻，他们静静地单独待在这个温湿的房间里，仿佛他们愿意双双一起抵抗死神，他们的手不由自主地在床沿上碰到，长时间的紧握使他们接近，他们因不安和怜悯而发颤，直等到女孩一声轻微的呻吟，一声舒松均匀的呼吸，告诉他们危险已经解除。这时他们点一点头放心了。这次又是他们的爱赢得了胜利。每次他们的手握得愈紧，他们的关系愈是密切。

一天晚上，埃莱娜猜测亨利有什么事瞒她。十分钟来他观察着雅娜没说一句话。女孩诉说渴得难熬；她窒息、喉干，发出持续不断的嗒嗒声，然后又昏昏睡去；她面孔绯红，眼皮沉重得睁不开。她毫无生气，要不是喉头有嗒嗒声，简直与死人无异。

"您觉得她不好，是吗？"埃莱娜简单地问。

他回答说不是，没有变化。但是他的脸色很苍白，一直坐着，为自己的无能垂头丧气。这时，尽管全身很紧张，她还是倒在了床另一边的一张椅子上。

"把一切都告诉我。您保证过的，一切都对我说……她完了吗？"

因为他不开口，她粗声又问了一遍：

"您看到我很坚强……我哭了吗？我绝望了吗？说吧，我要知道真相。"

亨利定定地瞧着她，慢慢地说：

"好吧！"他说，"再过一小时她醒不过来那就完啦。"

埃莱娜没有一声哽咽。她全身冰冷，吓得毛骨悚然。她垂下眼睛看雅娜，她跪下，有模有样抱住孩子，像要孩子靠着她的肩膀。足足有一分钟，她的脸对着孩子的脸，目光看了又看，要把自己的呼吸、自己的生命注入她的体内。小病人的喘息变得更加短促了。

"没有什么可做的了吗？"她抬起头又说，"您为什么呆在那里？做点儿什么呀……"

他做个无可奈何的手势。

"做点儿什么呀……我怎么会知道呢？随便什么，总有什么可以做的……您不要让她死去。这不可能！"

"我会去做一切的。"医生只是这样回答。

他站起身。那时展开了一场惊心动魄的斗争。他恢复了医生的镇定，下定了救死扶伤的决心。那是以前他不敢用冒险的施救方法，害怕会使这个没有多少生命力的小身子更加虚弱。但是现在他不再犹豫了，他差罗萨莉去找十二条蚂蟥，他向母亲吐露真情，这是一种绝望的尝试，也可能救了她的女儿，也可能杀了她的女儿。蚂蟥找来时，他看到她一时软弱了。

"哦！我的上帝，"她喃喃地说，"我的上帝，要是您把她杀了……"

他不得不征求她的同意。

"好吧！用吧，但愿上帝显灵！"

她没有放下雅娜,她拒绝站起身,她要让孩子的头靠在她的肩上。他表情冷静,一句话不说,注意力集中在他孤注一掷的尝试中。起初,蚂蟥没有吸住。几分钟过去了,在黑暗的大房间里,只有钟摆发出它无情和顽固的滴答声,每一秒钟带走一点希望。在灯罩投出的泛黄光圈中,雅娜那个可爱而又受苦的裸身躺在掀开的被子中间,像蜡一般苍白。埃莱娜两眼干涩,喉头哽塞,望着她的细弱已经死亡的四肢。为了看到女儿的一滴血,她宁可献出她全身的血。终于看到了一颗红点,蚂蟥吮吸了。它们一个个咬住身子,女孩的生命就取决于此了。这是惊心动魄的几分钟,雅娜的这声叹气,是最后的呼吸,还是生命正在起死回生?有一时,埃莱娜觉得她的身子发硬,以为她已经过去了,恨不得把这些贪婪吸血的丑东西统统抓走;但是一种更强大的力量制止她,她张口结舌,全身冰冷。钟摆继续晃动,充满忧愁的房间好像也在等待。

女孩动了。她沉重的眼皮抬起来了,然后又闭上,仿佛又惊奇又疲劳。她的脸上掠过轻微的震颤,好像一声呼吸。她张嘴。埃莱娜贪婪,紧张,俯下身去,疯狂地等着。

"妈妈,妈妈。"雅娜喃喃地说。

亨利这时走到床头,在少妇旁边说:

"她得救了。"

"她得救了……她得救了……"埃莱娜反复说,嘴里结巴,脸上洋溢喜气,她快乐地坐倒在地上,靠着床,疯子似的瞧着女儿,瞧着医生。

她又猛地站起来，扑在医生的怀里。

"啊！我爱你！"她叫喊。

她吻他，她紧紧搂他。这是她的内心话，隐藏了那么久的内心话，终于在这心潮翻腾的时刻不经意说了出来。在这美妙的时刻，母亲和情人合为一体了；她在感激涕零时表白了自己的爱。

"我哭了，你看到，我会哭的，"她结巴地说，"我的上帝！我多么爱你，我们会幸福的！"

她对他称"你"，她呜呜哭。憋了三星期的泪水，终于扑簌簌落了下来。她还留在他的怀里，孩子似的柔顺亲热，时而温情脉脉，时而心花怒放。然后她又跪下，再把雅娜抱起来，让她靠在自己的肩膀上睡着。女儿安睡时，她不时向亨利抬起湿润而又充满激情的眼睛。

这是喜庆的一夜。医生留得很晚。雅娜直躺在床上，被子盖到下巴，棕发的小脑袋埋在枕头中央，闭着眼睛没有睡着，又舒心又倦乏。放灯的小圆桌已移到壁炉旁边，只照亮房间的一个角落，使埃莱娜和亨利留在暗影里，他们还是坐在老地方，小床的两边。但是女孩没有隔开他们，反而接近他们，在他们的第一个爱情之夜添上了她的童心无邪。他们两人经过漫长焦虑的日子尝到了平静的滋味。终于他们肩并肩在一起，心扉也更加敞开。他们明白，在这些战战兢兢、同甘共苦的时刻他们更相爱了。这个房间也是媒介，那么温润，那么安静，充满宗教气氛，在病床四周保持着多么不平静的沉默。埃莱娜时而站起身,踮起脚去找药,把灯扭亮,吩咐罗萨莉做事,而医生的眼睛跟着她,向她示意走路轻一点。然后她又坐下,他们相互一笑。他们不说一句话,他们只关心雅娜一个人,她就像他们的爱情本身。但是有时在照顾她,给她拉被子或者垫高她的枕头时,他们的手碰上了,两人挨在一起也悠然出神了一会儿。他们允许自己做的也仅是这种无意的、悄悄的抚摩。

"我没有睡,"雅娜喃喃地说,"我知道你们在这里。"

这时,听到她说话他们就快活了。他们的手分开了,他们没有其他欲念。孩子使他们满足,使他们平静。

"你好吗,亲爱的?"埃莱娜看到她扭动身子问。

雅娜没有立即回答,她像在梦中说话。

"哦!是的,我不再觉得……但是我知道你们在,这叫我开心。"

然后,过了一会儿,她竭力抬起眼皮瞧着他们。她圣洁地一笑,又闭上了眼睛。

第二天,当神父和朗博先生出现时,埃莱娜无意中表现出了不耐烦。他们到她的小窝来扰乱了她的幸福。他们向她提问,害怕听到坏消息,她竟恶意地对他们说雅娜的病没有起色。她这样回答没有经过思考,只是出于自私的目的,要把雅娜脱离危险的音讯留给自己和亨利两人知道。别人为什么要分享他们的幸福?这是属于他们的,别人知道了,幸福好像就会少了似的。她简直以为是让一个陌生人干涉了她的爱情。

神父走近床前。

"雅娜,这是我们,你的好朋友……你不认识我们了吗?"

她严肃地点点头。她认识他们,但是她不愿意说话,悠然出神,向母亲会意地看看。这两个好人走开了,比平时晚上还要难过。

三天后,亨利允许病人尝一个带壳鸡蛋。这是一桩大事,雅娜就是要关上门单独跟妈妈和医生一起时才吃。朗博先生恰好也在,母亲已经把一块餐巾当做桌布铺在床上,她在母亲耳边喃喃说:

"等他走了再说。"

然后,当他走远了:

"马上吃,马上吃……没有人的时候才有意思呢。"

埃莱娜让她坐好,而亨利在她背后放两只枕头托住。一条餐巾铺好,另一条放在膝盖上,雅娜带着微笑等待。

"我给你打开壳,要吗?"母亲问。

"好的,就这样,妈妈。"

"我给你切三根面包条。"医生说。

"哦!四根,我要吃上四根,你看着吧。"

她现在对医生也称"你"。当他递给她第一根面包条时,她抓住了那只手,因为她也抓了母亲一只手,她怀着同样的热情把两只手先后吻了一遍。

"好了,要懂事,"埃莱娜看着她快要哇地哭出来的样子,"吃你的鸡蛋吧,好叫我们高兴。"

雅娜开始吃了,但是她太虚弱了,吃上第二根就累极了。

她吃一口笑一笑,说牙齿都松软无力。亨利鼓励她。埃莱娜含泪欲滴。我的上帝!她看到自己的女儿吃东西了!她看着女儿吃面包,吃第一只鸡蛋,心情好极了。突然想到雅娜僵死在被子下,就全身冰冷。她在吃,她吃得那么文雅,动作悠悠的,像康复病人细嚼慢咽!

"妈妈,你不会生气了……我尽我的力,我吃到第三根了……你满意吗?"

"是的,十分满意,亲爱的……你不知道你叫我多么快活。"

她喜气洋洋,高兴得忘乎所以,把身子靠到了亨利的肩上。两个人都向女孩笑。但是女孩却慢慢地显出不自在的样子:她偷窥他们,然后低下头再也不吃了,而且脸色发白,带点疑虑和怒意。应该让她上床了。

（三）

病养了好几个月。到了八月,雅娜依然躺在床上。傍晚她下床一两个小时,就是走到窗前对她也是勉为其难,她横在一张坐椅上,面对夕阳里着了火似的巴黎。两条腿就是搬不动她;就像她带着苍白的微笑说的那样,她身体内的血还没有一只小鸟多,必须等到她喝上了许多汤,汤里还要加了一些肉。她要到下面花园里去玩,就必须高高兴兴吃下去。

时光流转,几个星期、几个月就这样流逝过去,单调美好,埃莱娜过得连日子也不用记。她不再出门,她在雅娜身边把世界都忘了。外界的消息一条也传不到她这里。室外是尘嚣中的巴黎，室内比深山里的修道院还要幽深封闭。她的孩子得救了，这件事确定无疑，她就不问其他。她终日注意的就是她的健康有没有恢复；稍有进展，眼目明亮，动作活泼，她就感到幸福。每一小时她看到女儿好转，女儿的眼睛美了、头发恢复柔软了，好像是她给了女儿第二次生命。复活的过程愈长，她体会的乐趣愈多，记起从前喂她吃的日子，看到她恢复体力，心情比起从前合起手量她的两只小脚，想知道多久能走路时还要激动。

可是她还有一桩心事。她好几次注意到雅娜会脸色发白，而且会突然多疑和暴躁。为什么她高高兴兴的会有这种突然变化？她难过吗？她有隐痛不告诉母亲吗？

"告诉我，亲爱的，你怎么啦……你刚才还在笑，现在又有心事。回答我，哪里痛？"

但是雅娜猛地转过头去，把脸埋在枕头里。

"我没什么，"她不多说，"我求你，别管我。"

她一个下午像记恨似的，眼睛盯着墙壁，执拗不听话，忧伤不已。她的母亲不知其中原因，弄得束手无策。医生也不知说什么好。总是他在的时候这些病发了。他认为这是女孩的神经质原因，尤其他叮嘱大家不要违逆她。

一天下午，雅娜睡着了。亨利觉得她情况很好，在房里多待了一会儿，跟埃莱娜聊天，她还是在窗前重新忙她那干不完的针线活。自从那个可怕的夜晚，她在热情的呼唤下向他表白了自己的爱，两个人都平平静静过日子，知道彼此相爱已经够甜蜜了，不用担心明天，也忘了世界。在雅娜的床边，在这个还留有孩子垂死阴影的房间里，他们清心寡欲，不受感官的骚扰。听到无邪的女儿的呼吸心境也很平静。于是随着病人体力增强，他们的爱情也更有力量；爱情也有了血色，他们并肩在一起，身子发颤，享受现在，不愿意去问今后雅娜病愈之后，他们自由高亢的情欲爆发时将怎么办。

好几个小时，他们有一句没一句地说着话，断断续续，为了不惊醒女孩放低了声音。话再怎么平凡，他们听了也深入内心。那一天，他们相互很动情。

"我向您保证她好多了，"医生说，"用不了两星期，她就可以下楼到花园里去了。"

埃莱娜针扎得很快，她喃喃地说：

"昨天，她还很忧愁……但是今天早晨她有说有笑，她答应我要学乖。"

一阵长时间静默。女孩还在熟睡，给他们两人创造了一种平静的氛围。当她这样休息时，他们都会感到轻松，心里更感密切了。

"您后来没再去过花园？"亨利又说，"现在开满了花。"

"雏菊都长高了吧？"她问。

"是的，花坛美极了……铁线莲长到榆树上去了。成了一个绿色天地。"

沉默又开始。埃莱娜放下针线，带着微笑瞧着他，他们都想到走在花草茂密的小径上，这是理想的小径，暗影幽深，玫瑰花瓣飞舞。他弯着身子对着她,嗅到她的晨衣散发马鞭草的淡淡香味。但是被子掀动声扰乱了他们。

"她醒了。"埃莱娜说,她抬起头。

亨利已经躲到一边,他也向床的方向看一眼。雅娜则把枕头夹在她的两条小胳臂里;下巴埋在羽绒垫里,整张脸转向他们。但是她的眼睛还是闭着,她像又睡着了,呼吸重新缓慢和均匀。

"您还一直缝东西?"他问,走了近来。

"我的手闲不住,"她答,"这是机械动作,帮我清理思想,我对同一件事想上好几小时都不会觉得累。"

他不再说什么,看着她的针穿过棉布,发出有节奏的小声音;他觉得这根线也在密切他们两人的生活。她会好几小时缝线;他也会好几小时坐在那里,倾听针的语言——这种悠闲使他们产生共同语言,而决不会使他们无聊。在这样度过的日子里,在这个宁静的角落里,他们的欲望就只是两人紧紧挨在一起。因为孩子睡着,他们不去惊动她,以免扰乱她的睡眠。令人神往的静止,听得见心跳的沉默,唯有爱与永恒给予他们无限的愉悦!

"您真好,您真好。"他喃喃地说了几遍,只会说这句话来表达她给他的欢乐之情。

她又抬起头,得到别人那么热烈的爱并不感觉丝毫局促。亨利的脸就在她的脸旁边。他们相互凝视了一会儿。

"让我工作吧,"她声音幽幽地说,"我永远也做不完了。"

但是这时,一种出自本能的不安使她转过头去。她看到雅娜面孔煞白,睁着乌黑的大眼睛瞧着他们。女孩没有动,下巴埋在羽绒垫里,枕头还是搂在小胳臂里。她只是刚刚睁开眼睛,她瞧着他们。

"雅娜,你怎么啦?"埃莱娜问,"你病了吗?你要什么东西吗?"

她没有回答,她没有动,连眼皮也没有放下,一双发愣的大眼睛里面喷出火焰,额头蒙上一堆冷酷的暗影,脸颊灰白凹陷。她的手腕已经翻转,好像快要痉挛发病。埃莱娜急忙起身要求她开口说话,但是她姿势僵硬不动,盯着母亲的目光那么阴沉,母亲面孔泛出红晕,结巴地说:

"大夫,您看,她怎么啦?"

亨利把他的椅子从埃莱娜的椅子边移开。他走近床,想把她紧紧捏住枕头的小手拉出一只来。这一接触使雅娜像给什么震了一下。她翻身朝向墙壁,大叫:

"别碰我,您……您弄痛了我!"

她钻到被子底下。他们两人用好话劝了她一刻钟也没用。然后因为他们还在劝,她索性坐起身来,两手一合恳求说:

"我求求您,别管我……您弄痛了我。别管我。"

埃莱娜十分沮丧,走去又在窗前坐下。但是亨利没有坐在她身边的位子。他们刚才终于明白,雅娜嫉妒了。他们找不到一句话。医生默默地踱了一分钟,然后他告辞,看到母亲焦虑地朝床看了一眼。当他走远后,她回到女儿身边,用力把她抱了起来，对她说了很久。

"听着，我的乖孩子，我是一个人……瞧着我，回答我……你不难受吗？那么，我叫你痛苦啦？把一切都告诉我……你恨的是我？你心里到底有什么？"

但是她是白费口舌，徒然把问题反复地用不同形式提出来，雅娜发誓说自己没什么。然后她冷不防地叫起来，重复地说：

"你不爱我了……你不爱我了……"

她放声大哭，两条抽搐的胳臂搂着母亲的脖子，在她的脸上贪婪地吻了个遍。埃莱娜心头受了创伤，压着难以形容的悲哀，长时间把她抱在怀里，两个人的眼泪流在一起，埃莱娜跟她起誓说决不会像爱她那样爱别人。

从这天开始，雅娜的嫉妒心会因一句话、一个目光而发作。她在病危的日子，一种本能要她接受这种爱，她觉得身边有这样的爱那么温柔，也是她的救星。但是现在她强壮起来，她不愿别人也得到母亲的爱。这时，她对医生产生了怨恨，随着健康日益好转，怨恨慢慢加强，变成了憎恨。这在她的执拗的头脑里，在她的多疑而又默默无言的小心灵里酝酿。她决不愿意对别人解释清楚，因为她自己也不知道。当医生离得母亲太近，她难受，她把两手放在胸前。就是这样，心在燃烧，愤怒的情绪使她胸口窒息和脸色苍白。她自己也控制不住。有人斥责她讨厌，她觉得很不公平，更加倔，一句话不回答。埃莱娜身子发抖，不敢过于逼她说出不舒服的原因，眼睛躲开这个十一岁女孩的目光,孩子的目光早熟地显露出女性情欲的所有活力。

埃莱娜看到雅娜要疯狂地发作,但又忍住,憋得气都透不过来,这时她噙着眼泪对雅娜说:"雅娜,你叫我难过。"

从前这句话威力无比,会叫她哭倒在埃莱娜的怀里,现在已不再感动她。她的性格变了,脾气在一天之内要变上十次。经常她说话简短,带命令的口气,对母亲就像对罗萨莉一样,为了一点点小事麻烦她,表示不耐烦,一直发牢骚。

"给我来一杯蒂萨茶……你真慢!要让我渴死了。"

当埃莱娜把杯子递给她:

"没有放糖……我不要。"

她动作粗野地躺下,第二次茶来时又一推,说太甜了。她说,没有人愿意治好她的病,都是故意这样。埃莱娜怕她愈说愈疯,不答话,瞧着她,脸上淌下大颗的眼泪。

雅娜还把脾气留到医生来的时候发。他一进门,她平躺在床上,阴沉地把头低下,仿佛一头害怕陌生人走近来的野兽。有的日子,她不说话,把手臂给他,他号脉检查,死气沉沉,眼睛望着天花板。有的日子她甚至不愿意看到他,把两只手死命地蒙在眼睛上,要把她的胳臂扭过来才能把两手拉开。一天晚上,母亲给她吃一勺汤药,她说出这句狠心的话。

"不,这药会把我毒死的。"

埃莱娜大吃一惊,痛苦钻心,又怕对这句话寻根究底。

"你说什么,我的孩子?"她问,"你知道自己在说些什么吗……药从来没有好味道的。把这个喝了。"

但是雅娜顽固地不声不响，扭转头不吃药。从这天开始，她非常任性，服药不服药全凭一时的心情。她满腹狐疑地把床头上的小药瓶嗅闻检查。有什么药不要吃，她认得出来；她宁愿死也不喝上一滴。只有老实的朗博先生说的话她偶尔还听。她现在对他温顺得过分，尤其医生在的时候。她目光闪闪地对着母亲，看她是不是因她把感情给了另一个而难过。

"啊！好朋友，是你啊！"他一出现她就叫，"来这里坐，近些……你有橘子吗？"

她坐起来，笑着搜他的口袋，口袋里总放着糖果。然后她亲他，矫揉造作地表现热情，在母亲苍白的脸上看到苦恼，就得到满足和报复。朗博先生跟他的小宝贝和解之后喜气洋洋，但是在外客厅，埃莱娜走上去迎接他时，只是跟他迅速简短地交流几句。这时，他突然看到了桌上的药剂。

"咦！你喝糖汁？"

雅娜的脸色阴沉下来，她悄悄说：

"不，不，这不好喝，发臭，我不喝这个！"

"怎么！你不喝这个？"朗博先生样子快活地说，"我打赌这好喝……你愿意给我喝一点吗？"

不等到同意，他就给自己倒了一大勺，眉头不皱就吞了下去，还装得很满意。

"哦，好味道！"他喃喃地说，"你错了……等等，先来一点点。"

雅娜觉得好玩也就不再推辞。她要朗博先生把药尝过后才服,她仔细观察他的动作,仿佛在他的脸上研究药的效果。这位好人一个月内就这样往自己的喉咙里灌药。当埃莱娜谢谢他时,他耸耸肩。

"别提了!这确实很好喝!"他最后说,他自己也深信不疑,分享女孩的药对他也是一件乐事。

他在雅娜的身边度过夜晚。神父则隔日必来一次,雅娜能多留他们一会儿就尽量多留一会儿,看到他们取帽子要生气。现在她怕单独跟母亲和医生在一起,她愿意房里总是有人把他们隔开。经常她没有事也要喊罗萨莉。当他们一起来,她目不转睛看着他们,目光跟着他们到房间的角角落落。当他们的手碰在一起,她脸色发白,如果他们低声说几句话,她坐起来,很恼火,要知道在说些什么。甚至母亲的衣裙拖在地毯上碰到医生的脚,她也不能忍受。他们没法接近,互看一眼,而不引起她身子发抖。她的痛苦的肉体,她的无邪然而有病的可怜小身体特别敏感激动,当她猜想他们在她背后相对而笑时,会突然转过身来。他们在哪几天相爱更深,她可以根据他们带动的空气感觉出来。在这样的日子里,她更加阴郁,像神经质的女人在暴风雨来临前那样痛苦不堪。

埃莱娜周围的人都认为雅娜已经得救,她自己也已渐渐深信不疑。所以她最后把这些发作看成是娇宠孩子的常病,不当一回事。忧心忡忡地过了六个星期,她感到一种生活的需要。她的女儿现在有几个小时不用她照顾;度过这样的时光真是一种美不可言的轻松,一种休息,一种享受——她那么久以来不知道自己是否还存在。她搜寻抽斗,发现遗忘的物件非常高兴;她忙于做这些小事情,为了重过幸福的日常生活。在新生中她的爱情也成长了,亨利成了她尝了那么多苦头后应得的补偿。在这个房间的角落里,他们与世隔绝,已忘了任何障碍,没有什么能分离他们,除了这个因他们的情欲而惊厥的女孩子。

然而恰是雅娜激起了他们的欲念。她总是挡在中间,目光窥视着他们,逼得他们不断约束自己,装作若无其事,反使他们摆脱后心里更加动荡得厉害。有好几天,他们无法交换一句话,觉得她在偷听,即使她表面上昏睡时也是这样。一天晚上,埃莱娜送亨利出来;在外客厅里,她一声不出温顺地将要倒在他的怀抱里时,雅娜在关闭的门后大喊大叫:"妈妈!妈妈!"声音那么愤怒,仿佛医生在母亲头发上掠过的热吻反弹在她的身上。埃莱娜只好急忙回房,因为她听到女孩从床上跳了下来。她看到女孩抖索、发怒,穿了衬衫奔过来。雅娜不愿意一个人留下。从这天起,在到来和告别时两人只能握一下手。德贝勒太太带了她的小吕西安到海边去了一个月,医生的时间完全由自己支配,在埃莱娜身边却不敢待上十分钟。他们在窗边已不能那么甜蜜地聊上很长时间。当他们相互注视时,眼睛燃起愈来愈旺的情焰。

尤其叫他们受尽折磨的是雅娜的脾气变化无常。一天早晨医生俯身对着她,她的眼泪落了下来。整个白天,她的憎恨转变成了虚弱的温情；她要他待在床边，她二十次地叫母亲，像要看到他们并排在一起，动情微笑。埃莱娜欢欣鼓舞，已在梦想今后一连串这样的日子。但是第二天起，当亨利到达时，女孩接待他时那么生硬，母亲使个眼色请他离开房间；雅娜深恨自己对他那么好，折腾了整整一夜。这类情景随时随地都会重现。女孩带给他们美好的时光，对他们表示热情温柔以后，这些困难的时刻好像鞭子一下下抽打，更加刺激他们要投入对方怀抱的欲望。

这时，埃莱娜徐徐滋生一种反抗情绪。不错，她会为女儿去死，但是这个恶意的女儿已脱离危险，为什么要这样折磨她？她做起她日夜思念的梦，某个朦胧的梦，她和亨利在一个陌生美丽的地方散步，雅娜铁青着脸的形象突然出现，使她肝肠欲裂，无休无止。母爱和情爱的争夺，使她感到太痛苦了。

一天夜里，医生不顾埃莱娜的明令禁止来了。一星期来，他们没交换过一句话。她拒绝接待他，但是他慢慢地把她往房里推，像是要她放心。到了里面两人都以为能够把持自己。雅娜睡得很熟。他们在经常坐的位子坐下，离窗很近，离灯很远；宁静的阴影罩着他们。他们凑近面孔低低交谈了两小时，声音低得在这睡意朦胧的大房间里能辨别出呼吸声。偶尔他们转过脸，对雅娜秀气的侧影看一眼，她的一双小手合放在被子中央。但是他们最后把她忘了，嘁嘁喳喳的谈话声高了起来。埃莱娜突然惊醒，把发烫的双手从亨利的热吻中挣脱。他们几乎犯下了恶行，这吓出她一身冷汗。

"妈妈！妈妈！"雅娜突然激动，像受到噩梦的惊扰，结结巴巴地叫喊。

她在床上挣扎，满目睡意，努力要坐起来。

"躲一躲，我求您，躲一躲，"埃莱娜焦虑地再三说，"您在这里，她会气死的。"

亨利马上躲到窗洞下一块蓝丝绒窗帘后面，但是女孩继续呻吟。

"妈妈，妈妈，哦！我难受极了！"

"我在这里，在你身边，亲爱的……你哪儿难受？"

"我不知道……这里，你看。这里在烧。"

她睁开眼睛，面孔挛缩，她把两只小手压在胸前。

"这一下子来的……我睡着，不是吗？我觉得有一团大火。"

"这已过去了，你不觉得什么了吧？"

"觉得的，总是觉得的。"

她不安的目光在房间里转了一圈。现在她完全醒了，恶毒的疑云出现在她的脸上，脸颊变得灰白。

"你一个人吗，妈妈？"她问。

"是的，亲爱的！"

她摇摇头，张望嗅闻，神情愈来愈激动。

"不，不，我很明白……有人……我怕，妈妈，我怕！哦！你骗我，你不是一个人……"

神经发作了，她仰身倒在床上，呜呜哭，往被子下面躲，像要逃过一场危险。埃莱娜急疯了，马上叫亨利出来。他要留下来给她治病，但是她把他往外面推。她再回来，把雅娜抱在怀里，而雅娜翻来覆去这句话，这句话每次说时包含了她的最大痛苦。

"你不爱我了，你不爱我了！"

"住嘴，我的天使，不要这样说，"母亲大声说，"我爱你超过爱任何人……你会看到我多么爱你！"

她一直服侍到天亮，决心把她的心交给女儿，看到自己的爱在这个亲人心中引起那么痛苦的反响，感到害怕。女儿是以她的爱情活着的。第二天，她要求了解病情。博丹医生像碰巧似的来了，检查病人，一边说笑一边诊断。然后他跟留在隔壁房间的德贝勒医生谈了好长时间。两人的一致意见是目前的状况并不严重，但是他们害怕并发症，他们向埃莱娜问了很久，觉得这一类精神病可以在家族中找出病史，科学对它还无能为力。这时，她说出他们已经部分了解的往事，她的一个祖辈被关在普拉桑几公里外的图莱特疯人院，她的母亲一生疯疯癫癫，在一场急性痨病中突然死去。她在外貌和理智方面很像父亲。而雅娜则相反，外貌酷似那个祖辈；但她体质弱，没有高大的身材和强壮的骨架。两名医生再一次嘱咐她要小心对待。这类萎黄病再怎么谨慎也不算过分，它会引起许多危险的并发症。

亨利听着博丹老医生的话，要比对别的同行更加崇敬。他向博丹老医生问起雅娜的情况，像一个对自己能力产生怀疑的学生。实际上是他到这个女孩面前就怕得发抖；这越出了他的医学能力，他害怕把她治坏，失去她的母亲。一星期过去了，埃莱娜不再请他走进病人的房间。这样，他的心受了创伤，生病了，主动不再上她的家去。

将近八月底，雅娜终于能够下床了，在公寓里走动。她笑得很舒心；两星期中她没有发过一次病。她的母亲专心待在她身边，这是治愈她的良药。最初日子，女孩还是不信任，对她的吻要辨别味道，看到她的动作感到不安，入睡以后要抓住她的手，睡梦中也不放开。后来看到没有人再上楼来分享母亲的爱，她恢复了信心，很高兴重过以前的好日子，只有她们两人在窗子前干活。每天早晨她脸色红润。罗萨莉说她像花一般的日益鲜艳。

可是有几个晚上，夜色来临时，埃莱娜萎靡不振。自从女儿得病以来，她脸色始终严肃、苍白，额上出现一道以前没有的大皱纹。当雅娜发觉这一个颓唐的时刻，这一种绝望空虚的光景时，自己也感到非常痛苦，心头沉重，有一种内疚感。慢慢地，她搂着母亲的脖子不说话。然后声音低低地说：

"你幸福吗，小妈妈？"

埃莱娜身子一个寒战，急忙回答：

"是的，亲爱的。"

女孩还是问：

"你幸福吗，你幸福吗……真的吗？"

"真的……为什么你说我不幸福？"

这时，雅娜把她紧紧地搂在两条细瘦的胳臂里，像是在补偿她。她愿意那么爱女儿——埃莱娜说——那么爱她,全巴黎也找不出一个母亲有那么幸福。

(四)

八月份,德贝勒的花园成了真正的绿色天地。铁栅栏上丁香花、金雀花盘绕一起,常春藤、忍冬、铁线莲到处伸长它们的无尽的枝蔓,盘绕缠结,水帘似的挂下来,沿着墙垣爬行,直至花园深处的榆树。树与树之间就像挂了一块帐篷,榆树像支撑花木大厅的坚实茂密的圆柱。这座花园不大,一片阴影就能全部覆盖。到了正午,太阳在中间投下一块金黄斑点,映出圆形的草坪,两旁是花坛。在石阶上有一株大玫瑰树,开了成百朵茶色大花。到了晚上,温度下降,香味变得更加浓郁,玫瑰花的温香在榆树下凝滞不去。这个芬芳扑鼻的小角落是值得留恋的,那里看不到邻居,给人造成一种原始森林的幻觉,而在维欧斯街上北非大风琴正在演奏波尔卡舞曲。

"太太,"罗萨莉每晚问,"小姐为什么不下楼到花园去?她在树下会很舒服的。"

罗萨莉的厨房里也伸进了榆树枝。她用手拉掉叶子,她生活在这么一个大花球中也很快活,钻在里面什么都看不见。但是埃莱娜回答:

"她的体质还不够好,树荫下太凉对她有害处。"

可是罗萨莉还是要说。她以为有了什么好主意,不肯轻易放弃。太太以为树荫对身体不好那没有道理,还不如说太太怕给人家添麻烦；但是太太错了，那里根本连人影儿也没有，先生不会在的，太太要在海边过到九月中旬，是的，不错。门房太太要泽菲林去打扫庭院，泽菲林和她这两个星期六都在那里过下午。哦！真美，美得叫人不能相信！

埃莱娜始终不改口。雅娜好像很想到花园去，她在病中经常谈起；但是一种奇异难堪的感情叫她低下眼睛，似乎阻止她在母亲面前坚持要去。最后，到了下一个星期日，女仆气吁吁地来了，说：

"哦！太太，一个人也没有，我向您起誓。只有我和泽菲林，他在耙草地……让她去吧。那里多舒服，您没法想象。去一会儿，只一会儿，看看。"

她那么肯定，埃莱娜让步了。她给雅娜罩上一块披肩，要罗萨莉再拿一条大台布。女孩很快活，她这种无声的快活，只是通过明亮的大眼睛表露出来的；为了表示自己有力气，还不要人帮助走下楼。母亲在她身后张开手臂，随时准备扶住她。当她们走到下面踏进花园，两人都叫了起来。她们认不出了，花草铺天盖地，哪里还像她们春天看到的布尔乔亚式的整齐小角落。

"我不是跟你们说了吗！"罗萨莉得意洋洋地说。

树丛茁壮长大，花径成了羊肠小道，弯曲形成一座迷楼，人走过裙子都给勾住。真像走进了森林深处，遮天的浓荫只透过一道绿光，又柔和又神秘，迷人得很。埃莱娜寻找四月份她在树下坐过的那棵榆树。

"但是,"她说,"我不要她待在里面。树荫太凉了。"

"等一等,"女仆说,"你们会看到的。"

走上三步就穿过了树林。黄澄澄的一道阳光挂下来,在草坪形成一个绿色的洞穴,温暖静寂,像森林中的空地。抬起头看到蔚蓝色天幕下映出几根树枝,轻巧得像镂空的花边。大玫瑰树上的茶色花朵在高温中有点凋谢,沉睡在枝条上。花坛里红色白色的雏菊颜色发暗,好像旧地毯的绒头。

"你们会看到的,"罗萨莉又说,"让我来干。我会安排的。"

她在花径边上树荫到头的地方铺上台布。然后她叫雅娜坐下,披肩盖没双肩,要她把小腿伸直。这样女孩的头埋在阴影里,脚露在阳光中。

"你好吗,亲爱的?"埃莱娜问。

"哦!好的,"她回答,"你看,我不冷。我还像大火烤似的……哦!呼吸很畅快,真好!"

这时,埃莱娜神色不安地瞧着窗户关闭的别墅,说她上去一会儿。她对罗萨莉千叮万嘱;要她注意太阳,不要让雅娜待在那里超过半小时,她眼睛要盯着她。

"不要怕,妈妈!"女孩叫,她笑了,"这里不会有车辆的。"

当她一个人时,她抓了几把细石子放在旁边,从一只手像雨似的撒落到另一只手里玩。这时,泽菲林正在耙地。当他看到太太和小姐,慌忙把挂在树枝上的军衣穿上。他站在那里表示敬意,地也不耙了。雅娜生病期间,他按照习惯每星期来,但是他溜进厨房小心翼翼,要是罗萨莉每次来探听消息时不加上一句说他也问候太太,埃莱娜也不会注意到他来了。哦!像她说的,他学得礼貌周到了;他在巴黎乡气脱去不少。这时他靠在耙子上向雅娜点头表示同情。她看见他时,微微一笑。

"我大病了一场。"她说。

"我知道,小姐。"他回答,一只手放在胸前。

然后,他想找一句好听的话、一句玩笑来活跃气氛,他又说:

"您的身体休息好了,您看。现在,它又会轰隆隆地响了。"

雅娜又抓了一把石子。这时他对自己很满意,咧开嘴不出声音地在笑,他又双臂奋力耙起地来,耙子在细石路上发出均匀的尖声。几分钟后,罗萨莉看到女孩专心在玩自己的游戏,高兴平静,就一步步走开,像被耙子声吸引了过去。泽菲林在草坪的另一边,晒在阳光下。

"你汗多得像头牛,"她喃喃地说,"把军衣脱下来。小姐不会觉得你失礼的,脱吧!"

他脱下军衣,又挂在树枝上。他的红军裤束得很高,腰间勒了一根皮带,而一件褐色粗布硬纤维领衬衫紧得撑了开来,使他的上身更加浑圆了。他摇着身子卷起衣袖,想向罗萨莉露出臂上的文身,那是两颗燃烧的心,这是他在连队里刺的,还有这句话:**天长地久**。

"今天早晨你去望弥撒了吗?"罗萨莉问,每个星期天她都要他受一次这样的审问。

"望弥撒……望弥撒……"他打哈哈说。

他的两只红耳朵张开，平头理得很光，浑圆的身子叫人一看就知道很爱说笑。

"望弥撒我哪能会不去呢。"他最后说。

"你撒谎，"罗萨莉哇啦一声，"我看出你在撒谎，你的鼻子在动呢……啊！泽菲林，你堕落了，你连宗教也不要了……小心着吧！"

他作为回答，做了一个殷勤的手势，要把她的腰搂住。但是她显得很气愤，叫：

"你不规矩，我要你把军衣穿上……你不害臊！小姐在那里瞧着你呢。"

这时，泽菲林耙得更加起劲了。雅娜确也抬起了眼睛，游戏玩累了。玩石子以后，她搜集过叶子，拔过草；但是她有点懒了，什么都不做，瞧着阳光一点点把她照过来。刚才只有膝盖下的小腿晒在阳光里，现在她的腰部也照到了，温度逐步上升，她也觉得热气传到身上，像抚摸，暖洋洋的非常舒服。最使她感到有趣的，是披肩上跳跃着美丽的黄斑点，简直是小动物。她仰起头，看会不会爬到脸上。她两手交叉放在阳光里等待。这双小手多么瘦！多么透明！阳光可以把它们照穿，她觉得这双手还是漂亮，像贝壳似的粉红色，纤巧修长，像童年耶稣的小手。后来，户外的空气、周围的大树、太阳的热气有点叫她发晕。她以为要睡着了，可是她还是看到、听到。这样真好，真甜蜜。

"小姐，要不要往后挪一挪，"罗萨莉又回来说，"太阳晒着太热了。"

但是雅娜一挥手不想动。她觉得挺好。现在她只在注意女仆和小兵,孩子都有这种好奇,刺探别人家瞒着他们的事情。她低下头,制造假象不在看什么;她装得睡着了,却从长长的眼睫毛里向外偷看。

罗萨莉还待了几分钟。她无力抵抗耙子的响声,又去找泽菲林,走上一步又一步,好像身不由己。她训斥他的怪腔怪调,其实她很惊讶,动心,暗中充满钦佩。这名小兵跟着同伴经常在植物园、兵营所在地水塔广场溜达,学得像巴黎驻兵那样怡然自得,口齿伶俐。他学会了注意谈吐,献殷勤,对太太们说酸溜溜的好听话。有几次,她高兴得喘不过气来,听着他跟她说话摇头晃脑,又插上几句时髦话,她听不懂,然而她听着十分自豪。他穿军服也不再别别扭扭,说话指手画脚毫不胆怯,尤其把军帽往后脑勺一推,露出他的圆面孔和高耸的鼻子,软绵绵的军帽随着身体摆动也另有一套。然后他放松了,喝上一杯,搂女人的腰。现在,他嘻嘻哈哈、欲言又止的样子,说明他见过的世面要比她多。巴黎把他的乡气改掉不少。她站到他面前,又迷惑又恼火,不知道该捆他耳光还是让他把话往下说。

可是,泽菲林耙着地转过了弯,在一簇树丛后面向罗萨莉递眼色,同时用耙子一点点把她扒拉了过去。当她近在身边时,他在她的臀部狠狠拧了一下。

"别叫,这是我爱你!"他喃喃说话,已带巴黎音,"来一个吧!"

他在她的耳朵上趁势吻了一下。然后因为罗萨莉把他拧得几乎出血,他又深深地给了她一个吻,这次在鼻子上。她满脸通红,心里却很高兴,碍着小姐在场没能给他来上一记耳光而发急。

"我给刺了一下。"她回到雅娜身边说,解释她刚才发出轻轻的叫声。

但是女孩通过树丛细疏的枝条看到这一幕,士兵的红裤子和衬衫在绿色丛中颜色鲜艳。她朝罗萨莉慢慢抬起眼睛,呆看了一会儿,面孔更红了,嘴唇湿润,头发蓬松。然后她又低下眼睛,抓了一把石子,没有力气玩了。她双手撑在热土上,在阳光的颤动中似睡非睡。她觉得身上来了气力,堵着胸口。她看到的树木也像变得巨大粗壮了,玫瑰的香味在身边弥漫。她想到一些模糊不清的事,惊异欣喜。

"小姐,您在想什么?"不安的罗萨莉问。

"我不知道,没什么,"雅娜回答,"啊!是的,我知道……你看,我要活到很老……"

她解释不清这句话什么意思。她说,她是想到什么说什么。但是晚上,晚饭后,她在想心事,母亲问她,她出人意外地提出这个问题:

"妈妈,表兄妹可以结婚吗?"

"当然可以,"埃莱娜说,"你问这个干吗?"

"不干什么……知道一下。"

埃莱娜听到她提出怪问题也习以为常。女孩到花园去上一会儿后精神挺好,于是遇上有太阳的日子她就天天去。埃莱娜也渐渐不再反对,那幢楼始终关闭,亨利也不出现,她最后就留下来坐在雅娜旁边,占去台布的一只角。但是接着一个星期天,她在早晨看到楼房打开窗子就不安了。

"哎哟!那是给房间透透气,"罗萨莉说,在催促她下楼去,"我向您起誓那里没有人!"

那天气温还要高。树缝中透出微弱的一束束阳光。雅娜体力已经开始恢复,由妈妈扶着走了将近十分钟。然后累了回到台布上,给埃莱娜留了一小块位子。两个人相互在笑,看到自己这样坐在地上很有趣。泽菲林最后也把完了地,帮罗萨莉采摘墙角里长着的一簇簇的野香菜。

突然,楼房里发出一阵声响;正当埃莱娜想溜走,德贝勒太太出现在台阶上。她穿着旅行服刚到,高声说话,十分忙碌。但是当她看到格朗让太太和她的女儿坐在草坪前的地上,赶忙过来,没完没了地表示亲昵,没完没了地说话。

"怎么!是你们哪……啊!见到你们高兴极了!亲亲我,我的小雅娜。你大病了一场,是吗,可怜的小猫?但是现在好了,你面孔红彤彤的……我多么想您,亲爱的!我给您写过信,您收到了吗?肯定有些日子非常可怕。终于这一切结束了……您允许我亲亲您吗?"

埃莱娜已经站起来,只好让她在脸上亲两下,然后再亲两下。这种接触使她毛发竖立。她结巴地说:

"请您原谅我们闯进了您的花园。"

"您在说笑吧,"朱丽埃特急忙接过话说,"这不就是您的家吗?"

她离开她们一会儿,又走上台阶,对着门窗洞开的房间喊:"皮埃尔,别忘了东西,有十七件行李!"

但是她马上就回来,谈自己的旅行。

"哦!季节是好极了。我们在特鲁维尔,您知道。海滩上都是人,挤来挤去。好得不能再好……我还有客人来访,哦!有客人来访……爸爸来跟波利娜过上两星期……不管怎样,回自己的家总是很高兴……啊!我没有跟您说过……不,以后再向您详细谈。"

她弯下身,又亲了亲雅娜,然后神色严肃地提出这个问题:

"我晒黑了吗?"

"不,我看不出来。"埃莱娜望着她回答。

朱丽埃特的眼睛明亮空洞,两手胖乎乎的,脸蛋漂亮可爱。她不见老;海边的空气也没能改变她泰然自若、满不在乎的性格。她像到巴黎转了一圈,像从她常去的店铺购物回来,全身都映照出柜台上的陈列品。她热情洋溢,而埃莱娜则觉得自己别扭,更感到难堪。雅娜在台布中央没有动;她只是抬起她受苦的小脑袋,双手在阳光中畏寒似的抓得很紧。

"等等,你们还没有看见吕西安,"朱丽埃特喊,"去看看他……他成了大胖子。"

有人把男孩带来了,女仆给他洗去了旅途的灰尘。她把他往前推，要他转过身，让她们看个清楚。吕西安身子发胖，两腮丰满，在海滩游玩被海风吹得乌黑，显得非常健康，动作还有点迟钝，神情不开朗，因为刚刚洗完澡。他身上没有完全擦干，半张脸还是湿的，还有毛巾擦过的红印。他看到雅娜，停了下来，显得很惊讶。她的面孔憔悴瘦削，苍白如纸，黑发直挂下来，鬈发一直拖到肩上。一双美丽的大眼睛凄凉凹陷，占了整个脸庞：尽管天气炎热，她还是微微发抖，而她畏寒的双手总是往外伸像在找火。

"怎么！你不去亲她吗？"朱丽埃特说。

但是吕西安好像害怕。他最后下了决心，小心翼翼伸出嘴唇，身子则尽量不靠近病人。然后，他迅速后退，埃莱娜大颗泪珠到了眼眶边。这个孩子身体多棒！而她的雅娜在草坪走一圈就喘成什么啦！有的母亲真是幸福！朱丽埃特突然明白自己的残酷。这时她跟吕西安生上了气。

"唉！你真笨……有这样亲小姐的吗……您怎么也想不出，他在特鲁维尔真叫人受不了。"

她不知如何是好。幸而医生出现了，她喊叫一声，摆脱了困境。

"啊！亨利来了！"

他以为他们要到晚上才回来。但是她乘上另一班火车，她解释了半天还是没有说清楚。医生带着微笑听着。

"反正你们回来了，"他说，"这是最主要的。"

他刚才跟埃莱娜默默行个礼。他的目光有一会儿落在雅娜身上,然后不自在地转过头。女孩神情严肃地忍受这道目光,本能地放开手,抓住母亲的裙子,往自己一边拉。

"啊!小家伙!"医生说,把吕西安举了起来,亲他的脸,"他长得真快。"

"怎么!我,你忘了吗?"朱丽埃特问。

她伸过脸来。他没有放开吕西安,一支胳臂抱住她,俯下身也吻了一下妻子。三个人相互微笑。

埃莱娜脸色苍白,说要上楼去。但是雅娜不愿意。她要看,她迟缓的目光停在德贝勒一家人身上,然后又转到母亲身上。当朱丽埃特伸出嘴唇接受丈夫的吻时,女孩眼里燃起一道火焰。

"他太沉了,"医生继续说,把吕西安放到地上,"那里天气好吧……昨天我见到马利尼翁,他跟我谈起那里玩得怎么样……你让他先走的?"

"他真叫人受不了!"朱丽埃特喃喃说,她变得严肃起来,神色难堪,"他时时刻刻叫我们发火。"

"你的父亲希望给波利娜……我们那位先生没有表示?"

"谁!他,马利尼翁?"她叫了起来,很惊奇,也像受了冒犯。然后,她不胜厌烦地挥一挥手。

"啊!不谈了,这个人神经兮兮的……我多么高兴回了家!"

她时常会前后毫不连贯地情感冲动,像可爱的小鸟似的令人捉摸不定。她靠在丈夫身上,抬起头。他宽容温柔地把她搂了一会儿。他们好像忘了除自己以外还有别人。

雅娜的眼睛没有离开他们，怒气使她没有血色的嘴唇发抖，她露出一张嫉妒女人的恶脸。她所受的痛苦那么强烈，使她扭转头看不下去，也恰在那时候她窥见罗萨莉和泽菲林在花园角落里继续找香芹。为了不引起大家的注意，他们钻进了树丛深处，蹲在一起。泽菲林偷偷地抓住罗萨莉的一只脚，而她不说话要打他的脸。雅娜透过树枝中间看到士兵那张圆如满月的小孩脸，非常红，痴情地笑。士兵和女仆推推搡搡，都滚到了灌木后面。太阳直射下来，树木在热空气中沉睡，没有一片叶子颤动。从榆树下传来一种没有锄过的土地发腐的气味。慢慢地，最后几朵茶色玫瑰的花瓣也一片片撒落在石阶上。这时，雅娜胸口鼓鼓地转眼看母亲；母亲发现她对着眼前的情景一动不动，一言不出，向她极度不安地看一眼：小孩这种深不可测的目光使别人不敢问个明白。

可是，德贝勒太太走了过来说：

"我希望咱们常见面……既然雅娜身体好了，她应该每天下午到楼下来。"

埃莱娜已经在找借口，说什么她也不愿意小孩太累了。但是雅娜立即插进来说：

"不，不，晒晒太阳挺好……我们会下来的，太太。您给我留着位子，是吗？"

因为医生留在后面，她向他一笑。

"大夫，跟妈妈说户外空气对我不会有害处的。"

他走向前来，因为这个女孩带着温情跟他说话，使这个习惯看到别人痛苦的人脸上泛起了红晕。

"当然,"他喃喃地说,"户外空气只会加速康复。"

"啊!你听到了,小妈妈,我们应该常来。"她说时,眼光温柔动人,但是眼泪却使她说不出话来。

皮埃尔又出现在台阶上,太太的十七件行李都送进了楼里。朱丽埃特身后跟着丈夫和吕西安告退了,说自己脏得可怕,要洗个澡。埃莱娜在台布上跪下,像要在雅娜的脖子上系围巾,然后声音低低地说:

"你不再对大夫生气了吧?"

女孩的头慢慢动了一下:

"不,妈妈。"

一阵沉默。埃莱娜两手笨拙,抖抖索索,好像连围巾的结也打不好。雅娜这时喃喃地说:

"他为什么还要爱别人……我不愿意……"

她乌黑的目光又变得严厉起来,伸出双手抚摸母亲的肩膀。母亲真想叫喊,但是她害怕已经到了嘴边的话。太阳西落,她俩上了楼。可是泽菲林又来了,捧了一束香芹,一边剥一边目光投向罗萨莉,恨不得把她吞了。现在周围没有人,女仆存了戒心,保持距离;当她弯身卷台布时,他捏她,她在他的背上捅了一拳,发出"咚"的一声。这叫他全身舒坦;他剥着香芹走进厨房之后,心里还是美滋滋的。

从这天开始,雅娜一听到德贝勒太太的声音就一个心眼要往花园去。她贪婪地听罗萨莉传播关于隔壁小公馆的流言蜚语，关心楼里面的人，有时溜出房间趴在厨房窗口偷窥。到了下面，朱丽埃特叫人从客厅里端来小座椅，她正襟危坐，好像在监视全家人，对吕西安爱理不理的，对他的问题和游戏感到不耐烦，尤其医生在的时候。那时她伸直身子，像疲乏了，张开眼睛瞧着。这样的下午对埃莱娜是一件大苦大难的事。她还是来了，尽管她的全身都在反抗，她还是来了。每次亨利回来在朱丽埃特的头发上亲吻，她的心就一震。这时，她如果为了掩饰惶恐的表情假装去照顾雅娜，就会看到女孩比她还苍白，黑眼睛睁得滚圆，下巴因压抑着怒气而扭歪，雅娜在忍受自己的苦难。有几天她的母亲筋疲力尽，别转眼光，被爱情弄得生气全无；她自己又那么阴郁，那么伤心，不得不要求上楼去睡觉。她无法看见医生走近他妻子而不变脸，全身颤抖目不转睛地盯着他，眼里充满遭遗弃的情妇的妒火。

"今天上午我咳嗽，"有一天她对他说，"您应该来看看我。"

雨下了起来。雅娜要医生再来给她看病，然而她的身体好多了。她的母亲为了满足她，不得不接受邀请，上德贝勒家吃了两三顿饭。女儿身体完全康复时，虽因心理折磨而内心痛苦了那么久，外表也平静了下来。她常常提这个问题：

"小妈妈，你幸福吗？"

"是的，非常幸福，亲爱的。"

这时她容光焕发，她还说应该原谅她以前的坏脾气。她谈到这件事像谈到一种不取决于自己意志的什么病，好比突如其来的头痛症。她的心里有什么东西在膨胀，当然她自己也不清楚是什么。各种各样的思想在交锋，这是一些她说不出所以然的模糊思想和恶浊梦幻。但是这已经过去，她痊愈了，这不会重现了。

（五）

夜色降临。苍白的天空闪烁最初的星辰，细细的尘土像雨似的向大城市撒落，慢慢地，不懈地把它埋了起来。大块暗影已把空隙填满，而从地平线深处升起一长溜黑色浪潮，把白色的余晖、犹犹豫豫往西移的亮光吞了进去。只有帕西上空还有几排屋顶清晰可见。后来浪潮滚了过来，陷入一片黑暗。

"今晚真热！"埃莱娜坐在窗前喃喃说，巴黎的热风吹得她有气无力的。

"对穷人是个好夜晚，"站在她身后的神父说，"秋天就好过了。"

那个星期二，雅娜在上甜食时已经打盹，母亲看到她疲乏就送她上了床。她在小床上睡熟了，朗博先生在小圆桌上认认真真修一个玩具，一个会说话会走路的机械娃娃，是他送她的礼物，给她弄坏了；他精通这类工作。埃莱娜感到窒息，受不了九月份的最后炎热，刚刚把窗子完全打开，眼前这片伸向无垠的黑影海岸使她松了一口气。她推了一把座椅自顾自坐在一角。此刻听到神父的声音吃了一惊。他继续柔和地说：

"您给女儿盖上东西了吗……这里楼高，风总是很大。"

但是她需要独自安静一会儿，没有回答。她欣赏黄昏的魅力、景物的最终隐没以及声音的消失。尖顶和塔楼上还亮着灯；首先圣奥古斯丁教堂熄灭了，先贤祠有一时还保持一团蓝光，荣军院发亮的拱顶像一个月亮沉入涌现的云海。这是海洋，这是黑夜，无边无际，深不可测，下面想来是世界。从那座看不见的城市吹来一阵温和的大风。在那持续的隆隆声中，也升起另一些声音，逐渐减弱但清晰可闻，公共汽车开在河滨道的滚动声，火车穿越黎明桥的汽笛声，由于最近的风暴，塞纳河河水上涨，河面宽阔，流经时像有人直挺挺躺在阴影里发出呼吸声。发烫的屋顶有一种热的气味，而河水却给慢慢散发热气的白天带来幽微的凉风。巴黎消失了，像巨人在睡梦中被黑夜裹了起来，有一会儿不能动弹，躺在那里睁着眼睛。最打动埃莱娜心坎的莫过于城市生活停顿的那一分钟。三个月来她没有出门，寸步不离雅娜的病床，守夜时没有其他伴侣，除了延伸在地平线上的大巴黎。在这七八月的暑热中，窗子几乎日夜开着，她穿过房间，走动，转首，没法不看到这张永久的图画伸展在眼前。它不论风吹雨打都在那里，像一个不请自来的朋友跟她分担忧患，一起希望着。她对它始终一无所知；她还从来没有离开它那么远，对它的街道和居民那么不在意；它填补了她的孤独生活。这几平方米的空间，这个她那么小心关上门户的病房，却通过两扇窗子对巴黎敞开胸怀。她经常为了不让病人看到她的眼泪而到窗前靠上一靠，她瞧着巴黎哭了出来。有一天，她以为这下病人没有指望了，她长时期待着，哽咽得气都透不过来，眼睛望着军需品厂的烟腾空飞去。在经常出现希望的时刻,她把愉快的心曲诉向目光不能到达的远郊区。没有一座建筑物不让她回忆起时悲时喜的感情。巴黎的生活中也有她的存在,但是她最爱巴黎是它的黄昏时刻。这时白昼将尽,华灯未上,它让人享受片刻的宁静、遗忘和幻梦。

"星星真多啊!"儒伟神父喃喃说,"成千上万颗闪闪发光。"

他刚拿了一把座椅,坐在她的旁边。这时她抬起头看夏天的夜空。星辰像金钉一样扎在上面。离地平线稍高一点,有一颗星像宝石那么发光,而天空中群星粲然,隐约可见的小星群形成一团晕光。大熊星座横在夜空慢慢地旋转。

"您看,"她说话了,"那颗蓝色的小星,在天空的这一角落,我每晚看见它……但是它在动,每夜往后移。"

现在,神父一点也不妨碍她,她觉得他在身边像多了一份安宁。他们隔上好久才说上三两句话。有两次她问他星的名字,天空的景象总使她惶惶不安。但是他犹豫,他不知道。

"这颗美丽的星,亮得那么纯,您看见了吗?"她问。

"左边的那颗吗?"他说,"旁边有一颗比较小的,绿色的……星太多了,我忘了。"

他们都不说话,眼睛总是望着上面,面对这一片愈来愈大的星空,感到迷惑,也感到轻微的战栗。千万颗星的后面又出现千万颗星,在无限深邃的天空中没有一个尽头。这是生生不息的发展,这是星球点燃的篝火,发出宝石的冷光。银河已经发白,衍生出阳光的微粒,那么多又那么遥远,因而在苍穹下形成了一条光带。

"我看了害怕。"埃莱娜轻轻说。

她低下头不看,转过目光对着巴黎已像陷了进去的巨大豁口。那里还是没有一道光,漆黑一片,令人目眩的黑暗。高亢而又拖长的声音更显得温柔缠绵。

"您哭了?"神父说,他刚听到一声哽咽。

"是的。"埃莱娜没说别的。

他们相互看不见。她哭了好一会儿,全身都在啜泣。可是在他们身后,雅娜在睡梦中无虑无邪,而朗博先生低垂灰白的头,专注在玩具娃娃身上,他已经把四肢装上了。但是从他手里时时传出弹簧脱钩的干裂声,粗手指轻轻拨弄损坏的机件时娃娃的口吃声。当娃娃说话太响了,他立即停止,又不安又恼火,看一看有没有惊醒雅娜。然后他又用仅有的工具,一把剪刀和一把镊子,小心地投入修理工作。

"您为什么哭,我的孩子?"神父问,"我就不能给您一点宽慰吗?"

"啊!别管我,"埃莱娜喃喃地说,"眼泪流出来对我有好处……等会儿,等会儿……"

她气咽得回答不出来。第一次也在这个地方,伤心的眼泪止不住地往下落。但是她是一个人,尽可以在黑暗中呜呜咽咽,瘫在那里,等到满腔的激情宣泄尽了为止。可是,现在她不觉得自己有任何忧愁,她的女儿已经没有危险,她自己也恢复了单调然而愉快的生活。这时她的心里突然产生一种强烈的感情,犹如一种巨大的痛苦,一种她永远无法填补的不可探测的空虚，一种她和她所爱的人一起陷入的无边无际的绝望心情。她说不明白是哪种痛苦这样威胁着她。她看不到希望，她哭了。

早在马利亚月，在花香扑鼻的教堂里，她曾经这样动过情。巴黎黄昏时刻的广阔地平线，给人一种深邃的宗教印象，使她感动。平原好像在扩大，两百万人口正在逐渐隐匿，这中间自有一种忧郁的情绪。然后当天空发黑，当城市随着趋于平静的响声而失去踪影时，她压抑的感情迸发了，面对着这个肃穆和平的景象，她的眼泪夺眶而出。她会合上双手，念几段祈祷。她需要信仰，需要爱，需要匍匐在神面前，这引起她非常大的震颤。那时群星出现，使她不知所措，有一种神圣的喜悦与恐惧。

静默了好长一会儿，儒伟神父还是要问。

"我的孩子，应该信任我。您为什么犹豫不决？"

她还在哭，但是像孩子似的哭得幽幽的，好像累了，好像没有了力气。

"教堂叫您害怕，"他继续说，"有一时，我以为您皈依上帝了。但是事实并非如此。上帝有上帝的计划……是啊！您不妨怀疑教士，但是为什么还不把您的知心话告诉一位朋友呢？"

"您说得对，"她期期艾艾地说，"是的，我很消沉，我需要您……我应该向您忏悔这些事。在我小时候，我不常去教堂；今天，我参加仪式没有一次不是心里很乱……就在刚才，使我呜呜哭的，就是这个像隆隆管风琴似的巴黎之声，这片无边的夜色，这片美丽的天空……啊！我愿意有信仰。帮助我吧，指引我吧。"

儒伟神父把自己的手轻轻放在她的手上，要她安静。

"把一切告诉我吧。"他没说别的。

她又挣扎了一会儿，焦虑不安。

"我没什么，我向您起誓……我没有什么瞒您的……我毫无道理地哭了，因为我透不过气来，因为我的眼泪自己流了出来……您了解我的生活。我在这个时刻不感到有什么伤心事，没有什么错误，没有什么内疚……我不知道，我不知道……"

她的声音断了。这时，神父慢慢说出这句话：

"您在爱，我的孩子。"

她身子一颤，不敢争辩。沉默又开始了。在他们面前沉睡的黑色海洋中，有一颗火星亮了。这在他们的脚下，在深谷的某处，他们也说不准到底在什么地方，其他的火星也一颗颗出现了。它们在黑夜中一下子呼地跳了出来，然后固定不动了，像星星那么闪耀。好像在昏暗的湖面上又升起了新的星辰。不久，这些星辰构成双道光线，从特罗加德罗出发稍带跳跃地朝巴黎而去。然后又有其他光点组成的线切断这道双线，形成几个曲线，星空又扩大了，奇异而壮丽。埃莱娜总是不开口，眼望着这些闪烁的星。星光把天空无休止地延长到了地平线底下，仿佛大地都消失了，四边只看到浑圆的天穹。她又感到几分钟前大熊星座横在天空，开始慢慢绕着地轴旋转时引起她伤心的那种情绪。巴黎发亮了，扩大了，忧郁深邃，使人对星辰群集的苍穹产生敬畏的幻想。

可是,神父在她的身边喊喳了很久,他的声音单调温柔,是在忏悔室养成的习惯。有一晚他警告过她,对她说孤独的生活对她没有好处。离群索居不会不受到惩罚。她太把自己关在房间内,却对危险的幻想敞开了门户。

"我老了,我的孩子,"他喃喃地说,"我见过不少妇女来找我们,又是眼泪,又是祈祷,需要信仰和跪在地上……所以到了今天我不大会错。这些妇女表面是在虔诚地寻找上帝,其实是她们的心受到情欲的骚扰,她们在教堂里爱的是一个男人……"

她没在听,激动到了极点,在努力中终于看清了自己。她不由坦白了,声音低低的,哽塞了。

"是呀!是的,我在爱……没别的。其他我不知道了,我不知道了。"

现在他不去打断她。她兴奋地说着,句子短短的;她忏悔自己的爱,跟这位老人倾诉她多时以来堵在心头的秘密,感到一种苦涩的欢乐。

"我向您起誓,我也没法自己说清楚……这是不知不觉来的。可能是突然发生的。可是时间久了才感到了甜美……还有,既然我不那么坚强,为什么要装呢?我没有设法逃避;我太幸福了;今天,我更缺乏勇气……您看,我的女儿病了一场,我差点失去她;是呀!我的爱曾经和我的痛苦一样深,经过这些可怕的日子,爱又压倒了一切,爱占有了我,我听任它的摆布……"

她换了一口气，全身抖索。

"终于我筋疲力尽了……您说得对，我的朋友，把这些事告诉您可以使我轻松……但是我求您，告诉我，我心里发生了什么事。我以前那么平静，那么幸福。这真是我生活中的一声霹雳。为什么是我？为什么不是另一个人？因为我没有要这样做，我以为自己善于保护……要是您明白！我连自己也不认识了……啊！帮助我吧，救救我吧！"

神父看到她不说了，机械地提出一个问题，忏悔师惯常都是无话不问的。

"名字，请对我说出他的名字。"

她犹豫了，这时有一个特别的声音响了，使她转过头去。这是玩具娃娃，在朗博先生的手指之间，渐渐恢复了它的机械生命；它刚才在小圆桌上走了三步，齿轮还不好转，吱吱咯咯的；然后它又仰天翻倒了，它又自己跳在地上。他跟着它伸出双手，随时准备扶住它，充满焦虑和父爱。当他看到埃莱娜转过身时，向她信任地笑了一笑，好像答应她娃娃会走的。他又开始用剪子和镊子去拨弄那件玩具。雅娜在睡觉。

那时，埃莱娜在这宁静的气氛中放松了下来，在神父耳边喃喃说出一个名字。神父没有动。他的脸在黑暗中也看不见。静默了一会儿，他说：

"我早知道，但是我要您自己告诉我……我的孩子，您一定受了很多苦。"

他没有针对义务之类泛泛说一句什么话。埃莱娜诚惶诚恐，神父明智的怜悯使她难过得要死，眼睛又去看巴黎夜景中闪烁的火星。愈往远方火星愈多。仿佛纸头烧到那里，火星跟着灰烬到了那里。首先，这些光点是从特罗加德罗出发的，朝着城中而去。不久，左面出现另一簇火星，朝蒙玛特尔延伸；然后右边也有一簇，在荣军院后面；更后面在先贤祠一边还有一簇。这一簇簇火星同时射出一束束小火焰。

"您记得我们的谈话，"神父又慢慢说，"我没有改变意见……您应该结婚，我的孩子。"

"我！"她说，惊呆了，"但是我刚才向您坦白……您知道我不能……"

"您应该结婚，"他更有力地重复一遍，"嫁给一个正派人……"

他的身材在旧黑袍子里好像高大了。他可笑的、平时斜搁在一个肩膀上的大脑袋抬了起来，他半闭的眼睛睁得很大，她在黑暗中看得见他的目光发亮。

"嫁给一个正派人，他当您的雅娜的父亲，也使您做人正大光明。"

"但是我不爱他……我的上帝！我不爱他。"

"您会爱他的，我的孩子……他爱您，他是个好人。"

埃莱娜在争辩，压低声音，听到朗博先生在身后发出的声音。他在希望中那么耐性、那么坚强，六个月来，没有用自己的爱情来叨扰过一次。他平静，充满信心，自然也准备作出最勇敢的自我牺牲。神父做个转身的动作。

"您愿意我把一切告诉他吗……他会向您伸出手来的,他会救您。您也会带给他无穷的欢乐。"

她制止他,惊慌失措。她的心在反抗。这两人都叫她害怕,这些那么平静那么温柔的男人,就是在她火一般的情欲旁边,他们也保持冷静和理智。他们生活在什么样的世界上,竟然对她所受的苦难不置可否?神父挥了一挥手,指着这片广阔的空间。

"我的孩子,看这个美丽的夜晚,这种至高的和平,面对着您的激动……您为什么拒绝做一个幸福的人?"

全巴黎已点上灯火。黑暗的海洋中跳动着星星点点的小火焰,从地平线的一头延伸到另一头。现在在清朗的夏夜中几百万颗星光固定不动,没有一丝风,没有一次颤抖来扰动这些火焰,它们都像悬挂在空中。巴黎已经看不见了,退缩到无尽的边际,像苍穹一样辽阔。可是在特罗加特罗斜坡下,一道快速的光——马车或一辆公共马车的车灯——像流星闪过一般切断了黑暗。那里的煤气路灯像放出昏黄的水汽,使人隐隐约约看到模糊不清的门面,有树木的角落像布景似的发绿。在荣军院桥上,星星穿插交叉无间无隙,而在桥下沿着更浓的暗流出现一种奇景,一排彗星的金色尾巴拉长了,形成一阵火星雨。塞纳河的黑水里映出桥灯的反光,但是过了这里开始不可知地带。河流漫长的曲线由双道煤气灯光带勾划出来,隔一段距离又有其他煤气灯光带连结起来,就像由光做成的一条梯子,横斜在巴黎两端挂在天边的星辰之间。在左边，又有另一道光降下来；从凯旋门到协和广场，沿着香榭丽舍大街有一队排列整齐的星辰，闪着像七斗星似的光芒；然后是蒂勒里宫、罗浮宫、河边的房屋，最后是市府大楼，都是一团团黑影，中间隔着方形大广场的灯光；再后面是三三两两的屋顶，灯光稀少了，看不到别的，除了道路的入口，大马路的转角，着了火似的十字街口。在另一边的岸上，右边，只有荣军院广场的线条清清楚楚，长方形的火焰，像冬夜里失去了腰带的猎户星。圣日耳曼区的长街上灯光稀疏暗淡，再过去是居民区，星光密集，像在模糊一团的星云中闪闪发亮。直至郊区，在地平线四周，密密麻麻的煤气灯和照亮的窗户，像数不尽的小太阳和肉眼难辨的地球微尘布满城市的远处。房屋都下沉了，桅杆上没有一只大灯笼。有时，会以为这是在举行一次巨大的盛会，这是一座张灯结彩的巨人纪念碑，有它的楼梯、扶杆、窗子、门楣、窗台、石头世界，晶光莹莹的灯勾划出奇异巨大的建筑物轮廓。但是袭上心头的却是星辰诞生、天空无限扩大的感觉。

埃莱娜顺着神父手势的方向，对发亮的巴黎转眼看了一圈，她也说不出星的名字。她想问那边，左上方她夜夜盯着看的这颗明亮的星叫什么。她也关心其他的星。有的星她爱，而有的星使她不安和生气。

"我的神父，"她说，她第一次用这个亲切尊敬的称呼，"让我生活吧……是今夜的美使我激动……您错了，您在这个时刻不会给我安慰的，因为您不能够听见我的心声。"

神父张开双臂，然后又克制地慢慢放下。沉默了一会儿低声说：

"事情必然是这样的……您呼救，但是您不接受援助。我听到绝望的表白有多少，我没法阻止的眼泪又有多少……听着，我的孩子，答应我一件事：遇到生活对您太沉重时，您要想到有一个正派人在爱您，他等着您……您只要把您的手放到他的手里就会得到安宁。"

"我答应您。"埃莱娜严肃地回答。

在她这样起誓时，房间里有一阵轻轻的笑声。这是雅娜，她刚醒来，瞧着娃娃在小圆桌上走。朗博先生对自己的修理技术很满意，总是伸出手，怕娃娃跌倒。但是娃娃很结实；它拍小手，它转头，每走一步说出同样的话，声音像鹦鹉。

"哦！这真逗！"雅娜喃喃地说，还睡意矇眬的，"你给它干了什么啦？它本来坏了，现在又有生命了……给我看一下……你太好了……"

可是，有一片发亮的云升到有灯光的巴黎上空，像是炭炉映出的红光。起初，仅是夜空中一片白光，几乎看不出来。然后，徐徐地，夜深了，变成殷红色。它悬在城市上空一动不动，翻腾着本身发出的种种火焰，像笼罩火山口上的烈焰怒火。

第四章

(一)

漱口水已经端上来,女士们在雅致地擦手指。满桌的人沉默了一会儿。德贝勒太太扫了一眼,看大家有没有结束;然后她不说话站了起来,她的客人也跟着这样做,一阵椅子移动声。一位老先生在她的右边,赶忙把手臂伸给她。

"不,不,"她喃喃地说,亲自领他朝一扇门走去,"我们到小客厅去喝咖啡。"

有几对夫妇跟着她。最后,来了两位女士和两位先生,他们继续谈话,没想加入行列。但是到了小客厅,拘束感顿时消失,又恢复吃甜食时的嬉笑。咖啡已摆在小圆桌上的一只大漆盘里。德贝勒太太以女主人身份四处张罗,操心客人的不同口味。实际上波利娜最为忙碌,自告奋勇招待先生们。约有十二位客人,这差不多是德贝勒家从十二日开始,每周三约定的客人人数。到了晚上十点钟左右还有许多人来。

"德·吉罗先生,来一杯咖啡,"波利娜说,停在一个矮小秃头的人面前,"啊!不,我知道,您不喝咖啡……那么来一杯查尔特勒酒?"

但是她的服务出错,端来了一杯干邑酒。她笑容可掬地在客人中间兜圈子,态度镇定,盯着对方的眼睛看,拖着长裙下摆从容旋转。她穿一件精致的白色印度羊绒长裙，上绣天鹅，领口开成方的。当所有男客站起来，手里一只杯子，挺着下巴小口呷时，她找上了一个高大的青年，蒂索一家的少爷，她觉得他的面孔很英俊。

埃莱娜不要咖啡。她坐在一旁，神情有点疲乏，穿一件黑丝绒长裙，没有任何装饰，裹在身上仪态端庄。小客厅有人抽烟，雪茄盒就放在她旁边的半圆桌上。医生走近来，挑了一支雪茄，问她：

"雅娜好吗？"

"很好，"她回答，"今天我们上森林去了，她玩得疯了……哦！她这时候应该睡了。"

两人友好地交谈，像天天见面的人那样微笑随便。但是德贝勒太太的声音响了。

"噢，格朗让太太可以对您证明……我九月十日左右从特鲁维尔回来的，不是吗？天下雨，海边没法待。"

三四位太太围着她，而她谈她在海边的日子。埃莱娜只好站起来，参加进去。

"我们在迪纳尔过了一个月，"德·肖梅特太太说，"哦！地方美，人也好！"

"小屋后面有个花园，然后又是朝海边的露台，"德贝勒太太继续说，"你们知道，我坚持把我的马车和马车夫都带去……散步要方便多了……勒瓦瑟太太来看我们……"

"是的，一个星期天，"勒瓦瑟太太说，"我们在卡布尔……哦！您那里的房子很好，就是有点贵吧，我想……"

"说起这个，"贝蒂埃太太打断话头，对朱丽埃特说，"马利尼翁先生没有教您游泳吗？"

埃莱娜注意到德贝勒太太的脸色突然变得难堪和不悦。已经好几次，她相信窥见在德贝勒太太面前无意中提到马利尼翁的名字就会引起她的厌恶，但是少妇恢复了镇定。

"一个游泳好手！"她大声说，"他才不会给人上课呢……我怕冷水怕得要命。只要看到人家浸在水里也会叫我哆嗦。"

她果真哆嗦了一下，耸起浑圆的肩膀，像水淋的小鸟抖动身子。

"那么没这回事啰？"德·吉罗太太说。

"当然没这回事。我打赌是他自己编的，自从他在那里跟我们过了一个月后就是恨我。"

其他客人开始来到。女士们头发上插了花，盘着两臂，摇晃着头笑嘻嘻的；先生们穿了礼服，手拿着帽子，鞠躬，找一句话说。德贝勒太太一边说话一边向熟客伸出手指尖。许多人不说话，行个礼就过去了。可是，奥莱丽小姐刚才进门。她立刻出神地欣赏朱丽埃特的长裙，藏青提花丝绒料子，还镶罗缎。那时在那里的太太们眼里就只有长裙了。哦！好看，实在好看！是伍姆公司做的。这件事谈了五分钟。咖啡喝完，客人把空杯放得到处都是，茶盘上，半圆桌上；只有那位老先生没有喝完，他喝上一口就停下跟一位太太闲聊。咖啡香与脂粉香的一种混合热气味升了上来。

"您知道我什么都没有。"蒂索少爷对波利娜说,她对他谈到一位画家,父亲领了她上他家去看过画。

"怎么!您什么都没有……我给您送过一杯咖啡的。"

"没有,小姐,我向您保证。"

"但是我绝对愿意您喝点什么……等等,这里有查尔特勒酒!"

德贝勒太太悄悄朝医生点头要他过去。医生明白,亲自打开大厅的门,大家通过,一名仆人把茶盘撤走。大厅里很冷,有六盏灯和一盏有十支蜡烛的枝形灯,照得房间发白。有几位太太已经在里面的壁炉前围成一圈;只有两三位先生站在撑开的裙子中央。从灰绿色客厅敞开的门里传来波利娜尖尖的说话声,她单独与蒂索少爷在一起。

"现在我把酒倒好了,您去喝不就得了……您要我怎么办?皮埃尔把茶盘带走了。"

后来,大家看到她出现了,穿着绣天鹅的长裙,通身白色。她鲜艳的嘴唇中间露出一口牙齿笑吟吟地宣布:

"英俊的马利尼翁来了。"

又是继续握手敬礼。德贝勒先生已经站到门边,德贝勒太太坐在女士们中间的一只软垫矮墩上,随时随刻站起来。当马利尼翁到时,她故意扭转头。他穿得非常得体,火烫过的头发往两边分,中间一条头路一直开到后颈。在门槛上他把单片眼镜放在右眼上,微微做了个鬼脸,像波利娜反复说的"帅极了"。他的目光绕着客厅看一周,跟医生随便握握手,一句话没说,然后向德贝勒太太走去,到了面前高大的身材往下弯,衣服裹得很紧。

"啊!是您,"她有意说得大家都听见,"您现在好像在游泳吧?"他没有听懂,但是他还是回答,好卖弄才气。

"当然……有一天,我救了一条快要淹死的纽芬兰狗。"

女士们觉得这话说得俏皮。德贝勒太太显得没有辙儿。

"就算您救起了一条纽芬兰狗吧,"她回答,"只是您要知道我在特鲁维尔可是一次也没有游过。"

"啊!我还是教过您课的啊!"他大声说,"好吧!有一天晚上,在您的餐厅里,我不是跟您说过手和脚要一起动吗?"

所有的女士都笑了起来,他真讨人喜欢。朱丽埃特耸耸肩,跟他没法说正经话。她站起身走到一位很有钢琴天赋的女士面前,这位女士是第一次来她家。埃莱娜坐在火炉旁边,文文静静地望着听着,对马利尼翁她好像很注意。她看着他想办法巧妙地去接近德贝勒太太,她听到他们在她的座椅后面谈话。突然声音变了。她身子向后仰可以听得更清楚。马利尼翁的声音说:

"昨天您为什么不来?我等到您六点钟。"

"别缠着我,您疯了。"朱丽埃特喃喃说。

这时马利尼翁带巴黎腔的声音升高了。

"啊!我说纽芬兰狗这件事您不信。但是我还得到过一枚奖章,以后给您看。"

他又很低地加了一句:

"您答应我的……别忘了……"

有一家人来了。德贝勒太太满口客气话,马利尼翁又出现在女士们中间,戴着单片眼镜。刚才那几句匆匆交换的话,埃莱娜听了脸色苍白。这对她是晴天霹雳,意想不到的丑事。这个女人那么幸福,脸容安详,两腮雪白滋润,怎么会背叛自己的丈夫。埃莱娜一直认为她头脑简单,有点自私,但依然可爱,不会去做蠢事招麻烦。还跟这么一个马利尼翁!突然她又看到花园里的下午,医生亲吻朱丽埃特的头发时朱丽埃特笑眯眯的,十分亲热。他们还是相爱的。可是出于她对自己也没法解释的感情,她不由对朱丽埃特怒气冲冲,仿佛是她个人刚才受了欺骗。她为亨利感到委屈,妒火中烧,脸色也明显地异常难看,以致奥莱丽小姐问她:

"您怎么啦……您不舒服吗?"

老小姐看到她一个人就坐到了她的旁边。这位太太那么端庄美丽,几小时听她说长道短而不厌烦,叫她很高兴,不由得对其表示极大的好感。

但是埃莱娜没有回答。她有一种需要,需要见到亨利,知道这时候他在做什么,有什么样的表情。她站起身,到客厅去找他,终于把他找到了。他在谈话,站在一个脸色灰白的胖子面前。他很安静,神色满意,微微在笑。她望了他一会儿。她对他产生一种怜悯,这贬低了他的形象,却同时使她更加爱他,怀着温情,还掺杂一种隐约的保护意识。她的想法还是非常模糊,但可以肯定的是此刻她应该到他身边去补偿失去的幸福。

"喔唷!"奥莱丽小姐喃喃地说,"要是德·吉罗太太的妹妹唱歌,那就热闹了……我听《杜特莱尔》不下十遍了。她只有这首歌,今年冬天……您知道她跟丈夫分离了。您瞧,那里,门旁边,这位棕头发的先生。他们两人不错。朱丽埃特请他也很勉强,要不请她就不来……"

"啊!"埃莱娜说。

德贝勒太太急忙从一圈人走到另一圈人中,请大家保持安静,听德·吉罗太太的妹妹唱歌。客厅满了,三十来位女士坐在客厅中央喊喊喳喳说笑。可是有两个站着,说话更响,优美地摆动肩膀,而五六位男士非常自在,在裙衩之间毫不感到拘束。轻轻的"嘘嘘"声传过来,声音一下子停了,脸上摆出一动不动的厌烦表情;热烘烘的空气中只有扇子的扇动声。

德·吉罗太太的妹妹唱了,但是埃莱娜没有在听。现在她瞧着马利尼翁,他像在欣赏《杜特莱尔》,装得无限爱好音乐的样子。这可能吗!这个年轻人!无疑在特鲁维尔他们玩过危险的游戏。埃莱娜无意中听到的几句话,好像说明朱丽埃特还没有让步;但是失身好像不会太远了。马利尼翁在她面前心驰神往打拍子,德贝勒太太殷勤地表示欣赏,而医生一声不响,耐心客气,等着一曲唱完,好跟白脸胖子把话说下去。

女歌手唱完,响起轻微的掌声。还有捧场的话。

"唱得好!精彩!"

但是英俊的马利尼翁把手臂高举到女士们的发饰上面,戴着手套闷闷地鼓掌,喊:"再来一个!再来一个!"声音响亮压倒其他人。

这股热忱也立刻下降了,大家面孔表情放松,相互微笑,有几位女士站起来,普遍感到松了一口气,谈话又开始了。室内更热了,扇子扇动,女士的身上散发一种麝香的气味。有时在嗡嗡的谈话声中突然响起咯咯的笑声,一句话说响了,引得别人转过头来。朱丽埃特已到小客厅里去了三回,要求躲进里面的先生们不要撂下女士们不管。他们跟着她,十分钟以后,他们又不见了。

"真受不了,"她生气了,喃喃地说,"一个也留不住。"

可是奥莱丽小姐在向埃莱娜介绍那些太太的名字,埃莱娜参加德贝勒医生家的晚会还只是第二次。这里有帕西区的全部上层社会,有的人非常富有。然后,她弯下身:

"这次是定了……德·肖梅特太太把女儿嫁给了这个黄头发高个子,他们两人来往了十八个月……至少,这是个会爱上自己女婿的丈母娘。"

但是她的话没说下去,非常惊奇。

"咦!勒瓦瑟太太的丈夫跟老婆的情人在说话……朱丽埃特起过誓,不同时接待他们的。"

埃莱娜目光缓慢地在客厅转了一圈。在这个正派阶层,在这个表面上老老实实的布尔乔亚圈子里,妻子个个都是不忠诚的吗?她是外省人,观念呆板,对巴黎生活中这种宽容的亲密关系表示惊讶。她不无苦涩地嘲笑自己,当朱丽埃特把手放到她的手里时会那么痛苦。真的,她那么犹豫和顾忌不是蠢得可笑嘛!通奸毫不在意地布尔乔亚化了,还带点风雅的眉目传情,显得更具活力。德贝勒太太现在像跟马利尼翁和解了,她是个棕发美人,身材矮小滚圆,软绵绵地蜷缩在座椅上笑眯眯听他说俏皮话。德贝勒先生正在过来。

"今天晚上你们不吵架了吧?"他问。

"不吵了,"朱丽埃特回答,非常快活,"他说的蠢话太多了……要是你听到他跟我们说的全部蠢话……"

歌声又响起来,但是要安静则更难了。这次是蒂索少爷跟一个上了年纪、理童式头发的女士唱《宠娃》里的二重唱。波利娜坐在一扇门旁,在黑色礼服中间,望着那名男歌手不胜钦佩,就像她看到人家欣赏艺术杰作似的。

"哦!真美!"当一句歌词被伴奏压下去时她不由自主说出这句话,声音那么响,全客厅都听到了。

晚会在继续,大家脸上都有了倦容。有的女士三小时来坐在同一张椅子上,无意间流露出一种厌烦神情,可是也很乐意在这里能够厌烦一下。这些歌听的人心不在焉,一停下来谈话又起了,好像是钢琴空洞的响声在继续。勒泰利埃说他到里昂去监督一批丝绸订货。索恩河与罗纳河的河水不流在一起,这使他很震惊。德·吉罗先生是一位法官,官腔十足地说到必须制止巴黎的罪恶。大家围着一个矮先生,他认识一个中国人,正在细说什么事。两位女士在角落里推心置腹,交换各自对自己的仆人的看法。可是在以马利尼翁为坛主的女人圈子里谈的是文学：蒂索太太说巴尔扎克令人不堪卒读；他不否认，只是他要人注意巴尔扎克的书里也有精彩的篇章。

"请静一静！"波利娜叫，"她要演奏了。"

这是那位非常有天赋的女钢琴家。所有的人出于礼貌转过头去，但是在一片寂静中听到有几个粗大的男性声音在小客厅讨论。德贝勒太太显得没有办法，在不停地发愁。

"他们闹死了，"她喃喃地说，"他们不愿意过来就留在那边；但是至少给我闭上嘴！"

她派波利娜去，波利娜很乐意跑去执行这项任务。

"先生们，你们知道马上要演奏了，"她穿了女王的长袍，带着闺女的安详大胆，说道，"请你们不要说话。"

她说得很响，声音尖锐高昂。因为她待在那里跟男士有说有笑，声音变得更响了。讨论还在继续，她还提出论据。德贝勒太太在客厅里受苦刑。此外音乐太多了，大家对此很冷淡。女钢琴家重新坐下，抿着嘴，尽管女主人觉得应该向她说些夸大的恭维话。

埃莱娜不高兴。亨利好像没有看见她。他也没有再往她这里来过。有时，他向她远远地一笑。晚会开始时，她看到他那么理智还感到一阵轻松。但是自从她听到那两个人的故事后，她希望做点什么事，是什么事她也不清楚，一种温情的表示，即使引起闲话也不顾。有一种欲望使她激动，模糊的，掺杂了一切坏的感情。他保持那么冷淡是不爱她了吗？肯定他在选择适当的时间。啊！要是她把一切告诉他，把那个用上他姓氏的女人的丑事泄露给他,他会怎么样呢!这时,钢琴正在弹奏轻快短促的音阶,她却在做梦:亨利赶走了朱丽埃特,她做了他的妻子,到他们都不会说当地话的远方国家过日子。

一个声音叫她打了个寒战。

"您不要来点什么吗?"波利娜问。

客厅空了,大家刚走进餐厅喝茶。埃莱娜艰难地站了起来,脑子里一片混乱。她想这些都是做梦吧:听到的那些话,朱丽埃特不久失身,开心平静的布尔乔亚奸情。如果这些都是真的,亨利就会在她的身边,两人早就离开这幢房子。

"您喝杯茶吧?"

她微笑着,感谢德贝勒太太给她在桌旁留了一个位子。盛放糕点糖果的盘子上盖了台布,在每只盘子上对称地放上一块大蛋糕和两块小蛋糕;因为地方不够,茶杯几乎贴在一起,每两只中间用窄小灰色的长流苏茶巾隔开。只有女士们坐着,她们脱了手套,手指尖抓了小点心和糖渍水果,把奶油罐传来传去,文雅地给自己倒上一点。可是有三四位女士自告奋勇为先生们服务。这些先生沿着墙壁站着,喝茶,尽量小心翼翼别在无意中伸出肘臂相撞。有的人留在两个客厅里,等着蛋糕端过来。这是波利娜兴高采烈的时刻。谈话声更响了,笑声、水晶杯银器碰击声闹成一片,麝香再加上浓烈的茶香,更有热意了。

"递一块蛋糕给我,"奥莱丽小姐说,她恰在埃莱娜旁边,"这些甜品不见得都是好吃的。"

她已经吃了两小盆。然后,满口的东西还未咽下就说:

"现在有人走了……可以松快一些。"

确实,有几位太太跟德贝勒太太握过手后告辞了。许多男士悄悄地走了,房间里人少了。这时有几位先生在桌边坐了下来,但是奥莱丽小姐占了位子不让,她还要来一杯五味酒。

"我给您去找一杯来。"埃莱娜说,站了起来。

"哦!不,谢谢……请不必费心。"

埃莱娜监视马利尼翁有一会儿了。他走去跟医生握了握手,他现在在门槛上向朱丽埃特行礼。她面孔白皙,眼睛明亮,从她动人的微笑来看,想来他是在赞扬她的晚会。趁皮埃尔在门边餐具柜上倒五味酒时,埃莱娜走上前,耍了一个花招躲到了门背后。她在听。

"我求您啦,"马利尼翁说,"后天来……我三点钟等您……"

"您这人就是不能严肃一点吗?"德贝勒太太笑着回答,"看您再说蠢话!"

但是他坚持重复那几句话:

"我等您……后天来……您知道哪里吗?"

这时她迅速地呢喃一声:

"好吧,可以,后天。"

马利尼翁鞠个躬,走了。德·肖梅特太太跟蒂索太太一起离开。朱丽埃特高兴地把她们送到了外客厅,带着最可爱的神情对德·肖梅特太太说:

"我后天来看您……那天我要去许多地方。"

埃莱娜一动不动，脸色十分苍白。可是皮埃尔倒了五味酒，递给她一杯。她机械地拿了，端给奥莱丽小姐，她正在吃糖渍水果。

"哦！您太客气了，"老小姐说，"我会关照皮埃尔的……您看，不给女士上五味酒是不对的……在我这个年纪……"

但是她看到埃莱娜苍白的脸色没往下说。

"谢谢，没什么……太热了……"

她步子踉跄，回到人已走空的客厅，倒在一张座椅上。灯还在烧，灯光发红；枝形灯上的蜡烛已经很短，快要烧着烛盘。从餐厅传来最后的客人的告别声。埃莱娜已经忘了还要离开，她愿意留在这里，思考。这样，这不是一场梦，朱丽埃特要上这人家里去。后天，她知道了日期。哦！她不该约束自己，她心中又响起了这声呼叫。然后她想她的责任是对朱丽埃特谈一谈，要她避免犯错误。但是这种好心的想法使自己也身上发冷，她马上驱散这种讨厌的思想。她瞧着壁炉里，一根熄灭的木柴塌了下来。凝重沉睡的空气中还留有女人发髻的香味。

"咦！您在这里，"朱丽埃特进来时叫了起来，"啊！您没有立刻就走这很好……终于可以松口气了！"因为埃莱娜猝不及防，要站起来的样子，她又说：

"等一等，您不用着急……亨利，把香水瓶给我。"

三四个熟客还没走。大家在熄灭的火炉前坐下，不拘礼节随便聊天，大客厅也懒洋洋有了睡意。门都开着，可以看到小客厅是空的，餐厅是空的，全层楼还灯火通明，却落入一片沉重的寂静，亨利对妻子显得殷勤温柔。他刚才还上楼去取她的香水瓶，她慢慢闭了眼睛嗅了又嗅；他问她是不是太累了。是的，她感到有点累；但是她很高兴，一切非常顺利。这时，她说请客的晚上她都不能入睡，在床上翻来覆去直到早晨六点钟。亨利笑了，大家开玩笑。睡意似乎逐渐弥漫到整幢房子，在这麻木的气氛中，埃莱娜望着他们，她身子打颤。

可是，现在只剩下两个客人了。皮埃尔已去找车子，埃莱娜留在最后。钟敲一点。亨利不再客气，踮起脚把两支烧着了烛盘的蜡烛吹灭。简直像日落，灯光一盏盏熄灭，全厅沉入凹室的暗影里。

"我妨碍你们休息了，"埃莱娜突然站起身，喃喃地说，"送我回去吧。"

她面孔通红，血色上升，说不出话来。他们陪她到外客厅，但是那里气温低，医生为妻子担心，因为她的胸衣袒得很开。

"回去吧，你会着凉的……你身上太热了。"

"好吧！再见，"朱丽埃特说，她亲了埃莱娜一下，就像她在温柔的时刻做的那样，"经常来看看我。"

亨利已取了裘皮大衣，撑开帮埃莱娜穿上。她套上两只袖管，他给她拉衣领，面对着外客厅整堵墙上的那面大镜子含笑给她穿上。他们是单独在一起，在镜子里相互看得见。那时，突然她身子裹在裘皮大衣里，没有转身就倒在他的怀抱里。三个月来，他们只是友好地握握手；他们愿意不再相爱。他不笑了，脸色变得热忱兴奋。他疯狂地抱紧她，吻她的脖子。她头往后仰还了他一个吻。

（二）

埃莱娜一夜没有睡着。她辗转反侧身上发烧，当她刚要入睡时，总是同样的忧虑使她惊醒。在这半睡半醒的梦魇中，她被一个死念头折磨着，她要打听到幽会的地点。她觉得这样才会宽心。这不大可能是马利尼翁在丹坡路的小亭子间，那是德贝勒家经常提起的。那么在哪儿呢？在哪儿呢？她的脑子由不得她自己在想。她已经忘了一切私情，而沉浸在触动神经和充满欲念的探索中。

天空发白，她穿上衣服，自己也没料到说得那么响：

"就是明天的事了。"

她一只脚穿上鞋，两手垂落，她在想可能在哪家带家具的旅馆，一间按月出租的小室，后来这个假设令她厌恶。她想象一套精致的公寓，厚厚的帷幕，鲜花，每个壁炉里都点着明亮的大火。在那里看到的不是朱丽埃特和马利尼翁，而是她自己与亨利待在这个外界声音传不到的温柔乡里。她穿了晨衣，还没有扣好，身子一颤。这到底是哪儿呢？在哪儿呢？

"早啊，小妈妈。"雅娜喊，她也醒来了。

自从她康复以后，她又睡到了小房间里。她赤脚穿了衬衣走过来，像每天一样，扑到埃莱娜的身上。然后她又跑着回去，再钻进热被窝里待一会儿。这使她觉得好玩，她在被窝里笑。第二次她又来了。

"早啊！小妈妈！"

她又走了。这次她哈哈大笑，把被子盖在头上，在被下闷着声音说：

"我没在这里……我没在这里……"

但是埃莱娜不想每天早晨那样闹着玩。于是雅娜感到无聊了，重新又睡。天色还早。将近八点，罗萨莉开始谈自己的早晨。哦，外面到处是垃圾，她去找牛奶时两只鞋子差点踩在狗粪里。真是化冻的日子，天气很温和，人呼吸不畅。然后，她突然记起来了，前一天有一个老妇人来找太太。

"咦！"她听到门铃声叫道，"我肯定是她来了！"

这是费杜大娘，她干干净净的，很像个样，戴一顶白帽子，一件新袍子，胸前交叉一条苏格兰格子围巾，说话总是带哭声。

"我的好太太，这是我，我自个儿……这是我有件事要求您……"

埃莱娜望着她，看到她衣着那么讲究真有点吃惊。

"您好些了吧，费杜大娘？"

"是的，是的，我好些了，要这么说也可以……您知道，我的肚子里总是有什么怪东西在跳，但是好总是好些了……那时，我碰到一次好运。我也呆了，因为，您看，好运和我……一位先生要我料理家务。哦！这有话说了……"

她的声音慢了下来，千皱百褶的脸上的小眼睛灵活转动。

她好像等待埃莱娜问她。但是埃莱娜坐在罗萨莉刚点燃的炉子旁,只有一只耳朵在听,想着心事难过。

"您有什么事要求我,费杜大娘?"她说。

老妇人没立刻回答。她观看房间,黄檀木家具,蓝丝绒帷幕。她摆出穷人讨好的样子喃喃地说:

"您家真漂亮,太太原谅我……我的东家也有这样一个房间,但是他的房间是玫瑰色的……哦!这有话说了!您想一想上层社会的一个青年到我们那幢楼里来租一套公寓。这是不是说说的。我们二三层楼以上的公寓还是非常舒适的。还有,十分安静!没有一辆车,像在乡下……那时,工人来了两个星期;他们把房间装修得像一件首饰……"

她停下,看到埃莱娜神情专注起来。

"这作为他的工作室,"她又说,声音拖得更长,"他说这作为他的工作室……我们没有门房,您知道。就是这个合他的心意。他不喜欢门房,这位先生,真的,他有道理……"

但是她又不说了,仿佛想到一件什么事。

"等一等!您应该认识他的,我的东家……他见过您的一位朋友。"

"啊!"埃莱娜说,面孔煞白。

"肯定,隔壁那位太太,您跟她上过教堂……有一天她来过。"

费杜大娘的眼睛眯得更细了,观测太太的情绪。埃莱娜努力使语调平静些,对她提出一个问题。

"她上他那里去了?"

"不,她改变了主意,她可能忘了什么东西……我那时在门前。她向我打听万尚先生;然后她钻进她的马车,对车夫喊了一声:'太晚了,回去吧……'哦!这位太太很活泼,很和气,很正派。好上帝没给这个世界创造多少这样的人。在您之下,就数她了……上天祝福你们两位!"

她继续说着一连串空洞无物的话,像一个忙于数念珠的信女那么从容自在。可是从她的皱纹看出她暗地里没有少用心计,她现在容光焕发,非常满意。

"这个,"她又直截了当地说,"我想要一双好鞋子。我的东家太好了,我不能再向他要求这个……您看到,我穿上了衣服,只是我还需要一双好鞋子。我的鞋子穿破了,您瞧,这种潮湿天气要拉肚子。真的,昨天我拉了肚子,整个下午身子竖不起来……有一双好鞋子……"

"我以后给您带一双过来,费杜大娘。"她说,挥手让她走。

老妇人又是鞠躬又是道谢,倒着身子往后退时,埃莱娜问她:

"您什么时候一个人在?"

"我的东家过了六点是不会在的,"她回答,"但是您不必费心,我自己来一趟,我到您的门房那里取鞋子……总之,一切都随您的意思吧。您是天堂里的天使,好上帝会把一切偿还给您的。"

她到了楼面上还在嚷嚷的。埃莱娜坐着,刚才那个女人给她带来的消息还在叫她发呆,怎么会有那样的巧事。生潮气的楼梯，被油腻的手摸得发黑的每一层楼黄房门，去年冬天她上楼去探访费杜大娘引起她怜悯的穷相，又出现在她的眼前；她努力想象在被穷困丑陋包围的这个玫瑰色房间。但是正当她陷在沉思时，两只温暖的小手放在她一双熬夜发红的眼睛上，一个笑声问：

"猜是谁……猜是谁！"

这是雅娜，她刚才自己穿好了衣服。她是被费杜大娘的声音闹醒的，看到小室的门关上了，她赶紧来作弄母亲。

"猜是谁……猜是谁！……"她反复说，愈笑愈高兴。

这时，罗萨莉带了早餐进来了：

"你知道，别说……我可没有问你。"

"不要闹了，小疯子！"埃莱娜说，"我早料到是你。"

女孩就势滑到母亲的膝盖上，向后仰，左右摆动，对自己的发明很欣赏，深信不疑地说：

"喔！也会是另一个女孩子……嗯！一个女孩子，带了她妈妈的一封请帖，邀请你去吃晚饭……那时，她也会蒙上你的眼睛。"

"别傻了，"埃莱娜又说，叫她站起来，"你在说些什么？罗萨莉，给我们上早餐吧。"

然而女仆在仔细看女孩，说小姐的打扮非常滑稽。确实雅娜匆忙中连鞋子也没有穿。她穿了短裙，一条法兰绒短裙，衬衫的一只角从缝里伸出来。薄呢套衫没有扣好，露出一团肉，胸脯扁平小巧，刚有点不明显的线条，映出两点浅红色奶头。

她的头发蓬蓬松松,穿了横七竖八的袜子走来走去,一身白色的乱衣衫,她这样子真讨人喜欢。

她弯下腰,朝自己身上一看,然后哈哈大笑。

"我不错吧,妈妈,看啊……说,好吗?我就一直这样……这不错!"

埃莱娜把不耐烦的手势压了下去,提出那个每天早晨要提的问题:

"你洗了吗?"

"哦!妈妈,"女孩喃喃地说,突然发愁了,"哦!妈妈……天下雨,天气太糟了……"

"那么,你就吃早餐……罗萨莉,给她洗一洗。"

平时是她自己监督女孩梳洗。但是她真的感到不舒服,靠着炉子,缩成一团还哆嗦,虽然天气非常温和。罗萨莉刚把小圆桌移到壁炉旁边,上面放了一条餐巾和两只瓷碗。银壶里的牛奶咖啡在炉火上滚着,银壶是朗博先生送的礼物。在清晨这个时刻,房间没有收拾,还有困意,保持了前一夜的凌乱,自有一种喜洋洋的亲切感。

"妈妈,妈妈!"雅娜从小室里叫,"她擦得太重了,皮也下来了……哦!冷啊,冷啊!"

埃莱娜眼睛盯着水壶,心里在深思。她要知道,她要去。在巴黎这个肮脏的角落里幽会。想到这里面的神秘,她心里又痒又乱。她觉得这是品味可憎的神秘,她看清了马利尼翁的为人,想入非非,拈花惹草,相好到处都是。可是尽管厌恶,她还是头脑发热,内心向往,感官完全被玫瑰色屋里的安静和若明若暗的光线吸引了。

"小姐,"罗萨莉重复说,"要是您不让我洗,我要叫太太了……"

"嗨!你把肥皂弄到我的眼睛里了,"雅娜回答,声音粗大带着哭腔,"我够了,放开我……耳朵明天洗吧。"

但是龙头还是在继续流水,毛巾的水还是滴在脸盆里。有一阵挣扎的声音,女孩哭了。她差不多立刻又出现了,非常快乐,喊道:

"洗完了,洗完了……"

她摇着身子,头发还是湿漉漉的,皮肤擦得通红,全身鲜艳还透着香气。在挣扎时,她的套衫滑到一边,裙子松了扣子,长袜落了下来,露出她的小腿。这下子,像罗萨莉说的,小姐像个耶稣。但是雅娜身上干干净净很自豪,不愿意给她穿衣服。

"你瞧一下,妈妈,瞧我的手,我的脖子和我的耳朵……嗯!让我暖和暖和,我好极了……你不会说吧,今天这顿中饭我没有白吃吧。"

她猫着身子坐在炉前的小坐椅里。这时罗萨莉倒牛奶咖啡。雅娜把她的碗放在膝盖上,严肃地把烤面包浸一浸,样子完全像个大人。埃莱娜平时不允许雅娜这样吃东西,但是她心在别处,她放下面包,喝点咖啡就满足了。雅娜吃到最后一口,有点内疚。她心情忧愁沉重,看见母亲那么苍白,放下碗扑到她的身上。

"妈妈,你也开始生病了吗……我没有使你难过吧?说呀!"

"不,亲爱的,恰恰相反你很可爱,"埃莱娜喃喃地说,亲了亲她,"但是我有一点乏,没有睡好……玩吧,不要担心。"

她想到白天将长得可怕。等待黑夜来临前她做些什么呢?她有一段时期没有碰针线了,工作对她说非常沉重。她几小时坐着,两手垂下,在房间里喘不过气来,需要到室外去呼吸,可是就是不动。是这个房间叫她病恹恹的;她恨这个房间,竟在里面住了两年;室内的蓝丝绒,窗外大城市的广阔地平线,街上闹得叫她头晕,她都觉得丑不可言。她梦想住在一套小公寓里。我的上帝!时间过得多么慢!她拿起一本书,但是头脑里还是转着那个死念头,在她的眼睛与翻开的书页之间同样的图像不停地出现。

这时,罗萨莉打扫好房间,雅娜梳好头发,穿好衣服。妈妈在窗前努力看书时,女儿在整理完毕的家具之间开始她的隆重演出,那天是她要高高兴兴闹--闹的日子。她是一个人,但是这也没有妨碍她的兴致,她扮三四个角色不成问题,自信而又严肃的态度令人捧腹。起初她演一个去做客的太太。她先消失在餐厅里,然后又回来,鞠躬微笑,讨人欢喜地将头转来转去。

"早,太太……您好吗,太太……好久没见您了。真是奇迹,真的……我的上帝!我身体不舒服,太太,是的,我得了霍乱,难受极了……哦!这可看不出来,您年轻了,我以名誉担保。您的孩子呢，太太？我以前有三个，自从去年夏天……"

她继续在小圆桌前行礼，圆桌肯定代表她拜访的那位太太。然后，她移近座位，可以说上一个小时，内容无所不包，句子真是丰富多彩。

"不要傻了，雅娜。"声音太大时，她的母亲就说上一句。

"但是，妈妈，我在朋友家里……她对我说话，我就应该回答她……用茶时，不能把蛋糕放进口袋里，不是吗？"

她又开始了。

"再见，太太。您的茶真好喝……向您家先生致意……"

突然又转到其他事情上。她乘了车子出门，去购物，又开两腿坐在椅子上，像个男孩。

"雅娜，不要那么快，我怕……您停下！我们到了帽子店……小姐，这顶帽子多少钱？三百法郎，这不贵。但是不漂亮。我要上面有只鸟的，一只那么大的鸟……走吧，让，送我去食品杂货店。您没有蜂蜜吗？有呀，太太，这里。哦！多好的蜂蜜！我不要；给我来两苏钱的糖……但是，小心了，让！车翻啦！警察先生，是手推车撞上了我们……您没撞坏吧，太太？不，先生，没什么……让！让！我们回去吧。嗨！嗨！等一等，我去定几件衬衣。给太太来三件衬衣……我还需要皮靴和胸衣……嗨！嗨！我的上帝！没完了！"

她给自己扇风，做个回到家里向仆人发火的太太。她永远不愁没有话说；这是一种热病，一种奇思异想的不间歇宣泄，一个在她的小脑袋里沸腾而又不断涌现的生活缩影。早晨和下午,她旋转、跳舞、唠叨;她累了,一只小凳,一把扔在角落里的阳伞,一张地上捡到的废纸,都可以转移她的注意力,做新的游戏、新的一连串发明。她创造一切:人物、地点、场景;她玩起来就像跟十二个她这样年龄的孩子在一起。

终于,晚上来了,就要敲打六点钟。埃莱娜一个下午就是在不安的假寐中度过的,醒来马上在肩上披了一条围巾。

"你出去,妈妈?"雅娜问,很惊讶。

"是的,亲爱的,到附近去一趟。时间不会长的……你要乖点。"

外面还在解冻,泥水在街上流淌。埃莱娜走进帕西路的一家鞋铺,她以前领费杜大娘去过,然后她回到雷努阿尔路。天空是灰的,路上升起一层雾,路在她面前延伸。尽管天时不算晚却荒凉得令人不安。路灯也很少,在雾气中成了黄色斑点。她加快脚步,挨着墙走,躲躲闪闪像去幽会。但是当她突然转弯走入水巷时,她在拱顶下停步了,真正害怕起来。水巷在她的脚步下张开,像一个黑洞。她看不见巷底,只看到黑暗的羊肠小道中间仅有一盏路灯,灯光摇曳不定地照在地上。终于她下了决心,摸着铁栏杆防止跌倒,用脚尖摸索宽阔的石阶。左右两边的墙往里收,在黑夜中长得过分,而树木的秃枝在空中张开,隐隐约约像巨大的胳臂、扭曲痉挛的手掌。一想到哪个花园的门就要打开,一个男人扑到她身上,她就发抖。没有人经过,她尽快往下走。突然有一个人影从黑暗中出来;她一颤全身冰冷,那个影子咳了一声;这是一个老妇人,正艰难地往上走。这时她感到安心了,她小心地撩起拖在地上的长裙下摆。泥土很厚,她的靴子都粘在了石阶上了。到了下面,她本能地转身。湿漉漉的树枝把水滴在巷道上,路灯发出矿灯般的光芒,映在被水渗透而有险情的井口斜壁上。

埃莱娜直接登上那个小阁楼,水巷的那幢大房子顶层,她来过好几次了。她敲门,里面没有动静。她回到楼下,进退两难。费杜大娘无疑在二楼那间公寓里。只是埃莱娜不敢上那儿去。她在走道里待了五分钟,一盏煤油灯亮着。她又上楼,犹豫不定,望着门;她正要往外走,这时老妇人身子俯在楼梯扶手上。

"怎么,是您在楼梯上,我的好太太!"她喊,"请进来,待着会招病的⋯⋯哦!自己感觉不到,其实会害得人半死⋯⋯"

"不,谢谢,"埃莱娜说,"这是您的那双鞋,费杜大娘⋯⋯"

她望着费杜大娘身后开着的门,看到炉子的一角。

"我是一个人,我向您起誓,"老妇人说,"进来吧⋯⋯这是上厨房去的⋯⋯啊!您对穷人家一点不拿架子。这话可没说错⋯⋯"

这时,尽管对自己做的事有种反感和羞耻心理,埃莱娜还是跟了她进去。

"这是您的那双鞋,费杜大娘⋯⋯"

"我的上帝!怎样谢您呢⋯⋯哦!好鞋子⋯⋯等一等,我来穿上。正是我的尺寸,不大不小挺合适⋯⋯好极了!至少,我穿上了可以走路,不用害怕雨水……您救了我,能使我多活上十年,我的好太太……这不是在向您讨好,这是我心里的想法,一点不假,就像这盏灯照着我们一点不假。不,我不是甜言蜜语的人……"

她说着说着动了情,抓着埃莱娜的手吻了起来。壶里在烫酒,桌上的灯旁边,一只半空的波尔多酒瓶伸长着细脖子。此外有四只盘子,一只玻璃杯,两只小平底锅,一只汤锅。费杜大娘常待在这个单身汉厨房里,生火也只是为自己使用。她看到埃莱娜的眼睛朝汤锅看,就咳嗽起来,装作不舒服的样子。

"这是肚子里的毛病,"她呻吟,"医生说也没用,我大概有虫子……喝上一小杯可以提提精神……我很难受,我的好太太。我希望别人别害上我这个病,太糟糕了……现在我也得享受一下了;生活受苦受难的人也可以难得享受享受,不是吗……我碰上这样好的先生也是福气。让上帝赐福给他!"

她在里面放上两大块糖。她还在发胖,两只小眼睛在一张肿脸上更加看不见了。人舒坦,动作也就慢了。一生的抱负也像得到了满足。她生来不过是为了这些。当她盖糖瓶时,埃莱娜看到食品柜里面有一罐果酱,一盒饼干,甚至还有从东家那里偷来的雪茄。

"好吧,再见!费杜大娘,我走了。"她说。

但是老妇人把汤锅推到炉灶角上,喃喃说:

"等一等,这太烫了,我过会儿喝……不,不,不是这里走。我请您原谅,在厨房里迎接您……让我们四处看看吧。"

她已取了灯,走进一条狭窄的走廊。埃莱娜心咚咚跳,跟在她的后面。走廊墙头剥落,被烟熏得发黑,还渗着潮气。门打开,她现在走在一块厚地毯上。费杜大娘在一个关闭安静的房间里走了几步。

"嗯!"她提着灯说,"这里不错吧。"

这是两个正方形房间,中间一扇门已经拆去,可以相通,只是隔着一块门帘。两间的墙上都张着同样的细麻布帷幕,上面绣有路易十五的纹章,还有在花丛中嬉戏的胖面孔爱神。第一个房间有一张小圆桌,两把安乐椅和几把坐椅;第二个房间面积较小,全给一张大床占了。费杜大娘要她注意天花板下吊在镀金链子上水晶伴眠灯,这盏灯在她的眼里是奢侈的极品,她还作了一些解释。

"您想象不出这个人有多怪。白天也把所有的灯都打开,他坐在那里抽雪茄,望着空中……好像这叫他挺好玩,这先生……不管怎样,他肯定花了不少钱!"

埃莱娜一声不出,在房间里转。她觉得布置不合适,房间太红,床太大,家具太新。明摆着那个洋洋得意、求欢调情的企图。一个制帽女士立刻是会上钩的。埃莱娜渐渐心慌意乱,而老妇眨巴眼睛继续说:

"他自称是万尚先生……这对我都一样。只要他付账,这个小伙子……"

"再见,费杜大娘。"埃莱娜又说,她闷得慌。

她要走开,打开一扇门,穿过一排三间小房,里面空无一物，肮脏不堪。墙纸脱落了挂在半空，天花板一片乌黑，石灰掉在凹凸不平的石板地上，透着一股年深日久的穷酸气味。

"不是这里走，不是这里走，"费杜大娘叫，"平时这扇门是关的，可是……这是其他一些房间，他没有装修过。天哪！他开销够多了……啊！没这么漂亮，当然……这里走，我的好太太，这里走……"

当埃莱娜又经过那间玫瑰色帷幕的内室时，她拉住她又要去吻她的手。

"我不是忘恩负义的人……我永远不会忘记这双鞋子。我穿了真合适，真暖和，我会走上好几里路……我向好上帝求些什么呢？哦！我的上帝！听我说，让她做世界上最幸福的女人！您看到我的心，您知道我给她祈求什么。以圣父、圣子、圣灵的名义，阿门！"

她的情绪突然又虔诚又激昂，十字礼画了又画，向大床和水晶伴眠灯屈膝行礼。然后打开朝楼梯口的门，在埃莱娜耳边又加了一句，声音也变了：

"您要来时敲厨房的门，我总是在那儿的。"

埃莱娜脑子乱了，向身后看，仿佛她从一个可疑的地方出来，走下楼梯，又走上水巷，到了维欧斯街，也不知怎样走过来的。只是老妇人的最后一句话叫她奇怪。当然不，她不会上这幢楼里去的。她没有施舍要送去了。为什么她要敲门？现在，她满足了，她看见了。她对自己、对别人都有一种轻蔑心理。到这里来是多么卑劣！两个房间以及室内的装饰布不停地出现在眼前,她一眼就把一切细节,包括椅子位置和床上摺裥蓝床罩,都记在了心里。但是接着其他三个小房间,肮脏、空、无人整理,也一一出现。这种景象,这些在胖面孔爱神掩饰下的剥落墙头,在她心里引起同样的愤怒和厌恶。

"啊哈!太太,"罗萨莉叫,她在楼梯上候着,"晚餐早好啦!煮了半个小时。"

雅娜在餐桌上对母亲提了一个又一个问题。她去哪儿啦?她做了些什么?然而因为她得到的都是简单的回答,她就玩家家自得其乐。她把玩具娃娃放在身边的一张椅子上。她像大姐姐似的把一些甜食分给它。

"首先,小姐,要吃得干净……擦一擦……哦!脏孩子,她连餐巾也不会放……这样您才美呢……拿着这一块饼干,您说什么?您要上面放果酱……嗯!这样好吃……让我把那块苹果的皮给您削掉……"

她把娃娃的一份放在椅子上。但是当她自己的盘子空了,她又把甜点心一只只取回来,吃了下去,代娃娃说话。

"哦!真好吃……我从来没吃过这样好吃的果酱,太太,您这是从哪里买来的?我要丈夫也给我带一罐来。太太,这样好的苹果您是在自己的花园里采来的吧?"

她玩得睡着了,手里抱着娃娃倒了下来。从早晨以来她就没有停过。她的两条瘦腿不听使唤,游戏的劳累使她撑不住了;她睡着了还在笑,她在睡梦中也一定在玩。她的母亲服侍她睡下,她毫无生气,听任摆布,还在跟天使玩什么把戏。

现在，她在房间里是一个人。她闭门不出，在一盏熄灭的灯旁度过可憎的夜晚。她的意志在丧失，难以启齿的想法在她心中作怪。仿佛一个她不认识的恶意而又追求肉欲的女人，在居高临下地对她说话，而她又无法违抗。午夜钟敲，她勉强躺在床上。但是在床上受折磨难以忍受。她像躺在炭火上辗转反侧，不能入睡；有几个人影在失眠中显得更大，追着她不放。然后她的脑袋里产生了一个念头，她推也推不开，念头生了根，使她堵得慌，占据了她整个身心。将近两点，她像个梦游者，身子僵直、游移不定地起身，点了灯，假装别人的笔迹写了一封信。这有点像在告密，三行字的便条，要求德贝勒医生在某日某时到某地去，没有解释，没有签名。她封好信封，放进扔在坐椅上的长袍的口袋里。她躺上床马上睡着了，大气也不出，她困极了。

（三）

第二天，罗萨莉等到九点左右才能端上牛奶咖啡。埃莱娜起身很晚，一夜的噩梦使她全身酸痛，脸色苍白。她掏长袍的口袋，摸到那封信，再往里塞，走来坐在小圆桌前，没说一句话。雅娜的头也沉重，脸色发青，神态不安。她恋恋不舍地离开她的小床，这天早晨也没有兴致玩游戏了。天空灰暗，微弱的光线使房间蒙上一层愁色，时而一阵阵急雨敲打窗玻璃。

"小姐又黑着一张脸，"罗萨莉一个人自言自语，"她不会连续红上两天的……谁叫你昨天那么疯的啊！"

"你病了吗,雅娜?"埃莱娜问。

"不,妈妈,"女孩回答,"这是天气不好。"

埃莱娜又陷入沉默。她喝完咖啡,眼睛盯着火焰呆在那里出神。她站起身时还在对自己说,她的责任促使她去劝朱丽埃特放弃下午的约会。怎么做呢?她不知道;但是她必须采取行动,这件事她深信不疑,于是脑子里就只有实施的念头,驱之不散。钟敲十点,她穿上衣服。雅娜望着她,当她看到埃莱娜取帽子时,她抓紧两只小手,仿佛她身子发冷,脸上掠过痛苦的阴影。平时她看到母亲外出非常嫉妒,不愿意离开母亲,要求母亲上哪儿她也跟到哪儿。

"罗萨莉,"埃莱娜说,"您赶快把房间收拾完……不要出去。我马上就回来。"

她弯下身,迅速亲了一下雅娜,没有注意到她的忧伤。女孩原来坚持不诉苦,但她一走,女孩就呜呜哭了起来。

"哦!这不好看,小姐!"女仆不断安慰她,"哎哟!人家不会把您的妈妈偷去的。应该让她去做她的事……您不能永远吊在她的裙子上。"

这时,埃莱娜已经转过维欧斯街的墙角,沿着墙走,免得雨打在身上,给她开门的是皮埃尔,但是他面有难色。

"德贝勒太太在家吗?"

"是的,太太。只是,我不知道……"

埃莱娜作为密友径自往客厅里闯,他竟然挡驾。

"等一等,太太,我去看看。"

他溜到房间里，把门尽量开得小，立刻听到朱丽埃特的声音，她在发脾气：

"怎么，您让人进来了！我正式关照过您……真没法相信，没法安静一分钟。"

埃莱娜推开门，决心完成她自认为的责任。

"咦！是您！"朱丽埃特看见她说，"我没有听清……"

但是她的神色还是很难看。显然，她不想见客。

"我打扰你们了吗？"客人说。

"不，不……您会明白的。我们要做得人家不知道。我们在排演《任性》，在我的一个星期三晚会上演出。我们就是选了今天早晨，免得有人猜到……哦！现在留下来吧。您不要往外说就可以了。"

她拍拍手，向站在客厅中央的贝蒂埃太太又说了起来，再也不管埃莱娜了。

"好吧，好吧，工作啦……这句话您还不够把微妙处表达出来，瞒了丈夫做钱包，这在许多人眼里是比浪漫还浪漫的事……再来一遍。"

埃莱娜看到她在做这件事十分惊讶，在后面坐了下来。椅子和桌子都推到了墙壁边上，地毯上是空的。贝蒂埃太太身材娇小，一头金头发，在念她的独白，眼睛盯着天花板想词儿，而高大的德·吉罗太太，美丽的棕头发，演起德·莱里太太这个角色，坐在椅子上等待上场。这些太太都穿着早晨的便装，没有脱帽子，也没有脱手套。朱丽埃特头发蓬松，穿白羊绒大晨衣,在她们面前手里拿一本缪塞的剧本,一脸当导演的样子,指导大家怎样抑扬顿挫念台词,怎样上场表演。因为太阳还不高,绣花窗帘卷起挂在窗钩上,看到窗子后面又黑又潮湿的花园。

"您的感情还不够激动,"朱丽埃特宣布,"再投入一点,每个字要有分量。'我们给您——我的小钱包——最后打扮一下……'再来一遍。"

"我会演砸的,"贝蒂埃太太没精打采地说,"为什么您不来演我这个角色?您可以把马蒂尔德演得很可爱。"

"哦!我,不……首先要一个黄头发的。其次我是个好教师,但是我不会演……工作吧,工作吧。"

埃莱娜留在自己的角落里。贝蒂埃太太一心演戏,还没有转过身。德·吉罗太太向她轻轻点过头。她觉得自己是多余的,不应该坐下来。使她留下来的,不再是想要完成自己的责任,而是一种奇异的感觉,很强烈而又说不清楚,她有时在这个家里才体会到的。她对朱丽埃特接待她的冷淡态度感到难过。朱丽埃特对朋友朝三暮四。通常她对别人十分热情,扑上来勾住脖子,就像为着他们而活着似的,这样过了三个月;然后有一天早晨,也说不出为什么,突然变得像不认识他们似的。对这事像对其他事一样,她无疑在追求一种时髦,她周围的人爱上谁,她也就要爱上谁。这种感情大转变非常伤害埃莱娜,她的意识宽容平静,一直梦想天长地久。她经常走出德贝勒家很伤心,对人的感情缺乏坚实的基础感到真正的失望。那一天她心情沮丧，感到更加痛苦。

"我们跳过夏维尼这一幕，"朱丽埃特说，"今天早晨他不来……现在德·莱里太太上场了。德·吉罗太太，该是您了……准备好对白。"

她念：

"您以为我把这个钱包给她……"

德·吉罗太太已经站起来了。她声音很尖，装出疯疯癫癫的样子说：

"咦，这很好。再看吧。"

当初仆人给她开门时，埃莱娜想象中是另一种情景。她以为看到朱丽埃特神经紧张，十分苍白；想到幽会就要颤抖，犹豫而又不由自主；她看到自己敦促她三思，直到这个少妇哽咽得说不出话扑倒在她的怀里。这时她俩会哭在一起。埃莱娜告辞时会相信从此亨利对她是完了，她却保全了他的幸福。她绝没想到会遇上这场她绝没料到的排演，她觉得朱丽埃特面容平静，肯定昨晚睡得很稳，朱丽埃特神色自如地讨论贝蒂埃太太的动作，对自己下午会做些什么一点也不操心。这种满不在乎、这种轻佻，对埃莱娜犹如冷水浇头，而她自己是抱着满腔热情而来的。

她要说话，就随便问：

"谁演夏维尼？"

"马利尼翁，"朱丽埃特说，带着惊异的表情转过身，"去年整个冬天，他都在演夏维尼……讨厌的是他不能来排演……

听着,太太们,我来念夏维尼的台词。没有这一段,戏没法往下演。"

从这时开始,她也扮男角,按照剧情需要,声音自然而然变粗,还摆出公子哥儿的样子。贝蒂埃太太说话像鹨鸪,胖胖的德·吉罗太太怎么演也演不出活泼聪明的样子。皮埃尔进来给炉子添柴火,他偷偷朝太太们看一眼,觉得她们挺有趣。

埃莱娜尽管难过,可是决心还是不改,试图把朱丽埃特拉到一边。

"只要一分钟。我有话对您说。"

"哦!不可能,亲爱的……您看到,我忙着……您有时间明天再来吧……"

埃莱娜不说话了,少妇轻松随便的口气使她恼火。看到少妇那么平静感到愤怒,而她自己从昨夜以来痛苦得死去活来。有一时,她要站起身,一切听其自然。她真蠢,竟然要拯救这个女人;前一夜的噩梦又开始了,她的手刚才在口袋里寻找那封信,抓住它,热得发烫。既然别人不爱她,也不为她难过,她为什么去爱别人呢?

"哦!很好。"朱丽埃特叫喊了一声。

贝蒂埃太太把头靠在德·吉罗太太的肩上,哽咽着说:

"我肯定他爱着她,我肯定是这么回事。"

"您的演出会引起轰动,"朱丽埃特说,"停顿一下,是吗……我肯定他爱着她,我肯定是这么回事……头靠着。美极了……该您了,德·吉罗太太。"

"不，我的孩子，这不可能；这是一时任性，这是一种怪念头……"胖太太高声朗诵。

"好极了！但是这幕长了一点。嗯？休息一会儿……我们要把这个动作调整一下。"

这时，她们三人讨论起客厅的安排。餐厅的门在左边，作为上下场，右边放一张坐椅，里面一只长沙发，把桌子推到壁炉旁边。埃莱娜站起来，跟着她们，好像她也关心这场舞台布置。她已经放弃原来要朱丽埃特作解释的打算。她只是最后尝试一番，劝阻朱丽埃特去赴会。她说：

"我是来问今天您去不去看德·肖梅特太太。"

"是的，今天下午。"

"那么，您允许的话，我来约您，因为我答应去看这位太太也有很久了。"

朱丽埃特一时表示为难，但是立刻恢复常态。

"当然我很高兴……只是我有许多地方要去，我首先要上几家店铺，我实在不知道几点钟才能到德·肖梅特太太家。"

"这没关系，"埃莱娜又说，"这样我也可散散步。"

"请听着，我跟您直说了吧……好吧！别坚持了，我不方便……下星期一吧。"

这话说得不动一点感情，那么干脆，笑容又那么平静，埃莱娜不好意思再多说。朱丽埃特要立即把小圆桌搬到壁炉旁边，埃莱娜帮了她一把，然后退到一边，排演继续进行。这幕结束后，德·吉罗太太把她的独白中这两句话用了很大的力气喊了出来。

"男人的心真是深不可测！啊！说实在的，我们要比他们高尚！"

她现在应该做什么？这个问题在她的心里引起骚乱，她感到惶惑和冲动。朱丽埃特那么镇静，她恨不得要治对方一下，仿佛对方这么从容是对她大惊小怪的一种侮辱。她想象朱丽埃特堕落了，还要看她是不是依然这么冷静沉着。然后她又瞧不起自己这样细腻周到，瞻前顾后。她不下十二次要对亨利说而没说："我爱你，带我走吧，让我们离开这里吧。"她也多么愿意像这个女人一样，心不跳，脸不红，镇静自若，在第一次幽会前三小时，还在家里演戏取乐。就在这一分钟，她比这个女人抖得还厉害；就是这件事叫她发疯，在这间洋溢着和平与笑声的客厅中意识到自己激动，害怕热情的话一下子脱口而出。她是这么窝囊吗？

门开了，她突然听到亨利的声音说：

"继续玩你们的……我只是经过这里。"

排演正要结束了。朱丽埃特还在念夏维尼的台词，刚抓住德·吉罗太太的手。

"欧内斯丁，我崇拜您！"她喊道，激动中充满自信。

"您不再爱德·勃兰维尔太太了吗？"德·吉罗太太在背诵。

但是朱丽埃特只要丈夫留在那里，就不愿往下排，男人家不需要知道。医生对这些太太非常客气；他称赞她们，保证她们获得巨大成功。他出诊回来，戴了黑手套，服饰端正，脸刮得很光。他到来时对埃莱娜仅微微点一点头。他在法兰西喜剧院看过一位大演员扮演的德·莱里太太，他告诉德·吉罗太太当时台上是怎样演的。

"夏维尼快要跪到您的脚下的时候，您走近壁炉，把钱包扔在火里。冷冰冰地，不是吗？没有怒火，像个在玩弄爱情的女人……"

"好了，好了，请吧，"朱丽埃特重复说，"这个我们知道。"

当他终于推开他的小房间的门时，她又继续排练。

"欧内斯丁，我崇拜您！"

亨利在出去以前，对埃莱娜同样微微点一点头。她一直默不作声，期待着什么大祸临头。医生突然光临对她好像充满威胁，但是当他不在了，她觉得他的礼貌和他的盲目性都很可笑。他居然也关心这出愚蠢的喜剧！他看她时眼睛里黯然无光！这时，整幢房子对她变得敌意和冷酷。一切都崩溃了，什么都留不住她，因为她恨亨利不下于恨朱丽埃特。她痉挛的手指在口袋底抓着那封信。她结结巴巴说了声"再见"后走了，头发晕，家具都在四周旋转；而德·吉罗太太的台词还在她的耳边回响。

"再见。今天您可能怪我，但是明天您会对我友好的，相信我，这可不是一时任性。"

当她关上门，到了人行道上，她把信猛地抽了出来，机械地随手往信箱里一扔。然后她停了几秒钟，傻乎乎的，看着狭窄的铜盖又关上了。

"这下没说的了。"她压低声音说。

她又看到那两个挂玫瑰色帷幕的房间、安乐椅、大床；那里有马利尼翁和朱丽埃特，突然墙开裂了，丈夫进来了；她不再知道，她很平静。她本能地张望，看有没有人窥见她投信进去。街道是空的。她转过路角，上了楼。

"你乖吗，亲爱的？"她亲着雅娜说。

女孩还坐在那张坐椅上，抬起赌气的脸。她没回答，伸出双臂勾住母亲的脖子，吻她，叹了一口粗气。她可伤心呢。

午餐时，罗萨莉表示奇怪。

"太太走了不少路吧？"

"怎么啦？"埃莱娜问。

"太太胃口很好……好久没见太太吃东西这么香了……"

这倒是的。她饿得很，人一松弛胃也空了。她觉得自己说不出的平静舒适。经过最后两天的震撼后，她的心又归于平静，她的四肢像洗澡以后那么舒松发软。她不再感到身体哪儿有沉重的感觉，心头隐隐压着什么。

她到房里，目光马上就朝座钟看去，针正指在十二时二十五分。朱丽埃特的约会定在三点钟，还有两个半小时。她机械地在计算。此外，她也不着急，时针走动，世界上谁也没有能力使它们停止，她让事情顺其自然发展。一顶童帽还未做完，放在小圆桌上已有很久了。她拿起，在窗前缝了起来。房间非常安静，带有睡意。雅娜坐在自己平常的位子上；但是她两手懒懒的，举不起来。

"妈妈，"她说，"我不能工作，这引不起我的兴趣。"

"那么，亲爱的，就不做……嗨，你给我穿针吧。"

这时，女孩一声不出，动作缓慢地做了起来。她细心地把线头剪得一样齐，花了许多时间找针眼。她的工作勉强跟上速度。她的母亲把她准备的针一个个使用。

"你看，"她喃喃地说，"这样更快啦……今晚，我的六顶小帽子就要完工了。"

她转身看座钟，一点十分，还有两小时不到。现在朱丽埃特应该开始穿衣打扮了。亨利收到了信。哦！他肯定会去的。地点时间写得很明确，他一找就能找到。但是这些事好像还很远，让她无动于衷。她像女工那样用心，一针针缝得很有规律。时间一分分过去。钟敲了两点。

门铃响了一下，叫她吃惊。

"会是谁呢，小妈妈？"雅娜问，她在椅子上吓了一跳。

进来的是朗博先生。

"是你……为什么铃拉得那么响？你叫我害怕。"

这位好人显得很懊丧，他确实手脚有点重。

"我今天不好，我难过，"女孩继续说，"不应该叫我害怕。"

朗博先生不安起来。可怜的小宝贝怎么啦？他坐下，只有当看到埃莱娜向他轻轻点头示意，他才放心，因为这是告诉他，女孩子像罗萨莉说的虎着脸呢。平时他很少白天来，所以他要马上解释他来访的原因。这是为了一个老乡,一个老工人因为年纪大了找不到工作,又有一个瘫痪的妻子,生活在一个像手掌一般大的房子里,穷得没法想象。就在这天早晨,他上他们家去了解情况。屋顶上一个洞,斜窗上的玻璃已碎,下雨天漏水;室内一张草褥子,一个女人裹在一块旧窗帘里,男人痴痴呆呆地蹲在地上,连打扫房间的精神也提不起来。

"哦!可怜的人,可怜的人!"埃莱娜说,感动得流下泪水。

叫朗博先生为难的不是老工人,他可以把老工人接回去,给他找个工作做。但是他的妻子,这个瘫痪的女人,她的丈夫一刻也不敢把她撂下,要把她像地毯那样卷起来,放到哪儿去?怎么办?

"我想到了您,"他继续说,"您应该立刻让她进救济院……我想直接去找德贝勒先生,但是我想您跟他更熟,您更能说动他……他如愿意管,事情明天就可办好。"

雅娜听着,十分苍白,动了怜悯心,全身哆嗦。她合上手,喃喃地说:

"哦!妈妈,行行好吧,让这个可怜的女人进去吧……"

"那当然!"埃莱娜说,激情也在升高,"我一有可能就对大夫说,他会亲自办这些事的……把姓名地址告诉我,朗博先生。"

他在小圆桌上写了一张便条。然后,站起身。

"现在两点三十五分,"他说,"您上他家可能找到他。"

她也站了起来，望座钟，全身一震。真的是两点三十五分，指针在走。她结结巴巴地说大夫一定已经出诊去了。她的目光不再离开座钟，可是朗博先生手拿帽子，没让她坐下，把那件事又说了一遍。这些可怜的人把一切家当都卖光了，连炉子也不剩；入冬以来，他们白天黑夜都没有火。十二月底，他们有四天没有吃东西了。埃莱娜发出一声痛苦的叫声。指针表示两点四十分。朗博先生又足足说了两分钟才走。

"好吧！我拜托您了。"他说。

他弯下身亲雅娜。

"再见，亲爱的。"

"再见……放心，妈妈不会忘记的，我会提醒她。"

当埃莱娜再回到她把朗博先生送走的外客厅时，针指两点三刻。一刻钟后一切都完事了。她在壁炉前不动，突然眼前显现即将发生的场景：朱丽埃特已经在那里，亨利进去，把她逮住。她认识这个房间，她想象中的一切细节一清二楚，叫她害怕。这时，埃莱娜的情绪依然因听了朗博先生的悲惨故事而激动，还感到从四肢上升到脸部的一阵冷颤。心里还发出一声喊叫。她做的事，这种懦夫才写得出的告密信，卑鄙无耻。突然一切像暴露在光天化日之下一样明白。真的，她竟做得出这样卑鄙无耻的事。她又想起自己把信投进信箱的手势，只会像看着别人做坏事而不思去劝阻的人那样发呆。她像从梦里醒来。发生过什么啦？她为什么在这里瞧着钟面上的指针？又过去了两分钟。

"妈妈,"雅娜说,"你愿意今天晚上咱们一起去看大夫吗……我也可以走走。今天我憋死了。"

埃莱娜没有听到。还有十三分钟,她可不能让这么一桩坏事做到底。在这思绪纷乱的觉醒中,她的心里产生一种要阻拦它完成的强烈愿望。应该去做,不然她会活不下去。她疯了,奔进房间里。

"啊!你带我去啦!"雅娜快活地喊起来,"我们马上去见大夫,不是吗,小妈妈?"

"不,不。"她回答,找自己的靴子,俯身看床底下。

她找不到,她毫不在意地摆摆手,在想自己完全可以这样穿了室内软鞋出去。现在她在镜子柜里乱翻,找披肩。雅娜走近来,非常讨好。

"那么,你不是上大夫家,小妈妈?"

"不是。"

"还是带我去吧……哦!带我去吧,你叫我快活极了!"

但是她终于找到了披肩,往两肩一盖。我的上帝!只有十二分钟了,刚够跑的时间。她要到那里,做些事,随便什么事。到了路上再想吧。

"小妈妈,带我去吧。"雅娜又说,声音愈来愈低,凄楚动人。

"我不能带你去,"埃莱娜说,"我去的地方孩子不能去……把帽子给我。"

雅娜脸色发白。她的眼睛发乌,声音变得短促。她问:

"你去哪儿?"

母亲不回答,忙着系帽上的带子。女孩继续说:

"现在你出去总不带我……昨天你出去了,今天你出去过了,现在你还要出去。我太不开心了,我一个人待在这里害怕……哦!你让我这样,我会死的。听到吗,我会死的,小妈妈……"

然后她哭哭啼啼,痛苦忿恨,又发作起来,拉住埃莱娜的裙子。

"喔唷,放开我,要讲道理,我就回来的。"母亲又说。

"不,我不愿意……不,我不愿意……"女孩结巴着说,"哦!你不爱我了,要不你会带我去的……哦!我觉得你还更爱别人……带我去吧,带我去吧,否则我赖在地上,你回来时我还在地上……"

她的两条小臂围住母亲的大腿,面孔捂在她的褶裥里哭,勾住她,身子吊着不让她前进。指针在走动,三点差十分了。这时,埃莱娜想她会赶不上了,她头脑发昏,猛力把雅娜一推,叫道:

"这孩子真叫人受不了!哪有这么专横的……你要是哭,你是存心跟我过不去!"

她走出去,把门重重关上。雅娜跌跌撞撞退到窗前,这样粗暴对待倒使她哭不出来了,她身体僵硬,脸色煞白,她向门伸出双臂,还叫了两声:"妈妈!妈妈!"她在这里,倒在椅子上,眼睛睁大,表情颓丧,心里嫉妒地在想母亲是在欺骗她。

到了路上,埃莱娜加快脚步。雨已经停止,只有从水落管流下的大颗水滴,沉沉打湿她的肩膀。她对自己说过到了外面再考虑,再定计划,但是现在她需要的只是到那里。当她走进水巷,犹豫了一会儿。石阶的水像瀑布似的往下冲,雷努阿尔路阴沟的水都往外溢了。沿着石阶,在夹墙之间涌出泡沫,而石头街面被雨水一冲非常光洁。灰色天空落下一条苍白光线,透过黑色树桠枝,给水巷带来明亮。她把裙子稍稍卷起,往下走。水漫到她的踝骨,她的软鞋差点在水洼里拔不出来,她听到她的四周,沿着下坡有清晰的啜嚅声,犹如树林深处的小河在草下潺潺流动。

突然,她到了楼梯的门前。她停在那里,气急难受。然后她记起了,她宁可去敲厨房的门。

"怎么,是您!"费杜大娘说。

她的声音不带哭调。她的小眼睛明亮闪光,千皱百褶的老脸上满是阿谀的笑。她的动作也不拘束,抓了她的手,听着她断断续续地说。埃莱娜给了她二十法郎。

"上帝会还您的!"费杜大娘按照习惯喃喃说,"您要什么还什么,我的孩子。"

(四)

马利尼翁仰身坐在靠椅上,两腿伸到烧得很旺的炉子前,静静地等待。他心很细,拉上窗帘,点了几支蜡烛。他待在第一个房间里,一盏小枝形灯和两座大烛台照得很亮。卧室则相反，暗影笼罩；只有水晶吊灯照着，像日近黄昏的时刻。马利尼翁抽出他的表。

"见鬼！"他喃喃说，"今天她又要把我撂下了？"

他轻轻打了一个哈欠。他等了一个钟点，可不大高兴。可是，他站起身，对各项准备看了一眼。椅子的摆法他不喜欢，他把一张双人小沙发推到壁炉前。蜡烛点着，在装饰布帷幕上放出玫瑰色反光，房间慢慢暖和、安静、气闷，而外面正刮着大风。他最后一次走进房间，感到一种虚荣的满足；在他看来这个房间很舒适，"品位"高尚的凹室像装上软垫，大床蒙在引动感官的阴影里。正当他要给枕头的花边折出一个样子来，有人敲门，快速的三下。这是信号。

"总算来了。"他说得很响，洋洋得意。

他奔去开门。朱丽埃特进来，帽上面纱拉得很低，跟裘皮大衣接在一起。当马利尼翁轻轻关上门，她有一会儿一动不动；没法叫人家看到她说不出话的激动心情。但是年轻人还没有时间去抓她的手，她已撩起面纱，露出脸，笑眯眯，有点苍白，很平静。

"咦！您点上了，"她惊叫，"我以为您讨厌大白天点蜡烛呢。"

马利尼翁早就想好用热情的姿态把她一把抱在怀里，听了这话倒措手不及，解释说白天太丑，窗子外面全是荒地。此外，他喜欢黑夜。

"跟您一起都没个准儿，"她和他开起玩笑，"去年春天，在一次儿童舞会上,您对我大叫大嚷:大家走进了墓穴了,真好像上哪家串通好来的……总之,还是承认您的趣味改了吧。"她就像在做客,装出一副自信的样子,使自己的声音也粗壮了一点。这是她心乱的唯一迹象。有时,她的下巴有点抽搐,好像喉咙感到哽塞。但是她的眼睛发亮,她在享受大胆的乐趣。这使她有了改变,她想到德·肖梅特太太有一个情人。我的上帝!这确实有意思。

"看看您的布置。"她说。

她在室内转了一圈。他跟在后面,琢磨他应不应该马上拥抱她;现在,他不可能了,他还得等待。可是她瞧家具,观察墙壁,抬起头,往后退,嘴里不停在说。

"我不大喜欢您的装饰布。太一般了!您从哪儿找来这么难看的玫瑰红……喔,这张椅子要是木材不漆得那么黄,倒是很纤巧的……没有一幅画,没有一件摆设;只有您的枝形灯和大烛台,这又缺乏风格……啊哈!亲爱的,我劝您别嘲笑我的那间日本平房了吧!"

她在笑,他从前攻击她,她一直耿耿于怀,如今得到了报复的机会。

"您的情趣真不赖,可以谈一谈吧……但是您不知道我的破玩意儿比您的全部家具还值钱……一个服装店小伙计也不会要你这种玫瑰红。您是在梦想把您的洗衣妇弄到手吧?"

马利尼翁十分恼火,也不争辩。他试图把她引到卧室里。她停在门槛上,说她不会走进那么暗的地方。此外,她已看够了,卧室与客厅彼此彼此,这一切都是从圣安东尼郊区买来的。尤其那个吊灯,叫她看了直乐。她的嘴下毫不留情,老提到那只地摊货伴眠灯,那是住在配家具房子里小女人的梦想。这样的吊灯,到哪个商场花上七个半法郎都可买到的。

"我花了九十法郎。"马利尼翁终于忍不住叫了起来。

这时,她好像很得意把他惹恼了。他静了下来别有用心地问:

"您不把大衣脱了吗?"

"当然要脱,"她回答,"您家那么热!"

她甚至把帽子也脱了,他拿了帽子和大衣放到床上。他回来时发现她坐在炉子前,还在四周张望。她变得严肃了,她同意摆出和解的姿态。

"这很丑,但是您还是做得不错。这两间房还是可以布置得非常好的。"

"哦!我就是要这个样!"他脱口说,满不在乎挥了挥手。

他立即又后悔说了这句蠢话。他毕竟太粗俗,太笨拙了。她低下头,喉咙又感到痛苦地哽塞。有一会儿,她忘了到这里来是干什么的。他至少也要利用已把她陷入的进退两难的境地。

"朱丽埃特。"他喃喃说,朝她弯下身去。

她挥手要他坐下。那是在特鲁维尔海滨,马利尼翁看厌了海景,便想到为何不堕入爱河。三年以来,他们就生活在打情骂俏中。一天晚上,他抓了她的手。她没有生气,先来个玩笑。后来,她头脑空虚,心中没有牵挂,痴想自己爱上了他。直到那一天,她做的事差不多也就是她周围朋友在做的事;但是她缺乏热情,只是一种好奇心理,一种跟大家一样做人的需要推动着她。开始时,如果那个年轻人做得粗暴,她必然会俯就。但是他却自负地要用自己的才智去征服她,他让她养成撒娇卖俏的习惯,所以,有一天夜里他们两人一起观看海景时,他一表示出粗鲁,就像喜歌剧里的情人被她赶了出去。她很惊讶也很恼火,她玩得高高兴兴的小说情节都给他搅乱了。到了巴黎,马利尼翁发誓要做得巧妙些。在过完一个令人疲劳的冬天后,那些熟知的娱乐、晚宴、舞会、首场演出开始使她感到单调乏味,正处于穷极无聊时,他来找她了。他有意在穷区找一间带家具的公寓,造成幽会的神秘性,她嗅到了暧昧不明的气味,使她迷惑。这在她看来与众不同,应该什么都见识见识。她心底非常镇静,到马利尼翁家来,并不比为了义卖上艺术家去求画更使她心慌意乱。

"朱丽埃特,朱丽埃特。"年轻人重复说,有意把调子说得抑扬动听。

"得了,理智一点。"她简单地说。

她在壁炉架上拿了一块中国式挡板,非常自在地继续说,仿佛在自家的客厅里:

"您知道我们今天早晨排演了……我怕我选上贝蒂埃太太是选错了人。她演的马蒂尔德哭哭啼啼,叫人难受……当她对着钱包说这段那么漂亮的独白,'可怜的小东西,我刚才吻了你……'哎哟！她念得就像背诵一篇颂词的女学生……我很担心。"

"德·吉罗太太呢？"他问，把椅子拉近，抓住她的手。

"哦！她无懈可击……我挖来了出色的德·莱里太太，她大胆泼辣……"

她由着他抓住手说一句吻一下，好像根本没有感觉。

"但是最糟的，您看，"她说，"是您没有来。首先，您可以对贝蒂埃太太提一些看法；其次，您不来我们就不可能配合默契。"

他又把一条胳臂绕到她的背后。

"可是我的角色我熟悉……"他喃喃地说。

"是的，这很好。还有导演工作要调整……您不给我们留出三四个半天，这不好。"

她没法继续往下说，他的吻雨点似的落在她的脖子上。这时，她注意到他两臂搂着她，她推开，用拿在手里的中国式挡板轻轻刮他的脸。无疑她起过誓不让他做得太过分。她的粉脸在炉火下映得通红，她的嘴唇抿得很紧，像一个被七情六欲弄糊涂的好奇女子。真的，真是这样的！应该看到底，她有一种害怕的感觉。

"别碰我，"她支支吾吾说，神色为难地笑笑，"我还是要生气的……"

但是他相信已经把她打动了，他非常冷静地想：

"要是我让她这样来了又走了，我永远得不到她了。"说话是无用的,他又抓住她的双手,要碰她的肩膀。有一会儿,她好像听任摆布。她只要闭上眼睛,她就知道了。她确实有过这样的欲望,心里也思量过,但脑子还非常清醒。好像有人在喊:"不。"这是她自己在喊,甚至在还没有回答以前。

"不,不,"她说了又说,"放开我,您弄痛我了……我不要,我不要。"

因为他总是不说话,把她往卧室里推,她强烈地挣开。她除了自己的欲望以外,还服从一些奇怪的行动;她对自己,对他都很气恼。她慌张中说话断断续续。啊,是啊,她信任他,他却没有很好报答她。他这么粗野是希望得到什么?她甚至把他看做懦夫。她这辈子再也不愿见他了,但是他让她说得连自己也不知所云,他带着恶意愚蠢的微笑缠住她不放。她最后躲在座椅后面啜嚅不已,突然不作反抗,明白自己属于他的了,根本用不着他伸出手来搂住她。这是她一生中最不愉快的一分钟了。

他们两人呆在那里面对面,表情全都变了,羞愧,粗野,这时什么声音响了一下。他们先是不明白是怎么一回事。有人打开了门,脚步声穿过房间,一个声音向他们喊:

"快跑,快跑……你们要被逮住了。"

这是埃莱娜。他们两人都呆了,望着她。他们那么惊讶,竟连自己处境尴尬也忘了。朱丽埃特也没有做出局促不安的动作。

"快跑,"埃莱娜又说,"您的丈夫两分钟内就到。"

"我的丈夫,"少妇说话口吃,"我的丈夫……为什么要来?是为了什么?"

她变成傻乎乎的了,一切都在她的头脑里乱了套。她觉得埃莱娜到这里来跟她谈她的丈夫真是不可思议。但是埃莱娜火了,手一挥。

"啊!您以为我还有时间向您解释吗……他马上就到。现在您得到了警告。快走,两人都走。"

这时,朱丽埃特惊恐万状。她在房间中央乱跑,嘴里的话前言不搭后语。

"啊!我的上帝,啊!我的上帝……我谢谢您。我的大衣在哪儿?真笨,这房里漆黑一团!把我的大衣给我,带一支蜡烛来,我好找大衣……亲爱的,别在意,要是我没有谢您……我不知道袖管在哪里;不,我不知道,我套不进……"

她害怕,身子也瘫软了,埃莱娜必须帮她穿上大衣。她把帽子戴歪了,带子也没系。最糟的是花了足足一分钟找面纱,它掉到床底下去了……她期期艾艾,两手发抖,在身上乱抓乱摸,怕忘了什么罪证似的。

"一个教训……一个教训!啊!这下总可以完了吧!"

马利尼翁脸色十分苍白,表情很蠢。他顿足,觉得自己又招人恨又可笑。唯有一点他心里清楚,就是说他实在运气不好。他嘴上也只会提出这个可怜的问题:

"那么,您认为我也应该一起走吗?"

别人没有回答他的话,他就拿起手杖,继续在说,表示潇洒镇静。时间是有的。恰好还有另一道楼梯,弃置不用的送货小楼梯,但还是通的。德贝勒太太的马车停在门前,他要带领她们两人从河滨道走。他反复说:

"要镇静。不会有事的……看着,走这里。"

他打开了一扇门,看到一排三个小房间,破旧发黑,污秽不堪,冲出一股潮气。朱丽埃特在踏进这个穷地方前,还是有一种反感,高声问:

"我怎么会上这里来的!糟透了……我永远不会原谅自己。"

"赶快。"埃莱娜说,跟她一样焦急。

埃莱娜推她。这时少妇勾住她的脖子哭,这是神经质反应。她感到了羞耻,她要想申辩,说明为什么到了这个男人家里。然后她本能地把裙子一撩仿佛要跨过一条阴沟。马利尼翁走在前面,用鞋尖踢走堵塞送货楼梯的泥灰。那些门又关上了。

可是,埃莱娜在小客厅中央站着。她听着。周围已经静了下来,静得很,还又热又闭塞,只有烧成炭火的木柴劈啪声破坏清静。她的耳朵在嗡嗡响,她什么也没听见。然而片刻间就像过了一个世纪,突然传出了车轮滚动声。这是朱丽埃特的马车走了。她松了一口气,默默地做了一个感谢的手势。她不必一生为自己的卑劣行为内疚,一想到这里她的内心就充满甜美和隐隐的感激之情。她放下了心,非常动感情,但是她一下子变得那么软弱,经过这场恐怖的危机,她没有力气离开了。思想深处她认为亨利就要来了,应该让他看到这里有个人。有人敲门,她马上去开。

首先是大吃一惊。亨利进来了,一心惦记他收到的这封匿名信,脸色急得发青。但是,当他窥见她,一声惊呼。

"是您……我的上帝!原来是您!"

这声呼叫中惊讶多于欢乐。他哪里会想到有这样大胆的幽会。其次,进了这间密室神秘享乐的气氛,男人的种种欲望都被这种大出意外的主动行为诱发了。

"您爱我,您爱我,"他结结巴巴地说,"您总算来了,我起初根本没有懂!"

他张开双臂,要抱她。埃莱娜在他进来时对着他笑,现在她后退了,脸色苍白。无疑,她是在等他,她对自己说过他们俩一起谈谈话,她会编个故事自圆其说。突然,出现了这样的局面。亨利以为这是一次幽会,她从来没有想过这样的事。她反抗了。

"亨利,我求您……让我……"

但是他抓住她的双腕,慢慢往自己方向拉,想马上用吻把她征服。几个月来在他心里滋长的爱情,后来由于亲密关系的中断而沉睡,正当他开始把埃莱娜忘掉时,又重新爆发了,这会更加强烈。全身的血都涌上他的两腮;她挣扎,看到他这张充满激情的脸;这样的脸她熟悉,也使她害怕。他曾经有过两次用这样疯狂的目光注视过她。

"放开我,您叫我害怕……我跟您起誓,您理会错了。"

这时,他又表示惊愕。

"写信给我的是您吗?"他问。

她迟疑了一秒钟。怎么说呢?怎么回答呢?

"是的。"她终于喃喃地说。

她不会救了朱丽埃特以后又去出卖她,她觉得自己也在向一个深渊滑去。亨利现在观察这两个房间,对灯光与布置感到很惊讶。他大胆问她:

"您是在自己的家吗?"

因为她不开口,又说:

"您的信叫我很不安……埃莱娜,您有什么事瞒着我。求求您叫我放下心吧。"

她不在听,她在想,他以为是一场幽会也是有道理的。她在这儿干什么?她为什么等着他?她编不出故事。她自己也不见得更有把握说她没有跟他幽会。他紧紧搂抱她,她在搂抱中慢慢消失。

他逼得她更紧了。他挨着身子问她,嘴对着嘴,要她说出真情。

"您在等我吧,您在等我吧?"

这时,她没有了力量,任凭摆布,心里又感到这种使她心力交瘁的慵倦和甜蜜,她同意他说的话,做他要做的事。

"我在等您,亨利……"

他们的嘴更接近了。

"但是为什么写这样的信……我竟在这里见到您……我们算是在哪儿啦?"

"不要问我,不要打听……要向我起誓……是我,在您身边,您看到。您还要什么?"

"您爱我?"

"是的,我爱您。"

"您属于我的,埃莱娜,完全属于我的?"

"是的,完全属于您的。"

他们嘴对嘴吻在一起。她把一切都忘了,她在一种超越的力量前退却了,这一切现在对她都是自然和必要的。她心里恢复了平静,只感到事情的冲动和回忆。也是在这么一个冬天的日子,当她还是少女时,住在小马利亚路,她差点儿在一个没有空气的房间里,在为了熨衣服而烧的一个大火盆前死去。另一个日子是在夏天,窗户开着,一只燕雀在黑暗的街上迷了路,飞进房间里兜了一圈。她为什么想到死,她为什么看到这只鸟飞翔?她觉得自己在美妙的消失中充满忧郁和稚气。

"但是你淋湿了,"亨利喃喃地说,"你是走来的?"

他放低声音用"你"称呼她,他在她的耳边说话,好像怕别人会听到似的。现在她把自己交出去了,他带着欲望在她面前发抖,他热情胆怯地抚摸她,还不敢贸然行事,等待着时刻。他对她的健康有兄弟般的关心,他需要在亲热的小事上照顾她。

"你的脚都浸湿了,你要生病了,"他又说,"我的上帝!穿了这样的鞋在街上跑还有没有理智!"

他要她坐到炉火前。她笑着,不推却,由他捧了脚给她脱鞋。她的软鞋在水巷的水洼里浸满了水,像海绵似的有分量。他脱下放在壁炉的两边。袜子也是湿的,直到足踝部分全沾上了泥。这时他动作利落,但有点生气和充满温情,一边给她脱袜子——她也没想到难为情——一边说:

"人就是这样感冒的,暖和一下。"

他已把一只小凳子推了过来,两只雪白的脚在火焰前映得发红。人感到窒息。角落里,带大床的卧室静悄悄。伴眠灯在暗影里看不见,一幅门帘脱开窗钩把门遮了一半。小客厅里蜡烛烧得很高,散发出夜色深时的热气。外面一片寂静,时而听到阵雨洒落声和车辆滚动声。

"是的,这是真的,我冷。"她喃喃地说,尽管室内很热。她身子还是一颤。

她雪白的脚是冰凉的。这时他说什么也要把这双脚捧在手里,他的手在燃烧,立刻把脚烤暖了。

"脚上有感觉了吗?"他问,"你的脚那么小,我可以把它们完全包住,"

他用火热的手指捏她的脚,只有玫瑰色的脚趾露在外面。她提起脚后跟,听到轻微的脚踝摩擦声。他张开手,瞧了几秒钟,脚那么娇小细巧,大拇指微微张开。诱惑力太大了,他吻她的脚。然后,因为她身子颤抖:

"不,不,暖和一下……你会热起来的。"

两个人失去了时间与地点的观念。他们隐隐约约感到是在一个冬天漫长的深夜。这些蜡烛在朦胧、暖洋洋的房间内即将燃尽，使他们误认为在深夜中度过了几个小时。但是他们已不知道人在哪里，在他们周围展开的是一片沙漠。没有一点杂声，没有一句人言，印象中是在刮着暴风雨的黑暗海洋里。他们是在人迹不到的地方。距离陆地几千里以外，他们把跟人世间的联系忘得这么一干二净，以至他们觉得相互搂在一起时，此刻在这里而生，过会儿也应该在这里而死。

他们甚至连说什么话也想不出来，语言不能表达他们的感情。可能以前他们在其他地方见过，但是从前的相遇并不重要。只有现在这一分钟是存在的，他们要充分生活在这一分钟，不去谈各自的爱，像经历过十年的婚姻生活都已相互习惯了。

"你热了吗？"

"哦！是的，谢谢。"

有一桩心事叫她弯下身，她喃喃地说：

"我的鞋子是干不了了。"

他叫她安心，取起她的软鞋，放到壁炉的柴架上，声音放得很低说：

"这样鞋就会干的，我向你保证。"

他转过身，还吻她的脚，一直吻到腰。满炉子的火使他们两人都发烫，她对抚摸的双手不作反抗，欲念又使双手迷失方向。周围的一切都已消失，她本人也不存在，唯一留下的是青春的回忆，一个温暖如春的房间，一只放了铁架的大壁炉，她弯着身子靠着它，她想起以前有过这种相似的感觉，但并不比现在更甜蜜,再也没有比亨利给她的吻更使她能在幸福中慢慢死去了。突然他把她搂在怀里,要带她上卧室去,她还是有一种最后的焦虑。她相信有什么叫了一声,她觉得有人在暗影里饮泣。但是这只是一种颤抖,她环顾房间,没有看见一个人。这个房间对她是陌生的,没有一件物品引起她的回忆。阵雨更强烈地落下来,哗啦啦的水声也响得更久。这时,仿佛一阵瞌睡,她倒在亨利的肩上,由着他抱到里面。在他们背后,另一幅门帘也从钩子上落了下来。

当埃莱娜赤脚回到即将熄灭的炉火前找鞋子时,她想他们从来没有像这天那样不相爱。

(五)

雅娜眼睛盯在门上看,依然对母亲突然离去很伤心。她转过头,房间又静又空;但是她的耳边还是响着匆匆而去的脚步声,裙子的窸窣声,楼梯口重重的关门声。然后,什么都没有了。她是一个人,孤零零一个人,孤零零一个人。床上横着母亲抛下的晨衣,下摆张开,一只袖管搭在枕头上,扁平的样子很奇怪,就像一个人倒在上面哭泣,痛苦得连身子也空了。到处散放着衣物。一条黑披巾在地上形成一个黑团点。椅子横七竖八,小圆桌推到镜子柜前。她是孤零零一个人,她觉得眼泪使她哽咽,望着那件不穿在母亲身上的晨衣,撑着像个瘦削的死人。她合上手,最后一次喊:"妈妈!妈妈!"但是蓝丝绒帷幕没让她的声音传出房间。完了,她是孤零零一个人。

时间在流逝,座钟敲三点。窗外映出倾斜而模糊的日光。乌黑的云飘过,使天空更加暗澹。通过蒙上一层淡淡雾气的玻璃,看到一个模糊不清的巴黎,隐现在水蒸气中,远处则是一片浓烟。就是城市也不给女孩做伴,在那些晴朗的下午,她觉得弯下身就可以用手碰到街区的房子。

她要做什么?她的小胳臂在胸前绝望地紧紧抱住,在她看来把她这样抛下不管,无比卑劣,不公正并带有恶意,这叫她愤怒。她从来没有经历过这样不光彩的事,她想一切都要消失,什么都不会重来了。然后,她在身边的一只座椅上看到她的娃娃,娃娃背靠在软垫上,伸直两腿,像一个人似的望着她。这不是她的那个机械娃娃,而是一个大娃娃,纸板做的面孔,鬈发;珐琅质眼睛,不动的目光有时叫她心慌。两年来,她给它穿衣、脱衣,下巴和脸颊有点擦伤,它粉红色的皮肤和填满木屑的四肢上的布头已经旧了,蓬松发酥。此刻娃娃是晚装打扮,穿一件衬衫,两臂松动,一只伸向空中,一只下垂。雅娜看到它跟她做伴,一时痛苦稍减。她把它抱在怀里,搂得紧紧的,而头向后仰,头颈脱节。她对它说话,它是最乖的,它的心地好,从来不出去,不让她孤零零留下来。这是她的宝贝,她的小猫,她亲爱的小心肝。她身子颤抖,忍住不再哭出来,抱着娃娃吻个不停。

这种温情的宣泄使她内心得到少许补偿,娃娃又落在她的臂上,像块破布。她站起身,头贴在一块玻璃上望着外面。雨已停止,带来最后一阵雨的乌云被风卷到地平线上,朝着拉歇兹神父公墓高地而去。巴黎在这个暴风雨的背景前，受到均匀的光线照射，显得孤寂、肃穆、伟大。犹如梦魇中见到掩映在死星冷光下的空城，当然这不美。她依稀想到她出生以后爱过的人，她最早的好朋友，在马赛的时候是一头大红猫，身子很重；她圈起两条小手臂兜着它的肚子把它抱起来，她就是这样抱着它从一个椅子到另一个椅子，它不会发脾气；后来它不见了，这是她能想到的第一件伤心事。后来，她有了一只麻雀，一天早晨从地上拣来的，后来死在笼子里。她由于太笨弄坏了玩具而难过，遇到不公平对待而痛心，那是算也算不过来。尤其一只不比手大的娃娃，砸坏了头叫她伤心绝望。她那么爱它，把它偷偷埋在庭院的角落里。后来太想见它了，她又把它挖了出来，看到它那么黑、那么丑，吓得生了一场病。总是人家先不爱她。它们坏了，它们走了，总之是它们的过失。为什么呢？她不会改变的。当她爱别人时，要爱上一生一世。她不懂什么是遗弃。这是一件大事，一件恶事，不可能进入她的小心窝而不引起震颤。纷乱而又慢慢苏醒的思想，使她不寒而栗。这么说来，人总有一天是要分离的，各人走各人的路，相互不看见，彼此不相爱。她的眼睛盯着巨大忧郁的巴黎，全身发抖，十二岁的热情少女已预感到人生的残酷。

可是，她的呼吸模糊了玻璃，她用手擦去阻挡她视线的雾气。远处的建筑物被阵雨冲洗后，茶色玻璃上放出反光。一排排房屋清洁整齐，门面发白，在屋顶之间像摊开的衣衫，犹如晾在红色草地上的巨大洗涤物。天色渐渐亮了，还给城市蒙上一层蒸汽的残云,也被阳光刺穿,透过乳色光芒。有的街面上弥漫着犹豫不定的欢乐气氛,有几个角落的天空将要笑出来。雅娜俯视河滨道和特罗加德罗的斜坡,看到这场倾盆大雨后马车又慢慢颠跑,公共大马车经过荒凉寂静的大道上时声音加倍响亮。雨伞收起来了,在树下躲雨的行人大胆跨过阳沟涌起的积水,穿越在人行道之间。她尤其感兴趣的是穿着很好的一位太太和一个小女孩,她看到她们站在桥边一个玩具摊的棚子下。她们肯定遇上了雨躲在那里的。女孩恨不得把店都买下来,缠着那位太太买下了一个铁箍;两个人现在都走了,女孩笑着跑在前面,在人行道上滚铁箍。这时,雅娜又变得非常悲哀,她的娃娃显得不好玩了。她要的是一个铁箍,到那里奔跑,而母亲在她身后小步走,叫她别跑得那么快。一切都模糊了,她每分钟擦一次玻璃。不许开窗是交代过的,但是她满心想反抗,既然大人不带她出去,看看外面总是可以的吧。她打开窗靠着,像一个大人,像她的母亲,待在那里不声不响。

空气温和,带着潮气,她觉得很好。有一团影子在地平线上慢慢扩大,使她抬起头。她感到头上有一只巨鸟,展开双翅。首先她什么也没看见,天空是明亮的,但是屋顶角上又有一团黑影,扩大侵入天空。这是可怕的西风吹着新雨刮过来。天空很快暗了下去,城市也黑里带青,使房屋的门面有一种旧的铁锈颜色。雨差不多即刻落了下来,街面又清扫了一遍。雨伞打转,行人四处逃散,像麦秆似的被吹跑了。一名老妇双手抓住裙子,阵雨像水管的水打在她的帽子上。雨在移动,河水向巴黎奔腾，可以看出乌云的飘动。大雨点形成的粗线穿过河滨道上的马路，像奔过一队马群，扬起一阵灰尘似的白雾，沿着地面飞快地翻滚。白雾自香榭丽舍而下，涌入圣日耳曼区的又长又直的路，然后一下子布满了长街、空广场和荒凉的十字路口。只几秒钟时间，城市在这愈来愈浓厚的纱幕下苍白无色，像要溶解了。仿佛广阔的天幕斜着向大地拉了开来。蒸汽上升，天水倒灌声则像铁器发闷的搬动声。

雅娜被响声吓蒙了，往后退，她觉得在她面前竖起了一道灰白色墙头。但是她欣赏雨景，她又回来靠在窗前，伸出手臂，体会冷雨打在手上的感觉。她觉得很好玩，把袖子都弄湿了。娃娃大概跟她一样头痛不舒服，所以她让娃娃横跨在窗口扶手栏杆上，背靠着墙。看到雨点溅在它的身上，她想这对它是有好处的。娃娃很倔强，露出小牙齿笑容不变，而风吹起它的裙子。它的可怜的身体在漏木屑，索索在抖。

为什么母亲不带她一起去？水打在手上，对雅娜又是一个外出的新诱惑。街上一定非常舒服。她又可看到在雨帘下的那个女孩子，在人行道上滚铁箍儿。不用说这个女孩子是跟着妈妈一起出来的。她们俩都显得兴高采烈，这说明下雨天也可以带女孩子外出的。问题是愿不愿意。为什么不愿意呢？于是她又想起了那只红猫，它竖着尾巴从对面的屋顶上走了；后来又想起那只小麻雀，它死时，她还试图让它吃东西，而它装得不懂她的心。这类故事她一直遇到，人家都不够爱她。哦！她两分钟内就可穿戴完毕：她高兴的日子穿衣服很快。罗萨莉给她穿上靴子、外套、帽子，完事啦！母亲完全可以等她两分钟。当她上朋友家去，她从不把事情安排得这么仓促。当她到布洛涅森林去，携了女儿的手慢慢散步，带了她在帕西街的每家店铺前停下。雅娜不再猜了，她的黑眉毛皱在一起，她端正的五官显出嫉妒严酷的表情，使她的神情像个脸色发青、充满恶意的老处女，她隐约觉得母亲到了儿童不能去的地方。不带她去就是有事瞒着她。想到这里她的心揪紧了，有一种说不出的悲哀，她难过。

雨下得小了，笼罩巴黎的垂帘变得透明了。荣军院的拱顶首先显露出来。然后潮水退下，露出街区，城市像从清水中升起，房顶水淋淋的，而水流依然使街道蒙上一层雾气。但是突然，冒出了一支火焰，一道光在雨点中间落下来。一瞬间这像是满脸泪痕中的一丝笑容。香榭丽舍街区上雨歇了，可是左岸、城岛、近郊，还是遭到雨水的抽打。雨珠直落，在阳光中像钢丝又细又硬。右边亮起了一条彩虹。光辉逐渐扩大时，红蓝两色的晕影布满地平线，五色杂陈像一幅儿童水彩画。水晶城上洒下了金黄的雪，辉煌夺目。光熄灭了，云飘走了，微笑淹没在眼泪里。一片铅灰色中，巴黎在滴水，一声声拖得很长，像呜咽。

雅娜的袖子都湿透了，接着一阵咳嗽，但是她一心在想母亲上巴黎去了，不觉得寒冷侵身。她最后认出了三座建筑物：荣军院、先贤祠、圣雅各塔楼；她反复念这三个名字，用手指指着，然而想不出走近看时它们会是什么样的。母亲肯定到那边去了,她设想她在先贤祠,这是因为这座建筑物最叫她吃惊,巨大矗立,在空中犹如城市的羽冠。然后她自问自答。对她来说巴黎是一个儿童不去的地方,没有一人带她去过。她多么愿意知道,这样可以对自己安详地说:"妈妈在那里,她在做什么事。"但是巴黎又好像太大了,找不到人的。她的目光跳到平原的另一头。是在一座山岗左边那一排房屋里?或者近些,在大树下,赤裸裸的树枝像一束束死木枯柴?要是她能把屋顶掀开又有多好!这座那么黑的纪念物是什么?有什么大东西在跑的那条街呢?整个街区叫她害怕,因为肯定有人滚打在一起。她看不清楚,但是不说假话,这东西在动,非常丑,女孩子不应该看的。各种各样的模糊假设,叫她想哭,扰乱了无知的儿童心理。陌生的巴黎,还有它的烟雾、连续不断的轰隆声、强大的生命力,在这温热的解冻时期给她吹来了贫困、污秽和犯罪的气息,使她年轻的头脑发昏,仿佛她伏在一口发臭的井口,从看不见的井泥里发出毒气。荣军院、先贤祠、圣雅各塔楼,她叫它们的名字,把它们数过来;然后,她不知道了,她又害怕又羞愧,执拗地想着母亲在这些丑物中间,她猜不出什么地方,那边,底下。

突然,雅娜转过身。她肯定有人在卧室里走动,甚至有一只手轻轻碰了碰她的肩膀。但是卧室是空的,依然像埃莱娜走的时候那么凌乱。晨衣还在悲泣,横压在长枕头上。这时,雅娜面孔煞白,目光在室内转了一圈,她的心碎了。她是一个人,她是一个人。我的上帝!她的母亲离开时推了她一把,很重,把她推倒在地上。这件事又引起她的焦虑,她又感觉到这次粗暴行为留在手腕和肩膀上的伤痛。为什么要打她?她很听话,没有什么可以责备的。平时对她说话那么温柔,这次惩罚使她反感。她又感到儿童时代人家用狼吓唬她,她睁大眼睛看,却又看不见的害怕心理;在黑暗中,好像有什么东西要把她压垮,可是她怀疑、嫉妒的怒火使她面孔发青,一点点发肿。突然想到母亲爱她一定不及爱她去寻找的人,使她感到那么大的震动,她把两手放在胸前。她现在知道了,她的母亲背叛了她。

巴黎上空有一种不祥之兆,等待着一场新的暴风雨。暗下来的空气中发出一种呢喃声,厚厚的乌云在飘移。雅娜在窗前大声咳嗽,但是她着凉仿佛是使自己得到了报复,她就是要叫自己生病。她的手按在胸前,感到愈来愈不舒服。她的身体就是沉浸在焦虑中。她因害怕而发抖,不敢再回头,一想到在卧室里看一眼就会全身发抖。人在小时候没有力气。那么这种新的病痛又是什么呢?它发作了使她感到羞耻,感到痛苦的甜蜜。有人跟她闹着玩,不顾她笑还是要给她挠痒的时候,她偶尔就有这种过度的震颤。她全身僵硬,她无辜和纯洁的四肢随时准备反抗。从她情窦初开的内心深处,涌出一种强烈的痛苦,像从远处而来的打击。这时,她挺不住了,压着声音喊了一声"妈妈!妈妈",不清楚她是在呼唤妈妈救她,还是在控诉妈妈给了她致命的打击。

这时候暴风雨刮得正响,在这座变得黑暗的城市上空,在沉重焦虑的静寂中，风声怒吼。巴黎升起持续不断的响声，百叶窗的劈啪声、青板瓦的飞走声、烟囱管和屋檐槽跌落街面的反弹声。大风静上几秒钟后又重新刮起，从地平线上铺天盖地过来，掀动了屋顶组成的海洋，好像波涛滚滚消失在旋涡中。有一会儿真是昏天黑地。大片的云像墨汁愈化愈大，向前狂奔，四周是分散飘动的小片的云。风把它们吹得四分五裂，丝丝缕缕散开。有一时，两片云相撞，发出光芒，裂成碎片充斥古铜色的空间；每次四面八方狂风怒号时，天空中犹如万马奔腾，天崩地裂，巴黎将被埋没在碎石瓦砾中。雨还是没有落下来。突然，有一团云到了市中心上空，沿着塞纳河落下一阵骤雨，雨点打在绿色河面上，玷污了河水，形成一条浊流。阵雨过后，桥一座座显现出来，在雾气中又窄又轻。两岸河滨道上阒无一人，沿着灰色人行道的树木愤怒地摇动。在圣母院上空乌云分裂，落下一条激流，像把城岛也压到了水底。只有塔楼还浮在淹没的街区上，像海滩的漂流物。但是四边的天已空了，右岸浮沉了三次。第一次是骤雨蹂躏了远郊，愈来愈大，拍打圣文森·德·保尔教堂和圣雅各塔楼的尖顶，在水流中都成了白色。其余两次是接连而来的，雨水直往蒙玛特尔和香榭丽舍流淌。时而看到工业宫的玻璃顶棚在雨水溅射中冒蒸汽；看到圣奥古斯丁的拱顶在浓雾中像一轮熄灭的月亮；看到玛德兰教堂扁平的屋顶，像经过大水冲刷后的石板，横在已成废墟的教堂广场上，后面是巨大阴暗的歌剧院，叫人想到没有桅杆的大船，船底夹在两块岩石之间，抵抗暴风雨的袭击。左岸还罩在细雨里,看得到荣军院的圆顶、圣克洛蒂尔德的尖顶、圣苏尔比斯塔楼,在湿空气中酥软溶化。乌云在扩大,水从先贤祠的柱廊上瓢泼似的倒下,低矮地区正受到水淹的威胁。从这时候起,大雨朝全市各区袭击,好像天要扑向地面。街面在风雨撼动下时沉时浮,其强烈程度仿佛是在宣告城市末日来临。持续不断的隆隆声更响了,这是哗啦啦的阳沟灌水声和阴沟排水声交织而成的。可是,巴黎被这场淫雨糟蹋成了一片黄色;在这块泥泞地的上空乌云稀薄了,变为青白色,同样连成一片,没有一条裂缝,没有一个斑点。雨势小了,雨点细而急,当吹起一阵强风,大雨点带着灰色影线旋转,斜着——也可说横着——打在墙头上,还带嘁哨声,直至风势停止又恢复垂直,落在地上,在帕西的斜坡到夏朗东的平地之间又恢复了平静。这时巨大的城市像经过一阵极度的抽搐后解体死亡,在风雨的横扫下成了一片石头翻转的瓦砾场。

雅娜颓然靠在窗台上,又结巴着叫:"妈妈!妈妈!"她面对被雨水淹没的巴黎,极度疲劳,衰弱不堪。在这场大毁灭中,她的头发随风飞舞,脸被雨水打湿;她在震颤中感到一种苦涩的温情,而内心又在痛惜某种不可挽回的东西。对她来说一切都像完了,她明白她变得很老了。时间是会流逝的,她也不再向卧室里望。这还不是一样,被人遗弃,孤独。她的童心那么绝望,以致周围是漆黑一团。她生了病,人家还像从前那样责怪她,这是很不公平的。这使她身上发烧,这使她有头痛的感觉。肯定刚才有人把她身体的某一部分破坏了,她是无法阻止的，那就应该听之任之。说到底她是太累了，她交叉双臂靠在窗前扶手上，睡意向她袭来，她的头斜靠，时时睁开两只大眼睛看大雨。

雨老是下个没完，灰白天空化成了水。最后一阵风吹过，响起单调的滚动声。声势浩大的雨不停地拍打城市，周围庄严肃立，城市全由雨水主宰着，没有人声，没有人影。在这场洪水形成的条纹玻璃后面是一个幽灵般的巴黎，线条抖动，好像要溶化了。它只给雅娜带来了瞌睡和噩梦，仿佛她的陌生世界、她的不明病痛挥发成了浓雾，侵入她的体内，使她咳嗽。她每次睁开眼睛，就咳嗽打喷嚏摇动身子。她瞧着这个陌生世界好几秒钟；然后她低下头，记住了这个世界的形象，她觉得世界朝着她展开，要把她压垮。

雨还下个不停。现在可能几点了？雅娜说不出来。可能座钟也不走了，就是转个身对她也显得太累了。母亲走了至少有一星期了吧。她也不再等母亲了，就是再也看不见她也只好认了。然后，她把一切都忘了：别人给她造成的苦难，她刚才感到的奇怪的病痛，甚至世界对她的遗弃。一块又沉又冷的石头往心上压，她只是非常不幸，哦！像那些被遗弃在教堂门前、她经常施舍的穷苦孤儿一样不幸。这种不幸是不会中止的，好几年内都将如此，对一个女孩子来说太大太沉重了。我的上帝，没人再爱你时，咳嗽也多，冷得也厉害！她在发热昏睡的晕眩中闭上沉重的眼皮。她最后想到的是一个模糊的童年回忆，参观一座磨坊，黄的麦子，小的麦粒，在房屋一般大的石磨下滚动。

几小时、几小时过去了，每一分钟带走了一个世纪。雨还在下，毫不间断，却不急不躁，仿佛有的是时间，有的是永恒，把平原淹没。雅娜睡了。在她的旁边是她的娃娃，弯身在扶手上，腿在房内，头在房外，像一个溺死的人，衬衫贴在玫瑰色皮肤上，眼睛定定的，头发淌水。她瘦得令人心碎，像个小死人，样子可笑又可怜。雅娜在睡梦中咳嗽，但是她不再睁开眼睛，头在交叉的双臂上滚动，咳到最后，还带哨声，她没有醒。什么都没有了，她在黑暗中睡觉，也没有把手抽回来，发红的手指上流下清水，一滴一滴落入窗底下的宽阔空间。这样又经过了几小时、几小时。在地平线，巴黎像一个城市的影子在消失，天空与土地溶化成一片混沌，灰色的雨固执地下个不停。

第五章

（一）

埃莱娜回来时，天已黑了很长时间。

当她扶着栏杆艰难走上楼梯时，她的雨伞上的水滴在了台阶上。到了门前，她还停了几秒钟喘气；周围骤雨旋转，奔跑人群碰撞，水潭里路灯反光都还使她有点发昏。她走在梦中，还对刚才接受和还赠的亲吻感到惊愕。当她寻找钥匙时，她想到她既不内疚也不快活。事情就是这样，她不能使事情不是这样。但是她找不到钥匙，无疑她放在另一件长袍的口袋里忘了取出来。这时她很不高兴，好像被人关在自己的家门口。她只好拉铃。

"啊！这是太太，"罗萨莉开门时说，"我正在担心呢。"

她接了雨伞准备带进厨房放到水池里：

"嗯？雨真大……泽菲林他刚到，淋得像个落汤鸡……我擅自留他吃晚饭了，太太。他放假到十点钟。"

埃莱娜机械地跟着她。她好像需要把每个房间看过来，然后才脱下帽子。

"您做得对，我的孩子。"她回答。

她在厨房门口待了一会儿，看着燃烧的炉火。她本能地随手打开一只柜子又关上。一切家具都在原来的位置，她看到它们，自有一番乐趣。可是泽菲林恭恭敬敬地站起身。她微笑，向他轻轻点一下头。

"我不知道是不是要放上烤肉。"女仆说。

"现在几点啦？"她问。

"快七点了，太太。"

"怎么！七点！"

她十分惊讶。她已失去时间的意识，这下子她醒了。

"雅娜呢？"

"哦！她很乖，太太。我相信她睡着了，因为我没有听到她的声音。"

"您也没有给她开灯？"

罗萨莉显出局促不安，她不能说泽菲林给她带来了一些画片。小姐没有动静，说明小姐不需要什么。但是埃莱娜没有再听她，她走入卧室，迎面扑来一股极大的寒气。

"雅娜！雅娜！"她喊道。

没有声音回答。她撞上一把座椅，餐厅的门开了一条缝，照亮地毯的一角。她身子一个寒战，好像雨落进了房里，带着潮湿的风和不停的水流。那时她转过身，窥见灰色天空中苍白的方窗框。

"这扇窗子谁打开的！"她喊道，"雅娜！雅娜！"

总是没有回答，她心里立即感到一种死亡的不安。她要朝窗子外面看，但是手摸索到了一把头发，雅娜在这里。这时罗萨莉带了一盏灯进来，照出了女孩，女孩全身发白，脸伏在交叉的双臂上，屋顶滴下的水溅得她身上发湿。她没有喘气，她失望和疲劳至极，大眼皮发青，长睫毛上含有两颗大眼泪。

"不幸的孩子！"埃莱娜啜嚅说，"怎么会有这样的事……我的上帝！她全身冰凉……在这里睡熟了，这样的天气，还跟她说过别走近窗口……雅娜，雅娜，回答我啊，醒一醒！"

罗萨莉机灵地躲开。母亲把女儿抱了起来，女孩的头任意晃动，像没法从沉睡中醒来。可是她终于睁开眼皮，依然麻木发呆，眼睛被灯光刺着睁不开。

"雅娜，是我……你怎么啦？你看，我刚回来。"

但是她没有懂，神情木讷，喃喃地说：

"啊……啊……"

她观察母亲，好像认不出母亲。然后她突然哆嗦，似乎感到房间的低温。她恢复了意识，眼睫毛上的泪水滚到了脸上。她挣扎，不愿意人家碰她。

"是你啊，是你啊……哦！放开，你搂得我太紧了。我过得很好。"

她从母亲怀抱里滑出来，她怕母亲。她用不安的目光从埃莱娜的手看到她的肩膀；一只手脱了手套，她看着赤裸裸的手腕、湿热的掌心、温暖的手指往后退，表情严厉，她是要避开一只陌生手的抚摸。这只手已没有原来的马鞭草香，手指也拉长了，掌心保持一定的柔软；她接触到手上的皮肤很生气，像是变了。

"好吧，我不责备你，"埃莱娜继续说，"但是，真的，这样做有理智吗……亲亲我。"

雅娜始终往后退,她记不起见过母亲穿这件长袍和这件大衣。腰带是松的,褶裥挂下来的样子也叫她恼火。为什么母亲回来穿得这么不像样,身上的装饰有什么地方很丑很鄙俗?她的裙子上有污泥,鞋子已破,身上没有一样东西是妥帖的。平时女孩子不知道穿衣打扮,她总是发火,总是这样埋怨她的。

"亲亲我,雅娜。"

但是女孩子对她的声音也不再熟悉,她觉得她声音变粗了。她抬高眼睛看母亲的脸,她奇怪,她的眼睛疲倦得睁不大,嘴唇发热发红,脸上笼罩怪异的阴影。她不喜欢这些,她的胸口又开始痛了,好像有人使她难过时一样。这时,她嗅出这是精微而又粗鄙的东西正在接近她,她激动了,以为她呼吸到的是一种不忠的气味,她号啕大哭。

"不,不,我求你……哦!你留下我一个人,哦!我太不幸了……"

"但是我已回来了,亲爱的……不要哭,我回来了。"

"不,不,这已完了……我不要你了……哦!我等呀等的,我太难过了。"

埃莱娜又抓住她,轻轻拉,而女孩不依,又说:

"不,不,这已不一样了,你已不一样了。"

"怎么?你在说些什么,我的孩子?"

"我不知道,你已不一样了。"

"你意思说我不再爱你了?"

"我不知道,你不再一样了……不要不承认……你的气味就不一样。这已完了,完了,完了,我要死了。"

埃莱娜脸色苍白,又把她抱在怀里。这从她的脸上可以看出来?她吻女孩,可是女孩身子发颤,神色那么不自在,她也不再在额上吻第二下。她还是抱着女孩不放,两人都不再说话。雅娜低声哭泣,神情中有反抗情绪,使她姿态发僵。埃莱娜想小孩子任性不必过虑,心底隐隐感到羞愧,重重压在肩上的女儿也叫她脸红。这时她把雅娜放在地上,两个人都感到轻松了。

"现在,要理智,擦干眼泪,"埃莱娜又说,"咱们一起把东西整理好。"

女孩服从,表现很温柔,有点胆怯,低下头偷看几眼。但是响起一阵咳嗽,女孩身子乱摇。

"我的上帝!你病了,现在,我真一分钟也离开不了……你着凉了?"

"是的,妈妈,背上发冷。"

"这样!盖上披肩。餐厅的炉子有火,你会暖和过来的……你饿了吗?"

雅娜犹豫一下。她要说真话,回答说不饿;但是她又斜看了一眼,向后退,低声说:

"饿的,妈妈。"

"好吧,那没什么,"埃莱娜大声说,她需要恢复自信,"但是我求你,坏孩子,别再故意吓我。"

罗萨莉回来告诉太太桌子已经摆好,埃莱娜狠狠地训她。小保姆低下头,咕噜咕噜说太太说得对,她应该看好小姐。然后为了平息太太的怒气,她帮太太脱衣服。好上帝!太太身上也凌乱不堪!衣衫一件件脱下来,雅娜目光盯着看,仿佛向它们发问,期望这些沾了泥水的衣服会向她抖搂出什么秘密。尤其裙子的带子就是卸不下,罗萨莉费了工夫解那个结;女孩受到吸引,走近来,也跟女仆一样着急,对那个结生气,好奇心来了,要看看到底是怎么打的。但是她待不住,躲到一把坐椅后面,避开这些衣服,它们的热气叫她不舒服。她转过脸。母亲换衣服从来没有叫她那么别扭。

"太太现在感到好了吧,"罗萨莉说,"身子湿后换上干衣服,真是太舒服了。"

埃莱娜穿上蓝色双面绒晨衣,轻轻叹了一口气,仿佛她真的有一种舒适感。她回到了家,全身轻松,这些拖泥带水的衣服也不再重重压在肩上。女仆徒自对她说了好几遍汤已经上了桌子,她就是要好好冲洗一下脸和手。全身干干净净,还未完全擦干,晨衣扣到下巴,这时雅娜回到她身边,抓了她的一只手,吻了一吻。

可是在餐桌上,母女两人又不说话了。炉火正旺,小餐厅内发亮的桃心木家具和浅色的瓷器餐具喜气洋洋。然而埃莱娜又像陷入麻木状态,没法思想;她机械地吃东西,看样子很有胃口。雅娜在她的对面,从自己的玻璃杯上暗中窥视着,不放过她的一举一动。她咳嗽。她的母亲已忘了这事,突然不安起来。

"怎么！你还咳嗽……你身上没有暖和过来吗？"

"哦！暖和的，妈妈，我很热。"

她要摸女孩的手，看她是不是说真话。这时她发现女孩的盘子是满的。

"你说你饿了……你不喜欢这菜吗？"

"喜欢的，妈妈。我吃。"

雅娜作出努力，咽下了一口。埃莱娜监视她一会儿，过后思想又回到那里，在那个充满暗影的房间里。女孩看到自己根本没在埃莱娜的心上，用餐将近完毕，她软弱无力的四肢瘫在椅子上，活像一个小老太婆，睁着永远不会有人爱的老处女似的苍白眼睛。

"小姐不吃果子吗？"罗萨莉问，"那么我可以把盘子撤了？"

埃莱娜依然两眼茫茫的。

"妈妈，我想睡，"雅娜说，声音也变了，"你允许我上床吗……我躺在床上会好些。"

再一次，母亲像惊醒了。

"你不舒服，亲爱的！你哪儿不舒服？说呀！"

"没不舒服，我跟你说了……我很困，是睡觉的时候了。"

她离开椅子，身子挺一挺，表示没有不舒服，麻木的小脚在地板上磕磕碰碰。到了卧室她靠在家具上，鼓起勇气不哭出来，尽管全身火烧似的，母亲来安排她上床，也只是帮她束好晚装的头发，因为女孩已匆匆忙忙自己脱了衣服。她自个儿钻进被窝里,很快闭上眼睛。

"你好吗?"埃莱娜问,拉上被子,四边掖好。

"很好。走吧,不要动我……把灯拿走。"

她只要求一件事,在黑暗中睁开眼睛,好好品味自己的痛苦,不要别人望着她。灯取走后,她睁大了眼睛。

可是在隔壁房间里,埃莱娜走来走去。她有一种奇异的行动需要,使她站了起来,想到上床就无法忍受,她看座钟:八点二十分。她要做什么?她去翻抽屉,也记不起要找什么。然后她走近书柜,对书瞧了一眼,拿不定主意,一看到书名就厌烦了。卧室寂静无声,使她的耳边嗡嗡响;这种孤独,这种沉重的空气对她是一种惩罚。她乐意听到响声、人声,或使她分心的东西。她有两次听小房间的动静,雅娜没有一声呼吸。一切都在沉睡,她还在转来转去,把手边的东西搬动位置,又放回原地。但是她突然想到了泽菲林,他大约还和罗萨莉在一起。这时,想到自己不是孤零零一个人,她感到轻松和幸运,趿着拖鞋朝厨房走去。

她到了外客厅,已经推开小走廊里的玻璃门,听到一声响亮的耳光,打得很重。罗萨莉的声音叫道:

"嗯!看你以后还捏我……放下你的爪子!"

泽菲林卷着小舌喃喃地说:

"这没什么,我的美人,这说明我多么爱你……好吧……"

但是门响了一声。埃莱娜进去时,小士兵和厨娘静静地坐在桌前,两人还低下头在吃盘子里的东西。他们表面装得不动

声色,这不是他们的本性。只是他们面孔通红,眼睛像蜡烛那样发光,他们在草垫椅上坐得不安稳。罗萨莉站起来赶快迎了过来:

"太太要什么?"

埃莱娜没有准备找个好借口。她来看看他们,谈谈,让自己不孤单。但是她感到难为情,不敢说她不要什么。

"您有热水吗?"她终于问。

"没有,太太,我把火封了……哦!还是可以烧的,我五分钟内给您送来。马上就会开的。"

她加煤,放上水壶。然后看到女主人还在门槛上不走:

"五分钟以后,太太,我给您送来。"

这时,埃莱娜做了个意义含糊的手势:

"我不急,我等着吧……你们做你们的,我的孩子,吃吧,吃吧……这位年轻人还要回兵营呢。"

罗萨莉顺从地坐了下来,泽菲林站着,行了个军礼,撑开两肘切盘中的肉,表示他懂得待人接物。他们在太太用膳以后一起吃的时候,连桌子也不往厨房中间挪,宁可并排坐,鼻子对着墙壁。这样他们可以相互用膝盖顶,捏来捏去,身上脸上打几下,同时照样吃。他们抬起眼睛,又可看见墙上赏心悦目的瓶瓶罐罐。一束月桂和百里香挂着,调味品盒有一种辛辣的香味。厨房周围还没有整理收拾,到处有剩余的菜肴,但是这个厨房对于胃口奇好的恋人还是一块向往之地,在这里可以享用军营里不会供应的东西。这里主要是烤肉,还带一点生菜拌醋的香味。煤气灯的反光在铜锅铁器上跳动。因为炉子烧得太热,他们稍稍打开窗子,从花园吹来的凉风吹得蓝窗帘鼓鼓的。

"您应该在十点整以前回到营房吗?"埃莱娜问。

"是的,回禀太太。"泽菲林回答。

"那路不少呢……您搭公共马车吗?"

"哦!太太,搭过几次……您知道,锻炼小跑步,还是很好的。"

她在厨房里走了一步,靠在餐具桌上,两手下垂合在晨衣上面。她还谈起白天的坏天气,部队里吃的伙食,鸡蛋价格贵。但是每次她提一个问题,他们作出回答后谈话就停顿了。她这样待在他们背后,叫他们拘束;他们不再转过身来,而是面对盘子说话,在她的注视下肩膀不敢抬起来,还小口吃东西,保持干净。

她平静下来,在这里很好。

"不要着急,太太,"罗萨莉说,"水已经响起来了……要是火旺一点……"

埃莱娜不要他们忙个不停,过一会儿好了。她只是腿上觉得很累。她机械地穿过厨房,走到窗前,在那里她看到第三把椅子,一把木椅子,很高,翻过来可以当做搁脚凳。但是她没有马上坐下,她看到桌子角上有一叠画片。

"咦!"她拿起来说,想对泽菲林表示好意。

小士兵不出声地笑了。他容光焕发,目光跟着画片,当太太注视一张好画片时,他点头。

"这张,"他突然说,"我在神庙路得到的……这位美女篮子里有几朵花……"

埃莱娜已坐下。她审察着这位画在金色上釉的糖果盒盖上的美女,泽菲林细心把盒盖拭过。椅背上有一块抹布,使她没法靠在上面。她把抹布推开,又专心看画。这对恋人看到太太那么和气,也不再拘束。最后他们也把她忘了。埃莱娜把画片一张张放在膝盖上,带着茫然的笑容看着他们,听着他们说话。

"喂,小伙子,"女厨喃喃地说,"你不再来点羊肉?"

他既不说要也不说不要,扭着身子好像有人在给他挠痒,当她把一大片羊肉放到他的盘子里,他又伸腿伸胳膊随便起来。他的红肩章上下跳动,他的圆脸两旁长着招风大耳朵。他的脑袋在黄色衣领中摇晃得像只瓷像人头。从他包在军服里的背脊可以看出他在笑,为了对太太表示礼貌,他在厨房里从不解开军服的扣子。

"这比鲁韦大爷的萝卜好吃。"他最后说,嘴里塞得满满的。

这是故乡的一个回忆。两个人都哈哈大笑,罗萨莉身靠着桌子才不至倒下来。有一天,这是他们第一次领圣体以前,泽菲林偷了鲁韦大爷的三只萝卜;萝卜很硬,哦!硬得把牙齿都咬碎了;罗萨莉在学校后面照样也啃了自己的那一份。于是每次他们一起吃东西时,泽菲林免不了要说:

"这比鲁韦大爷的萝卜好吃。"

罗萨莉听到后放声大笑,甚至把短裙的带子也笑崩了,崩断声清晰可闻。

"嗯！你又崩断了？"小士兵得意地说。

他伸出手，想弄明白。但是他挨了几下打。

"不用你忙，你又不会缝……带子崩了真讨厌。我每星期要换上一根。"

然后，因为他还是在摸索，她用胖手指捏他手上的一块肉，把它扭了过来。这样亲近闹着玩，正要叫他兴奋起来时，她向他愤怒地一瞥，意思是太太正在瞧着他们。他并不太发慌，塞进一大口食物，腮帮鼓鼓的，眨眨眼皮，一副油滑的小兵腔调，意思是女人——就是太太——也不讨厌这个。当然，两个人相爱，别人看了总是觉得有趣的。

"您当兵还要有五年？"埃莱娜问，在舒适的气氛中靠在高高的木椅上。

"是的，太太，要是用不着我可能只要四年。"

罗萨莉知道太太想到的是他的婚姻，她假装生气叫了起来：

"哦！太太，他可以再待上十年，我可不会上政府去要他回来……他变得太胡闹了。我相信人家把他带坏了……是的，你笑也没用。但是我可不吃这一套。在镇长先生面前，看你开玩笑。"

他笑得更凶了，要在太太面前装得懂风情的样子，女厨子完全发怒了。

"好吧，我劝告你……其实，您知道，太太，他是个呆头呆脑的人。真没法相信穿上了军装会使他们那么蠢，他跟战友就是摆出这副模样。要是我把他赶出门外，您会听到他在楼梯上哭……我才不在乎你呢，小伙子！要是我乐意，你还不是一直会来打听我的袜子是怎么做的？"

她仔细瞧着他，但是看到他那张棕色脸开始表示不安时，她突然受感动。直接转入另一个话题：

"啊！我没有对你说呢，我收到了姑妈的一封信……吉尼亚尔家准备卖房。是的，几乎白送……你们可能以后……"

"哎哟！"泽菲林心花怒放说，"在那里安家不错……还有地方养两头奶牛。"

这时，他们不说了。他们正吃着甜食，小士兵像儿童一般贪食，舔面包上的葡萄酱，而女厨子像母亲似的细心地削苹果。他还是把另一只空手伸到桌子底下，沿着她的膝盖轻轻挠，很轻很轻，她装得没有感觉。他老老实实时，她一点不生气，还喜欢这样，虽然不会承认，因为她在椅子上高兴地微微颤动。总之，这天晚上，这是一顿十全十美的晚餐。

"太太，您要的水开了。"罗萨莉静了一会儿说。

埃莱娜没有动。她感到自己也沉浸在他们的温情中，她继续代替他们在做梦，想象他们已经回到家乡，住在吉尼亚尔的老房子里，养着两头奶牛。她看到他神情严肃，手伸在桌子底下，而小保姆僵着身子装得没事儿似的，就不免好笑。一切的距离都接近了，她对自己与别人，对她在的地方与她来这里做的事，都没有一个明确的意识。铜器在墙上发亮，身子软绵绵的不想动，面孔遮在黑影里，对厨房的凌乱也没有看不过去。她平易近人，使自己也感到心满意足。她只是太热，炉火给她苍白的前额添上几颗汗珠，身后半开的窗户送风进来，吹在她的后颈上冷飕飕很舒适。

"太太，您的水开了，"罗萨莉又说，"水壶要烧干了。"

她把水壶放在她前面。埃莱娜一怔，只好站起身。

"啊！是的……我谢谢您。"

她没有借口了，她不情愿地慢慢走开，到了卧室不知把水壶怎么好。但是她心里热情奔放。以前她麻木发傻，这种状态溶解成了生活的热流，在她的全身沸腾。她从未体验过的情欲使她颤栗，回忆又浮现脑际，情欲觉醒太迟，更感到难以满足。她笔直地站在房子中间，全身往上拉伸，两手举起弯扭，使兴奋的四肢咯咯响。哦！她爱他，她爱他，下一次她会这样委身于他。

正当她看着自己赤裸的双臂脱晨衣时，有一个响声引起她的不安，她以为是雅娜咳嗽了。这时她取了灯。女孩眼皮紧闭，好像睡着了，但是当她的母亲放下心转过身去，她睁大眼睛，乌黑的眼睛跟随埃莱娜走进她的卧室。女孩还没有睡，她不愿意人家要她睡，又是一阵咳嗽撕裂她的喉管，她把头埋在被子里，不让咳出声来。现在，她可以走了，母亲再也不会发现的。她在黑夜里睁着眼睛，仿佛她刚才思考后明白了一切，就此而死也不带半点呻吟。

（二）

第二天，埃莱娜头脑里想的都是实际问题。她醒来就迫切需要保护自己的幸福，战战兢兢，只怕做事不谨慎而失去亨利。起床前空气寒峭，卧室内还是睡意沉沉，这时刻她全身心有一种冲动，她爱他，需要他。以前她从没想到要做个手段高明的女人。她首先想到的是当天早晨应该去见一见朱丽埃特，这样她可以避开不愉快的解释，也不致让他们追根问底连累别人。

将近九点，当她到达德贝勒太太家时，她见朱丽埃特已经起身，脸色苍白，两眼发红，像戏剧中的女主角。可怜的女人一见了她来，就投入她的怀抱，哭了，称她是好天使。她一点不喜欢这个马利尼翁，哦！她可以起誓！我的上帝！多么愚蠢的艳事！她会为此而死的，这肯定！因为现在她觉得自己绝对搞不来这些玩意儿的——撒谎，受苦，听任同一个感情的支配。重新恢复自由是多么好啊！她笑得很自在，然后又呜咽起来，要求她的朋友不要看不起她。她疯言疯语，心底还是害怕的。她以为她的丈夫都已知道一切了，前一天他回来很激动。她向埃莱娜问了一个又一个问题。这时，埃莱娜显得大胆而又老练，自己也感到吃惊，向她叙述了一个故事，情节很多，无一不是编造的。她向朱丽埃特保证丈夫什么也不曾怀疑，是她听到这一切后要救她，想到去扰乱这场幽会。朱丽埃特听着，相信了这篇胡诌，脸上满是泪痕，却又洋溢着抑制不住的喜气。她再一次搂住她的脖子。埃莱娜在她的抚摸下一点也不别扭,也感觉不到以前对忠诚的斤斤计较和顾虑。当埃莱娜要她答应保持平静后离开时,心里对自己的巧妙应付还发笑,走出门时很得意。

几天过去了。埃莱娜的整个生活都换了位置,她不再生活在自己家里,而是生活在亨利家里,时时刻刻想到他。除了隔壁那幢小公馆引起她的心跳,其他什么都不存在了。她找到借口就往那里跑,她忘了自己,呼吸同样的空气也会使她满足,在这占有的最初陶醉中,她看见朱丽埃特也像看见了亨利那样动心。可是亨利还没有可能跟她待上一会儿,她也像有意把第二次幽会推到以后。有一天晚上,他送她到外客厅,她就是要他起誓不再上水巷的那幢房子,说他会连累她的。两个人都颤抖着期待另一次热情的拥抱,就是不知道在哪里,某个地方,一天夜里。埃莱娜被这个欲望纠住不放,自此以后只是为了这一分钟而活着,对其他时间漠不关心,过日子就是盼着这一刻,非常幸福,只是美中也有不足,雅娜在她身边咳嗽,令她感到不安。

雅娜不时低低地下咳,到了傍晚咳得更凶。她有时还有低烧,睡觉时出汗,身子虚弱。母亲问她,她说自己没有病,不难过。这大约是感冒没有痊愈。埃莱娜听了这样的解释放了心,对周围的事物没有一个明白的意识,可是在生活的欢悦中,隐隐然有一种痛苦的感情,压在心头造成创伤,她也说不清在哪儿出血。偶尔,在她毫无情由地高兴和内心充满温情时，好端端地会产生一种焦虑，好像有一桩不幸的事在背后等着她。她转过身，她笑了。人在太幸福时，总是害怕。没有人在背后。雅娜刚才咳嗽，不过她喝蒂萨茶了，这没什么。

可是一天下午，博丹老医生作为朋友来看看，来了后不走，神色关注，斜着蓝色小眼睛窥视雅娜。他一边装着跟她玩，一边问她。那一天，他没说什么。但是两天后，他又来了；这次他没有观察雅娜，却像一位有阅历的老人那么高高兴兴，把话题扯到旅行上。从前他当外科军生，跑遍了意大利。这是一个壮丽的国家，应该在春天去欣赏。格朗让太太为什么不带她的女儿去一趟呢？他就这样转弯抹角，巧妙地劝她们去那里——用他的话说是"阳光之国"——居住一阵子。埃莱娜盯着他看。这时，他大声说明，她俩哪一个也没病，那当然！只是换换空气使人年轻。她想到离开巴黎，面孔煞白，感到死一般的冷，我的上帝！上那么远、那么远的地方去。一下子失去了亨利，让他们的爱情夭折！这对她那么心痛，她朝雅娜弯下身，掩饰内心的慌乱。雅娜愿意离开吗？女孩畏缩着捏紧她的手指头。哦！是的！她愿意！她愿意到阳光里去，就她和母亲两个人，哦！就她们两个人；她可怜的瘦脸上两颊被寒热烧得发烫，又燃起新生活的希望。但是埃莱娜不听这些。她反抗，她怀疑，现在深信每个人——神父、博丹医生，还有雅娜，都串通一起要拆散她和亨利。老大夫看到埃莱娜脸色那么灰白，以为自己哪儿失礼了；他急忙说什么都不着急，决定以后再提这件事。

恰好那天德贝勒太太留在家里没出去。医生一走，埃莱娜连忙戴上帽子。雅娜拒绝出去，她待在炉边更舒服；她会乖的，不会开窗。最近以来，她不再缠住母亲带她出去。她只是怔怔地目送母亲走。然后当她一个人时，蜷缩在椅子上，这样一动不动过上好几个小时。

"妈妈，意大利远吗？"埃莱娜走近亲她时，她问。

"哦，很远，我的乖孩子。"

但是雅娜勾住她的脖子，不让她立即伸直身子，喃喃地说：

"嗯？罗萨莉留在这里帮你看家。我们没她也行……你看，带上一只不大的箱子……哦！这就好了，小妈妈！只有咱俩……我会长胖了回来，嗨！胖成这样。"

她鼓起腮帮，把胳臂一圈。埃莱娜说以后再看，然后她溜了出去，叮嘱罗萨莉好好照顾小姐。这时女孩在炉边缩成一团，瞧着火燃烧，陷入遐想。她不时机械地伸出手取暖，火光刺得她的大眼睛发酸。她那么出神，朗博先生进来也没有听到。他来得很勤，据他说是为了那个瘫痪的女人来的，德贝勒医生还是没有使她住进痼疾收容所。当他见到雅娜一个人，就坐到壁炉另一边，跟她像跟大人一样谈话。这事真不好办，那个可怜的女人等了一星期；但是他等会儿过去看医生，医生可能会给他一个答复。可是他没有动。

"你的母亲没有把你带去？"他问。

雅娜耸耸肩，神情厌倦。上别人家去对她太麻烦了，也没有什么趣味。

她还说:

"我老了,我不能老是玩……妈妈在外面快活,我在家里快活,我们玩不到一块儿。"

一时大家没有话说。女孩颤抖,伸出双手去探火,炭烧成一团玫瑰色的火光。她却像一个老大妈,全身裹在一块大毛毯里,脖子上一条围巾,头顶上一条围巾。人陷在这堆衣物里,小得像一只生病的小鸟,羽毛凌乱,根根竖起。朗博先生合拢两手放在膝盖上,望着火,然后转身问雅娜她的母亲昨天是不是出去了。她给了一个表示肯定的回答。前一天,再前一天呢?她动一动下巴总是说是的。她的母亲天天出去。这时朗博先生和女孩相互注视很久,面孔发白严肃,仿佛他们都有一桩伤心事要相互倾诉。他们没有谈,这是因为一个是女孩子,一个是老先生,没法一起谈这种事;但是他们明白他们为什么那么悲哀,为什么在空楼里喜欢这样分别坐在壁炉的左右两边。这使他们得到不少安慰。他们靠在一起,可以减轻被遗弃的感觉。他们感到温情的冲动,他们多么愿意抱在一起痛哭一场。

"你冷,好朋友,我可以肯定……往火那边靠一靠。"

"不,亲爱的,我不冷。"

"哦,你骗我,你的手是冰的……靠过来,否则我生气了。"

然后,是他不安了。

"我肯定他们没有给你准备蒂萨茶……我给你去煮,好吗?哦!我做得很好……我来照顾你,你看着,你什么都不会缺的。"

他这几句影射的话说得够明白了。雅娜立即回答说她讨厌蒂萨茶,她给灌得太多了。可是有几次,她同意朗博先生在她身边转悠,像个母亲;他给她在肩膀下塞进一个枕头,给她服她快要忘了的药水,扶着她在房间里走。这些细心照顾使两人都很感动,就像雅娜说的,妈妈不在时他们一个当爸爸,一个当女儿;她说时目光深邃,其中的火焰叫老实人见了心乱。突然两人都感到悲哀,于是不再说话,偷偷观察对方,相互怀有一种怜悯心情。

那一天,沉默良久后,女孩又提出她问过母亲的那个问题:"意大利离这里远吗?"

"哦!我想是远的,"朗博先生说,"那边,到了马赛还要下去,远得很……为什么问这个?"

"没什么。"她严肃地说。

这时,她怨自己什么都不懂。她总是生病,从来没进过寄宿学校。他们两人都不说话,炉火旺盛,热气使他们昏昏欲睡。

可是,埃莱娜在日本平房找到了德贝勒太太和她的妹妹波利娜,她俩常在那里过下午。那里很热,暖炉口放出令人窒息的热气。大玻璃窗是关着的,小花园披上了冬装,犹如一幅巨大的笔法细腻的乌贼墨画,棕色土地上映出黑色的小树枝。两姐妹正在激烈争辩。

"别来烦我,行吗!"朱丽埃特叫道,"我们的利益当然是支持土耳其。"

"我跟一个俄国人谈过,"波利娜回答,她同样激动,"在圣彼得堡他们爱我们,我们真正的同盟军是在那里。"

但是朱丽埃特摆出严肃的神色,两臂交叉:

"那么,你怎么做到欧洲平衡?"

东方问题使巴黎沸腾,这成了热门话题,任何有点社交生活的女士不谈这事就不时髦。所以,两天以来,德贝勒太太坚定地介入到外交政策的讨论中。她对事态发展的种种可能性都有一定的看法,她的妹妹波利娜令她非常恼火,因为她标新立异,不顾明显的法国利益而去支持俄罗斯。她要说服波利娜,后来又生气了。

"嘿!别说了,你说话像个蠢人……你跟着我研究过这个问题就不会这样了……"

她说到这里停了,向正在进来的埃莱娜行礼。

"好啊,亲爱的。您来真是太客气了……您还不知道吧,今天早晨宣布一份最后通牒,英国下议院争得非常激烈。"

"不,我什么都不知道,"埃莱娜回答,这问题她听了发呆,"我很少出去。"

朱丽埃特没有要她回答。她向波利娜解释为什么要使黑海成为中立地区,不时地插入几个英国将军和俄罗斯将军的名字,很熟悉,咬字也非常准。这时亨利进来了,手里拿着一卷报纸,埃莱娜知道他是为了她下楼来的。他们的眼睛相互寻找,彼此盯着对方的目光看。然后他们握手,一切感情都包含在那长久和沉默的一握中。

"报上说了些什么?"朱丽埃特激昂地说。

"报上,亲爱的?"医生说,"但是报上永远不会说什么的。"

大家一时也就忘了东方问题。有好几次,提到一个要来而没有来的人。波利娜要大家注意快敲三点了。哦!他会来的,德贝勒太太肯定;他明确答应来的,她没有说是谁。埃莱娜听着,但是没有听在耳里,一切不关亨利的事都引不起她一点兴趣。她再也不带针线活过来,她两点钟准来,不加入谈话,经常满脑子是同样的童年梦想,想象其他人神奇地消失了,只留下她与他两人。她回答朱丽埃特的问题,而亨利的目光盯着她的眼睛,使她身子发软挺舒服。他走过她的背后,像去拉一扇百叶窗,他碰到她的头发时微微一颤,由此她感到他要求再定一次约会。她同意,她也没有力量再等待了。

"有人打铃,这大概是他。"波利娜突然说。

两姐妹摆出冷淡的神态。这是马利尼翁来了,衣冠楚楚,比平时穿得还正经,带着一点矜持。他握住向他伸过来的手;但是他不像平时那样爱开玩笑,他走进久违的房子时彬彬有礼。医生和波利娜埋怨他近来很少光临,朱丽埃特俯身在埃莱娜耳边说话,埃莱娜尽管极端冷漠,还是吃了一惊。

"嗯?您吃惊了……我的上帝!我不恨他。他心底还是个好青年,跟他没法生气……您想一想他给波利娜觅来了一个丈夫。这是件好事,您不觉得吗?"

"当然。"埃莱娜凑合着喃喃说。

"是的,他的一位朋友,非常有钱,他以前从没想到结婚,马利尼翁发誓要把他请来……今天我们等着他给一个最后的回复……这时,您明白,我有好多事情只得暂时搁一搁了。哦!现在没危险了,我们相互理解了。"

她妩媚地一笑,提到那件事脸微微一红。然后她去忙着招待马利尼翁,埃莱娜同样微微笑着。这种对生活的宽容也是对自己的原谅。把事情想成一片漆黑是不对的,什么事都可以和颜悦色地解决。正当她自言自语说世上一切百无禁忌而感到一种怯懦的幸福时,朱丽埃特和波利娜刚打开日本平房的门,把马利尼翁引进花园里。突然她听到自己的脑后亨利的声音,又低又热烈:

"我求您啦,埃莱娜,我求您啦……"

她打了个寒战,突然不安地环顾四周。他们确是单独在一起,她看见其他三人在小道上慢慢走。亨利还大胆搂住她的肩膀,她发抖,恐惧中充满醉意。

"随您什么时候。"她嗫嚅说,知道他要求她幽会。

他们很快交换了几句话。

"今晚等我,在水巷的那个楼里。"

"不,不行……我跟您解释过,您对我起过誓……"

"那么别的地方,您说哪儿都可以,只要让我见到您……今晚上您家?"

她不干。但是她又害怕起来,看到两位女士和马利尼翁往回走,只能用一个手势表示拒绝。德贝勒太太领了年轻人假装去欣赏一件奇事，尽管天气冷，但是有几簇紫罗兰开了花。她加速步子，第一个走进房来，容光焕发。

"妥了！"她说。

"什么妥了？"埃莱娜问，心里还是很慌张，记不起什么事。

"这场婚姻啊……啊！了却一桩心事！波利娜也老大不小了……那个年轻人见过她，觉得她可爱。明天，我们都上父亲家吃饭……马利尼翁带来了好消息，真该亲亲他。"

亨利镇定自若，巧妙地避开了埃莱娜。他也觉得马利尼翁可爱。终于看到他的小姨子有了人家，跟妻子一样非常高兴。他提醒埃莱娜别把一只手套掉了，她谢谢他。在花园可以听到波利娜的声音，她在说笑。她朝马利尼翁弯着身子，说说停停，放声大笑，他也凑在她耳边叽里咕噜回答。无疑他跟她在谈有关未来的悄悄话。平房的门开着，埃莱娜津津有味地呼吸冷空气。

就在这个时刻，雅娜和朗博先生在房间里没有说话，被炉火烤得不能动弹。经过长时间的沉默，女孩突然开口问，好像这个要求是她沉思后的总结：

"你要是愿意咱们上厨房去……我们看能不能见到妈妈。"

"我愿意。"朗博先生回答。

今天她身体较好。她不用人扶着走去，脸贴在玻璃上。朗博先生也往花园里看。树上没有叶子，通过清洁的大玻璃窗，日本平房的内部一目了然。罗萨莉正在做大锅汤，说小姐好奇心重。但是女孩认出了母亲的长袍。她指了指，为了看清楚，面孔更往玻璃上凑。可是,波利娜举起手,做了几个信号。埃莱娜出现了,挥手招呼。

"他们看见您了,小姐,"女厨子说了几遍,"他们叫您下去哩。"

朗博先生只好打开窗户。他们要他带雅娜过去,大家要见她。雅娜逃进卧室,就是不肯去,责怪他的好朋友有意敲玻璃窗。她要看妈妈,但是不愿再走进那幢房子;朗博先生好几次恳切地问她为什么,她一概用可怕的"没什么"回答,这句话说明一切。

"这不是你应该强迫我做的。"她说,神色忧郁。

但是他向她反复说不要叫母亲难过,不应该对别人做蠢事。他要给她穿好,她就不会着凉了;他说着,把披肩绕在她的身上系住,把她头上的围巾取下来,换上一顶编结的小风帽。她穿戴齐了还在抗拒。最后,她也就依了,条件是如果她不舒服就马上陪她上来。女门房给他们开了通道的门,大家在花园里高声欢呼迎接她。德贝勒太太对雅娜尤其热情;她请雅娜坐上椅子,正对着炉子口,要人马上关闭玻璃窗,说这空气对可怜的孩子太凉。马利尼翁已经走了。埃莱娜给女儿整理散乱的头发,看到她裹了一条披肩、戴了一顶风帽出来做客有点难为情,朱丽埃特叫道:

"让她这样!咱们不就在自己家里吗……这个可怜的雅娜!我们真想她。"

她摇铃,问史密森小姐和吕西安有没有从日常散步回来。

他们还没有回来。此外，吕西安闹得不可管教，前一天把勒瓦瑟家的五位小姐都惹哭了。

"要不要来玩一下飞鸽子游戏？"波利娜问，她因不久就要结婚，喜不自胜，"这不累人。"

但是雅娜摇头拒绝。她从低垂的眼睫毛之间向周围的人一个个看，看了很久。医生刚才对朗博先生说起他的被保护人终于可以进入瘸疾收容所了，朗博先生十分感激，紧握他的手，仿佛他个人得了什么大恩大惠。每人都伸着身子躺在坐椅里，谈话亲切，声音愈来愈慢，时而静默无声。德贝勒太太和她的妹妹一起交谈，埃莱娜就对两位男士说：

"博丹大夫要我们上意大利去旅行。"

"啊！雅娜就是为这事问的！"朗博先生叫了起来，"你高兴上那儿去吗？"

女孩没有回答，把两只小手放在胸前，发灰的脸有了光彩。她疑虑的目光转向医生，因为她明白母亲问的是他。他身子微微一颤，保持非常冷淡。但是突然朱丽埃特插入谈话，像以往那样，无事不会没有她的份。

"谈什么啦？您谈到意大利……您不是在说要上意大利吗……啊，好哇！凡事又凑到一起了！就在今天早晨我纠缠亨利要他带我上那不勒斯……您想一想，十年来我就梦想要上那不勒斯，每年春天他都答应我，然后又不守信用。"

"我没对你说我不愿意。"医生喃喃地说。

"怎么，你没跟我说过……你干脆拒绝，说什么你不能离开病人啦。"

雅娜听着。她的光洁的前额被一条大皱纹切成两半,她机械地绞着指头,一个接一个。

"哦!我的病人,"医生又说,"我可以托一个同事照顾几个星期……要是我知道你那么喜欢去……"

"大夫,"埃莱娜打断说,"您认为这样一次旅行对雅娜有好处吗?"

"好得很,这会使她完全恢复健康……孩子总能从旅行中得到好处的。"

"那么,"朱丽埃特叫了起来,"我们带吕西安,咱们一起去……你愿意吗?"

"但是,当然,你要什么我做什么。"他带着微笑回答。雅娜低下头,擦掉两大颗愤怒和痛苦的热泪,这些热泪烧得她眼睛发烫。她深深陷入坐椅里,仿佛不再听和不再看,而德贝勒太太想不到来了这么一个旅游散心的机会,非常高兴,说话又多又响。哦!她的丈夫多好!她亲了他一下表示慰劳。下星期,我的上帝!她总是没有时间准备行李!然后,她要制定路线;应该从这里走;然后在罗马待上一星期,再上另一个美丽的小乡镇,德·吉罗太太跟她谈起过的;她最后跟波利娜争了起来,波利娜要求推迟行期,好让她跟丈夫一起去。

"啊!不,那不行!"她说,"回来后再举行婚礼。"

大家忘了雅娜。她目不转睛地观察母亲和医生。当然,现在埃莱娜同意去旅行了,这会使她与亨利接近。这是一件大喜事：两人一同前往阳光之国，寸步不离度过白天，充分利用自由的时间。她唇上浮起轻松的笑容，前一时还那么害怕失去他，她那么幸福，能带了她所有的爱出门！当朱丽埃特在筹划他们将经过哪些地方，他们两个人已经相信走在理想的春天，眉目传情，意思是他们会在那里相爱，走到哪儿都在一起。

可是，朗博先生心情抑郁，话愈来愈少，他已察觉到雅娜的不快。

"你不舒服吗，亲爱的？"他低声说。

"哦！是我太难过了……求求你送我上楼。"

"但是应该跟母亲说一声。"

"不，不，妈妈忙着，她没有时间……送我上楼，送我上楼。"

他用双臂扶她，对埃莱娜说孩子感到累了。这时她请他在楼上等她，她会过来的。女孩身子虽则很轻，他的两只手还是扶不稳，只得在第二层停了一停。她把头靠在他的肩上，两人忧伤地相视无言。楼梯上又冷又静，没有半点声响。他喃喃地说：

"你上意大利去很高兴，是吗？"

但是她放声哭了起来，咿咿呀呀说她不愿意了，她宁可死在自己的房子里。哦！她不去，她会生病的，她感觉得到。她哪儿都不去，无论哪儿都不会去的。她的小鞋子可以送给穷人，然后哭声稍停时她悄悄对他说：

"你还记得有一晚你问我的事吗？"

"什么，我的乖孩子？"

"永远跟妈妈在一起,永远,永远……好吧!假若你还愿意,我也愿意。"

泪水涌上朗博先生的眼眶。他亲切地吻她,这时她声音更低地加上一句:

"你可能还生气,因为那时我发火了。我那时不知道,你看到……但是我要的是你。哦!马上,去说吗?马上……我爱你胜过爱另一个人……"

在下面日本平房里,埃莱娜又出了神。话题不离旅行。她感到一种迫切的需要,要打开自己满溢的心,向亨利倾诉令她窒息的全部幸福。当朱丽埃特和波利娜在讨论要带上几袭长袍时,她弯身朝向他,跟他约定一小时前她还拒绝的幽会。

"今夜来吧,我等您。"

当她终于回家往上走时,遇到罗萨莉心慌意乱地奔下楼来。一见女主人,女仆就叫道:

"太太!太太!快……小姐不好了,她在咳血。"

(三)

离开桌子时,医生对妻子说起一名产妇,今夜他恐怕不得不在她的身边守着。他九点离开,走到河边,黑夜里沿着无人的河滨道散步,潮湿的微风轻吹,涨潮的塞纳河黑涛滚滚。钟敲十一下,他走上特罗加德罗斜坡,在房屋四周转悠,方方正正的楼房宛如厚厚的一堆影子。但是餐厅的玻璃窗还在发亮。他绕了一圈,厨房的窗子也射出强烈的光。于是他等待,很诧异,渐渐不安起来。窗帘上掠过人影,房间里好像嘈杂不安。可能朗博先生留下来吃晚饭了?可是这位好好先生从来不会超过十点还不走的。他不敢上楼,要是开门的是罗萨莉,他能说什么呢?终于,将近半夜,他按捺不住,忘了一切谨慎,他摁铃,他经过女门房贝杰莱太太的房间前也不回话。到了上面迎着他的是罗萨莉。

"是您?先生。请进。我去报一声您来了……太太一定等着您。"

在这个时刻见到他,她没有表示丝毫惊异。当他走进餐厅还没有想到说句什么话,她却慌慌张张继续说:

"哦!小姐很不好,很不好,先生……这一夜够呛了!我的腿都要跑断了。"

她离开他。医生已经机械地坐了下来,他忘了自己是医生。沿着河滨道走时,他想象着这间卧室,埃莱娜将会引他进去,手指放在嘴唇上,嘱他不要闹醒雅娜,她正睡在隔壁小房间里。伴眠灯亮着,房间笼罩在阴影里,他们的接吻不会出声。他待在那里,像在做客,帽子放在前面等着。门背后只有顽固的咳嗽声打破寂静。

罗萨莉又出现了,迅速穿过餐厅,拿一个脸盆,匆匆对他说了这么一句简单的话:

"太太说您不要进去。"

他坐着留下,也不能走开,那么,约会是另一天?这使他发愣,像这样的事不可能。然后,他又想:这个可怜的雅娜健康实在不行,有了孩子只会添烦恼,多怄气。但是门又开了,博丹医生出来了,向他连声道歉。他把好几句话一口气说了出来;他们来找他,他总是非常荣幸能向杰出的同行请教。

"不会错的,不会错的。"德贝勒医生重复说,耳际嗡嗡响。

老医生放心了,装得很惶惑,对诊断犹豫不决。他放低声音,用专业语言跟德贝勒讨论症状,说到中途和最后眨眨眼睛。她干咳无痰,体力消耗很大,热度很高。可能是伤寒。可是他没有明说,长久以来一直把她当做贫血萎黄神经症治疗,使他担心会有不可预见的并发症。

"您认为怎么样?"他每句话后这样问。

德贝勒不置可否地摆摆手。当他的同行说话时,他渐渐觉得自己在这里很难为情。他为什么要上来?

"我给她用了两个发疱剂,"老医生继续说,"我在等待效果,有什么办法呢……要么您去看看。然后您说说您的诊断。"

他引了德贝勒走进卧室。德贝勒进去,身子一颤。房间光线很暗,只有一盏灯亮着。他记起其他相似的夜晚,同样的热气味、同样的窒息和沉静的空气,暗影深处是沉睡的家具和帷幕。但是没有人伸出手臂像往常那样迎接他,朗博先生颓然坐在椅子里,像在假寐。埃莱娜穿了白色晨衣站在床前,没有转身;这个苍白的身影在他看来很大。他对雅娜检查了一分钟。她那么衰弱,就是睁开眼睛也累。她浑身是汗,沉重地躺着,面孔发灰,两腮烧得火红。

"这是急性肺炎。"他终于嗫嚅地说,不由自主声音提得很高,也没有表示惊异,仿佛长久以来就预见了这个病症。

埃莱娜听到了,瞧着他。她全身冰冷,两眼无泪,镇静得可怕。

"是吗?"博丹医生简单说了一句,点点头,也同意这种说法,就像一个人不愿意先把它说了出来。

他再给女孩听诊。雅娜四肢没有力气,听任检查,好像不明白人家为什么要折磨她。两位医生很快交换了几句。老医生喃喃地说什么空瓮性呼吸,破罐似的声音;可是他假装还在犹豫,他现在又谈到毛细支气管炎。德贝勒医生解释说一件突发性事件可能促成这场病,肯定是着了凉,但是他已经好几次观察到萎黄性贫血会引起肺部发炎。埃莱娜站在他们后面等着。

"您也来听听。"博丹医生说,给埃莱娜让出位子。亨利弯下身,要抱住雅娜。她没有抬起眼皮,瘫软无力,身上发烫。她的衬衣敞开,露出孩子的胸脯,女性的特征还刚刚开始显现。受到死亡威胁的这个躯体那么纯洁,那么叫人伤心。她在老医生的手里毫无反抗,但是亨利的手指碰上她,她像受到了震动。像贞洁受了骚扰,她从麻木中醒了过来。她的动作好像是受到袭击和被强暴的少妇,把两只可怜瘦弱的双臂,遮住胸脯,颤声嗫嚅:

"妈妈……妈妈……"

她睁开眼睛。当她认出身边的这个男人,惊恐万状。她看到自己赤身裸体羞得哭了起来,拼命拉被子。事情好像是她在弥留中一下子老了十岁,十二岁的姑娘濒临死亡时竟成熟得认

为这个男人不应该碰她,不应该把她当做她的母亲。她又叫了起来,要人救救她:

"妈妈……妈妈……我求你……"

埃莱娜到此时还没有说过话,她走近亨利,呆呆地盯着他,面孔像大理石做的。当她碰到他,只是哽咽着声音说了这句话:

"您走开吧!"

博丹医生试图叫雅娜安静下来,雅娜一阵咳嗽把床都摇动了。他向她保证没有人会再违逆她的意思,大家都要走的,让她安安静静。

"您走开吧!"埃莱娜凑近情人的耳边又说,声音很低,"您看到是我们把她害死的。"

这时,亨利一句话也说不出,走开了。他在餐厅里还待了一会儿,自己也不知道等什么,可能有什么事会发生。然后看到博丹医生没有出来也就走了,他摸索着走下楼梯,连罗萨莉也没想到给他提灯照路。他想到急性肺炎病情发展极为迅速,他对这病作过不少研究,粟粒性肺结核菌繁殖很快,随后人愈来愈感到窒息,雅娜肯定过不了三星期。

一星期过去了。窗外宽阔的天空中,太阳对着巴黎升起又落下,埃莱娜对无情而有节奏的时间没有明确的观念。她知道女儿已经没治了,她六神无主,肝胆欲裂,感到恐怖。这是无望的等待,确信死神决不会饶恕的。她没有一颗眼泪,在房里轻轻走路,总是站着,动作缓慢地照料病人。有时她疲劳不堪,倒在一把椅子上,对着孩子瞧上好几小时。雅娜体质日益衰弱,痛苦异常的呕吐折磨着她,高烧再也退不去。博丹医生来时,检查她一会儿,留下一张药方;告退时他的圆背表示出无能为力的样子,母亲送他时连问也不问一声。

发病的第二天,儒伟神父就赶来了。他与弟弟每晚都来,跟埃莱娜无声地握一握手,不敢问她消息。他们提出轮流守夜,但是她将近十点请他们回去,她不愿意夜里房间有别人。一天晚上,神父好像从上一天来就有心事,把她拉到一边。

"我想起一件事,"他喃喃说,"亲爱的孩子因健康原因耽误了……她可以在这里领第一次圣体……"

埃莱娜好像起初没有听懂。尽管她为人宽容,教士在这个时刻惦记起上帝的事业,这叫她吃惊,还有点反感。她满不在乎挥挥手,说:

"不,不,我不愿意她受折磨了……有天堂的话,她会直接上去的。"

但是,这天晚上,雅娜情况有所好转,濒临死亡的人常有这种回光返照。她这病人的耳朵很灵敏,听到了神父的话。

"是你吗!好朋友,"她说,"你说领圣体……马上就领,是吗?"

"当然可以,亲爱的。"他回答。

这时,她要他走近去闲聊。母亲抱起她靠在枕头上,她坐着,显得很小,她灼热的嘴唇在微笑,而明澈的眼睛里已经掠过死亡的阴影。

"哦！我很好，"她又说，"我愿意我会起来的……是吗？我穿一件白长袍，戴一束花……那时教堂会像马利亚月那样美吗？"

"还要美，我的孩子。"

"真的？有那么多的花，也唱那么好听的歌……马上领，马上领，你答应我吗？"

她全身洋溢着喜气。她瞧着前面的床幔，悠然出神，说她很爱那个好上帝，大家唱赞美诗时，她见过好上帝。她听到管风琴声，她看到旋转的光，而大花盆里的花则像蝴蝶那样飞舞。但是一阵激烈的咳嗽使她身子直摇，重新卧倒床上。她继续在笑，不像知道自己在咳嗽，又说：

"明天我要起床，一字不差学习《教理问答》，我们大家都会高兴的。"

埃莱娜在床头发出一声呜咽。她不能哭，然而听到雅娜的笑声，感到一股热泪上涌。她透不过气，逃到餐厅里，掩饰自己的绝望心情。神父跟在她后面。朗博先生也赶快起身，去照料女孩。

"咦！妈妈哭了，她不舒服了吗？"她问。

"你的妈妈？"他回答，"她没哭，相反地她在笑，因为你身体很好。"

埃莱娜在餐厅里，头倒在桌子上，两手捂住不让哭出声来。神父弯下身，求她克制自己。但是她抬起头，泪痕满脸对着他，指控自己杀害了女儿：她断断续续把全部忏悔说了出来。如果雅娜留在自己身边,她是不会失身于这个男人的。不该让她跟他在那间陌生的房间里见面。我的上帝!上天应该把她和女儿一起带走,她不能再活下去了。神父听了骇怕,要她安静,答应她可以得到赦免。

有人按铃,从外客厅传来人声,埃莱娜擦眼泪,这时罗萨莉进来。

"太太,这是德贝勒大夫……"

"我不要他进来……"

"他来打听小姐的消息。"

"跟他说她快死了。"

门开着,亨利都听在耳里。他没有等女仆过来就下楼了。每天他上楼,都听到同样的答复,又走开。客人的来访使埃莱娜筋疲力尽。在德贝勒家认识的几位太太都觉得应该向她表示安慰;德·肖梅特太太,勒瓦瑟太太,德·吉罗太太,还有其他人都来了;她们没有要求进来,只是询问罗萨莉,声音很响,穿过了小公寓薄薄的隔墙。这时,埃莱娜失去耐心,在餐厅见她们,站着,说话简短。她整天穿晨衣,忘了换衣服,美丽的头发只是束成一把往头顶一盘,发红的脸上眼睛疲劳得睁不开,嘴巴发苦发腻说不出话。当朱丽埃特上来时,她不能把对方关在门外,于是让她在床边坐上一会儿。

"亲爱的,"一天朱丽埃特友好地对她说,"您太消沉了。需要保持勇气。"

埃莱娜正要回答,朱丽埃特设法让她散散心,给她讲述巴黎关心的大事。

"您知道我们肯定会有战争……我很烦,我有两位表兄弟要上前线。"

她就是这样上楼来的:在巴黎东荡西逛回来,闲聊了一个下午很兴奋,穿了长裙风风火火地闯进这间安静的病房。她陡然压低声音,装出同情的样子,不过仍掩饰不了事不关己的冷漠态度,也让人家看出她对自己的健康感到高兴和得意。埃莱娜在她面前垂头丧气,既嫉妒又忧虑。

"太太,"有一晚,雅娜问,"吕西安为什么不来玩?"

朱丽埃特一时感到为难,只是微笑。

"他也病了吗?"女孩又问。

"不,亲爱的,他没有生病……他上学去了。"

当埃莱娜送她到外客厅,她想解释为什么说谎。

"哦!我要带他来。我知道这不传染……但是孩子马上就怕,吕西安真蠢!他看到你可怜的天使时会哭起来的……"

"是的,是的,您做得对。"埃莱娜打断她,想到这个那么快乐的女人家里有一个健康活泼的孩子,心都碎了。

第二个星期又过去了。病情继续发展,每一小时都有可能带走雅娜的生命。病魔来得迅猛,但是不慌不忙,还是要走完预料的全过程,把这个羸弱可爱的孩子摧毁,一步也不会饶过。血痰不见了,有时咳嗽也停止了。女孩胸口感到压迫,从呼吸困难可以看出病魔如何蹂躏她的小胸脯。这对于这么衰弱的人来说是太残酷了,神父和朗博先生听了不由得泪水往上涌。几天几夜，喘息声传出帷幕，可怜的孩子好像随时随刻都可能过去的，但她就是出汗消耗，迟迟不走。母亲筋疲力尽，无法再忍受这种啰音，走到隔壁房间把头靠在墙上。

渐渐地，雅娜与人隔离。她不再见探访的人，她脸上有一种溺死者和迷路者的表情，仿佛她已经单独生活在另外一个世界。当围着她的人要引起她的注意，报上自己的姓名让她认时，她定定地看他们，没有一丝笑容，然后神情疲劳地朝墙转过身去。有一个阴影笼罩着她，她好像要带着嫉妒、愤怒和赌气离开。可是病人有时还会任性怪癖。一天早晨，她问母亲：

"今天是星期天吗？"

"不，我的孩子，"埃莱娜回答，"还只是星期五……你为什么要知道？"

雅娜好像已经记不起自己提的问题。但是第三天，罗萨莉在卧室里，她低声问她：

"今天星期天……泽菲林来了，你去请他过来。"

女仆犹豫，但是埃莱娜听到这话，给她一个同意的信号。女孩又说：

"带他来，两人都来，我会高兴的。"

罗萨莉带了泽菲林进来，她在枕头上起来。小兵没戴帽子，张开手掌，身子扭来扭去掩饰极度激动的心情。他爱小姐，看到她像他在厨房里说的"就这样回老家了"，心里发慌。所以，尽管罗萨莉再三关照他要做得快活，他还是神情呆板，看见她那么苍白，奄奄一息，脸色都变了。他穿了军装威武轩昂，还是非常动感情。他学得能说会道了，但此刻还是一句好听的话也说不出来。女佣在背后捏他要他笑，但是他只会结结巴巴地说：

"我请求你们原谅……小姐和各位……"

雅娜总是撑着双条瘦臂要起来。她睁开两只空洞的眼睛，似乎在找什么。她的头一直在抖，无疑是阳光使她两眼发黑，她已经习惯于暗影了。

"过来，我的朋友，"埃莱娜对士兵说，"这是小姐要求见您的。"

阳光从窗子进来，地毯的灰尘在一道黄光里飞舞。时已三月，外面已有春意。泽菲林走一步，照在阳光里；他的小圆脸上都是雀斑，映出成熟小麦的金黄色反光，军装的纽扣闪闪发亮，红色长裤呈一片血色，像一片罂粟花。雅娜看着他，但是眼睛又显出不安的神色，游移不定，从房间一个角落看到另一个角落。

"你要什么，我的孩子？"她的母亲问，"我们都在这里啊。"

然后她懂了。

"罗萨莉，走近去……小姐要看看您。"

罗萨莉照着阳光往前走，她戴了一顶便帽，扣带垂落到肩上，像蝴蝶肢翼那么飘动。金色灰尘落在她又黑又硬的头发上，落在她那长着扁鼻子、厚嘴唇的丰腴的脸上。房间里只有他们两人——小兵和女仆——并肩站在阳光里。雅娜瞧着他们。

"嗨！亲爱的，"埃莱娜又说，"你没有话对他们说吗……他们都在这里。"

雅娜瞧着他们，头颤抖，好像一个年纪很大的女人在微微颤抖。

他们在那里像丈夫和妻子，不久就要挽着手回到故乡，和煦的春天给他们带来温暖。他们希望小姐高兴，最后相视而笑，样子又傻又温柔。他们浑圆的肩膀充满青春的活力。如果他们单独一起，肯定泽菲林又要去捏罗萨莉，罗萨莉也会伸手给他一记巴掌。这从他们的眼神可以看出来的。

"嗨！亲爱的，你没有话对他们说吗？"

雅娜瞧着他们，气憋得更厉害。她不说一个字，突然号啕大哭，泽菲林和罗萨莉只好马上离开房间。

"我请你们原谅……小姐和各位……"小兵离开时心慌意乱，又说了一遍。

这是雅娜最后一次任性了。她陷入了抑郁，一蹶不振。她对所有的人，甚至对母亲也毫无反应。当母亲在床前俯下身要对着她的目光看时，女孩脸上没有一点表情。就像是帷幕的影子掠过她的眼睛，她像一个被遗弃的人，自知将死，一言不发，忧郁地忍受。有时她长时间眼皮半闭，叫人没法猜透细细的目光里有什么样的想法牢牢吸引着她。再也没有东西对她来说是存在的，除了身边的大娃娃。这是有一夜她痛苦得难受，人家把这个娃娃给她作为消遣的；她有了就不愿归还，有人要取走她就狠狠地挥挥手不让拿。硬纸板做的娃娃头放在枕头上,伸直身子,被头盖到肩膀,活像个病人。女孩无疑是在医治它,因为她时而用发烫的两手去拍它支离破碎、木屑漏尽、皮肤泛红的肢体。好几个小时,她的眼睛不离开这双固定不动的珐琅质眼睛,以及那永远在微笑的雪白牙齿。然后,一阵温情上来,她需要把它抱在自己的胸前,脸放在它的小假发上,这样的抚摸似乎能减轻她的痛苦。她就这样寄托在对大娃娃的爱情上,从浅睡中醒来要看到它还在身边才放心,眼里只有它,跟它谈话,偶尔脸上露出微笑的影子,好像娃娃在她耳边悄悄说了些什么。

第三周快过完了。一天早晨老医生坐下来不走了,埃莱娜明白她的孩子过不了白天。从上一天起,她已处于僵死状态,对自己的动作已失去知觉。大家对死神已不作反抗,开始计时。病人渴得厉害,医生只是嘱咐给她一种含罂粟汁的饮料,以减轻弥留的痛苦;放弃一切药物的做法叫埃莱娜发呆。只要床头柜上还有药品放着,她还希望出现治愈的奇迹。现在药瓶针盒都已收走,她最后的信念也消失了。她只有一种本能,就是在雅娜身边不离开她,瞧着她。医生不让她这样伤心欲绝地望着,有意把她支开做些琐事。但是她受到一种生理的吸力老是回来,她身子笔直,双臂下垂,面孔因绝望而浮肿,等着。

将近一点,儒伟神父和朗博先生到了。医生向他们走过去,说了一句话。两人顿时脸色发白,他们站着惊呆了,他们的手发抖。埃莱娜没有转过身。

天气是好极了,四月初阳光灿烂的一个下午,雅娜在床上很不安静。她口渴难受，嘴唇时时艰难地翕动。她从被子里伸出细弱透明的双手，在空中缓缓地移动。病魔对她无声的折磨已经结束，她不再咳嗽，她细微的声音像一丝风。一会儿之后，她转过头，用目光在寻找亮光。博丹医生敞开窗户。这时雅娜不再蠕动，脸贴枕头，目光对着巴黎，压抑的呼吸愈来愈慢。

在这痛苦的三周内，她好几次就是这样朝着横卧在地平线上的城市转过身去。她的脸很严肃，她在思索。在这最后的时刻，巴黎在四月金色阳光下微笑。从窗外传来和煦的风、儿童的笑声、麻雀的啁啾，弥留的孩子还作出最后的努力去观望，去追随远郊区腾飞的烟雾。她又找到了她认识的三座建筑物：荣军院、先贤祠、圣雅各塔楼；其余都是陌生物，她疲劳的眼睛半闭着，面前是无边的屋顶海洋。可能她梦见自己的身子渐渐地变得十分轻盈，像小鸟似的飞了起来。她终究会知道，她栖落在圆顶和尖塔上，她振翅高飞，上上下下，可以看到不让儿童看的东西。但是又有一件不安的事叫她激动，她的手还在找；她只是用细弱的两臂把大娃娃搂在胸前方才平静。她要把它带走。她的目光落在远方，落在阳光下发红的烟囱之间。

四点钟刚刚敲过，夜晚已经投下蓝色的影子。这是最后阶段，一种窒息，一种缓慢没有抽搐的弥留。可爱的天使已经没有力量自卫。朗博先生精神崩溃，跪在地上，不出声地抽泣，为了掩饰痛苦，躲到--块帷幕后面不出来。神父跪在床头，合上手低诵临终祈祷。

"雅娜，雅娜。"埃莱娜喃喃地说，吓得全身冰冷，头发也感到寒风飕飕。

她推开医生，扑倒地上，靠着床凑近看她的女儿。雅娜睁开眼睛，但是她不看母亲。她的目光总往远处看，落在逐渐消失的巴黎上。她把娃娃抱得更紧，这是她最后的爱。一声粗气鼓起她的身子，接着又是两声较细的叹息。她的脸一时表现出强烈的忧虑，但是立刻如释重负，张开嘴不再呼吸。

"这过去了。"医生拿起她的手说。

雅娜空洞的大眼睛望着巴黎。她的山羊脸更加拉长了，轮廓线条僵硬，皱紧的眉毛之间留下一条灰色影子。她至死还保持这张嫉妒女人的灰脸。娃娃的脸后仰，头发挂落，也像她一样死了。

"她过去了。"医生又说了一遍，放下这只冰凉的小手。埃莱娜伸出脸，两只拳头夹住前额，仿佛感觉脑袋要开裂。她没有哭，发疯的眼睛在面前转动，然后咽喉间迸出一声抽噎，她刚看见床底下一双小鞋，放在那里忘了。这已成过去，雅娜再也不会穿了，可以把它们送给穷人。她的眼泪流了出来，她还坐在地上，脸放在死人滑下去的那只手里滚动。朗博先生哭泣哽咽，神父提高了声音，罗萨莉在餐厅半开的门里，咬着手绢，不让出声太响。

恰在这一分钟，德贝勒医生打铃了。他憋不住来打听消息。"她怎么样啦？"他问。

"啊！先生，"罗萨莉口吃着说，"她去了。"

他一动不动,他天天预料到这样的结局,听到后却发呆了。然后,他喃喃地说:

"我的上帝!可怜的孩子!多么不幸!"

他只会说这句笨拙痛苦的话。门又关上了,他走下楼去。

(四)

德贝勒太太听到雅娜的死讯后,哭了,她感到一阵冲动,这使她在四十八小时内百感交集,坐立不安。这是一种喧嚣的绝望,不受任何节制。她上楼扑到埃莱娜的怀抱里,然后听到一句什么话,马上想到要给死者举行感人肺腑的葬礼,这个想法立刻占据她的整个身心。她自告奋勇,大大小小事情全由她负责。母亲哭得脱力,瘫倒在椅子上。朗博先生以她的名义商量此事,也弄得六神无主。他不胜感激地对一切都表示同意。埃莱娜清醒了一会儿,说她需要花,需要许多的花。

于是,一分钟也不浪费,德贝勒太太奋不顾身地行动了。

第二天白天,她到所有太太的家里去报丧。她的梦想是组织一队穿白袍子的少女。她计划用三十名,她凑齐了人数后才回家。她亲自上殡葬管理处,商量规格,选择帷幔。花圈铁栅栏上都挂上帷幔,把遗体放在已经冒出绿色尖芽的丁香花中间。这会是很精巧的。

到了晚上,经过一天奔波,她不禁脱口说出:"我的上帝!但愿明天天晴!"

早晨天气晴朗,蓝色的天,金黄色的阳光,再加上春风吹拂，又纯洁又有生气。灵车定在十点。九点起，已把帷幔挂上了。朱丽埃特来给工人出主意，她不要把树木完全遮住，铁栅栏的两扇门朝丁香花丛打开，银流苏白色帷幔在中间开了一个门廊。但是她很快回进客厅，她是来迎接太太们的。大家都在她家集合，免得在格朗让太太的两间套公寓里挤来挤去。只是她很扫兴，她的丈夫早晨上凡尔赛去了，据他说，有一个不能拖延的出诊。她一个人留下来，不知怎么办好。

贝蒂埃太太带了两个女儿先到。

"相信我，没错，"德贝勒太太叫道，"亨利撂下我不管……好吧！吕西安，你不说声早？"

吕西安在那里，已带了黑手套准备参加葬礼。他看到了索菲和布朗希好像很惊奇，她们打扮得像去看迎神会——一条丝带系着玻璃纱长袍，面纱拖到地上，盖住了她们的细布软帽。两家母亲闲谈时，三个孩子相互注视，他们穿了这身衣服身子有点僵。然后，吕西安说：

"雅娜死了。"

他心情沉重，但是还是在微笑，一种怪异的笑。从上一天起，他想到雅娜的死变得乖了。他的母亲忙得没有时间回答他，他就问仆人：那么，人死了就不会动了？

"她死了，她死了。"两姐妹说了又说，她们戴了白面纱脸色粉红，"等会儿看得到她吗？"

他思索了一会儿，目光茫然的，嘴巴张开，仿佛努力猜测那里的事，他不知道那边到底有什么，他低声说：

"等会儿看不到她了。"

这时,其他女孩进来了。吕西安看到母亲给他的信号,走去迎接她们。玛格丽特·蒂索穿一身蓬松的玻璃纱,两只大眼睛,像童年圣母,她的金头发没有完全被软帽盖住,像白面纱下戴了一顶绣金风帽。勒瓦瑟家五位千金来时,引起一阵矜持的微笑;她们个个样子差不多,简直像寄宿学校来的,最大的打头,最小的殿后。她们的裙子撑得很开,占了房间的一个角落。但是当小吉罗出现时,喊喊喳喳的低语声响了起来;大家都笑了,把她拉来拉去观赏和亲吻。她的模样就像一头白斑鸠,羽毛蓬松,个儿不比鸟大,但是穿了抖动的细纱裙变得又大又圆,连她的母亲也找不到她的手在哪里。客厅慢慢地堆满了白雪,几个穿礼服的少年成了白底中的黑点。吕西安由于自己的小女友死了,正在寻找另一个。他犹豫了好久,他要一个比自己高大的女孩,像雅娜。可是他好像选上了玛格丽特,她的头发叫他吃惊。他不再离开她了。

"遗体还没有抬下来。"波利娜来对朱丽埃特说。

波利娜很激动,仿佛在准备一场舞会。她的姐姐好不容易才使她没穿一身白的来。

"怎么!"朱丽埃特叫道,"他们在想些什么……我上楼去。你留下陪太太们。"

她气呼呼地离开客厅,穿深色服装的母亲们低声闲谈,而孩子们不敢乱动,怕弄皱了衣服。到了楼上,她走进死人的房间,感到一股强烈的寒气。雅娜还两手合在一起躺着;像玛格丽特，像勒瓦瑟家的小姐，她也穿白袍，戴白帽，穿白鞋，帽上一顶白玫瑰花冠，使她成为小朋友的王后，他们正在楼下庆贺。窗前一口橡木棺材，衬了一层缎子，横在两把椅子上，盖子打开着像一只首饰盒。家具都排在一起，点着一支蜡烛；门窗关闭，暗影幢幢的房间散发潮湿宁静的气味，像封闭很久的墓室。朱丽埃特从阳光、从外界微笑的生活中来，一下子停步了，说不出话来，不敢催促人家快下去。

"那里已经来了不少人。"她最后嗫嚅地说。

但她没有得到回答。她再一次为说而说，又加了一句：

"亨利必须到凡尔赛出诊，您会原谅他的。"

埃莱娜坐在床前，向她抬起茫然的目光。没有人能够拉她走出这个房间。三十六小时来，无论朗博先生和儒伟神父怎么哀求，她就是留在这里不走，他们守着她。尤其前两夜，弥留时刻持续很久已把她累垮了。然后还有令人伤心欲绝的最后一次打扮，她怎么也要亲自给死去的少女穿上白缎鞋。她气力已经耗尽，再也动不了了，好像过度的悲痛使她入睡了。

"您有花吗？"她费力结巴地说，高举的目光总是盯着德贝勒太太。

"有，有，亲爱的，"后者回答，"不要操心。"

自从女儿咽气以来，她唯一牵挂的是这件事：花，成堆成堆的花。她看到每个新来的人就发愁，好像担心找不到足够的花。

"您有玫瑰花吗？"她静了一会儿又说。

"有……我向您保证,您会满意的。"

她点点头,又一动不动。可是殡仪馆职工等在楼道上,事情总要办完。朗博先生自己像醉汉一样走路不稳,向朱丽埃特做一个恳求的手势,要她帮助把可怜的女人带走。他们两人轻轻地扶她的手臂,搀着她往餐厅走。但是当她明白怎么一回事后,她作出最后的绝望挣扎,推开他们。这一幕惨不忍睹。她跪倒在床前,抓住被子,号叫声声震屋宇,而雅娜躺着保持永恒的沉默,僵硬冰冷,脸像石头雕刻一样。脸有点黑了,像爱报复的女孩嘟着嘴。叫埃莱娜吃惊的是嫉妒的女儿还板着一张阴郁、不肯原谅的死脸。三十六小时以来,她看着女儿在怨恨中身子冷了下去,女儿愈接近尘土愈变得乖戾。要是雅娜最后一次向她笑一笑,会是多么大的安慰!

"不,不!"她叫道,"我求求你们,让她再留一会儿……你们不能这样把她带走。我要亲亲她……哦!一会儿,只一会儿……"

她两臂发抖抓着她,跟这些男人争夺,他们转过身,厌烦地躲在外客厅,但是她的嘴唇温暖不了冰冷的面孔,她感觉雅娜深闭固拒。这时她任着别人把她拉走,跌在餐厅的一张椅子上,抢天呼地不停地叫道:

"我的上帝……我的上帝……"

朗博先生和德贝勒太太也被激情耗尽了精力。经过短暂的沉默,当德贝勒太太掀开门,一切都结束了。搬走时没有一点声响,只是轻微的窸窣声。事先上油的螺钉把盖子永远关上了。房间里没有人,一块白毯子遮盖棺木。

这时,门没有再关上,也没人看住埃莱娜。她回到卧室,昏乱的目光对墙壁四周的家具扫了一遍。遗体刚刚搬走。罗萨莉整理了床褥,把死者小身子留下的痕迹也抹去了。埃莱娜像疯了似的伸长两臂,张开双手,朝楼梯冲过去。她要下楼。朗博先生抱住她,德贝勒太太向她解释不能这样做。但是她起誓说她会理智的,不会跟着上坟场。他们完全可以答应她去看看,她将静静地待在日本平房里。两人一边听她说一边流眼泪,那么她应该穿上衣服。朱丽埃特把一块黑披肩罩住她的室内便服,只是她找不到帽子,终于找到了一顶,她拉掉上面的一束红色马鞭草。朗博先生等会儿要主持丧礼,扶了埃莱娜的手臂。大家到了花园。

"不要离开她,"德贝勒太太喃喃地说,"我还有一大堆事……"

她走开了。埃莱娜艰难地走着,目光搜索前方。她走进阳光里,叹了一口气。我的上帝!真是早晨好天气,但是她的眼睛已经直愣愣看着铁栅栏,她刚刚看见白色帷幔下的小棺木。朗博先生只让她走近去两三步。

"好啦,您要拿出勇气来。"他说,自己也在颤抖。

他们定睛看去。一道阳光照在窄小的棺木上,脚边一只花边圆垫上面,插了一支银色耶稣受难十字架,左边一只圣水刷浸在圣水缸里。大蜡烛烧着,看不出火焰,只是在阳光中映出跳蹿飞走的小黑影。在帷幔下,长着紫色花蕊的树枝搭成一个凉棚。这是春天的一角，阳光从帐幕的缝隙之间投下一道金色灰尘，照着棺木上盛开的折枝鲜花。前前后后都是花，成束的白玫瑰、白茶花、白丁香、白康乃馨，还有雪堆似的白花瓣；尸体了无踪影，帷幔上挂下一串串白花，地上放着白长春花，满地都是白风信子和叶子，维欧斯街上行人不多，带着感动的笑容在阳光灿烂的花圈前停下；死去的少女沉睡在花园的鲜花下。这片白色世界在歌唱，在阳光下耀眼纯洁：太阳照暖了帷幔、花束、花圈，有一种生命的颤动。在玫瑰花上一只蜂蜜嗡嗡叫。

"花……花……"埃莱娜喃喃地说，她找不到其他的话。她把手绢压在嘴唇上，两眼充满泪水，她认为雅娜大约会暖和了，这种想法更使她难受，不过她还是对把各种各样的花抛向女儿的人有一种感激之情。她要往前走，朗博先生也不想再拦住她。帐幕下真是太好了！香味扑鼻，空气温和，没有一丝风。这时她弯下身，只选了一朵玫瑰，她就是来找玫瑰花，把它插在胸衣里。但是她身子抖了一抖，朗博先生害怕了。

"不要留在这里，"他说，拖了她走，"您答应不把自己弄出病来的。"

他设法陪她走进平房，这时客厅的门大开，波利娜走在前头，她负责组织队伍。少女们鱼贯而下。这像是山楂花都奇迹般地早开了，在争艳闹春。阳光下白色长袍涌动，线条透明，映出深深浅浅的白色，像天鹅的羽翼。一棵苹果树落下花瓣，空中飞舞蜘蛛丝，在这背景下，长袍可以说象征春天的纯洁。她们已经绕了草坪一圈，没有停步，继续走下台阶，像绒毛那么轻盈飘逸,到了户外都腾空欲飞了。

当花园成了一堆白色,埃莱娜面对这些三五成群的少女,记起一件往事。她想到那个美丽季节的舞会,这些小脚在欢愉地跳舞。她又看到玛格丽特扮成卖奶女,腰际挂了她的牛奶罐;索菲扮成丫环,挽了姐姐布朗希的手臂旋转,她穿的这身奇异服装响起叮叮当当的铃声。然后又是勒瓦瑟家五姐妹,扮成红小帽;而小吉罗头发上插了阿尔萨斯蝴蝶结,在比她高大一倍的阿勒更面前乱蹦乱跳。而今天,她们全都一身白。雅娜也是一身白,枕着白缎枕头卧在花堆中。这个纤弱的"日本姑娘",发髻中插了大饰针,穿了绣鸟的紫袍,如今却穿了白袍子走了。

"她们都大了不少!"埃莱娜喃喃说,潸然流下眼泪。

每个姑娘都在这里,唯独缺了她的女儿。朗博先生要她走进平房,但是她留在门前,她要看到队伍走动。有几位太太过来悄悄跟她打招呼,孩子们睁着惊奇的蓝眼睛望着她。

这当儿,波利娜来来回回下命令。她在这种场合下压低了声音,但是,有时她也忘了。

"好吧,大家乖一点……看着,小傻瓜,你已经弄脏了……我来带你们走,不要动。"

灵车到了,大家可以出发了。德贝勒太太出来喊道:

"花束忘了……波利娜,快去拿花束!"

这时,队伍乱了一乱。给每个姑娘都准备了一束白玫瑰,必须把玫瑰花分下去;孩子们很高兴,把大束花捧在胸前,像捧蜡烛一样。吕西安追随玛格丽特左右，当她把花放到他的脸上，他陶醉地嗅了又嗅。所有这些姑娘手里捧了鲜花，在阳光下笑，然后突然变得严肃，眼睛盯着几个人把棺材搬到灵车上去。

"她在里面吗？"索菲低声问。

她的姐姐布朗希点一点头。然后，她说了：

"大人的就有这么大。"

她说的是棺材，把两臂尽量向外张。但是小玛格丽特笑了，鼻子凑到玫瑰花里，说这叫她痒痒的。这时，其他人也把鼻子凑进来，看是不是这回事。有人叫唤她们，她们又不说不动了。

外面，队伍动了起来。在维欧斯街的角上，一个没戴帽子、脚穿拖鞋的女人在哭，用围裙的一角擦面孔。有几个人靠在窗前，静静的街上响起怜悯的叹息。灵车无声地滚着，上面装了银色流苏白帐幔；两匹白马的马蹄，有节奏地踩在马路的夯土上发出闷响，这辆车子满载的好像就是花束和花环。看不见棺材，轻微的颠簸使高高的一堆花晃动，灵车把丁香花枝掉落在车后。车辆四角飘舞四条白花绸长带，由四位少女拽住，她们是索菲、玛格丽特、勒瓦瑟家的一个姑娘和小吉罗。小吉罗那么一个小个子，连一丁点儿路也走不稳，由她的母亲陪着。其他人紧密排在灵车四周，手里拿了一束玫瑰。她们慢慢走，披纱往上飘，车轮就在这堆玻璃纱里滚动，仿佛托在云端上，小天使的脸在云端里笑。然后，后面朗博先生低着头，脸色苍白，再后面是太太们，几个男孩,罗萨莉、泽菲林和德贝勒家的仆人。五辆丧车空的跟在后面。在阳光满地的路上,在这辆春天的灵车经过时,白鸽嗖地飞了起来。

"我的上帝!真难办啊!"德贝勒太太看到队伍动了又这样说了一句,"亨利把那个预约推迟就好了!我跟他这样说的。"

埃莱娜颓丧地坐在平房里的座位上,德贝勒太太不知对她怎么样才好。是亨利就会留在她的身边,他可以给她一些安慰。他如今不在,太不巧了。幸而奥莱丽小姐自告奋勇照顾她;她不喜欢丧事,她同时还要安排孩子们回来后吃的点心。德贝勒太太急忙去追赶队伍,它正经过帕西路朝教堂而去。

现在,花园空了,工人在收帐幔。在雅娜经过的沙地上只留下了几片茶花的花瓣。埃莱娜突然处在孤独和寂静中,又感到焦虑和生离死别的伤痛。再有一次,只要再有一次,待在她的身边!不能释怀的是雅娜至死还在生着气,带着她的沉默和充满怨恨的脸。这个想法像烧红的烙铁穿过她的心头,留下敏感的创伤。这时她看到奥莱丽小姐看着她,她设法要骗过她跑到墓地上去。

"是的,这留下很大一块空白,"老小姐舒适地往椅子上一坐又说,"我很会爱上孩子,尤其是小女孩。嗨!当我想到这事,我很高兴自己没有结婚。这就不用难过了……"

她以为这是在给她散心。她谈自己的一个朋友有六个孩子,都死了。另一位女士单独和大儿子过,大儿子打她;要是他死了,他的母亲不会感到难过,只会感到安慰。埃莱娜好像不在听她说。她不动,只是迫不及待地又抖又激动。

"您现在平静一点了!"奥莱丽小姐终于说,"我的上帝!最后总要对事情忍着一点。"

餐厅的门是朝日本平房开的。她已站起来,推开这扇门,伸长脖子。桌上放几盆蛋糕。埃莱娜连忙从花园往外跑。铁门开着,殡仪馆工人扛了梯子往外走。

左面,维欧斯街朝水池街拐弯。帕西公墓在这一边。猎房路上竖立一堵高大的围墙,公墓就像巨大的平台,高高耸起,俯视特罗加德罗大马路和全巴黎。埃莱娜走了二十来步,就到了斜开的公墓门前,见到布满白色坟墓和黑色十字架的荒凉地。她走进去,在第一条小径角落上两棵丁香花已发出了芽。下葬的人不多,野草丛生,几枝扁柏的树杈横空切断绿色草地。埃莱娜直往里走,一群麻雀受到惊动,一个掘墓人把一铲土对空一扬后抬起头。送葬队伍肯定还没有到,墓地好像是空的。她往右穿过去,直到平台的围墙,她转了一圈,窥见一簇刺槐树后面穿白衣的少女跪在一个临时墓穴前面,雅娜的遗体刚刚放下去。儒伟神父伸出手在作最后的赐福。她只听到石头落在墓穴里的噗噗声。这已过去了。

可是,波利娜一眼看见了她,指给德贝勒太太看。后者立马便不高兴了,喃喃地说:

"怎么!她来了!但是没这样做的,这是丢人现眼!"

她往前走,脸上的神色就说明她不赞成她的做法。其他太太也好奇地围拢来。朗博先生已经过来,站在她身边不声不响。她靠在一棵刺槐树上看到那么多人感到累，感到自己要跌倒，当她点头答谢别人的慰问时，心里只堵着一个念头：她来得太晚了，她听到了石头落下的声音。她的眼睛总是回望墓穴，一名看墓的人正在打扫台阶。

"波利娜，看着孩子。"德贝勒太太又说。跪着的姑娘们都站了起来，像一群白色麻雀起飞。有几个太小的，膝盖盘在裙子里，坐到了地上，要人抱了才能起来。雅娜放下去时，大的姑娘伸长头颈看穴底深处。太黑了，她们打了一个寒战，面孔苍白。索菲低声说得很肯定，人要在那里待上好几年，好几年。夜里也是吗？勒瓦瑟家的一位小姐问。当然，夜里也在这里。哦！夜里，布朗希会死的。这些姑娘瞪着大眼睛你瞧我，我瞧你，像听到了一则强盗故事。但是当她们站了起来，在墓穴四周随便走动时，她们又变得艳若桃李；这不是真的，都是说说笑话罢了。天气太好了，花园草长得很茂盛很美。躲在这些石头后面捉迷藏可玩得痛快呢！她们的小脚已经跳了起来，白袍子像翅翼掀动。在坟墓的寂静中，温暖的阳光雨慢慢洒下，使这群孩子生机勃勃。吕西安终于把手伸到玛格丽特的披纱下，摸到她的头发，他要知道她在上面涂了什么会使头发这么黄。小女孩很得意，然后他对她说他们两人以后结婚。玛格丽特很愿意，但是又怕他要拉她的头发。他还在摸她的头发，他觉得像信纸一样柔软。

"不要走得太远啦。"波利娜喊道。

"好吧！我们走了吧，"德贝勒太太说，"这里没我们的事了,孩子们大约饿了……"

姑娘们三五成群,像寄宿学校课间休息,现在要把她们集中起来了。点人数,少了小吉罗;终于看到她在很远处的一条小径上,撑着母亲的太阳伞严肃地散步。这时,太太们推着小白袍子,波浪似的朝门口走去,贝蒂埃太太向波利娜祝贺,她的婚礼定在下个月举行。德贝勒太太说三天后她跟丈夫和吕西安到那不勒斯去。人群在流动,泽菲林和罗萨莉留在最后。他们也走开了。他们挽着手臂,很有兴致作这次散步,虽然也很悲伤;他们放慢脚步,这对恋人的背影有一时在阳光中一颠一颠,走到了路的尽头。

"来吧。"朗博先生喃喃说。

但是埃莱娜做个手势请他稍候。她单独留下来,对她来说生命中的一页撕下来了。当她看到最后几个人消失了,她困难地跪在墓穴前。儒伟神父穿了法衣还没有站起。他们两人都祈祷了很久,然后神父一言不发,只是用善意宽容的目光鼓励她站起来。

"挽了她走。"他简单地对朗博先生说。

在春光明媚的上午,巴黎在地平线上透着金色。公墓里有一只金丝雀在唱歌。

(五)

两年过去了。十二月的一个上午,小公墓在严寒中沉睡。前一天,就下起了细雪;苍白天空落下稀稀拉拉的雪花,在北风中像羽毛似的轻轻飘摇。雪已变硬，平台栏杆上堆起厚厚一层天鹅色毛裘。越过这条白线，巴黎展现在空茫茫的地平线上。

朗博太太跪在雅娜的坟前雪地上还在祈祷，她的丈夫刚刚站起来，一声不吭。十一月，他们在马赛结了婚。朗博先生卖掉了中央菜市场的房子，他到巴黎已有三天，就是为了了结这桩买卖。车子在水池路等着他们，然后到旅馆取了行李再上火车站。埃莱娜这次旅行纯然是到这里来悼念女儿。她一动不动低下头，像失去了知觉，毫不感到这块冻土冻得她膝盖发麻。

可是，风停了。朗博先生在平台上走了几步，让她独自默默回忆过去的痛苦。巴黎的远处升起了薄雾，广阔的大地陷入淡白色波涛。在特罗加德罗高地脚下，铅灰色的城市在最近慢慢飘下的雪片中像死了似的；在停滞不动的空气里，这是深色背景上的一个个浅色斑点，使人察觉不出在持续摇晃中拉成了线。军需品厂的砖砌大烟囱染上了古铜色，再过去，下个不停的雪片像飘移的纱罗在一根根抽丝，堆起来愈积愈厚。这种梦幻般的飘雪，在空中已着了魔，落到地上已经沉睡和迷醉，不闻一声叹息。雪片在停落屋顶前好像飘得慢了。它们不断地一片片落在瓦顶上，成千上万，这么静悄悄，相比之下花瓣脱落也会发出更多的声响。万物在行动，却听不见一点在空间行动的清音，使人忘了大地和生命，只感到布满宇宙的和平。天空愈来愈亮，到处是掺杂了烟雾的乳白色。渐渐地房屋像晶莹的岛屿显露出来，从空中俯视，街道和广场把城市分割成板板块块，长条的黑线和圆形的暗影又做了街区的巨大骨架。

埃莱娜慢慢站了起来。她的膝盖在雪地上留下两个印子，她裹了一件深色镶毛大衣，在一片白色中显得身材高大，肩膀挺拔。帽上黑丝绒辫子带映在她的前额上像留下王冠的影子，她又恢复了她那张美丽安详的脸，灰眼睛、白牙齿、圆而挺的下巴，使她显得理性和坚定。当她旋转头，她的侧影依然像雕像似的庄严纯洁。两腮宁静苍白，看不到血色，给人的印象是高贵端庄。她的眼下有两道泪痕，往昔的痛苦已使她不再慌乱。她站在坟墓前，那是一根普通的石柱，上面刻了雅娜的姓名，后面是两个日期，标志死者十二年的短促生命。

周围的墓地披盖成一片白色，坟墓的尖角已经生锈，铁十字架像哀求的双臂戳露在雪地上。只有埃莱娜和朗博先生的脚印在这个荒凉的一角踏出一条小径。死者沉睡在这一片无瑕的孤寂中，道路走入幽灵般的树林里。偶尔，积雪太多的树枝上无声地掉下一团雪，什么动静都没有。在公墓的另一边，走过一串黑色足迹——有人在下雪天下葬。第二支出殡队伍从左面走来，棺材和仪仗队默不作声走过去，像黑色剪影映在白布上。

埃莱娜看到身旁一个滞留不走的女乞丐，才从遐想中醒来。这是费杜大娘，穿了一双破了用线缝补的大男鞋，走在雪上声音很小。她还从来没有见过她有如此惨相，她哆嗦的身上衣衫褴褛，又脏又油腻，神情木讷。

老婆子现在就是趁刮风下雨大寒天，跟着送葬队伍乞讨，把希望寄托在好心人的怜悯上。她知道,到了公墓的人因怕死就会施舍几个钱;她走到坟前,接近跪在地上哭泣的人,因为那时他们不可能拒绝。她跟了最后一个送殡队伍进来,对埃莱娜远远窥测了一会儿。但是她没有认出这位好心的太太,她伸出手哭哭啼啼说家里还有两个孩子正饿得要死。埃莱娜听着,对这人的出现不说什么话。孩子没有火取暖,老大生肺病死了。突然费杜大娘闭口不说了,脸上的千皱百褶都蠕动起来,小眼睛眨巴不已。怎么!是好心的太太!上天真是应验了她的祈祷!她顾不得再编孩子的故事,开始滔滔不绝地哭诉。她的嘴里缺了几颗牙齿,说话含糊难懂。世上一切倒霉事都落到她的头上。她的东家把她辞退了,她刚在病床上过了三个月。是的,她还算活着,但是全身是病,一个邻居太太说肯定她在睡觉的时候嘴里爬进了一只蜘蛛。她要是家里有火,可以暖和一下肚子;只有这样才能减轻她的痛苦。但是什么都没有,连火柴头也没有。太太前一阵子出门去了吧?这都是她自己的事。总之她看到她身体健康,气色挺好,很好看。上帝会把一切还给她的。当埃莱娜拿钱包时,费杜大娘靠在雅娜墓的铁栅栏上喘着粗气。

队伍走远了。邻近的一个墓坑里只听到有规则的锄头声,看不见掘墓人。可是老婆子已喘过气来,眼睛盯着钱包。这时,为了多得到施舍,她显得非常狡猾,谈起了某一位太太。这位太太可不能说是一位善心人。是啊!她不知道做人,也不会利用钱。她说这些话时谨慎地望着埃莱娜,然后又大胆提到医生。是的,这位先生非常随和。去年夏天,他陪了太太外出旅行。他们的孩子长大了,一个美少年。但是埃莱娜在开钱包的手指抖了起来,费杜大娘的声音突然变了调门。她愚蠢惊愕,才明白这位太太是在自己的女儿坟旁。她结巴,叹气,只想引得她伤心掉眼泪。她说这个小女孩是一个可爱的小乖乖,两只美丽的小手,她现在还看到这双手拿了白色硬币给她;又说小女孩有一头长头发,大眼睛充满泪水望着穷人!啊!这样一位天使是无法代替的,就是在全帕西也找不出来。以后天晴,她每星期天会到城墙的壕沟里采一束雏菊来供上一供。埃莱娜做个手势要她别说了,她闭上了嘴,神情不安。她真的找不出该说的话了吗?好心的太太没有哭,只给了她一个二十苏的硬币。

朗博先生已走近了平台的栏杆,埃莱娜也走了过去。这时,费杜大娘看到这位先生,眼睛发亮了。大约是新先生吧。她拖着脚步跟在埃莱娜后面,祈告上帝把一切福分都降给她,这时她已走近朗博先生,又谈起医生。她说,这位先生一旦归天肯定会有一个盛大的葬礼,经他义务医治过的穷人都会来送葬的!他爱调情,没人不这样说,帕西的太太们也很了解他。但是她对自己的妻子还是钟爱的,一位那么可爱的女人,她可能放荡过,但是现在不再去想这些事了。一对真正的好夫好妻。太太去看过他们吗?他们肯定在家,她刚才在维欧斯街看到百叶窗都开着。他们以前多么喜欢太太,他们也会很高兴拥抱她!老婆子颠来倒去说这些话,斜着眼睛瞧朗博先生。他听着，老实人就这样不声不响。在他面前提起这些往事，并没给他平静的脸上带来一丝阴影。他只是想到这个女乞丐巴结讨好，会叫埃莱娜心烦，他摸摸口袋，也给她一点施舍，挥手要她走开。看到第二枚银色硬币，费杜大娘连声道谢。她可以买一点木柴，烤火祛病，只有这样才能医治她的腹痛。她又说，是的，那是一对真正的好夫好妻，不是吗，这位太太去年又生了第二胎，一个美丽的女儿，红润肥胖，快要十四个月了。行洗礼那天，医生在教堂门口把一百苏放到了她的手里。啊！好人跟好人交朋友，太太给他带来福气。我的上帝，让太太无忧无虑，万事兴旺昌盛！以圣父、圣子、圣灵的名义，阿门！

埃莱娜挺直身子站在巴黎面前，费杜大娘在墓间走动，嘴里咕噜着"圣父""圣母"。雪快停止，最后的雪花慢悠悠、懒洋洋地落在屋顶上。在珍珠灰色的广阔天空中，在逐渐溶解的迷雾后面，金色阳光照到的地方染上玫瑰色的亮光。只是在蒙玛特尔那边天上有一条蓝带横在地平线上，蓝得那么淡，像是一块白缎的影子。巴黎从烟雾中出现，随着雪地而扩大，雪散尽了城市才会像死一般的停滞不动。现在，飞动的斑点不会引起全城瑟瑟发抖，淡淡的波纹在铁锈色建筑物正面上颤动。房屋原先沉睡在白雪堆中，都走了出来，像经过几世纪的潮气侵蚀，发霉发黑。整条街好像遭到了破坏，被硝石腐蚀，屋顶快要坍塌，窗户已经撞落。有一个石灰色正方形广场堆满了瓦砾。但是随着天上那条蓝带在蒙玛特尔那边延伸，一道光线挂下来，清澈冰凉像一股清泉，把巴黎置于一块玻璃下，远处的景色就像日本画那样线条清晰。

埃莱娜穿了裘皮大衣,手缩在袖管里,在沉思。只有一个思想在她的心里引起反响。他们有了一个男孩,又有一个红润肥胖的小女孩,她看到小女孩也在雅娜牙牙学语的可爱年纪。女孩在十四个月时是多么可爱!她在计算月份:十四个月再加上其他几个月几乎等于两年;恰在那个时期,只差十五天。于是她眼前出现另一个景象,阳光灿烂的意大利,一个理想的国家,金黄色水果,恋人们挽着腰在花香扑鼻的夜晚散步。亨利和朱丽埃特在阳光下走在她前面,他们像一对又成了恋人的夫妇那样相爱。一个红润肥胖的女孩,她赤裸着身体在阳光下微笑,她结结巴巴含糊不清要说什么时,她母亲就凑上来吻她,把话堵在嘴里。她想到这些事,没有上火,心也不激动,悲哀中愈见平静。阳光之国消失了,她的目光慢慢巡视巴黎,在冬天,这个大城市的躯体显得僵硬。大理石建筑物躺卧在冰天雪地中,已对创巨痛深的四肢毫无感觉。先贤祠上空已形成一个蓝色的窟窿。

可是,回忆还是顺着日子出现。她在马赛昏昏沉沉过了一段日子。一天早晨她经过小马利亚路,走到童年的家门前哭了起来,这是她最近一次流眼泪。

朗博先生经常来访,她觉得他在身边是一种保护。他什么也不要求,也从来不谈自己的心事。将近秋天,她看到他一天晚上进来,两眼发红,十分悲伤:他的哥哥儒伟神父过世了。轮到她来安慰他。然后她也记不真切了,神父好像不停地出现在他们身后。朗博先生长期以来隐忍不言,她最后也让了步。既然他还愿意娶她,她没有理由拒绝,这对她也是合情合理的。丧期一满,她主动跟朗博先生正式讨论结婚事宜。她的老朋友充满温情,不知如何是好,手也发抖了。她愿意怎样就怎样,他又等了她几个月,然后一个信号就把事情办妥了。他们瞒着大家结的婚。洞房那夜,他也吻她赤裸的脚,她那双美丽雕像似的脚又变成大理石一般。生活又开始了。

当地平线上蓝天扩大时,埃莱娜也没有料到会引起这段回忆。那一年她是疯了吗?如今当她想起在维欧斯街这幢楼里住了将近三年的这个女人,她自己也认为这是个陌生人,她的行为让她不胜轻蔑和惊讶。真是奇怪的疯狂行为,可憎的罪恶,给雷电打瞎了眼睛!她并没有有意叫他。她静静地在自己的小角落里生活,只钟爱自己的女儿而不思其他。路伸展在她的前面,既不好奇也无欲念。一阵风吹过,她就倒地了。就是现在这个时刻,她也解释不清。她的身体不再属于自己,而是另一个人在其中起作用。这可能吗?她竟做了这些事!然后,全身一阵刺骨的冷,雅娜盖满了玫瑰花走了。那时她被痛苦麻木了,又变得非常镇静,没有欲念也不好奇,继续在一条笔直的道路慢慢前进。她的生活已开始了,这位贤淑女子是那么严肃、宁静和骄傲。

朗博先生走了一步,要引她离开这块勾起伤心事的地方。但是埃莱娜挥一挥手,表示还要留一会儿。她已走近栏杆,俯视猎房街上的一个车站,一排年久报废的车辆一直延伸到人行道边上。发白的车篷和车轮,毛色肮脏的马仿佛在这里霉烂了几个世纪。马夫穿了他们上冻的大衣,僵硬不动。在雪地上其他车辆,一辆接一辆艰难地往前进。牲口滑倒在地上,伸长脖子,而马夫走下座位,拉着辔头往上提,嘴里骂骂咧咧。玻璃车门里面的乘客表情很耐心,横躺在座垫上,十分钟的路程花上四十五分钟也只能忍受。车声闷闷的,只听到人声吆喝,在没有生气的街道上清脆响亮,发出一种特殊的震荡。叫唤声,突然踩在薄冰上的人的笑声,赶车夫挥舞鞭子的愤怒声,受惊吓的马匹的喷鼻声。右面更远处,河滨道上的大树美妙无比,简直是玻璃拉成的树木,威尼斯大吊灯,艺术家随心所欲地把带花的灯枝弄得弯弯扭扭。北风吹得树干成了冰柱。树顶枝桠交叉纵横,枝桠上毛茸茸的,像鸟的羽冠,黑枝条镶上白雪非常好看。天寒地冻,清澈的空气中没有一丝风。

埃莱娜自言自语说她不认识亨利。有一年,他们几乎天天见面;他几小时几小时挨着她,无话不谈,四目相视。她不认识他。某天晚上,她曾委身于他,他占有了她。她不认识他,她作过一番努力,然而不能明白。他从哪儿来?他怎么会到她的身边?她宁可死也不会委身于人。他到底是什么样的人会使她对他这样顺从?她不知道,真是一时迷惑,使她失去了理智。即使最后一天他对她也像第一天那么陌生。她把他的言行,把她所能记得的这个人,事无巨细凑合起来还是没有用。他爱自己的妻儿,他笑容温雅有礼,他态度端庄有教养。然后她又看到他红晕的脸,欲念迷乱的两手。过了几星期,他渐渐消失，终于被卷走了。他走了，他的影子也跟着去了。他们的故事不会有其他结局，她不认识他。

城市上空展开一片无瑕的蓝天。埃莱娜抬起头，想得累了，看到这片纯净非常高兴。这是一种明澈的蓝，非常淡，像白色阳光中的蓝色反射。太阳压在地平线上，发出银灯的光辉。它在寒冽的空气中映着雪光，亮得没有一点热气。再下面是广阔的屋顶，军需品厂的瓦顶，河滨道房屋的青板瓦，像一块块张开的黑边白色毯子。在河的另一边，方方正正的战神广场像一片大草原，上面的黑点子，无主的车辆，叫人想起行走时响着小铃铛的俄罗斯雪橇，而道尔赛河滨道上一排排榆树，渐远渐小，开出银针水晶雪花。在这冰海的静止中，塞纳河在镶白鼬皮的两岸中翻动着黄水；河水从前一天就浩浩荡荡带着冰块冲到荣军院桥的桥墩，撞碎后钻进桥洞而去。然后那些桥像白色花边，隔上一段距离一座，愈远愈单薄，延伸到城岛上的辉煌石头建筑，上面矗立圣母院塔楼的积雪尖顶。左边的其他尖顶戳破了各区整齐划一的平面。圣奥古斯丁教堂、歌剧院、圣雅各塔楼像长年积雪的山岭；而近处的蒂勒里宫和卢浮宫宫殿，中间有新的建筑物连接，外形却似雪山的山脊。在右边，又是荣军院、圣苏尔比斯教堂、先贤祠的白色峰峦；先贤祠离得很远，在蓝天下却似蓝色大理石砌成的梦中宫殿。没有一点人声。路是根据灰色的豁口猜出来的，十字街口又像因地面的折裂而形成。整排整排的房屋消失了，只有靠成千扇窗框、窗棂才认清邻近房屋的正立面，然后在一块块雪地交叉混合成的一个令人眼眩的远景中，形成一条湖泊，由于蓝水与蓝天相接显得更长了。巴黎在冰天雪地中辽阔明亮，闪烁在银色阳光下。

这时，埃莱娜最后一次对无情的城市扫视了一眼，城市对她也是陌生的。她又看到它像她离开时一样，像她三年内天天看到的一样：平静，在雪中永恒不朽。对她来说巴黎保存了她的过去。她在巴黎时爱过它，她在巴黎时雅娜去世了。但是这位朝夕相处的伙伴脸上保持镇静，不动声色，默默看着欢笑和眼泪——塞纳河就像滚动着泪水的波涛。她时而认为它是凶残的魔鬼，时而认为它是仁慈的巨人。今天她还是觉得她永远无法了解它，它那么冷漠，那么大。它在伸展，它是生命。

朗博先生还是轻轻碰碰她，要把她带走。她姣好的面容显得不安了。他喃喃地说：

"不要难过。"

他什么都知道，但要说的只是这句话。朗博太太瞧他，心平静下来。她的脸冻得发红，两眼明亮。她已经在远处，生活又开始了。

"我不知道是不是把大箱子关上了。"她说。

朗博先生答应去检查一下。火车中午开，他们有时间。路上撒了沙子，车子跑一个小时够了。但是突然他提高声音。

"我肯定你忘了钓鱼竿！"

"哦！一点没错！"她叫了起来，对自己的健忘既惊奇又生气，"我们昨天就应该去买的。"

这种钓竿使用很方便,在马赛也是买不到的。他们在海边有一幢乡村式小房子,在那里消夏。朗博先生看表。上车站的路上还是可以买钓竿的,跟雨伞缚在一起。这时,他带着她一边跺脚,一边从坟墓中间穿过去。公墓里阒无一人,雪地上只有他们的脚印。雅娜死了,留下来一个人面对巴黎,永远永远。

附录[1]

埃米尔·左拉年表
（1840—1902）

1840年　4月2日生于巴黎。父亲弗朗索瓦·左拉，意大利威尼斯人，土木工程师；母亲埃米莉·奥培尔，法国博斯人；都居住巴黎。

1843年　左拉一家迁往普罗旺斯·埃克斯，弗朗索瓦在该地要建一座水坝。

1847年　弗朗索瓦·左拉死于马赛。他的遗孀受狡猾的商人欺诈，在处理左拉运河公司的业务纠纷中失败。

1852年　10月，埃米尔·左拉进埃克斯中学，与保尔·塞尚[2]、路易·巴伊同学；塞尚比他大一岁，后为印象派大画家。在拉丁文-科学课中，左拉成绩出色。写成最初几篇文学评论，今已大部分散失。在《作品》（1886）一书中提到这时期的生活。

1858年　左拉一家已无希望从左拉水坝建筑中获得任何物质利益，于2月定居巴黎，住拉丁区附近。3月1日，埃米尔入圣路易中学，读高中二年级；学习成绩很不稳定。他继续写

---

[1] 附录编注者为马塞尔·吉拉尔。
[2] 保尔·塞尚（1839—1906），法国画家。

作，并自信有诗人的天分。

1859 年　业士学位考试失败。在埃克斯度暑假。左拉放弃大学学习。

1860—1861 年　他过一种无忧无虑、闲散穷苦的日子，一度在码头管理局工作，后又无所事事，加上一桩恋爱故事，有时生活极度困难，精神十分苦闷；在《书信集》和《克洛德的忏悔》中可读到这段罗曼史。

1862 年　2 月 1 日进入阿歇特书店当职员，不久当广告科科长。10 月 31 日，取得法国国籍。

1863 年　在里尔市的《当月杂志》上发表两则《给尼侬的故事》，并在《大众日报》撰稿。据说在编辑路易·阿歇特的劝告下，放弃写诗。

1864 年　得到评论家、泰纳论文宣传者 E. 德夏内尔的支持，由出版家海采尔出版《给尼侬的故事》。

1865 年　与加布里埃尔·亚历山德里娜·梅莱相遇，两人结为伴侣。他阅读司汤达[1]、福楼拜[2]、巴尔扎克[3]、泰纳[4]、龚古尔兄弟[5]的著作，创立他的文学理论："艺术作品是通过个人气质看到的自然一角。"星期四晚上与塞尚、巴伊、雕塑家萨拉里、记者罗乌讨论文学与艺术，他们俱是居住巴黎的普罗旺斯·埃

---

[1] 司汤达（1783—1842），法国作家。
[2] 福楼拜（1821—1880），法国作家。
[3] 巴尔扎克（1799—1850），法国作家。
[4] 泰纳（1828—1893），法国文艺理论家。
[5] 龚古尔兄弟：爱德蒙·龚古尔（1822—1896），于勒·龚古尔（1830—1870）。兄弟两人均为法国作家。

克斯人。他寻求机会把《丑女人》搬上舞台，没有成功，这出喜剧也从未出版。从1864年开始写《克洛德的忏悔》，此书笔调还是充满浪漫色彩，依然引起指摘，左拉被人看作"生理文学"信奉者。

1866年　左拉离开阿歇特书店，从此以写作为生。常为《事件》《救世报》(里昂)、《费加罗报》撰写文章。参加为印象派画家马奈[①]辩护的论战。他发表几部评论集(《我的恨》《我的客厅》)和一部小说《死者的祝愿》。跟塞尚一起住在芒特附近的贝内库。

1867年　生活拮据。发表长篇连载小说《马赛的神秘》。一部"生理"小说《戴莱兹·拉坎》。

1868年　《戴莱兹·拉坎》二版序言中第一次提出自然主义理论。左拉一家迁往塞纳河右岸巴蒂涅奥尔区。从六月起，定期为反对派周刊《论坛》(政治杂文、文学报道、短篇小说)撰稿。12月发表《马德莱纳·费拉》。准备写《第二帝国时期一个家族的自然与社会的历史》。与龚古尔兄弟过从甚密。

1869年　订出《卢贡-马卡尔家族》一书计划，出版家拉克鲁瓦接受他的计划。

1870年　5月31日与加布里埃尔·亚历山德里娜·梅莱结婚。《卢贡家的发迹》在《世纪报》长篇连载。准备写《利欲的追逐》。9月7日前往马赛。左拉各处奔走要谋取专区区长职务；

[①] 马奈(1832—1883)，法国画家。

物质生活的困难使左拉想在政界取得地位,但是这种野心为期很短。12月21日,他去波尔多,做上了政府总代表团成员格莱·比佐央个人秘书。

1871—1876年　1871年3月,左拉离开比佐央秘书处,回巴黎为《钟》和《马赛信号台》编写议会新闻版。巴黎公社期间,他在巴黎,后又去贝内库。他不属于那些辱骂巴黎公社的作家。——由出版家拉克鲁瓦发表了《卢贡-马卡尔家族》丛书前几部《卢贡家的发迹》《利欲的追逐》后,左拉跟出版家夏庞蒂埃订立合同,他的这部巨著今后由夏庞蒂埃出版。《巴黎的肚子》(1873)、《普拉桑的征服》(1874)、《穆雷神父的错》(1875)、《欧仁·卢贡阁下》(1876)只获得行家的赏识。《给尼侬的新故事》(1874)也是如此。但是它们受到福楼拜、爱德蒙·德·龚古尔和马拉曼的赞扬;左拉成了他们以及都德、俄国小说家屠格涅夫的朋友。在《钟》报办了两年专栏(1871—1872)后,他不常为巴黎报刊写文章,因为巴黎报刊受到政府道德部门的监督,害怕他的政治和美学文章过于激烈。但是他定期为《马赛信号台》,从1875年又为圣彼得堡的俄国杂志《欧洲信使》撰稿。1873年,他根据《戴莱兹·拉坎》编写的剧本在文艺复兴剧场演出,不久即辍演。1874年,喜剧《拉布丹继承者》在克鲁尼剧场演出,又告失败。

1877—1881年　《小酒店》(1877)使左拉成为巴黎读者最多、争议最激烈的小说家,同时也成为自然主义小说的当然领袖。左拉生活富裕,在梅塘买了一幢住宅,每年住上几个月。喜剧《玫瑰花蕾》(1878)在舞台上也不成功。情感小说《爱情一叶》(1878)获得好评。但是《娜娜》(1880)又引起人们对所谓的作者缺乏道德进行新的攻击。左拉放弃新闻工作,把他的主要文艺评论合集出版:《实验小说》(1880)、《自然主义小说家》《戏剧中的自然主义》《我们的戏剧家》、《文学资料》(1881)、《一场战役》(1882)。《梅塘之夜》(1880)收集了不同气质、各有才华的一群艺术家的作品,有左拉、莫泊桑[①]、于斯曼、塞亚尔、阿莱克西、埃尼克等,集子表示了他们当时的团结合作。

1882—1887年 左拉对文坛的喧嚣无动于衷,继续著作,每天上午写四页。《家常菜》(1882)对布尔乔亚的道德进行强烈的讽刺;《妇女乐园》(1883)是大公司兴起的写真;《生的快乐》(1884)流露他的忧虑与怀疑;《萌芽》(1885)描绘工人的贫困与反抗;《作品》(1886)叙述画家的生活;《土地》(1887)反映农民生活,充满粗鲁的象征,又给他招来新的指责,这登载在《五人宣言》一文中。他的许多小说经比斯纳赫改编成剧本的,有《小酒店》(1879)、《娜娜》(1881)、《家常菜》(1883)、《巴黎的肚子》(1887)、《勒内》(根据《利欲的追逐》,1887)、《萌芽》(1888),搬上舞台后各有不同的命运。在1875—1880年间,在报刊上发表许多故事和短篇小说,

---

[①] 莫泊桑(1850—1893),法国作家。

编成单行本出版〔《比尔勒上尉》(1882)、《娜侬斯·米科兰》(1882)〕。

1888—1893年　在创作《梦》(1888)时,左拉爱上了亚历山德里娜·左拉雇用的年轻女管家让娜·罗泽罗,她给他生了两个孩子德尼兹(1889)和贾克(1891)。丛书的最后一部《巴斯卡医生》(1893),其中一部分情节来自这段结合。《人兽》(1890)以巴黎-勒阿弗尔铁路线为背景,企图探索犯罪的生理根源。《金钱》(1891)描写金融投机事业的狂热。《崩溃》(1892)重现了当年色当战役。在现代诗歌中兴起了象征主义和理想主义,并未动摇人们对左拉"近五十年来积极巨大劳动的钦佩"(1891)。——他支持安德莱·安多纳在自由剧场上演《马德莱纳》(1889)所进行的戏剧改革。根据《梅塘之夜》一则短篇小说改编的歌剧《磨坊之役》,他交给音乐家勃鲁诺。左拉在法兰西学院几次得到提名,保守派文人对他一直抱怀疑态度,几次使他落选。

1894年　完成《三名城》丛书的第一部:《卢尔德》,天主教评论界作出敌对的反应。左拉得到意大利自由主义报纸《论坛》的邀请,去意大利旅行。1894年12月22日,德莱菲斯上尉被判有罪,并没引起他的注意。

1895—1897年　左拉又写新闻评论,在《费加罗报》对文学工作、当代政治、反犹运动、绘画等发表一系列文章〔《新战役》(1896)〕——《罗马》(1896)描写意大利与梵蒂冈政治上的钩心斗角,穿插一件爱情阴谋案。皮卡尔上校的律师路易·勒布鲁瓦和上议院议长舍莱·盖斯纳的活动引起左拉警觉，关注德莱菲斯上尉受害事件，并使他相信犯人是无辜的。1897年11月12日，左拉在《费加罗报》发表三篇为德莱菲斯辩护的文章，这时《三名城》丛书第三部《巴黎》(1898)即将出版，该书描绘巴拿马事件和无政府主义者的暗杀活动。——《稿月》(1897)歌剧剧本交给勃鲁诺。

1898—1899年　在德莱菲斯一案中，法国军官埃斯泰拉兹获释，激怒了左拉，在《震旦报》上发表《我控诉》(1898年1月13日)。充分揭露法国参谋部幕后策划德莱菲斯的定案工作，并竭力阻挠该案公开重审。2月23日，经过吵吵嚷嚷的庭审，左拉被判一年监禁、三千法郎罚款。7月18日，他亡命英国，住了将近一年。他的干预激励了为德莱菲斯辩护的人，使该案公开重审工作不可避免。1899年6月3日原判撤销后，他回到法国。他在《震旦报》上继续斗争。流亡期间，他写了《四福音书》中第一部小说《丰盛》。

1900—1901年　《劳动》出版于1901年，这是根据傅立叶的理想社会主义写成的《四福音书》的第二部。《真理》根据德莱菲斯事件写成，出版于1903年。那时《正义》才开写不久，终未完成。左拉在这些书中要表达某些社会价值，他的广阔胸怀和人道主义认为这些价值应该作为20世纪的法则。

1902年　他在巴黎死于煤气中毒，这件事可能是偶然的，但也不是不可能有意造成的(9月29日)。

1908年　左拉的骨灰迁入先贤祠。

埃米尔·左拉比福楼拜、尚弗勒里①、波德莱尔②小十九岁，比爱德蒙·德·龚古尔小十八岁，比泰纳小十二岁，比于勒·德·龚古尔小十岁，比杜朗蒂③小七岁，和都德④同岁。他比马拉美⑤大二岁，比魏尔伦⑥大四岁，比法朗士⑦大四岁，比于斯曼⑧大八岁，比莫泊桑和皮埃尔·洛蒂⑨大十四岁，比兰波⑩大十四岁。

他比马奈小八岁，比塞尚小一岁，和莫奈⑪同岁。

---

① 尚弗勒里（1821—1889），法国诗人。
② 波德莱尔（1821—1867），法国诗人。
③ 杜朗蒂（1833—1880），法国作家。
④ 都德（1840—1897），法国小说家。
⑤ 马拉美（1842—1898），法国诗人。
⑥ 魏尔伦（1844—1896），法国诗人。
⑦ 法朗士（1844—1924），法国作家。
⑧ 于斯曼（1848—1907），法国作家。
⑨ 洛蒂（1850—1923），法国小说家。
⑩ 兰波（1854—1891），法国诗人。
⑪ 莫奈（1840—1926），法国画家。